TOSKANISCHE TÄUSCHUNG

Belinda Vogt studierte Publizistik und Psychologie in Mainz und begann als Drehbuchautorin und Regisseurin für Industrie- und Imagefilme. Danach arbeitete sie lange Jahre als Redakteurin beim Fernsehen. Mittlerweile widmet sie sich ausschließlich dem Schreiben von Krimis und Kurzgeschichten und gibt Anthologien heraus. Belinda Vogt lebt mit ihrer Familie in Wiesbaden.
www.belinda-vogt.de

BELINDA VOGT

TOSKANISCHE TÄUSCHUNG

Kriminalroman

emons:

LChoice
Hier bestellen

Lust auf mehr? Laden Sie sich die »LChoice«-App runter, scannen Sie den QR-Code und bestellen Sie weitere Bücher direkt in Ihrer Buchhandlung.

Bibliografische Information der Deutschen Nationalbibliothek
Die Deutsche Nationalbibliothek verzeichnet diese Publikation in der Deutschen Nationalbibliografie; detaillierte bibliografische Daten sind im Internet über http://dnb.d-nb.de abrufbar.

FSC www.fsc.org
MIX
Papier aus verantwortungsvollen Quellen
FSC® C083411

Umschlagmotiv: iStockphoto.com/cirano83
Umschlaggestaltung: Nina Schäfer
Umsetzung: Tobias Doetsch
Gestaltung Innenteil: César Satz & Grafik GmbH, Köln
Lektorat: Susann Säuberlich, Neubiberg
Druck und Bindung: CPI – Clausen & Bosse, Leck
Printed in Germany 2019
ISBN 978-3-7408-0531-9
Originalausgabe

Denn es sind, wie man sagt,
zwei Pforten der nichtigen Träume:
Eine von Elfenbein,
die andre von Horne gebauet.
Welche nun aus der Pforte
von Elfenbeine herausgehn,
Diese täuschen den Geist durch
lügenhafte Verkündung;
Andere, die aus der Pforte
von glattem Horne hervorgehn,
Deuten Wirklichkeit an, wenn sie
den Menschen erscheinen.

Homer, »Odyssee«, 19. Gesang, 562–567,
Übersetzung von Johann Heinrich Voß

Welche Chimäre ist doch der Mensch!
Welch Unerhörtes, welch Ungeheuer,
welch Chaos, welch widersprüchliches Wesen,
welch Wunder!

Blaise Pascal (1623–1662),
französischer Religionsphilosoph
und Naturwissenschaftler

Prolog

Arezzo, 15. November 1553

Am Vormittag waren erste Schneeflocken wie zarter Flaum zu Boden gesegelt, aus einem Himmel, der so grau war, dass man den Morgen nicht vom Abend unterscheiden konnte. Mittlerweile fiel Regen über die Baustelle an der Porta San Lorentino, wo Arbeiter einen tiefen Graben entlang der alten Stadtmauer von Arezzo aushoben und sich durch die nasse, kalte Erde pflügten.

Das brüchige Bauwerk sollte repariert und befestigt werden, um die Nordflanke der Stadt besser vor französischen Söldnertruppen und marodierenden Banden zu schützen, die durch die Toskana streiften. Auf dem freien Feld vor der Befestigung standen Hebekräne, Transportkarren und Seilzüge, Bottiche für den Mörtel und Holzbalken für das Gerüst. Aus den niedrigen Hütten klangen die Eisen der Steinmetze, die den Granit aus dem Steinbruch im nahe gelegenen Val di Chiana behauten. Frauen aus der Stadt rührten über offenen Feuerstellen in Suppentöpfen oder versorgten die Handwerker mit Brot und einem kräftigen Schluck Chianti gegen die Kälte.

Der köstliche Duft der deftigen Speisen wehte zu Carlo Ubertini herüber, dem erfahrenen Baumeister und Freund des ruhmreichen Architekten Giorgio Vasari. Während er in seinem Unterstand über dem Plan für die Instandsetzung brütete, unterdrückte er den aufkeimenden Hunger und die Kälte, die ihm unter den Umhang kroch. Gedankenverloren beobachtete er die trägen Regentropfen an der Wachstuchplane. Der Winter kam früh in diesem Jahr, die Tage wurden kürzer, und das schlechte Wetter machte allen zu schaffen. Doch einen Auftrag der Medici lehnte man nicht ab.

Seufzend wandte sich Ubertini wieder seinen Unterlagen zu. Er plante, die jahrhundertealte Mauer aus Backsteinen mit einer Natursteinmauer auf das Doppelte zu verstärken. Das war nicht nur wehrhafter, sondern sah auch schöner aus. Er hoffte, bis Weihnachten mit den Baumaßnahmen fertig zu sein, deshalb mussten die Arbeiten schnell und effektiv vorangehen, bevor ein weiterer Temperatursturz den Boden gefrieren ließ oder der Regen die Baustelle in eine Schlammwüste verwandelte.

Wenigstens das Fundament mussten sie in den nächsten Tagen setzen. Ubertini überlegte, mehr Männer zu verpflichten und die Arbeitszeit bis in die Nacht zu verlängern, beleuchtet von Fackeln, die er noch heute zu besorgen gedachte. Dann könnten sie vorankommen, falls ihnen der Regen keinen Strich durch die Rechnung machte.

Der Auftrag hatte ihn zurück in seine Heimatstadt geführt, doch wie war er erschrocken, als er durch die Straßen gewandert war. Die ehemals stolzen Patriziervillen waren verrottet und verfallen, die Dächer löchrig, die Holztüren morsch und verfault. Die Menschen liefen herum wie Bettler, selbst angesehene Kaufleute begrüßten ihn in schäbigen Roben. Die Stadt ging vor die Hunde, das war offensichtlich. Cosimos Steuern zwangen das edle Arezzo in die Knie, Geld, das der Herzog von Florenz für seine ständigen Eroberungszüge brauchte. Wenn sich das bitterarme Volk erhob, steckte er noch mehr Geld in seine Truppen, um die Aufstände niederzuschlagen, und die Menschen hungerten weiter. Ein Teufelskreis. Da war es geradezu ein Wunder gewesen, dass die Ratsherren der Stadt überhaupt die Mittel für das Bauvorhaben zusammengekratzt hatten, aber sie konnten es sich nicht erlauben, zusätzlich von Landsknechten ausgeraubt zu werden. Dafür sorgten schon Cosimos Steuereintreiber.

Gegen zwei Uhr am Mittag trat einer der Vorarbeiter unter das Zeltdach und berichtete von einem Widerstand, auf den die Männer beim Graben gestoßen waren.

Ubertini fühlte Unmut in sich aufsteigen. Was konnte das nun wieder bedeuten? Ein unterirdischer Felsblock? Ein solches Hindernis würde die Arbeiten vorläufig zum Erliegen bringen, im schlimmsten Fall müsste er die Verstärkung der Mauer anders konstruieren und den Graben neu ziehen lassen. Nicht auszudenken!

Unwillig setzte er sein Barett auf und folgte dem Mann zu der Stelle, an der die anderen Arbeiter bereits untätig an ihren Spaten lehnten. Einer der Männer stach in die Erde, um zu zeigen, wie das Blatt seiner Schaufel nach wenigen Zentimetern von etwas Festem blockiert wurde. Da und dort stocherte er im Boden herum und erzeugte ein schauderhaft kratzendes Geräusch.

Ubertini hob die Hand, um den Mann zu stoppen, dann ließ er sich selbst eine Schippe geben und stieg hinunter in den Graben. Der Arbeiter, ein junger Mann, der trotz der Kälte nur kurze, dünne Hosen trug und barfuß im Matsch stand, trat gehorsam zur Seite.

Die Leute besitzen hier wirklich nichts, dachte Ubertini, eine Schande ist das.

Zunächst schabte er mit dem Werkzeug, dann mit bloßen Händen die Erde von dem merkwürdigen Hindernis und legte ein Stück frei. Zum Vorschein kam eine Rundung aus Metall. Er hielt sie zunächst für die Ausbuchtung einer römischen Vase oder Bronzestatue, etwas, das häufig im Boden lag, wenn jemand mit einem Spaten in die Erde stach. Er gab den Befehl, den Gegenstand mit größter Sorgfalt zu bergen, und kletterte wieder nach oben, wo er vom Rand des Grabens aus jeden Handgriff kommentierte und gespannt darauf wartete, was der Boden enthüllte. Als die Männer tiefer vorstoßen mussten, um das Ding freizulegen, wusste Ubertini, dass sie auf etwas wirklich Großes gestoßen waren.

Nach und nach gab die Erde einen metallenen Körper frei, auf der Seite liegend, aber es war unmöglich, den Fund aus dem Boden zu heben, so sehr war er mit der Erde verschmolzen. Erst als die Arbeiter unter Ächzen und Stöhnen mit vereinten Kräften zulangten, kam ein Kunstwerk zum Vorschein, wie Ubertini es noch nie gesehen hatte.

Im fahlen Licht des trüben Nachmittags stand die Bronzefigur eines Löwen vor ihm, mit aufgestellter Mähne, riesigen Tatzen und aufgerissenem Maul. Trotz der Erdkruste und der Patina wirkte das Tier so lebensecht, als brauche es nur den Schmutz abzuschütteln, bevor es sich mit Gebrüll auf die Umstehenden stürzte. Instinktiv traten alle einen Schritt zurück.

Doch da war noch etwas anderes, Unheimliches.

Als im Regen weitere Erdbrocken herabfielen, sah Ubertini erschrocken den Ziegenkopf, der aus dem Rücken des Tieres wuchs. Das Zeichen des Teufels.

Bei diesem Anblick fielen die Männer auf die Knie und bekreuzigten sich heftig, riefen nach dem Beistand der Muttergottes und nach allen Heiligen zum Schutz vor dieser Ausgeburt der Hölle. Das Zwitterwesen starrte sie aus leeren Augenhöhlen an, als sei es einer düsteren Legende entsprungen. Auch Ubertini selbst hatte Mühe, sich zu fassen und die Männer mit ein paar Worten zu beruhigen.

Schnell ließ er den Fund in den Unterstand bringen und befahl, sorgfältig an der Stelle zu graben, um nach weiteren Überresten zu suchen, vor allem nach dem Schwanz, der diesem merkwürdigen Löwen offensichtlich fehlte.

Dann bat er sich Ruhe aus, umrundete die Figur, wischte dabei den restlichen Dreck ab und betrachtete sie von allen Seiten. Er klopfte gegen das Metall und stellte fest, dass die Statue hohl war. Ubertini war sich ziemlich sicher, dass sie aus einer etruskischen Werkstatt stammte, in der sie aus Bronze gegossen worden war. Nicht der erste Fund etruskischer Handwerkskunst, aber bei Weitem der atemberaubendste. Die Größe, die Ausarbeitung und die Lebendigkeit des Geschöpfs waren einzigartig, er war geradezu betäubt von der dunklen Aura des Kunstwerks.

Die Bestie befand sich in einem Kampf auf Leben und Tod. Wie ein in die Enge getriebenes Raubtier streckte sie ihre Vorderläufe von sich und reckte dem Angreifer wütend das Haupt entgegen. Doch es war ein Moment des letzten Aufbäumens, die Kreatur schien einen letzten Schrei auszustoßen, bevor ein tödlicher Stoß sie endgültig vernichtete. Der Ziegenkopf hing ebenfalls sterbend zur Seite geneigt, die Augen geschlossen, die langen Hörner gesenkt.

In diesem Moment ahnte Ubertini, was für ein Wesen er vor sich hatte. Es war nur noch eine Frage der Zeit, bis die Arbeiter den Schwanz in Form einer Schlange finden würden. Dann wäre die Figur komplett.

Mit ehrfürchtigem Staunen betrachtete er die Chimäre, das schrecklichste Ungeheuer der antiken Welt. Er hatte die Kreuzung aus Löwe, Ziege und Schlange als Kind auf einer griechischen Schale gesehen. Die Abbildung hatte ihn zugleich fasziniert und geängstigt. Daraufhin hatte ihm sein Vater die Geschichte von der unbezwingbaren Chimäre erzählt, der feuerspeienden Bestie, die die Menschen verschlang, bis der Held Bellerophon sie vernichtete. Die alte Sage hatte sich ihm tief eingeprägt. Was für ein grandioser Fund! Ein in Bronze gegossenes Höllenmonster!

Ubertini griff zu Papier und Feder und verfasste eine Nachricht an Herzog Cosimo de' Medici, in der er ihm von der vortrefflichen Entdeckung berichtete. Die Bronzestatue würde das Glanzlicht der Sammlung sein, die der Herzog von Florenz seit Jahren aufbaute, nachdem die Medici bei einem Volksaufstand alles verloren hatten. Cosimo liebte Symbole, die auf die Überlegenheit seines Charakters anspielten, jedes Kunstwerk erhöhte seine eigene Bedeutung. Auch die Chimäre würde weit mehr sein als nur ein Schmuckstück für den Palast. Er würde darin die Bestätigung sehen, Nachfahre der etruskischen Herrscher zu sein, eine Überzeugung, die er schon lange im Herzen trug. Doch ob diese so grausam gewesen waren wie er selbst, wagte Ubertini zu bezweifeln. Es hieß, Cosimo betrachte jedermann mit Verachtung und Misstrauen, ausgenommen seine Gattin, die schöne Eleonora von Toledo, mit der er scherzte und speiste, während auf der Piazza della Signoria die Gehenkten am Galgen baumelten. Gott allein wusste, wann dieser Terror ein Ende hatte!

Umso wichtiger war nun dieser Fund. Ubertini konnte sich fortan darauf berufen, dass er es gewesen war, der dem Herzog dieses bedeutende Relikt verschafft hatte. Seine Überlebensgarantie, sollte auch er eines Tages in Ungnade fallen.

Bis zum nächsten Morgen hatte sich der Fund des Monsters in Arezzo herumgesprochen. Noch bevor der Bote sich mit dem versiegelten Brief auf den Weg nach Florenz machte, standen neugierige Einwohner am Rand der Baustelle. Ängstlich drängten sie sich unter den Torbogen der Porta San Lorentino, um von Weitem einen Blick auf das Ungeheuer zu erhaschen.

Ubertini schickte sie alle nach Hause. Er wusste, wie abergläubisch die Menschen hier waren und wie schnell sich schaurige Gerüchte verbreiteten. Schon machten die Arbeiter einen großen Bogen um das Zelt mit der Statue, wenn sie überhaupt noch auf der Baustelle erschienen. Sie sahen den Fund als böses Omen. Nur ein unerschrockener Zimmermann erklärte sich bereit, eine Transportkiste für die Chimäre anzufertigen.

Das einfache Volk hatte eben nichts als Unsinn im Kopf. Erzählte sich Schauermärchen und uralte Sagen, wie schon früher in seiner Kindheit. Doch die Zeit des Aberglaubens war vorbei, die Wissenschaft erklärte heutzutage die Dinge. Aber das wussten wohl nur die schlauen Leute.

Trotzdem war dem Bauvorhaben von da an kein Glück mehr beschieden. Der Regen wollte nicht aufhören. Die Arbeiter standen im Schlamm und kämpften um jeden Kubikmeter Aushub des wasserdurchtränkten Bodens. Von seinem Unterstand aus sah Ubertini, wie sich ihre Körper rhythmisch im Graben bewegten. Schaufeln, werfen, schaufeln, werfen. Sie kamen trotzdem schlecht voran.

Als dann noch ein junger Arbeiter von einem herabstürzenden Mauerteil erschlagen wurde, musste Ubertini am nächsten Tag einen weiteren Schwund des Personals verzeichnen. Verfluchtes Bauernvolk, das von einem Blutopfer sprach!

Doch auch er fühlte den Sog des Unheils, wenn er in die leeren Augen der Chimäre blickte. Ihn packte die Angst, die neue Stadtmauer nicht rechtzeitig zu Ende zu bringen und in Schmach und Schande vor den Herzog treten zu müssen. Was dann geschehen würde, wagte er sich nicht auszumalen.

Ubertini war deshalb mehr als froh, als sich zwei Tage später das Fuhrwerk in Bewegung setzte, auf dem die Kiste mit der Statue festgezurrt war. Begleitet von Cosimos Leibgarde verließ die Chimäre die Baustelle in Arezzo und machte sich auf den Weg nach Florenz, wo der Herzog sie ungeduldig erwartete.

Wie zum Abschiedsgeläut ertönte in diesem Moment die Glocke von San Donato zur Mittagsstunde. Ubertini lief ein Schauder über den Rücken. Dreimal hintereinander schlug er das Kreuz, genau wie die Arbeiter um ihn herum.

Der Himmel riss auf, als der Tross über die holprige Straße nach Norden rumpelte. Lange noch stand Ubertini inmitten der Baustelle und wartete, bis die Kolonne hinter dem nächsten Hügel verschwunden war. Erst danach war er wirklich erleichtert.

1

Arezzo, heute

Wie eine einzige lange Tafel erstreckten sich die weiß gedeckten Tische über den Corso Italia, die Einkaufsstraße im Herzen der Altstadt. Wo sonst die Einwohner ihre Geschäfte erledigten, herrschte heute fröhliches Treiben unter bunten Girlanden, die sich zur Feier des Tages von Haus zu Haus spannten.

Aus den Bars und Restaurants am Corso flitzten Kellner herbei, um die dicht an dicht sitzenden Gäste mit allem zu bewirten, wonach ihnen gelüstete. Die Tische bogen sich unter Platten mit Bruschetta-Häppchen, Pizzastücken, Trüffelsalami, Pecorino-Käse, Landschinken, Polentawürfeln, Rosmarinbraten und duftendem Pinienkuchen. Je später der Abend wurde, desto schneller wanderten die Flaschen mit Chianti oder Sassicaia durch die Reihen. Jeder schenkte sich und seinen Nachbarn ein, wobei es keine Rolle spielte, ob er die Leute neben sich kannte oder ob es nur Touristen waren, die mitfeiern wollten.

Nicht weit entfernt auf der Piazza Grande spielte eine Band Italo-Pop aus den letzten zwanzig Jahren und feuerte das Publikum mit Gassenhauern an. Über den Platz tönte »Azzurro«, und eine kleine Gruppe sang lauthals mit, andere Zuschauer begnügten sich mit ein paar Tanzschritten, bis sie Freunde entdeckten und ihnen mit erhobenen Weingläsern entgegengingen.

Kinder in Festtagskleidung rasten kreuz und quer durch die Menge, wurden von ihren Müttern gelegentlich gepackt und nach einer kurzen Ermahnung wieder laufen gelassen. Die Jugend hatte es sich auf der Treppe vor der Kirche Santa Maria della Pieve bequem gemacht, stützte sich mit den Ellbogen auf die Stufen, nippte lässig an Bierflaschen und beobachtete entspannt die Szenerie.

Die ganze Stadt feierte »Il Ritorno«, die Rückkehr der Chimäre von Arezzo. Nach fast fünfhundert Jahren war das Wahrzeichen zurückgekehrt, die dreiköpfige Sagengestalt aus Bronze, das bedeutendste Werk etruskischer Kunst.

Direktor Enzo Margoni stand am Fenster seines Büros im Archäologischen Museum von Arezzo und lauschte in die Nacht hinaus. Von der Piazza schallte das Wummern der Bässe zu ihm herüber. Er hörte das Raunen und Lachen der feiernden Menschenmenge.

Die Leute haben Glück mit ihrem Volksfest, überlegte er. Vor allem das Wetter spielt mit.

Zwei Wochen vor Ostern war es normalerweise noch recht kühl in Arezzo, aber heute Abend wehte ein mildes Lüftchen durch die Gassen der Altstadt. Nach dem Regen der vergangenen Nächte stieg von der Grünfläche des Amphitheaters der Duft von feuchtem Gras und Melisse zu ihm auf.

Herrlich, dieser Geruch nach Frische und Frühling! Margoni nahm einen tiefen Atemzug.

Mit dem heutigen Tag hatte sich sein Lebenstraum erfüllt, die Chimäre war an den Ort zurückgekehrt, an den sie gehörte. Es war ihm und dem »Verein der Freunde des Museums« zu verdanken, dass die Bürger von Arezzo das Original zurückbekamen, nachdem sich Cosimo I. die grandiose Statue unter den Nagel gerissen hatte. Manche Leute hatten das dem gierigen Medici-Spross bis heute nicht verziehen.

Margoni lächelte. Hier in Arezzo tickten die Uhren eben anders.

Nach zähen Verhandlungen mit dem staatlichen Kultusministerium und der Provinzregierung hatte das Archäologische Museum in Florenz schließlich einer Dauerleihgabe zugestimmt und die Statue hergegeben. Margonis Traum hatte sich erfüllt. Endlich würde sein kleines Museum an Bedeutung gewinnen und Touristen empfangen, die allein wegen des faszinierenden Fundstücks nach Arezzo kamen und nicht nur wegen der hübschen Fassaden an der Piazza Grande.

Am Vormittag war die Statue in einem gepanzerten Wagen eingetroffen, begleitet von einer Polizeieskorte, bejubelt von Menschen am Straßenrand und fähnchenschwingenden Kindern der unteren Schulklassen. Was für ein Ereignis! Margoni hatte Tränen der Rührung in den Augen gehabt angesichts dieser Begeisterung.

Doch dann mussten der schwere Sockel aus Granit und die

Figur aus Bronze in den großen Saal geschafft werden, beides in Kisten verpackt, die fluchende, stöhnende Handwerker nach oben schleppten. Als die Chimäre schließlich wieder auf ihrem Sockel stand, war ein Moment der Stille eingetreten, ein Hauch von Verwunderung über die Merkwürdigkeit dieses seltsamen Objekts.

Nach ihrer feierlichen Enthüllung sollte die Chimäre in einen gesonderten Raum kommen, als Einzelstück mit einem Wachmann in der Ecke. Der würde die Museumsbesucher im Auge behalten und darauf achten, dass keiner die Statue berührte.

In Florenz hatten sie Mühe gehabt, die Leute daran zu hindern, ihre Hände auf die Tatzen zu legen oder die Flanke zu streicheln, so groß war die Versuchung, sie zu berühren. Als ginge etwas Magisches von ihr aus.

Margoni kehrte zu seinem Schreibtisch zurück und sah sich noch einmal den Ablaufplan für den morgigen Festakt an. Zunächst spielte das Streichquartett des Teatro Petrarca ein Stück von Bellini, dann begrüßte Maria Santini, seine engste Mitarbeiterin, die Gäste und sprach ein paar einleitende Worte.

Die gute Maria. Sie hatte die Veranstaltung bis ins Kleinste organisiert, die Musik ausgewählt, das Catering bestellt und sogar ein Fernsehteam des Lokalsenders eingeladen. Liveübertragung in die ganze Provinz, das war wohl mehr als angemessen.

Margoni wurde etwas mulmig, wenn er an seinen Auftritt vor der Kamera dachte. Morgen musste er nicht nur eine glänzende Rede halten, sondern auch den Vorhang über der Statue lösen. Möglichst ohne technische Panne.

Er öffnete das Dokument mit seinem Vortragstext und überflog die einzelnen Abschnitte. Hatte er alle Ereignisse erfasst? Keine Jahreszahl vergessen? Er änderte da und dort einen Satz und fügte noch zwei Aspekte hinzu, die er für besonders erhellend hielt: dass die sterbende Chimäre sinnbildlich für das Ende der Etrusker stand, für den Untergang einer großen Kultur vor etwa zweieinhalbtausend Jahren. Und dass sie gleichzeitig das Vorbild für all die Drachenwesen war, die bis heute in Büchern und Fantasy-Filmen auftauchten. Das würde den Leuten gefallen.

Doch während Margoni tippte, verschwammen die Buchstaben vor seinen Augen, und eine tiefe Müdigkeit umhüllte ihn wie ein schwerer Mantel. Erschöpft lehnte er sich zurück und verschränkte die Arme. Seine Lider wurden schwer, sein Kinn sank auf die Brust.

Der Stress der vergangenen Wochen macht sich bemerkbar, dachte er. Kein Wunder, dass ich so fertig bin.

Er hatte kaum geschlafen in den Tagen vor der Rückkehr des Standbilds, die Vorfreude hatte ihn in permanente Anspannung versetzt, aber auch die Sorge, ob das Ereignis reibungslos vonstattenging.

Er würde kurz die Augen schließen, nur fünf Minuten, eine kleine Pause einlegen, dann würde er für heute Schluss machen und nach Hause gehen.

Wohlige Wärme durchflutete ihn. Langsam glitt er in einen Zustand völliger Entspannung.

Als er kurze Zeit später wieder zu sich kam, war der Bildschirm erloschen. Auch die Schreibtischlampe brannte nicht mehr. Milchiges Dämmerlicht fiel in den Raum.

Margoni nahm schemenhaft die Einrichtung wahr, während seine Hand den Schalter der Tischleuchte suchte. Wie viel Uhr mochte es sein? Die Zeiger der antiken Marmoruhr auf dem Schreibtisch standen auf halb eins, so wie immer, denn das schöne Stück war nur Dekoration. Mehrmals drückte Margoni den Schalter der Schreibtischlampe, aber sie funktionierte nicht. Seltsam.

Er stand auf, um die Deckenleuchte einzuschalten, aber auch der Wandschalter gab nur ein leeres Klicken von sich. Draußen im Flur war es dunkel, aus den Ausstellungsräumen fiel fahler Lichtschein in den langen Gang des Museums. Was war da los?

Margoni überlegte, wie er den Hausmeister erreichen konnte, um ihm von dem Stromausfall zu berichten, stellte jedoch fest, dass sein Handy verschwunden war – seine Hosentasche war leer, und er konnte sich nicht erinnern, wo er es hingelegt hatte.

Ein Gefühl der Unsicherheit beschlich ihn, eine unangenehme Kälte kroch seinen Rücken hinauf und breitete sich unter seiner

Schädeldecke aus. Irgendetwas stimmte hier nicht, die ganze Situation erschien ihm reichlich bizarr.

Er lief bis zum Festsaal, vorbei an Vitrinen und Skulpturen und dem surrenden Getränkeautomaten in der Ecke. Komisch, hier lief der Strom. Egal. Er musste nachsehen, ob mit der Chimäre alles in Ordnung war.

Im Saal fiel Mondlicht gleichmäßig durch die großen Fenster und warf den verzerrten Schatten der Statue auf den Steinboden. Erleichtert atmete Margoni auf. Die Chimäre stand auf ihrem Podest in ihrer geduckten, kämpferischen Haltung und starrte ihn mit leeren Augenhöhlen an. Merkwürdig war nur, dass der Vorhang, der sie verhüllt hatte, wieder zusammengerollt unter der Decke hing. Er hätte schwören können, den weißen Stoff bereits herabgelassen zu haben, vorhin, als er den Raum zum letzten Mal kontrolliert hatte. Aber nun stand die Statue unverhüllt und düster im Halbdunkel.

Als ob sie auf ihn gewartet hätte.

Magisch angezogen ging Margoni zu ihr hinüber, strich mit der Hand über den Vorderlauf und spürte die eingravierten etruskischen Buchstaben. »TINSCVIL«, was bedeutete: Gabe an Tin, den höchsten Gott der Etrusker. Ein Zeichen aus einer anderen Welt, in die Bronze geritzt von einem Künstler der Vorzeit.

Margoni legte seine Hand auf die fein gearbeitete Tatze und ließ die Berührung auf sich wirken. Er spürte ein sanftes Prickeln, als wäre er über die Zeiten mit den Menschen verbunden, die dieses Kunstwerk geschaffen hatten. Ein intensives Gefühl. Doch etwas irritierte ihn: Das Metall fühlte sich warm an, nicht glatt und kalt, wie er es in Erinnerung hatte, sondern beinahe pulsierend und lebendig. Plötzlich verspürte er eine winzige Bewegung, ein Zucken in der Pranke, kaum mehr als eine Vibration. Erschrocken zog er seine Hand zurück.

Das ist unmöglich, dachte er. Ich muss mich getäuscht haben. Ein toter Gegenstand kann nicht zum Leben erwachen.

Doch dann sah Margoni, wie ein Zittern und Beben durch die Chimäre lief, als strömte Blut und Lebenskraft in ihren dunklen Leib.

Grundgütiger Himmel, was geschieht hier? Mit namenlosem Entsetzen beobachtete er, wie das Standbild zum Leben erwachte, wie sich die Sehnen des Löwen spannten, die Muskeln zu arbeiten begannen, wie er sich reckte und streckte und das Haupt mit der Mähne schüttelte. Dazu ließ er ein kurzes Schnauben hören.

Heißer, übel riechender Atem streifte Margonis Gesicht. Nicht bewegen, dachte er. Wenn mich das Biest entdeckt, wird es mich töten.

Gelähmt vor Angst verfolgte er das Erwachen des Ungeheuers, unfähig, den Blick von dem grauenvollen Schauspiel zu lösen. Geschmeidig bewegte sich die Bestie nach ihrem jahrtausendelangen Schlaf, verlagerte ihr Gewicht auf die Vordertatzen und machte Anstalten, vom Sockel zu springen. Gleichzeitig peitschte der entfesselte Schlangenschwanz in alle Richtungen, der Schlangenkopf zischte mit gespaltener Zunge und biss in die Luft.

Es war zu viel für Margoni. Mühsam klammerte er sich an den letzten Rest seines Verstands. Er erinnerte sich dunkel, dass er etwas unternehmen sollte, falls ihn unsichtbare Dämonen verfolgten, aber er wusste nicht mehr, was es war. Dies war kein unsichtbarer Dämon, sondern ein reales Ungeheuer. Es würde ihn umbringen, falls er nicht auf der Stelle flüchtete.

Er drehte sich um und rannte auf den Ausgang zu, doch die Tür entfernte sich von ihm, der Saal wurde breiter und größer, zu einer Halle mit gigantischen Ausmaßen. Sosehr sich Margoni auch bemühte, er kam keinen Schritt voran, seine Füße klebten fest am Boden, während er sich nach vorn streckte und hilflos mit den Armen ruderte. Hinter sich hörte er das Knurren und Hecheln der Bestie, konnte die wütende Hitze ihres Körpers spüren und ihren unbedingten Willen, ihn wie ein armseliges Schaf zu reißen.

Ich bin so gut wie tot, dachte er.

Mit letzter Verzweiflung nahm er alle Kräfte zusammen und konzentrierte sich allein darauf, seine Füße vorwärtszubewegen, wenigstens ein paar Zentimeter.

Heilige Muttergottes, steh mir bei!, flehte er. Hilf mir, der Bestie zu entkommen! Ich tue alles, was du von mir verlangst, aber rette mich vor diesem Monster!

Tränen schossen in seine Augen, in seiner Kehle formte sich ein verzweifelter Hilfeschrei, doch er brachte keinen Ton heraus.

Bleib ruhig, es ist alles Illusion.

Wie aus dem Nichts tauchte dieser Satz in seinem Bewusstsein auf. Eine Stimme in seinem Kopf redete beruhigend auf ihn ein.

Du musst dich dem Grauen stellen.

Er kannte diese Worte, hatte sie selbst schon oft gesprochen. In seinen Alpträumen.

Langsam dämmerte es ihm. Dies war nicht die Realität, es geschah nicht wirklich, sondern nur in seiner Phantasie. Es war ein verdammter Alptraum! Was sich hier abspielte, war völlig irreal, in Wirklichkeit saß er in seinem Büro am Schreibtisch und träumte – ein luzider Traum, wie er ihn schon oft erlebt hatte. Das wurde ihm schlagartig klar. Sein überspanntes Gehirn hatte ihm nicht nur den Weg zum Festsaal vorgegaukelt, sondern auch das Trugbild einer zum Leben erwachten Chimäre. Die defekten Lichtschalter, das merkwürdige Zwielicht waren klare Anzeichen gewesen, dass es sich nur um ein Hirngespinst handelte, aber im ersten Moment der Panik hatte er das nicht realisiert.

Langsam beruhigte er sich. Es lag alles in seiner Hand, er musste sich nur konzentrieren. Er könnte sich nun umdrehen und die Statue wieder zum Stillstand zwingen oder sich in sein Büro zurückwünschen und langsam aufwachen. Er entschied sich für Letzteres.

Während er sich anstrengte, seine tonnenschweren Lider zu heben, spürte er plötzlich etwas an seinem Hals. Etwas drückte ihm die Kehle zusammen und würgte ihn, erst locker, dann fester und unerbittlicher.

Mit einem Ruck war er hellwach. Vor sich sah er die Zeiger der Marmoruhr, den Computerbildschirm und die Tastatur. Instinktiv griff er nach der Schlinge an seinem Hals, während er ein angestrengtes Keuchen hinter sich hörte. Hasserfüllte Worte prasselten auf ihn nieder. Er verstand sie nicht.

Oh Gott, steh mir bei!

Margoni versuchte, sich zu dem Angreifer umzudrehen, doch er saß festgeklammert in seinem Schreibtischstuhl. Er zappelte und tobte, röchelte und schlug wild um sich, während Todesangst sein Gehirn überflutete und jeden klaren Gedanken davonschwemmte.

War das Traum oder Realität? Es spielte keine Rolle mehr. Mit aller Kraft zerrte er an der Schlinge und grub mit den Fingernägeln blutige Kratzer in seine Haut. Er stemmte die Füße gegen den Schreibtisch, um sich aus der tödlichen Lage zu befreien. Brennend vor Schmerz gierten seine Lungen nach Luft, sein Herz raste, und seine pulsierenden Augäpfel quollen aus ihren Höhlen.

Ich will nicht sterben!, schrie er innerlich.

Dann sank er in einen bodenlosen Abgrund. In einem letzten grauenvollen Gedanken wurde ihm klar, dass es aus diesem Alptraum kein Erwachen gab.

2

Ein scharfer Märzwind schlug Roberto Fabbri entgegen, als er am Sonntagmorgen auf die Straße trat. Der milde Frühlingsanfang war über Nacht verflogen.

Er schlug den Kragen seines dunklen Jacketts nach oben. Er musste sich beeilen. Ein Informant hatte ihm geflüstert, dass ein professioneller Taschendieb während des Festakts im Museum zuschlagen würde, ein gut gekleideter Profi, der kaum von den Gästen zu unterscheiden war. Nicht zu verwechseln mit den armseligen Langfingern osteuropäischer Banden, die sich auf ahnungslose Passanten in der Fußgängerzone spezialisiert hatten, sondern ein Meister seines Fachs, der einer Dame die Goldkette vom Hals zog, ohne dass sie es bemerkte.

Fabbri würde sich unauffällig unter die Gäste mischen und seinen Blick schärfen. Wäre doch gelacht, wenn er den Kerl nicht erwischen würde.

Nach ein paar Schritten fluchte er leise. An der nächsten Laterne stand Gabriella, seine Nachbarin aus dem dritten Stock, in ihrem üblichen Dress aus einem leopardengemusterten Blouson, pinkfarbenen Leggins und goldenen Pantoletten. Drei ihrer vier kleinen Hunde zerrten an der Leine, während sie mit der Zigarette im Mundwinkel ein Blatt Papier an den Laternenpfahl heftete.

Schnell vorbei, dachte Fabbri, bevor sie wieder mit ihren Hundegeschichten anfängt.

Aber Gabriella hatte ihn schon entdeckt. »Guten Morgen, Signor Commissario«, rief sie mit ihrer tiefen Stimme, die durch das Alter und die zahllosen Glimmstängel rau geworden war. »Sehen Sie sich an, was ich hier Schönes habe.«

Sein Blick fiel auf das undeutliche Foto von Hundewelpen in einem Korb, die an den Zitzen ihrer Mutter saugten. »Echte Französische Bulldoggen zu verkaufen«, stand mit dickem Filzstift darunter.

»Gina ist wieder Mama geworden«, erklärte Gabriella stolz. »Sechs Welpen, alle gesund und munter, stellen Sie sich vor.«

Folglich würden bald zehn Hunde in der Wohnung über ihm herumlaufen und jedes Klingeln im Haus mit aufgeregtem Bellen vermelden.

»Tut mir leid, Signora Gabriella, ich muss zum Dienst«, entgegnete Fabbri. »Sie wissen ja, das Böse schläft nie.« Mit einem kurzen Lächeln wandte er sich zum Gehen.

»Warten Sie, Signor Fabbri«, rief sie hinter ihm her und zerrte die Hunde mit sich. »Möchten Sie nicht einen Hund kaufen? Wo Sie doch so allein sind.« Sie stockte. »Ich meine, wo Sie doch genug Platz hätten ...«, verbesserte sie sich und sah ihn erschrocken an.

Fabbri kannte den bestürzten Gesichtsausdruck, wenn die Leute versehentlich auf den Tod seiner Frau zu sprechen kamen.

Vor lauter Verlegenheit wussten beide nicht, wie sie sich verhalten sollten. Fabbri sah, wie Gabriella die Lippen zusammenpresste, unschlüssig, ob sie Worte des Mitgefühls ausdrücken oder das Thema wechseln sollte. So ging es vielen, die ihm in den zwei Jahren nach Lenas Unfall begegnet waren. Fabbri bemühte sich dann, locker über die peinliche Situation hinwegzugehen, den Leuten die Scheu zu nehmen. Sein Schmerz ging nur ihn etwas an.

»Danke für das Angebot«, antwortete er ruhig. »Aber ich bin viel unterwegs, und außerdem ist da noch Isabella, um die ich mich kümmern muss. *Scusa*, leider nein, ich möchte keinen Hund. Einen schönen Tag noch, Gabriella. Grüßen Sie Ihren Mann von mir.«

»Ach der«, schnaubte sie und winkte empört ab. »Der wohnt nicht mehr hier. Lebt mit seinem Flittchen in Siena. Der Mistkerl hat mich mit den Hunden sitzen lassen, dabei war die Zucht ursprünglich seine Idee gewesen.«

Gabriella und ihr Mann Ricci hatten sich mit dem Verkauf Französischer Bulldoggen ein Zubrot verdient, um ihre magere Rente aufzustocken. Weil diese glotzäugigen Viecher gerade in Mode waren, konnten sie sich über mangelnde Nachfrage nicht beklagen und sorgten für steten Nachschub. Sicher waren sie nicht die einzigen Züchter, woher sonst kamen die vielen anderen kleinen Rassen, die über den Corso geführt wurden? Da war es fast schon ein Glück, dass momentan nicht Rottweiler oder Deutsche Schäferhunde an der Spitze der Beliebtheitsskala standen.

»Mit einer ehemaligen Kundin aus unserem Antiquitätenladen lebt er zusammen«, fuhr Gabriella fort. »Ein Mann über sechzig, doppelt so alt wie das Dreckstück, das ihn mir weggenommen hat. Ist das zu glauben?«

Teilnahmsvoll schüttelte Fabbri den Kopf. »*Porca miseria.* So eine Schande!«

Tatsächlich hätte Fabbri seinem Nachbarn einen solchen Schritt niemals zugetraut. Wenn er nicht selbst gesehen hätte, wie der hagere Ricci einmal im Monat einen Zwanzig-Kilo-Sack Trockenfutter aus dem Auto wuchtete, hätte er an seiner Existenz gezweifelt, so still und leise war der Mann. Von der Küche aus hörte er nur Gabriellas dröhnende Stimme, hinter der er Befehle und Anweisungen vermutete – ob für die Hunde oder ihren Mann, blieb unklar. Schon möglich, dass Ricci sich neu orientiert hatte.

»Ich muss wirklich los«, sagte Fabbri. »Sie werden sicher genügend Käufer finden für Ihre entzückenden Kleinen.«

Zufrieden bedankte sich Gabriella und begleitete ihn fröhlich über die Welpen plaudernd bis zum Ende der Straße, wo sie einen weiteren Zettel an einem Laternenmast aufhängte.

Fünfzehn Minuten später betrat Fabbri das Museum Gaio Cilnio Mecenate, in dem sich die antiken Funde der Stadt Arezzo befanden. Das ehemalige Benediktinerkloster aus dem 16. Jahrhundert war neben den Resten eines römischen Amphitheaters errichtet worden, weshalb das Gebäude eine halbrunde Form aufwies.

Fabbri kannte das Museum nur von außen – eine Schande für einen Bürger Arezzos –, aber die gleichförmige Fassade des Klosters hatte ihn zu sehr an ein Gefängnis erinnert. Die Gitter vor den Fenstern im Erdgeschoss verstärkten noch den Eindruck eines Zellentrakts. Der schmale, dunkle Zugang durch eine Art Portiersloge wirkte fast so einladend wie die Polizeipforte im Präsidium.

Vom Treppenabsatz im ersten Stock winkte ihm eine elegant gekleidete Dame zu, etwa Anfang fünfzig, schickes Kostüm, knallrote Lippen und ein Sammelsurium goldener Ketten um den Hals. Maria Santini, die rechte Hand des Direktors und zuständig für die Öffentlichkeitsarbeit des Museums. Sie war in seinen Plan eingeweiht und erwartete sehnlichst sein Eintreffen.

»Schön, Sie zu sehen, Commissario Fabbri«, begrüßte sie ihn herzlich und führte ihn zum Eingang des Festsaals. »Ich bin froh, dass Sie da sind. Kommen Sie, ich zeige Ihnen alles.«

»*Salve*, Signora. Machen Sie bitte keine Umstände. Ich möchte mich einfach im Hintergrund halten und sehen, was passiert.«

Maria Santini blieb abrupt vor der Tür stehen. »Es wäre furchtbar, wenn unsere Gäste im Nachhinein feststellen müssten, dass sie bestohlen worden sind«, erklärte sie eindringlich. »Das würde doch einen Schatten auf diesen wunderbaren Tag werfen, nicht wahr? Sie glauben ja nicht, wie stolz wir sind, dass wir die Chimäre zurückholen konnten. Da soll nichts dieses großartige Ereignis stören. Deshalb meine Bitte: Gehen Sie diskret vor. Schnappen Sie diesen Verbrecher, bevor er zuschlagen kann.«

»Keine Sorge, Signora, genau das habe ich vor.«

»Gut. Ich erläutere Ihnen zunächst den Ablauf der Feier.« Eifrig hielt sie Fabbri ihr Klemmbrett unter die Nase und deutete mit dem Kugelschreiber auf die einzelnen Punkte der Veranstaltung. »Zuerst hören wir die Streicher, danach beginne ich mit der Moderation. Dann begrüßt Direktor Margoni die Gäste und erklärt uns etwas über die Geschichte der Chimäre. Anschließend enthüllt er die Statue, womit wir eigentlich schon beim Höhepunkt der Feier wären. Es folgt die Rede des Bürgermeisters, und schließlich kommt der Präfekt zu Wort. Zum Schluss gibt es nochmals Musik und danach Essen für alle.«

Fabbri hörte genau zu, warf dabei aber einen Blick in den gegenüberliegenden Raum, wo eine Catering-Firma das Büfett für die Gäste aufbaute. Eine Mitarbeiterin polierte geistesabwesend die Sektgläser, während ihre Kollegen abgedeckte Platten und gefüllte Speisenwärmer die Hintertreppe hinauftrugen.

Er hatte die Leute überprüft, alles Mitglieder eines alteingesessenen Familienunternehmens, trotzdem würde er sie im Auge behalten. Ein weißes Hemd, ein schwarzer Anzug – mühelos könnte sich ein Dieb unter das Personal schmuggeln.

Maria Santini sah nervös den Gang hinunter.

»Stimmt etwas nicht?«, fragte Fabbri.

»Ich möchte nur wissen, wo der Dottore bleibt. Direktor Margoni wollte eigentlich schon vor einer Stunde hier sein.«

»Haben Sie ihn angerufen?«

»Ja, sicher. Es war nur die Mailbox dran. Bestimmt kommt er gleich. Wenn Sie mich bitte entschuldigen möchten, da sind die Leute vom Fernsehen.« Mit klimpernden Ketten eilte sie dem Team des Lokalsenders entgegen, das aus einer blonden Reporterin und einem schwer bepackten Kameramann bestand, der sein Equipment durch den langen Flur schleppte.

Fabbri ging in den Saal, das ehemalige Refektorium des Klosters, um sich einen Überblick zu verschaffen: akkurate Stuhlreihen für etwa sechzig Gäste, ein Rednerpult, Lautsprecherboxen und ein kreisrunder Vorhang, hinter dem sich zweifellos die Statue verbarg.

Der Raum selbst war groß, hell, lichtdurchflutet. Die Sonne fiel auf die blitzblanken Terrakottafliesen und spiegelte sich in den Vitrinen, die entlang der Wand standen. Vor den Fenstern hingen massive hölzerne Innenläden, die jedoch so aussahen, als würden sie nie geschlossen. Außerdem: keine Überwachungskameras, nicht einmal die Vitrinen waren alarmgesichert. Ziemlich leichtsinnig für Fabbris Begriffe. Das würde sich bestimmt ändern mit der Chimäre als Hauptattraktion und Besuchermagnet des Museums.

Mit einem Kopfnicken begrüßte er die Musiker des Streichquartetts, die bereits auf ihren Stühlen Platz genommen hatten und die Noten auf den Ständern auslegten.

Es war kühl im Saal, was wohl daran lag, dass eines der Fenster offen stand. Auch die Cellistin, die gerade ihr Instrument auspackte, bemerkte die Kälte und schloss die hohen Flügel. Ein letzter Windstoß erfasste den weißen Vorhang über der Statue und versetzte ihn in sanfte, schwingende Bewegungen.

Während die Musiker ihre Instrumente stimmten und dabei den üblichen Wirrwarr aus Tönen erzeugten, ging Fabbri an den vorderen Stuhlreihen entlang. Hier waren alle Plätze reserviert, die meisten sogar mit Namen. Fast der gesamte Magistrat war vertreten, dazu die Vorsitzenden der verschiedenen Innungen, die Quartiermeister der vier Stadtteile und nicht zu vergessen Polizeidirektor Banelli, sein Chef.

Fabbri begutachtete den Saal aufmerksam aus verschiedenen Blickwinkeln, dann griff er sich einen der Reservierungszettel und legte ihn auf einen der hinteren Stühle. Ausgezeichnet, sein Beobachtungsplatz war gesichert.

Das Fernsehteam bezog am Kopfende des Saals Stellung. Der Kameramann vollzog probehalber einen Schwenk vom Rednerpult zu der verhüllten Chimäre und zurück.

Fabbri ging wieder nach draußen und stellte sich in eine Nische gegenüber dem Eingang. Es dauerte nicht lange, bis die ersten Besucher die Treppe heraufkamen, sonntäglich gekleidet nach dem obligatorischen Kirchgang und mit feierlichem Gesichtsausdruck nach der soeben gehörten Predigt. Allmählich füllten sie den Flur und strömten an ihm vorbei in den Festsaal. Fabbri achtete auf jede Person und jedes Gesicht. Wer gehörte zu wem? Wer waren die Einzelpersonen? Verhielt sich jemand fahrig, ungeschickt, trat zu nah an die Leute heran? Oder zeigte einen betont gelassenen Gesichtsausdruck bei gleichzeitig unruhigen Augen? Er konnte nichts Auffälliges erkennen.

Mit seinen dreiundvierzig Jahren hielt sich Fabbri für einen erfahrenen Polizisten. Zwanzig Jahre Polizeidienst, keine Skandale, keine Verwicklung in Korruptionsaffären, da war er sogar ein wenig stolz auf sich. Er fühlte sich fit und durchtrainiert, sein Körper war von Natur aus sehnig, sodass ihm manche Leute ein langes Leben prophezeiten. »Nicht unbedingt bei diesem Job«, erwiderte er dann.

Die Gäste zogen an ihm vorbei, Arezzos Prominenz erschien im Kreis der Familie, begleitet von Kindern und Halbwüchsigen.

Zwischendurch trafen die höheren Chargen der Stadtverwaltung ein. Schließlich stieg auch Questore Banelli mit seiner Gattin die Stufen herauf, in prall sitzender Uniform über dem massigen Körper.

»Na, so was«, begrüßte er Fabbri verblüfft. »Was haben Sie hier zu suchen?« Ohne auf eine Antwort zu warten, hakte er seine Frau unter und ging weiter. »Nun ja, Sie werden es schon wissen«, brummte er.

Fabbri wartete noch ein paar Nachzügler ab, dann schlenderte er zurück in den Saal, vorbei an erwartungsvollen Gästen, die sich die Zeit bis zum Beginn der Veranstaltung mit zwanglosen Gesprächen vertrieben.

Verflucht und zugenäht, wo ist dieser verdammte Dieb! Während Maria Santini die Gäste begrüßte und die Streicher zum Auftakt ein getragenes Stück spielten, ließ Fabbri seinen Blick über die wohlfrisierten Köpfe der Besucher schweifen. Arezzos feine Gesellschaft. Hier saßen Menschen mit Macht und Einfluss, Geldleute, Immobilienbesitzer und hohe Beamte. Leute mit einem Palazzo an der Piazza Grande und moderner Kunst an den Wänden. Familien, die Bischöfe und Bankiers hervorgebracht hatten, aber auch sagenhafte Verschwender und Betrüger.

Fabbri fragte sich zunehmend, ob der Tipp mit dem Taschendieb ein reines Lügenmärchen gewesen war oder ob er etwas übersehen hatte. Der Gedanke gefiel ihm nicht.

Das Musikstück endete mit einem harschen Basston, der Fabbri in der Seele wehtat. Dann sah er, wie Maria Santini mit Bürgermeister Fanelli in der ersten Reihe sprach, der daraufhin hektisch ein paar Blätter aus seiner Mappe zog und die Seiten überflog. In der Zwischenzeit wandte sich Maria Santini an das Publikum.

»Meine sehr verehrten Herrschaften«, sagte sie mit artigem Lächeln, »ich bedaure sehr, dass es an dieser Stelle zu einer geringfügigen Programmänderung kommt. Ich bitte nun den verehrten Herrn Bürgermeister, uns ein paar Worte zur Bedeutung der Chimäre vorzutragen. Wir hoffen alle, dass Direktor Margoni in der Zwischenzeit zu uns stößt, um die Statue eigenhändig zu enthüllen.«

Margoni ist demnach noch nicht eingetroffen, dachte Fabbri. Auch das gefiel ihm nicht.

Während der Bürgermeister seine trockenen Ausführungen herunterleierte, fragte sich Fabbri, wem von den Leuten im Saal die Rückkehr der Chimäre am meisten nutzte. Denn nichts geschah in Arezzo, ohne dass jemand davon profitierte. Im schlimmsten Fall würde die Statue nach ein paar Jahren weiterverliehen oder gar verkauft, einfach, um die Stadtkasse zu sanieren.

Du denkst zu negativ, sagte er zu sich selbst, es soll Menschen geben, die von der Liebe zur Kunst und dem Respekt vor der Vergangenheit angetrieben werden. Denen Schönheit und Bedeutung wichtiger sind als Geld. Aber er glaubte nicht recht daran.

Er erinnerte sich, dass die adligen Erben des Vasari-Archivs versucht hatten, die wertvollen Handschriften und Dokumente des Renaissance-Baumeisters für eine geradezu astronomische Summe an einen russischen Ölmagnaten zu verscherbeln. Mit einem Schlag wäre die verschuldete Familie steinreich gewesen. Hätte das Gericht den Deal nicht untersagt, läge der Briefwechsel zwischen Vasari und Michelangelo heute vielleicht in einem schäbigen Neubau zwischen Moskau und Nowosibirsk. So viel zum Thema Respekt vor der Vergangenheit.

Nachdem der Bürgermeister den Applaus des Publikums entgegengenommen hatte, entstand eine kleine Pause, in der Maria Santini neben das Stadtoberhaupt trat und kurz besprach, wie es weitergehen sollte. Sie warf einen Blick auf ihre Armbanduhr, unsicher, ob sie nicht doch noch ein paar Minuten warten sollte. Dann gab sie das Zeichen für die Enthüllung der Statue.

Feierlich trat Fanelli an den seidenen Vorhang und zog kräftig an der Schnur. In einer fließenden Bewegung glitt der Stoff geschmeidig zu Boden und ringelte sich sanft um den Sockel der Statue.

Die anschließende Schockwelle erreichte Fabbri nur Sekundenbruchteile nach den Besuchern in den vorderen Reihen. Fast gleichzeitig sprangen die Leute auf und schrien vor Entsetzen. Nach und nach kam der ganze Saal auf die Beine, alle wollten sehen, was da vorn los war. Schon stürzten die Gäste zu den

Ausgängen und kamen dabei den Servicekräften in die Quere, die nach den ersten Schreien herbeigerannt waren. Mütter pressten die Gesichter ihrer Kinder an sich und ergriffen die Flucht.

»Lassen Sie mich durch, ich bin Polizist!«, rief Fabbri, während er sich durch die aufgebrachte Menge drängte. Er konnte sehen, wie der Kameramann des Lokalsenders seine Kamera auf die Schulter wuchtete, um näher am Geschehen zu sein. Andere Gäste versperrten Fabbri die Sicht, weil sie mit dem Smartphone den grauenvollen Anblick festhalten wollten, den ihre Augen nicht fassen konnten.

Mein Gott, was ist da vorn los?, dachte Fabbri.

»Treten Sie zurück«, hörte er Banellis Stimme, doch sie ging im Tumult unter.

Energisch schob Fabbri die Leute zur Seite, bis er endlich vor der Statue stand.

Er traute seinen Augen nicht. Unter dem Bauch der Chimäre hing ein Mensch! Nach vorn gebeugt steckte er zwischen den Beinen des Wesens auf dem Sockel fest, die Fußspitzen berührten gerade noch so den Boden. Ein Mann in grauer Hose und weinrotem Poloshirt, der wie ein schwerer Sack unter der Bronzestatue klemmte. Fast sah es so aus, als hätte das Monster soeben eine Beute geschlagen und würde sie nun davonschleifen wollen. Es fehlte nur das besitzergreifende Fauchen.

»Hören Sie sofort mit dem Knipsen auf«, brüllte Fabbri, als er die unentwegten Klickgeräusche der Handys um sich herum registrierte. Hatten die Leute denn keinen Anstand mehr im Leib?

Im nächsten Moment warfen sich ein paar Männer auf den schweren Körper, um ihn mit vereinten Kräften unter der Statue hervorzuziehen.

»Beeilung! Vielleicht lebt er noch!«, rief einer von ihnen.

»Los, helft ihm!«, befahl ein anderer.

Sie zerrten an dem Körper, den Beinen, den Schultern, zogen am Gürtel, drückten und schoben Arme und Oberkörper zwischen den Beinen der Chimäre hindurch. Stöhnend und fluchend mühten sie sich ab, bis er endlich vom Sockel rutschte und schwer wie ein Holzklotz auf den Boden krachte.

In absurd gekrümmter Haltung blieb der Mann liegen, Arme und Beine in grausiger Weise verbogen. Ein weiterer Aufschrei ging durch die Menge. Selbst der Kameramann ließ das Objektiv sinken.

»Enzo!«, kreischte Maria Santini. »Großer Gott, es ist Dottore Margoni!«

Mit weit aufgerissenen, blutunterlaufenen Augen starrte der tote Direktor hinauf zu den dunklen Deckenbalken.

3

Pia Michaelis stand in der Küche ihrer Zwei-Zimmer-Wohnung in der Altstadt von Arezzo und befüllte sorgfältig ihre *moka*, die traditionelle italienische Espressokanne. Sie schraubte den achteckigen Behälter ab, füllte ihn mit Wasser und schaufelte Kaffee in den Trichtereinsatz. Der warme Duft des Kaffees umhüllte sie, während sie mit dem Zeigefinger das überschüssige Pulver zurück in die Dose strich. Dann setzte sie die beiden Teile der Kanne wieder zusammen und stellte sie auf die Gasflamme. Das etwas umständliche Ritual steigerte ihre Vorfreude auf den kräftigen Kaffee, an dessen leicht verbrannten Geschmack sie sich mittlerweile gewöhnt hatte. Sie trank ihn schwarz und ohne Zucker.

Während sie vom Küchenfenster aus auf den kargen Hinterhof mit den gestapelten Obstkisten hinuntersah, wartete sie auf das Gurgeln der aufsteigenden Flüssigkeit und die Melodie, die die Kanne von sich gab, wenn der Espresso fertig war.

»Roma, Roma, Roma«, krächzte das Ding nach ein paar Minuten, die Hymne des Fußballvereins AS Rom. Laura und Fabio, ihre Assistenten im Institut für Schlafmedizin und Traumforschung, hatten ihr die »Moka Melody« geschenkt, als Pia an ihrem sechsunddreißigsten Geburtstag eine kleine Feier für die Kollegen ausgerichtet hatte. Die beiden waren glühende Anhänger des römischen Clubs und hatten sich köstlich über Pias Verblüffung amüsiert, als die heisere Melodie aus der Kaffeeküche erklungen war.

Pia holte ein Tässchen mit Unterteller aus dem Schrank, goss den Espresso hinein und balancierte ihn zu ihrem Schreibtisch im Wohnzimmer. Sie hatte sich Arbeit mit nach Hause genommen, Messdaten und mündliche Protokolle der Patienten aus dem Schlaflabor, die sie in aller Ruhe niederschreiben und auswerten wollte.

Sie klappte ihren Laptop auf, öffnete die Patientendateien und legte ein neues Dokument an. Der Cursor blinkte auffordernd am Rand der leeren Seite, aber Pia zögerte mit dem Abhören der Aufzeichnungen auf dem Diktiergerät. Sie konnte sich einfach nicht auf ihre Arbeit konzentrieren

Hatte sie sich richtig entschieden? War sie nicht zu voreilig und abweisend gewesen? Zu ehrgeizig und verbissen in ihr Projekt? Diese Fragen gingen ihr seit gestern nicht aus dem Kopf. Seit Alexanders überstürzter Abreise aus Arezzo.

Eigentlich hatten sie das ganze Wochenende miteinander verbringen wollen, nachdem ihre letzte Begegnung schon drei Monate zurücklag. Eine lange Zeit für eine Beziehung, die erst drei Jahre dauerte und seit zwei Jahren durch Pias Arbeit in Italien auf die Probe gestellt wurde. Und dann war ihr Treffen von Anfang an schiefgelaufen.

Am Freitagnachmittag hatte sie Alexander vom Flughafen in Florenz abgeholt und ihn schon von Weitem erkannt: Jeans, Jackett und ein zur Schlaufe gebundener grauer Schal. Er sah gut aus, nicht umwerfend, aber doch etwa so attraktiv wie ein Schauspieler in einer Vorabendserie. Sympathisches Gesicht, rotbraune, lässig zur Seite gekämmte Haare, blaue Augen und ein breiter Mund mit schönen weißen Zähnen. Die schwarze Hornbrille gab ihm etwas Intellektuelles, Kreatives, was in seinem Beruf als Architekt bestimmt von Vorteil war.

Seine Umarmung war fest und herzlich gewesen. Pia hatte die Wärme seines Körpers gespürt, die Kraft der durchtrainierten Muskeln an seinen Oberarmen. Ein schönes und geborgenes Gefühl.

Sie waren gleich in eine *fattoria* vor den Toren Arezzos gefahren, einen Landgasthof, der toskanische Speisen nach alter Tradition servierte. Auf der Fahrt dorthin hatte sie sich seine Neuigkeiten angehört, über sich, seine Arbeit, das Wetter in Frankfurt. Sie hatte sein aufgeregtes Gesicht gesehen, als er von einer tollen Überraschung erzählte, die er sich aber für später aufheben wolle.

Was das wohl ist?, hatte sie gerätselt. Hoffentlich nichts Weltbewegendes. Denn auch sie musste ihm etwas sagen.

Als sie bei Tisch saßen, beobachtete Pia, wie Alexander die

Pasta hastig herunterschlang, er konnte es wohl kaum abwarten, zum eigentlichen Höhepunkt des Abends zu kommen. Während sie noch in ihren Salbei-Ravioli herumstocherte, erzählte er die neuesten Geschichten aus dem Freundeskreis, von einem Wasserschaden in der Wohnung über ihm und wie einsam er sich ohne sie fühle. Keine Fragen zu ihr oder dem Projekt. Sie kam gar nicht zu Wort. Stattdessen wartete er ungeduldig, dass sie mit ihrer Vorspeise fertig wurde.

»Fang doch schon mit dem Hauptgericht an«, sagte sie.

Alexander gab dem Kellner ein Zeichen und bestellte den nächsten Gang.

Sie waren früh dran, quasi die ersten Gäste in der alten Kelterhalle eines Weinguts, unter deren Gewölbe blanke Holztische mit Stühlen und Bänken standen. Aus der Küche strömte der Duft der bäuerlichen Speisen, die die Frauen der Kooperative an jedem Wochenende zubereiteten. Bei früheren Besuchen hatte Pia erlebt, wie die Leute Schlange standen, um einen Platz in der *fattoria* zu ergattern, denn Reservierungen gab es nicht.

Als der Kellner kam, ließ sie den halb vollen Teller mit den Nudeln zurückgehen und widmete sich dem Lammfilet mit Rosmarinkartoffeln. Es schmeckte köstlich, aber sie konnte das Gericht kaum genießen, weil Alexander gedankenlos alles in sich hineinschaufelte, getrieben von dem Moment, in dem er seine Überraschung loswerden konnte. Seine Hektik verdarb ihr schließlich so den Appetit, dass sie das Besteck weglegte.

Nachdem die Teller abgeräumt waren, ergriff er bedeutungsvoll Pias Hände und sah sie an. Er machte es wieder einmal mächtig spannend.

»Pia, du weißt, wie viel du mir bedeutest«, begann er. »Von allen Frauen, die ich kenne, bist du die schönste, intelligenteste, aufregendste, mit der ich je zusammen war. Du bist und bleibst meine erste Wahl.«

Pia stieß die Luft aus den geblähten Backen. Puh, ein typisches Alexander-Kompliment. Gut gemeint, aber ungeschickt und bei näherer Betrachtung fast schon eine Beleidigung. Aber besser konnte er es eben nicht.

»Du bist natürlich auch meine erste Wahl«, erwiderte sie mit gespieltem Ernst. »Wie ein Grundstück in Eins-a-Lage.«

Sie fing Alexanders verdutzten Blick auf, dann mussten sie beide lachen.

»Meine Rede, Schatz, du hast es erfasst«, sagte er grinsend, ließ Pias Hände los und wischte sich die Haare aus der Stirn. »Ich habe mir alles genau überlegt. Dein Aufenthalt in Arezzo neigt sich ja nun dem Ende zu, zwei Jahre Italien, sicher eine schöne Erfahrung und jede Menge neue Eindrücke. Das war bestimmt toll für dich. Aber ich bin froh, dass du nun zurückkommst und wir endlich unser gemeinsames Leben planen können.«

Er schenkte ihnen beiden Rotwein nach, als ob sie auf seine kleine Rede anstoßen sollten.

»Das klingt ja so, als hätte ich hier nur Urlaub gemacht«, erwiderte Pia gereizt. »Pizza, Pasta und Dolcefarniente, oder wie stellst du dir das vor? Alexander, ich stecke noch mitten in der Arbeit, ich weiß gar nicht, wo mir der Kopf steht, um ehrlich zu sein.«

»Was soll das heißen?« Alexander sah sie erstaunt an.

»Ich habe Patienten, deren Therapie noch nicht abgeschlossen ist und die ich nicht allein lassen kann«, erklärte sie. »Das ist das Wichtigste. Ich habe noch nicht genug Daten für meine Studie, von der Auswertung ganz zu schweigen. Außerdem möchte Professor Moretti unsere neue Technik noch auf andere therapeutische Bereiche ausdehnen, was ich sehr spannend finde. Du siehst, ich kann noch gar nicht weg, das dauert alles viel länger als ursprünglich gedacht.«

Alexander war lächelnd den Bewegungen ihrer Hände gefolgt, mit denen sie ihre Worte begleitet hatte.

Hört er überhaupt zu?, fragte sich Pia. Oder amüsieren ihn die italienischen Gesten, die ich mir angewöhnt habe? Anfangs war ihr das Gefuchtel ziemlich chaotisch vorgekommen, aber nachdem sie gelesen hatte, dass die Handzeichen dazu dienten, Missverständnisse abzubauen, setzte auch sie sie im Gespräch ein.

»Du wirst hier noch zur richtigen Italienerin«, sagte Alexander prompt. »Na ja, du warst ja schon früher sehr sprachbegabt.«

»Geht so.« Es hatte mehrere Sprachkurse und ihre Examensarbeit über den italienischen Psychiater Franco Basaglia und seine offene Psychiatrie gebraucht, um ihr Italienisch auf das heutige Niveau zu bringen. Sonst hätte sie die Einladung von Professor Moretti wohl nicht annehmen können.

Alexander holte tief Luft, bevor er weitersprach. »Ich habe ein Haus gekauft.« Er ließ den Satz wirken.

»Du hast *was*?« Pia spürte, wie sich jede Faser ihres Körpers zusammenzog. Das war seine große Überraschung!

»Ein Haus für uns beide«, erklärte Alexander stolz. »Eine nette kleine Stadtvilla etwas außerhalb des Zentrums. Genauer gesagt, am Riedberg, dem neuen Wohnviertel im Norden von Frankfurt. Ein tolles Objekt, Reihenendhaus, oben drei Zimmer, unten ein riesiger Wohn-/Essbereich, Terrasse und zwei Räume zusätzlich. Da kannst du eine Praxis einrichten, mein Schatz. Du siehst, ich habe an alles gedacht.«

Ihr fehlten die Worte. Er weiß überhaupt nicht, was ich mache, dachte sie. Die Rede war nie davon gewesen, dass sie sich eine Praxis erträumte, schon gar nicht in einer Reißbrettsiedlung am Stadtrand. Wie kam er denn auf so etwas?

»Das Haus ist noch nicht komplett fertig«, plauderte er munter weiter. »Man hat individuellen Einfluss darauf, wie es ausgestattet werden soll. Die Böden, die Beleuchtung, die Fliesen, das überlasse ich alles dir. Hauptsache, du kommst zurück.«

Sie konnte es nicht fassen. War er denn von allen guten Geistern verlassen? Natürlich hatten sie sich schon überlegt zusammenzuziehen, anstatt die teure Miete für zwei Wohnungen zu bezahlen. Aber sie hatte dabei an eine schöne Altbauwohnung gedacht, in einem lebendigen Viertel mit Geschäften vor der Haustür und Kneipen an jeder Ecke. Nicht an einen Neubau auf der grünen Wiese. Wie konnte er so eine Entscheidung über ihren Kopf hinweg treffen?

Alexander legte sein Smartphone auf den Tisch und drehte es so, dass Pia die Fotos auf dem Display erkennen konnte. Ein schmales, hohes Haus mit riesigen Glasfronten, Dachloggia und einem Balkonsockel im ersten Stock, noch ohne Geländer. Dann ein großer, nackter Raum mit geöffneter Schiebetür, die hinaus auf umgegrabenes Erdreich führte, den Platz für die spätere Terrasse. Es folgten Fotos von Zimmern, in denen Kabel und Rohre aus der Wand ragten, die Böden nichts als blanker Estrich. Zum Schluss die Nahaufnahme von zwei Brettern vor der Eingangstür, die die fehlenden Stufen ersetzten. Eine einzige schreckliche Baustelle.

»Sag mal, spinnst du total?«, sagte Pia aufgebracht. »Du kannst doch nicht einfach ein Haus kaufen, ohne mich zu fragen! Wie kommst du nur darauf?«

Alexander blieb völlig ruhig. »Erstens, weil ich die Häuser selbst entworfen habe, und zweitens, weil die Dinger weggehen wie warme Semmeln. Für mich war ein Vorzugspreis nur drin, wenn ich mich schnell entscheide.«

Er war Partner in einem Architekturbüro, das den letzten Bauabschnitt des neuen Stadtteils konzipiert und den Bau begleitet hatte. Pia erinnerte sich noch gut an seine Besessenheit, mit der er sich in das Projekt gestürzt hatte: nächtelange Arbeit an den Entwürfen, endlose Sitzungen im Büro und im Stadtdezernat, Verhandlungen mit Handwerksbetrieben und unzählige Fahrten zur Baustelle. Alexander hoffte, am Ende eine Auszeichnung zu gewinnen, mit der er seinen Vater, einen mit Architekturpreisen überhäuften Baukünstler, beeindrucken konnte. Dreimal war Alexanders Büro schon leer ausgegangen, aber mit diesem Projekt wollte er sich endlich einen Namen machen. Irgendwann hatte sie die Prospekte mit den fertigen Häusern gesehen, die computersimulierten Bilder einer heiteren Siedlung inmitten einer gepflegten Parkanlage, wo Menschen aller Generationen auf beschaulichen Wegen wandelten. Nach kurzem Durchblättern hatte sie die Hefte weggelegt und sich gefragt, wer in diesem künstlichen Paradies wohnen wollte.

»Deshalb hast du einfach zugeschlagen, ohne einen Moment darüber nachzudenken, was ich davon halte.« Pia war außer sich. »Abgesehen davon gefällt mir der Kasten nicht und die Gegend, in der er steht, schon gar nicht. Wir wollten doch in der Stadt wohnen, in einem richtigen Viertel und nicht in einer Schlafsiedlung.

Ich dachte, wir suchen das gemeinsam aus, irgendwann, wenn ich wieder zurück bin.«

Das Lächeln verschwand aus Alexanders Gesicht. »Was soll das heißen, *irgendwann*? Wie lange hast du denn noch vor zu bleiben?«

»Genau weiß ich es noch nicht. Ich denke, bis Ende des Jahres, vielleicht auch länger.«

So, jetzt war es heraus. Sie hätte es ihm gern schonender beigebracht, aber es gab kein Zurück mehr. Es war schwer für ihn zu schlucken, so viel war klar. Alexander war nicht der Typ, der zurückstecken konnte, er war es gewohnt, seinen Willen durchzusetzen.

Empört warf er sich in seinem Stuhl zurück und verschränkte die Arme. »Das gibt's doch nicht! Du wolltest nächsten Monat wieder in Frankfurt sein, so war es ausgemacht. Zwei Jahre Fernbeziehung waren schon schlimm genug, aber mehr halte ich nicht aus. Das kannst du mir nicht antun.«

»Mach doch nicht so ein Drama daraus. Andere Paare halten das jahrelang durch.«

»Ich aber nicht. Die Leute glauben schon, ich sei wieder Single.«

»Welche Leute?«

»Freunde, Kollegen, sogar meine Eltern. ›Was macht denn die Pia?‹, fragen sie. ›Wann holst du sie endlich zurück?‹« Er äffte die tiefe Stimme seines Vaters nach.

»Bitte, Alexander, versteh doch«, sagte Pia eindringlich. »Als ich hierherkam, wusste ich doch nicht, wie sich alles entwickelt. Wie viele Patienten zu mir kommen, wie erfolgreich ich sie behandeln kann. Ich kann doch nicht in dem Moment aufhören, in dem sich der Erfolg der Klartraumbehandlung so eindeutig zeigt. Du würdest auch nicht mitten aus einem Projekt aussteigen und etwas Neues anfangen, nur weil ich es mir wünsche.«

Alexander brummte etwas in sich hinein und starrte düster auf die Tischplatte. Es entstand eine Pause, in der Pia eine Familie beobachtete, die an einem der vorderen Tische Platz genommen hatte. Eine alte Frau rückte ihrem schwerfälligen Ehemann den

Stuhl zurecht und half ihm, sich zu setzen. Dann schenkte sie ihm ein Glas Rotwein ein, das er mit steifen Fingern erhob. Ein strahlendes Grinsen erschien auf dem Gesicht des Alten, als er dem Rest der Familie zuprostete und alle am Tisch »*Cin cin*« riefen.

Würde sie mit Alexander auch einmal so verbunden sein, Kinder mit ihm haben?

Sie nahm den Gesprächsfaden wieder auf. »Tut mir leid, aber deine Überraschung kommt im denkbar schlechtesten Moment. Ich kann hier nicht weg, beim besten Willen nicht. Du kannst ja gern schon in das Haus ziehen und alles einrichten. Ich besuche dich, sobald es geht. Dann sehen wir weiter.«

Plötzlich hellte sich Alexanders Miene auf. Er verzog spöttisch den Mund. »Aha, ich verstehe«, sagte er betont langsam. »Da läuft was zwischen dir und diesem Moretti.«

»Ich bitte dich, Alexander. Moretti ist fast zwanzig Jahre älter als ich.«

»Na und? Sieht doch gut aus, der Typ. Ein paar Komplimente und etwas italienischer Charme ... Ich wette, da konntest du nicht Nein sagen. Hab ich recht?«

Pia verdrehte die Augen. »Nein, du liegst falsch.« Alexanders Eifersucht war neu für sie, erst recht gegenüber ihrem Chef, den sie ihm einmal vorgestellt hatte. »Claudio Moretti ist ein ausgezeichneter Psychologe und Therapeut. Wir arbeiten zusammen, analysieren die Ergebnisse, tauschen Erfahrungen aus. Er unterstützt mich pausenlos bei meiner Studie mit italienischen Klartraumpatienten. Aber mehr ist da nicht, das kannst du mir glauben.«

Alexander runzelte grimmig die Stirn. »Ist es ein anderer Mann? Wen hast du hier kennengelernt?«

»Hör endlich auf!« Pia schlug so laut auf den Tisch, dass sich die anderen Gäste zu ihnen umdrehten. »Lass deine blöden Unterstellungen. Wenn du mir nicht vertraust, können wir gleich getrennte Wege gehen. Willst du das?«

Alexander schüttelte den Kopf. »Nein, natürlich nicht. Aber wenn du annimmst, dass ich mich einsam und allein in das Haus setze, bis die gnädige Frau genug Leuten beim Schlafen zugesehen hat, irrst du dich gewaltig. Entweder du kommst in vier Wochen zurück, oder du kannst gleich in Italien bleiben.«

»Ich sehe den Leuten nicht beim Schlafen zu«, entgegnete Pia verärgert. »Sie kommen mit Alpträumen zu mir, schwere Fälle, die sich bei mir Hilfe erhoffen. Du hast ja keine Ahnung, wie es meinen Patienten ergeht.«

»Deine Patienten sind mir herzlich egal. Ich frage dich ein letztes Mal: Kommst du zurück oder nicht?« Er hob abwehrend die Hand, bevor sie antworten konnte. »Aber überleg dir gut, was du sagst. Mein Angebot gilt nur einmal. Wenn *du* nicht willst, muss ich mich eben nach jemand anderem umsehen. Es gibt genug Frauen, die keine Sekunde zögern würden, mit mir in das Haus zu ziehen.«

Der Cursor auf Pias Bildschirm blinkte wie ein stummes Alarmsignal. Ruppig klappte sie den Laptop zu.

Dann soll er sich doch eine andere Freundin suchen, dachte sie. Eine nette Blondine mit einem Faible für Innendekoration und Gartenarbeit, wenn es das ist, was er will.

Doch das Bild von Alexander mit einer anderen Frau an seiner Seite versetzte ihr einen Stich und hinterließ ein elendes Gefühl. Schon wieder eine Beziehung am Ende oder zumindest kurz davor? Wieso gelingt es mir nicht, auf Dauer bei einem Mann zu bleiben? Fünf Beziehungen in zehn Jahren waren wirklich keine schöne Bilanz, die beiden kurzen Affären nicht eingerechnet.

Mit Alexander hatte sie sich vorgestellt, endlich zur Ruhe zu kommen. Zwar hatte er seine Macken, und sein großspuriges Gehabe ging ihr manchmal auf die Nerven, aber im Grunde war seine Stärke ein echter Rückhalt. Trotz allem konnte sie sich bedingungslos auf ihn verlassen. Als es ihr nach dem Selbstmord ihrer besten Freundin Silke dermaßen dreckig gegangen war, dass sie beinahe ihren Beruf an den Nagel gehängt hätte, war er für sie da gewesen und hatte ihr neuen Mut zugesprochen. Das war mehr, als jeder andere Mann jemals für sie getan hatte. Sie durfte ihn nicht verlieren.

Aber seit gestern war Funkstille. Am Samstagvormittag war

er in ein Taxi gestiegen, das ihn zum Zug nach Florenz brachte. Den Rückflug hatte er schon in der Nacht gebucht, als er im Wohnzimmer herumgegeistert war, während sie sich schlaflos vor Zorn im Bett gewälzt hatte. Er hatte nicht gewollt, dass sie ihn zum Flughafen fuhr, er müsse über alles nachdenken, vielleicht den Kauf rückgängig machen.

Niedergeschlagen und übernächtigt hatten sie an ihrer Wohnungstür gestanden und keine rechten Worte zum Abschied gefunden.

»Überleg dir meinen Vorschlag«, hatte er gesagt.

Und sie hatte geantwortet: »Gib mir einfach ein bisschen Zeit.«

Daraufhin hatte er schnaubend seine Tasche über die Schulter geworfen und war ohne ein weiteres Wort gegangen.

Was für ein blöder Abschied, dachte Pia. Wir haben uns verhalten wie zwei trotzige Teenager.

Als ihr Handy auf dem Couchtisch surrte, sprang sie hin und riss es an sich. Alexander! Das musste Gedankenübertragung sein. Doch es war eine Nachricht von Professor Moretti. Mitten am Sonntag?

Der Text in der Sprechblase lautete: »Bitte schalten Sie den Fernseher an! Schreckliche Nachricht im Lokalfernsehen. Besprechung morgen früh.«

Pia griff schnell zur Fernbedienung und zappte durch die Programme, bis sie Arezzo TV gefunden hatte. Im Studio saß eine Moderatorin, die mit erschüttertem Gesicht von einem Vorfall im Archäologischen Museum berichtete.

Bevor Pia genau verstand, was die Frau meinte, zeigte der Sender unscharfe, verwackelte Bilder von einer aufgebrachten Menschenmenge, von Leuten, die Hals über Kopf zum Ausgang stürzten und in Panik davonliefen.

Ein Erdbeben? Pia hatte nichts dergleichen bemerkt. War das Dach des Museums eingestürzt?

Aus dem Fernseher tönten Schreie und Kommandorufe. In einem raschen Kameraschwenk sah Pia die antike Bronzestatue, um deren Rückkehr sich in Arezzo seit Wochen alles drehte. Was war da los?

Eine blonde Reporterin kam ins Bild, die in einiger Entfernung vor dem Museum stand und das Ereignis live kommentierte. Im Hintergrund blinkten Polizeiautos und Rettungswagen. Gruppen von dunkel gekleideten Menschen standen betroffen auf der Straße.

»Wissen Sie schon etwas Genaueres über die Umstände seines Todes?«, fragte die Moderatorin aus dem Off.

Die Reporterin schüttelte bedauernd den Kopf. »Nein, leider nicht. Wir mussten, wie die anderen Gäste auch, den Saal verlassen. Viele der Anwesenden stehen noch unter Schock und brauchen psychologische Betreuung. Besonders für die Kinder war der Anblick des Toten traumatisch.«

Am unteren Bildrand las Pia in einer Laufzeile: »Il Ritorno – Live-Übertragung entfällt. Mysteriöser Todesfall im Museum. Nachrichten zur vollen Stunde.«

Von wem war da die Rede?

»Das klingt ja wirklich schrecklich, Monica«, sagte die teilnahmsvolle Stimme der Moderatorin. »Was haben Sie selbst und Ihr Team denn gesehen?«

»Nun, Nora, es war ein geradezu bizarrer Anblick. Als der Vorhang über der Statue fiel, kam der Körper eines Mannes zum Vorschein. Wie sich herausstellte, der Direktor des Museums.«

Die Kamera fuhr herum und zoomte auf einen unscheinbaren Kleinbus, der vor dem Eingang des Museums hielt. Mehrere Männer und Frauen in blauen Westen mit der Aufschrift »Polizia Scientifica« entstiegen dem Fahrzeug und betraten mit schweren Taschen das Museum.

»Hinter mir ist gerade die Spurensicherung eingetroffen«, erklärte die Reporterin, als die Kamera wieder zu ihr schwenkte. »Der Tatort wird nun sorgfältig untersucht. Ich hoffe, wir bekommen schon bald ein Statement der Polizei, immerhin war Questore Banelli unter den Gästen und befindet sich noch im Gebäude.«

»Danke, Monica. Halten Sie uns auf dem Laufenden.«

Die Dame im Studio wiederholte die schrecklichen Fakten des Todesfalls für die Zuschauer, die später eingeschaltet hatten, doch Pia starrte nur auf das Schwarz-Weiß-Foto, das der Sender zwischenzeitlich eingeblendet hatte.

Ein eisiger Schrecken durchfuhr sie. Es gab keinen Zweifel. Sie kannte den Toten. Direktor Enzo Margoni war einer ihrer Patienten gewesen.

4

Giovanni Alberti, der Chef der Spurensicherung, war wenig begeistert, als er erfuhr, dass der Tote nicht nur bewegt, sondern auch von mehreren Personen angefasst worden war. Eine aussichtslose Spurenlage, seiner Meinung nach. Es würde Wochen, wenn nicht gar Monate dauern, die Befunde zuzuordnen.

»Was für eine Schlamperei!«, polterte er.

»Hätten wir ihn vielleicht hängen lassen sollen?«, fragte Fabbri. »Nur um euch die Arbeit zu erleichtern?« So weit kam es noch.

Alberti murmelte beleidigt etwas in sich hinein und fing an, seinen Koffer auszupacken. Währenddessen erhellten kalte Blitze das Gesicht des Toten, als der Polizeifotograf den Tatort von allen Seiten ablichtete und in seinem weißen Overall die Leiche umkreiste.

Fabbri betrachtete den offen stehenden Mund des Opfers, die hervorquellende Zunge, den seelenlosen Blick aus den blutunterlaufenen Augen. Kein schöner Anblick.

Nachdem das unablässige Zerren und Schieben die Totenstarre gebrochen hatte, lag der tote Direktor nun wie in einer absurden Yogaposition mit verrenkten Gliedern auf dem Rücken. Daneben erhob sich die Chimäre auf ihrem Sockel, fremdartig, kalt, mit schwarzen Augenhöhlen.

Gemeinsam mit Polizeichef Banelli wartete Fabbri darauf, was Dr. Tavanti über die Leiche sagen würde, neben der er gerade in die Hocke gegangen war. Der Pathologe vom Krankenhaus San Donato arbeitete häufig als Rechtsmediziner für die Polizei und war unter den Gästen gewesen. Er hatte sofort seine Hilfe angeboten, nachdem die letzten Neugierigen den Saal verlassen hatten.

Tavanti, ein breitschultriger Typ mit grau meliertem Pferdeschwanz, hatte sich einen Schutzoverall und Handschuhe geben lassen und begutachtete eingehend den blutroten Striemen am Hals des Opfers.

»Nun, was meinen Sie?«, fragte Questore Banelli.

»Sehen Sie hier.« Mit dem Finger beschrieb Tavanti einen Halbkreis über der Verletzung. »Ein typisches Zeichen für eine Strangulation, vermutlich hervorgerufen durch ein Seil, ein Tuch oder eine Krawatte.«

Fabbri und der Polizeichef beugten sich tiefer über die Leiche. Eine tiefe Einkerbung zog sich rund um den Hals, die Haut war zwar noch intakt, aber entlang der Furche gelb-violett verfärbt. Die Augäpfel waren rot marmoriert.

»Durch den Druck auf die Halsschlagader kommt es zu Gefäßrissen in den Augen«, fuhr Tavanti fort. »Blut breitet sich im Augapfel aus. Deshalb die roten Augen. Der Tod tritt durch die unterbrochene Blutzufuhr im Gehirn ein, das Opfer wird ohnmächtig, bevor es erstickt.« Das klang ein wenig tröstlich. »Trotzdem kein schöner Tod«, fügte er hinzu. »Der Täter muss Margoni von hinten angegriffen haben, das zeigt die Art der Verletzung. Wenn sich jemand selbst erhängt, steigt die Strangulationsfurche von vorn nach hinten an, und zwar in Richtung des Knotens. Diese hier aber verläuft rundherum, ein typisches Indiz für eine Fremdeinwirkung.«

»Also Mord«, stellte der Questore fest.

»Davon gehe ich aus.« Tavanti deutete auf ein paar blutige Hautabschürfungen am Hals. »Das Opfer muss sich gewehrt haben. Das sind Kratzer seiner Fingernägel, entstanden, als er sich von der Schlinge zu befreien versuchte.«

»Können Sie uns etwas zum Todeszeitpunkt sagen?«, fragte Fabbri.

Tavanti legte seine Hand für einen Moment auf den nackten Arm des Opfers. »Wenn ich den Verlauf der Totenstarre und die Hauttemperatur berücksichtige, würde ich, vorsichtig geschätzt, von einem Zeitpunkt vor acht bis zehn Stunden ausgehen. Das würde bedeuten, gestern am späten Abend oder in der Nacht.« Er erhob sich. »Schicken Sie mir den Mann nach San Donato, alles Weitere wird die Obduktion zeigen.«

Sie traten zurück und machten Platz für die Mitarbeiter der Spurensicherung, die nun mit ihrer Arbeit begannen.

Es ist sicher nicht ganz leicht gewesen, einen erwachsenen Mann unter die Chimäre zu quetschen, überlegte Fabbri. Es muss Kraft und Zeit gekostet haben.

Doch die Präsentation in aller Öffentlichkeit war dem Täter den Aufwand wert gewesen. Was mochte der Grund für diese schaurige Inszenierung gewesen sein? Eine Botschaft? Wofür stand in diesem Zusammenhang die Chimäre?

Fabbri erinnerte sich nur, dass das Ungeheuer aus einem griechischen Mythos stammte und mit Vorliebe Reisende verschlungen hatte. Wahrscheinlich hatten deshalb die Stadtväter in einem seltenen Anflug von Ironie zwei Kopien des Standbilds vor dem Bahnhof aufgestellt, direkt gegenüber dem Hauptportal. Aber Margoni war kein Reisender gewesen, nicht einmal ein Fremder, sondern ein gut situierter Bürger, den alle kannten und schätzten, weil er sich unentwegt für die Rückkehr der Chimäre eingesetzt hatte. Wer sollte ihn, einen älteren, unauffälligen Museumsdirektor, umbringen und symbolisch dem Ungeheuer zum Fraß vorwerfen?

Blieb die Frage nach der Tatwaffe. Ein Seil, ein Tuch oder eine Krawatte, hatte Tavanti gesagt. Margonis eigene Krawatte konnte es kaum gewesen sein, er trug ein kurzärmeliges Polohemd. Sie würden den archäologischen Park rund um das Amphitheater auf den Kopf stellen müssen, vielleicht fand sich das Mordwerkzeug zwischen den Büschen.

Fabbri ließ die Truppe von der Spurensicherung weiter vor sich hin werkeln und machte sich auf die Suche nach zwei Dingen: einem starken Kaffee und Maria Santini, im Moment seine wichtigste Zeugin. Sie konnte ihm sicher ein paar Dinge über Margoni erzählen.

Draußen im Flur und in den Nebenräumen herrschte noch lebhafter Betrieb. Die Kollegen befragten alle Besucher, die nicht sofort in Panik davongestürzt waren, und notierten sich ihre Aussagen. Am Büfett, wo die unberührten Speisen langsam verkochten, ließ sich Fabbri einen Espresso geben, ging zurück in den Flur und trank ihn in raschen Schlucken aus. Das war Rettung in letzter Sekunde gewesen! Ohne Kaffee konnte er nicht denken, er brauchte ihn als Treibstoff für sein Gehirn, am besten schwarz, süß und so oft wie möglich.

Vor dem Ausgang zum Treppenhaus sah er Tavanti, Polizeichef Banelli und den Bürgermeister miteinander reden, auch der Präfekt hatte sich dazugesellt.

Einen Vorteil hat dieser Todesfall wenigstens, dachte Fabbri. Alle wichtigen Personen sind zur Stelle.

Er gab das Tässchen zurück und machte sich auf den Weg zu Maria Santini, die weiter hinten zusammengekauert auf einer Besucherbank saß, neben sich eine Mitarbeiterin der Notfallseelsorge, die tröstend den Arm um sie gelegt hatte.

»Das fehlt uns noch«, hörte Fabbri den Präfekten sagen, als er sich an den Honoratioren vorbeidrücken wollte. »Ausgerechnet am Beginn der Touristensaison. Da können wir Schlagzeilen über Mord und Totschlag nicht gebrauchen. Sorgen Sie dafür, dass der Fall rasch aufgeklärt wird.«

»Selbstverständlich, Signore Prefetto«, erwiderte Banelli. »Sie können sich hundertprozentig auf die Arbeit der Questura verlassen.«

Sicher, dachte Fabbri im Vorübergehen, wenn wir hundert Prozent mehr Leute bekommen.

»Moment mal«, rief Banelli, »da haben wir ja unseren besten Mann!« Er winkte Fabbri zu der Gruppe heran. »Darf ich vorstellen, Commissario Fabbri, bereits mitten in den Ermittlungen, nicht wahr?«

»Stimmt genau. Und deshalb muss ich auch gleich weiter. Da hinten sitzt eine wichtige Zeugin.«

Doch Banelli legte ihm die Hand auf die Schulter und ließ ein Loblied vom Stapel, wie er es noch nie aus dem Mund seines Chefs gehört hatte. Roberto Fabbri, erfahrener Ermittler der Kriminalpolizei, ein überaus fähiger Mann mit dem Gespür für Kleinigkeiten. Dazu der reinste Asket, keine Zigaretten, kein Alkohol, ein Vorbild im Polizeidienst.

Fabbri starb fast vor Verlegenheit. Was war denn in Banelli gefahren? Der hatte doch sonst höchstens ein Brummen für ihn übrig. Aber vor den Honoratioren holte er aus und hob ihn in den Himmel. Fehlten nur noch das Lieblingsessen und die Schuhgröße. Außerdem war er kein Abstinenzler, sondern wusste einen guten Rotwein zu schätzen. Das nur nebenbei.

»Gut, gut«, meinte abschließend der Präfekt. »Wir sind ja hier nicht auf dem Heiratsmarkt. Ich gehe davon aus, dass mir die Questura regelmäßig Bericht erstattet. Wenn sich der Erfolg schnell einstellt, gibt es sicher auch Geld für die neue Kantine.«

Dann schritten die vier Männer gemeinsam nach unten, wo auf dem Treppenabsatz die Reporterin des Fernsehteams wartete, um Banelli für ein Interview vor die Kamera zu holen.

Fabbri ging bis zum Ende des Flurs und wandte sich an die beiden Frauen auf der Bank. »Darf ich kurz unterbrechen? Ich würde Ihnen gern ein paar Fragen stellen, Signora Santini, wenn Sie sich dazu schon in der Lage fühlen.«

Maria Santini löste sich aus der Umarmung der Seelsorgerin. »Ja, es geht schon. Was möchten Sie wissen?«

»Die üblichen Dinge: wann Sie den Direktor zuletzt gesehen haben, ob er von jemandem Besuch hatte, ob Ihnen etwas aufgefallen ist in letzter Zeit.«

»Kommen Sie, gehen wir in mein Büro.« Sie erhob sich und bedankte sich bei der Frau von der Ambulanz. Fabbri folgte ihr in ein nüchternes Verwaltungszimmer, in dem sich zwei Schreibtische gegenüberstanden. Praktisches hellgraues Mobiliar, Büroschränke, Bücherregale, Rollcontainer. Die einzigen Farbkleckse waren Maria Santinis rote Handtasche sowie mehrere großformatige Leinwände mit Landschaften der Toskana.

»Wann haben Sie Direktor Margoni zum letzten Mal gesehen, Signora?«

Sie legte ihren Schlüsselbund ab. »Das muss so um zweiundzwanzig Uhr gewesen sein, kurz bevor ich ging, da saß der Dottore noch in seinem Büro. Er wollte letzte Vorbereitungen treffen und noch ein wenig allein mit der Statue sein.«

»Allein mit der Chimäre?«

»Ja, er liebte diese Figur. Ich denke, er wollte den Moment ihrer Rückkehr in aller Stille genießen. Er war erfüllt davon, sie endlich in seiner Nähe zu wissen, fast so, als wäre eine alte Freundin zurückgekehrt.« Sie lächelte nachsichtig. »Aber so empfinden wohl nur Historiker, für sie ist die Vergangenheit ebenso lebendig wie der heutige Tag.«

»Sie sagen, Sie haben das Museum etwa um zehn Uhr gestern Abend verlassen. War sonst noch jemand da?«

»Nein, nur ich. Das Haus war wegen der Vorbereitungen gesperrt. Als ich ging, habe ich die Tür am Haupteingang wieder verschlossen.«

»Wer besaß sonst noch Schlüssel zu dem Gebäude?«

»Wir haben einige Mitarbeiter mit direktem Zugang zum Museum. Direktor Margoni und ich besaßen Schlüssel, außerdem die beiden Damen an der Kasse. Nicht zu vergessen der Hausmeister, der sich um den alltäglichen Kram kümmert.«

»Gut, dann brauche ich deren Namen und Adressen.« Fabbri deutete mit einer Kopfbewegung zu dem zweiten Schreibtisch. »Und wer sitzt hier?«

»Der Kollege für Archivierung und Verwaltung. Er ist aber leider im Krankenhaus. Skiunfall in den Dolomiten. Sonst wäre er natürlich auch an unserem großen Tag dabei gewesen.«

Fabbri spürte, dass er nicht weiterkam. Er setzte neu an. »Hatte der Direktor ungewöhnlichen Besuch in letzter Zeit?«

»Nein.« Maria Santini blätterte in ihrem Terminkalender. »Das letzte Gespräch in seinem Büro fand vor zwei Tagen statt. Ein Treffen mit dem Chef der Sicherheitsfirma, die die Statue hierher verfrachtet hat.«

»Gab es andere Termine außer Haus, die Ihnen irgendwie merkwürdig vorkamen?«

»Nein, nicht dass ich wüsste.«

»Wie gut kannten Sie Direktor Margoni?«, fragte Fabbri, um Maria Santini aus der Reserve zu locken.

Die jedoch war plötzlich wieder den Tränen nah, zog Papiertaschentücher aus ihrer Handtasche und schlug eines davon auseinander.

»Es ist so furchtbar tragisch«, sagte sie schluchzend. »Gerade als sein größter Traum in Erfüllung ging, hat ihn jemand umgebracht. Wer tut so etwas Grausames, Signor Fabbri?«

»Das wüsste ich auch gern, glauben Sie mir, Signora Santini.« Er gab ihr Zeit, sich zu beruhigen, bevor er die nächste Frage stellte. »Seit wann arbeiten Sie mit Direktor Margoni zusammen?«

Sie wischte sich die Nase ab und warf das zusammengeknüllte Taschentuch in den Papierkorb. »Seit über zehn Jahren, stellen Sie sich das vor. Das ist lange für die heutige Zeit. Damals fing ich als seine Assistentin an, aber dann wurde die Öffentlichkeitsarbeit zunehmend wichtiger, deshalb kümmere ich mich intensiv um diesen Bereich. Wir müssen etwas tun, um die Leute ins Museum zu locken.«

»Dafür haben Sie ja nun die Chimäre.«

»Richtig. Aber die Eintrittsgelder werden trotzdem hinten und vorn nicht reichen, um das Museum am Laufen zu halten. Zum Glück gibt es die ›Freunde des Museums‹. Wir sammeln Spenden und betteln um staatliche Zuschüsse, auch wenn denen archäologische Funde nicht viel bedeuten. Es gibt einfach zu viele davon in diesem Land.«

»Und was wussten Sie über das Privatleben Ihres Chefs?«

Sie überlegte kurz. »Nur das Übliche. Dass er verheiratet war, keine Kinder hatte und in seinem Beruf aufging. Der arme Enzo.«

Sie griff zum nächsten Taschentuch. Fabbri hätte gern gewusst, wieso Margonis Frau an diesem glorreichen Tag fehlte, aber er musste die Befragung abschließen. Maria Santini stand noch zu sehr unter Schock. »Könnte ich einen Blick in Dr. Margonis Büro werfen?«

Mit Taschentuch und Schlüsselbund in der Hand ging die Signora voraus. »Es ist gleich nebenan.«

»Eine Frage noch, Signora«, sagte Fabbri, während sie ihre Tür abschloss. »Können Sie sich erklären, wieso das Fenster im Saal offen stand?«

»Keine Ahnung. Möglicherweise hat der Hausmeister vergessen, es zu schließen, nachdem er die Stühle aufgestellt hatte. Mir ist es jedenfalls nicht aufgefallen.« Sie hielt vor dem Nachbarraum inne. »Bitte wundern Sie sich nicht, wenn Sie das Zimmer betreten. Direktor Margoni hat die Möbel seines Vorgängers aus dem Keller holen lassen und sein Büro mit ihnen eingerichtet. Es sieht ... nun ja, ein wenig altertümlich aus.« Sie öffnete die Tür und ließ Fabbri den Vortritt.

Im nächsten Moment war er wie vom Donner gerührt. Margonis Büro war komplett mit antiken Möbeln ausgestattet. Viel dunkles Holz, braunes Leder und Federzeichnungen von römischen Vasen an der Wand. Ein Museum im Museum. Der dunkle Computerbildschirm auf dem Schreibtisch wirkte fast wie ein Fremdkörper in dieser Umgebung.

Doch was Fabbri überwältigte, war nicht so sehr die stickige Luft, die ihm entgegenschlug, der staubige Geruch der alten Regale und antiken Bücher, sondern die Atmosphäre von Tod und Verderben.

Er bat Maria Santini, draußen zu bleiben. Aufmerksam sah er sich im ganzen Raum um. Der Drehstuhl war weit vom Schreibtisch zurückgestoßen, die Schreibunterlage mitsamt dem Laptop verrutscht, Dokumente, Zettel, Briefe und Stifte lagen auf dem Boden verstreut. Kampfspuren, eindeutig. Der Mord musste an diesem Ort geschehen sein.

Auf einem braunen Chesterfield-Sofa lag noch das Jackett des Direktors, daneben seine braune Aktentasche aus Leder. Je weiter Fabbri in den Raum eindrang, desto heftiger stürzten Bilder auf ihn ein, die wie ein Film vor seinem inneren Auge abliefen. Er sah Margoni vor sich, wie er Akten las, telefonierte, auf der Tastatur tippte, eine letzte Notiz machte. Ein Mann am Schreibtisch, vollständig in seine Arbeit vertieft. Dann der Angriff von hinten, unvermittelt und brutal, das Aufbäumen des gequälten Körpers, die Tritte, Schläge und der verzweifelte Kampf ums Überleben.

Fabbri spürte, wie sein Herz schneller schlug, wie das Grauen des Opfers in ihn eindrang, so als wären alle Gegenstände in diesem Zimmer mit Margonis Verzweiflung und Todesangst aufgeladen.

Er trat erschrocken zurück. Was waren das für Hirngespinste? Seit wann hatte er solche Visionen? Du solltest mehr schlafen und weniger Kaffee trinken, sagte er zu sich selbst. Sonst geht deine Phantasie noch völlig mit dir durch. Wer weiß schon, was in den schrecklichen Minuten des Mordes tatsächlich geschehen ist?

Fabbri verließ das Zimmer und schloss leise die Tür hinter sich. »Ab jetzt darf niemand mehr den Raum betreten«, sagte er zu Maria Santini. »Die Kollegen werden ihn nachher untersuchen.«

Das Einzige, was zählt, sind die Spuren, dachte er.

5

Alle Zimmer erleuchtet, laute Musik, verstreute Klamotten auf dem Fußboden – das war das Bild, das sich Fabbri bot, als er spätabends nach Hause kam. Fast wirkte es so, als sei er in eine Party hereingeplatzt, bei der die Gäste kurz nach draußen verschwunden waren. Was jedoch fehlte, waren halb ausgetrunkene Gläser und Flaschen auf dem Tisch. Oder kamen etwa noch Leute?

Neben der dröhnenden Musik aus der Stereoanlage hörte er das Brausen eines Haartrockners im Bad. Dem Geräusch nach war seine Tochter wieder voll in ihrem Element: Haare stylen, Make-up auflegen, schick anziehen, dann vor dem Spiegel posieren und dabei ein Selfie machen. Isabella hatte eine merkwürdige Vorstellung von Freizeitvergnügen.

Fabbri drehte die Musik leiser, fand in der offenen Küche einen Rest angetrockneter Spaghetti mit Ketchup, ließ Wasser in den Topf laufen und brühte sich einen Kaffee auf.

Verdammter Mist, dachte er, was war das vorhin in Margonis Büro? Diese Flut von Bildern, für die es keine Erklärung gab, hatte er noch nicht erlebt. Es war eine Sache, einen Raum zu begehen und ein paar auffällige Details zu entdecken, aber eine andere, so etwas wie Schwingungen aus dem Reich der Toten zu empfangen. Ziemlich gruselig, fand er.

Während die Spurensuche weitergegangen und auf Margonis Büro ausgedehnt worden war, hatte Fabbri versucht, sich einen Reim auf das merkwürdige Erlebnis zu machen. Vielleicht hatte der süßlich-stumpfe Geruch der Möbel die Vision in ihm ausgelöst oder der Anblick der zurückgelassenen Jacke. Die Kollegen hatten nichts bemerkt, routiniert hatten sie den Raum bearbeitet, fotografiert und nummerierte Schilder aufgestellt.

Fabbri setzte sich an den Küchentisch und löffelte Zucker in seinen Espresso. War er dabei, den Verstand zu verlieren? Nach all den Jahren in diesem Job? Dann konnte er Banelli gleich seine Kündigung überreichen.

»Ciao, Papa.« Isabella riss ihn aus seinen düsteren Gedanken. Sie stand vor ihm, geschminkt wie ein Fotomodell und von atemberaubender Schönheit. Ein Stück größer als ihre Mutter, etwas weniger blond, dafür sportlich und schlank, mit sanften braunen Augen unter balkenartig nachgezogenen dunklen Brauen. Ihre Klamotten hätten allerdings Giuseppe, dem Bettler auf den Stufen von San Donato, alle Ehre gemacht. Eine schwarze Jeans mit brachialen Rissen an der Vorderseite, darüber ein verwaschener Pullover und eine Jeansjacke, die aussah, als wäre sie einem Mähdrescher zum Opfer gefallen. Alles zerfetzt und voller Fäden. Sicher der letzte Schrei in den Modemagazinen.

»Wie sehe ich aus?«, fragte sie auch noch, während sie sich ihm gegenübersetzte und ein Paar nietenbesetzte Stiefel anzog.

»Wo willst du hin?« Fabbri nippte an seinem Kaffee.

»Noch mal raus, sonst gar nichts.«

»Weißt du, wie spät es ist? Du hast morgen Schule.«

Isabella verdrehte die Augen. »Der erste Kurs fällt aus. Außerdem habe ich den ganzen Tag geschlafen.«

Das war wieder typisch für sie. Anstatt zu lernen, vertrödelte sie den Sonntag, aber wenn er anfing, ihr Vorwürfe zu machen, würde er nur das übliche Lamento zu hören bekommen: Es gibt sowieso keine Arbeit, ob mit oder ohne Abi. Rausgehen, Leute kennenlernen, Freunde haben, die einem später weiterhelfen konnten, das war doch viel wichtiger. Womit sie nicht unrecht hatte. Selbst für die einfachsten Jobs brauchten junge Leute gute Beziehungen.

»Deine Leiche ist übrigens schon online«, sagte sie.

»Wo genau?«

»Facebook, Instagram, Snapchat.« Sie wischte über ihr Smartphone. »Hier.«

Fabbri befürchtete das Schlimmste. Aber da waren nur ein paar Aufnahmen inmitten der Menschenmenge und jede Menge Selfies vor dem Museum. Wirklich harte Fotos waren nicht dabei.

»Hör zu, Isabella«, sagte er. »Da draußen läuft ein Mörder frei herum. Du bleibst zu Hause und begibst dich nicht unnötig in Gefahr. Ist das klar?«

»Papa, ich bin kein Baby mehr. Außerdem treffe ich mich mit Leuten, ich bin garantiert nicht allein unterwegs. Spätestens um zwei bin ich wieder da.«

Bevor er noch etwas einwenden konnte, warf sie ihre Tasche über die Schulter und rauschte davon. Sechzehn Jahre alt, aber stur und unbelehrbar wie ihre Mutter.

Nachdem Isabella die Tür hinter sich zugeschlagen hatte, war es still in der Wohnung. Kein Laut war zu hören, bis auf das gedämpfte Rattern eines vorbeifahrenden Zugs und das anschließende Quietschen der Bremsen, als er sich dem Bahnhof näherte.

Die Wohnung in der Bahnhofsgegend hatte eigentlich nur eine vorübergehende Bleibe sein sollen, so lange, bis Lena und er etwas Besseres gefunden hatten, aber wie so oft hielt auch dieses Provisorium schon länger als gedacht.

Fabbri hatte seine Frau in Deutschland kennengelernt, als er im Rahmen eines Austauschprogramms einen Lehrgang beim Bundeskriminalamt in Wiesbaden absolviert hatte. Die angehenden Kommissare der Polizeihochschule Rom sollten Einblick in die Arbeitsweise einer ausländischen Polizeibehörde bekommen und Kontakte für spätere gemeinsame Ermittlungen knüpfen, vor allem im Bereich der Organisierten Kriminalität.

Eines Tages war Lena, eine Praktikantin bei der örtlichen Zeitung, im Seminarraum aufgetaucht und hatte um ein Interview mit den italienischen Polizeischülern gebeten. Über ihre Ausbildung, die Kriminalität in Italien, den Einfluss der Mafia. Und auch darüber, welchen Eindruck sie von Deutschland hätten.

Keiner der Studenten hatte Deutsch gesprochen, und weil Fabbri am besten Englisch sprach, übernahm er den Job des Übersetzers.

Er lächelte, wenn er daran dachte, wie geschickt Lena es eingefädelt hatte, ihn noch viermal zu treffen – und alles nur wegen eines kleinen Zeitungsartikels.

Fabbri hatte noch nie eine Frau kennengelernt, die so frei, so witzig, schlagfertig und so unternehmungslustig gewesen war wie Lena. Wenn er ehrlich war, war ihm bis dahin überhaupt noch keine Frau über den Weg gelaufen, in die er sich verliebt hatte.

Ihre gemeinsame Zeit war kurz gewesen, nur vier Wochen, aber sie blieben in Kontakt und schrieben sich SMS und sogar Briefe, obwohl das damals schon altmodisch gewesen war.

Ein Jahr später hatten sie sich wiedergesehen, Fabbri war mittlerweile Vice Commissario in seiner Heimatstadt Arezzo, Lena hatte ihr Journalistikstudium abgeschlossen. So stand sie vor der Tür seines Elternhauses, schüttelte den überraschten Eltern die Hand und fiel ihm um den Hals. Sie sprühte vor Optimismus, wollte Italienisch lernen, als Journalistin arbeiten oder als Übersetzerin, irgendetwas würde sich schon finden, Hauptsache, sie waren endlich zusammen.

Seine Eltern hatten geduldig zugehört, doch er hatte gespürt, dass sie nicht begeistert gewesen waren von der Deutschen, die da plötzlich in ihrem Wohnzimmer saß und nicht bemerkte, dass es eine besondere Ehre war, auf der plastikverpackten Couch zu sitzen wie sonst nur hoher Besuch. Wie sie mit seinem mageren Gehalt als einfacher Kommissar über die Runden kommen sollten, fragte seine Mutter später in der Küche. Was passieren würde, wenn ein Kind unterwegs sei? Aber Fabbri hatte die Bleibe in der Bahnhofsgegend gefunden, die zwar wenig beliebt war, aber in der es bezahlbare Wohnungen gab.

Lena lernte die Stadt kennen, übte fleißig Italienisch und bewarb sich dort, wo sie glaubte, als ausgebildete Journalistin gebraucht zu werden – bei der Zeitung, beim Lokalsender, sogar in Übersetzungsbüros und bei einem Verlag. Aber sie kassierte nur Absagen, die Leute winkten ab oder vertrösteten sie auf den Tag, an dem es mit Italien wirtschaftlich wieder bergauf gehen würde. Dann könne sie gern wieder nachfragen.

Es hatte Fabbri jedes Mal einen Stich gegeben, wenn sie entmutigt nach Hause gekommen war und nicht glauben wollte, dass es praktisch für jeden jungen Menschen unmöglich war, einen Job zu finden, wenn er nicht jemanden kannte, der ein gutes Wort für ihn einlegte. So war es früher gewesen, und das galt bis heute.

»Sei nicht traurig«, hatte er sie getröstet. »Es liegt nicht an dir oder deinen Fähigkeiten. Aber es gibt eben schon genug arbeitslose Journalisten im ganzen Land, da haben sie nicht noch auf dich gewartet.« Außerdem war ihr Italienisch nicht gut genug für einen anspruchsvollen Job, aber das sagte er ihr nicht.

Doch so schnell hatte sie nicht aufgegeben. »Das sehe ich ja ein, ich würde auch etwas anderes machen, vielleicht in einem Büro aushelfen oder in einem der vielen Schmuckgeschäfte arbeiten. Kannst du denn nichts für mich tun, Roberto? Du kennst doch die Leute hier seit deiner Kindheit.«

»Stimmt schon, aber es ist leider nicht so einfach«, hatte er ihr erklärt. »Natürlich könnte ich mich umhören. Früher oder später würde mir irgendjemand den Gefallen tun, dich einzustellen. Aber dann bin ich demjenigen etwas schuldig. Das möchte ich unbedingt vermeiden.«

»Aber wieso denn? Du hilfst ihm eben beim Umzug oder spendierst ihm ein Essen im Restaurant.«

Roberto schüttelte den Kopf. »Du verstehst das nicht. Es geht hier nicht um Hilfsbereitschaft oder Großzügigkeit. Das wäre ja noch schöner, wenn diese Tugenden in Italien aussterben würden. Ein echter Gefallen ist eine größere Sache, eine Verpflichtung. Sie wird nie vergessen. Du musst den Gefallen erwidern, ob es dir passt oder nicht. Eines Tages steht der Freund, der Bekannte, der Nachbar vor der Tür und erinnert dich daran, dass ein erwiesener Freundschaftsdienst auf seinen Ausgleich wartet. Du kannst dir vorstellen, welche Forderungen sie an mich stellen würden, einen Kommissar bei der Polizia di Stato.«

»Klingt wie aus einem Mafiafilm.«

Fabbri erinnerte sich an Lenas skeptischen Blick, als würde er nur nach einer passenden Ausrede suchen.

»Auf dich wirkt das vielleicht übertrieben, aber es ist die Realität«, hatte er hinzugefügt. »Mehr noch, eine Frage unserer Mentalität. Die Mafia ist nicht nur eine böse Krake, die ihre Tentakel über das ganze Land ausstreckt, nein, sie wohnt im Herzen jedes einzelnen Italieners.«

Unzählige Male hatte er bereut, damals feige gewesen zu sein, aber er hatte am Anfang seiner Karriere gestanden und Angst gehabt, einen Fehler zu machen. Es war gefährlich, Leute um etwas zu bitten, die einen irgendwann unter Druck setzen konnten.

Fabbri ging hinüber zur Musikanlage im Wohnzimmer und legte eine CD in den Player. Paolo Conte, Lenas Lieblingssänger. Während die heisere, abgeklärte Stimme des Liedermachers durch die Räume klang, öffnete er den Kleiderschrank, in dem noch Lenas Sachen hingen. Er brachte es nicht über sich, sich von ihnen zu trennen, er brauchte den Duft ihres Parfüms, um seine Erinnerung, seine Sehnsucht zu wecken.

»*Via, via, vieni via con me.*« Fort, fort, geh mit mir davon.

Nur im Traum begegnete er ihr manchmal, ergriff ihre Hand und konnte sie doch nicht festhalten.

6

Die Strahlen der Morgensonne blitzten durch die Bäume am Straßenrand. Sie schickten Licht und Schatten in den dunkelgrünen Volvo, mit dem Pia auf dem Weg zum Institut war. Die Uhr am Armaturenbrett zeigte kurz nach sieben. Pia war spät dran für ihren Frühdienst im Schlaflabor.

Die Nachricht von Enzo Margonis Tod verwirrte und erschütterte sie noch immer. Bis zum späten Abend hatte sie den Fernseher laufen lassen, aber es war stets die gleiche Schleife von verwackelten Bildern zu sehen gewesen, selbst in den Hauptnachrichten auf Rai 1. Dort hieß es, der Direktor des Archäologischen Museums in Arezzo sei Opfer eines Gewaltverbrechens geworden. Er habe während eines Festakts tot zu Füßen einer antiken Statue gelegen. Die Hintergründe der Tat seien unklar, die Polizei ermittle in alle Richtungen.

Pia folgte der E 78, die nach Siena führte, bog aber nach zwanzig Kilometern auf die Landstraße nach Lucignano ab, einem hübschen Bergdorf, das sich über dem Chiana-Tal erhob. An Arbeit war gestern nicht mehr zu denken gewesen, die Patientenakten, die sie zur Bearbeitung mit nach Hause genommen hatte, waren auf ihrem Schreibtisch liegen geblieben. Stattdessen hatte sie über Margonis Tod nachgedacht und sich die Gespräche in ihrem Büro ins Gedächtnis gerufen.

Margoni war einer ihrer ersten Patienten gewesen, die sich bereit erklärt hatten, an ihrem Forschungsprojekt teilzunehmen. Schon seit Jahren hatte er unter schweren Alpträumen gelitten, die ihm nicht nur die Nachtruhe raubten, sondern auch den Tag darauf beschwerlich machten. Müde und erschöpft schleppte er sich von Termin zu Termin, so hatte er es geschildert. Dann packte ihn die Angst vor der kommenden Nacht. Er versuchte, sich lange wach zu halten, in der Hoffnung, so tief zu schlafen, dass der wiederkehrende Alptraum keine Chance hatte aufzutauchen. Aber dann floh er doch wieder vor einem unbekannten Verfolger – ob

Monster oder Mensch, konnte er nicht sagen. Schweißgebadet wachte er auf, manchmal schreiend.

Eine Zeit lang hatte er Schlaftabletten genommen, doch der trübe, betäubte Zustand am nächsten Tag war für ihn ebenfalls unerträglich gewesen. Längst hatte seine Ehe darunter gelitten, denn um nicht ins Bett zu müssen, hatte er lange gearbeitet oder die Nacht gleich auf der Couch im Museum verbracht.

Das alles wusste Pia aus den Sitzungen mit Margoni. Sie hatte seine Träume notiert und ihm Hilfe versprochen. Tatsächlich hatte die Therapie gut bei ihm angeschlagen. Nach mentaler Vorbereitung und der Behandlung im Schlaflabor war er imstande gewesen, das gesichtslose Wesen in seinem Traum anzusprechen. Wer bist du, was willst du von mir? Pia hatte ihm aufgetragen, diese einfachen Fragen an seinen Verfolger zu stellen. So hatte sie ihm beigebracht, seine Träume zu steuern, bis sie weniger bedrohlich wurden und sich schließlich in Luft auflösten.

Am Ende hatte ein ausgeschlafener, erleichterter Museumsdirektor vor ihr gesessen, voller Tatendrang und Zuversicht, beseelt davon, sein Lebenswerk zu vollenden: die Rückkehr des antiken Fabelwesens aus Bronze.

Doch nun war Margoni tot. Umgebracht und als Teil eines absurden Spektakels missbraucht, in aller Öffentlichkeit in Szene gesetzt, zu Füßen der Chimäre, wie es geheißen hatte.

Pia bekam das Bild nicht aus dem Kopf. Steckte hinter Margonis Verfolgungsträumen mehr, als er ihr erzählt hatte? Hatte sie etwas übersehen? Einen entscheidenden Satz überhört? Mit diesen Gedanken hatte sie sich schlaflos im Bett gewälzt und war nicht zur Ruhe gekommen.

Sie warf einen kurzen Blick in den Rückspiegel. Schrecklich sah sie heute aus, blass und mit Ringen unter den müden blauen Augen, die welligen braunen Haare in ein Haargummi gezwängt. Sie musste sich unbedingt noch ein wenig herrichten, bevor sie auf die Kollegen traf.

Sie umrundete Lucignano und fuhr weiter, bis sie an eine schmale asphaltierte Straße kam, die links und rechts von Zypressen gesäumt war. Am Ende der langen Zufahrt stand ein toskanisches Herrenhaus, gebaut wie ein kleines Schlösschen, das »Institut für Schlafmedizin und Traumforschung«. Ihr Arbeitsplatz seit beinahe zwei Jahren. Unter den Angestellten kursierte der Spitzname »Villa Chimera«, Haus der Chimäre, aber weder Pia noch Claudio Moretti, der Chef des Instituts, waren davon begeistert. Es klang nach Hirngespinsten, Wahnvorstellungen und verrückten Leuten. Dabei behandelten sie hier durchschnittliche, normale Menschen.

Pia parkte ihren Wagen auf dem mit Oleanderbüschen umrahmten Rondell, in dessen Mitte sich ein derzeit stillgelegter Springbrunnen erhob. Wenn sich Anfang des Sommers die rosa Blüten entfalteten und das Wasser sanft von den kleinen Becken in das große Bassin plätscherte, stand Pia manchmal minutenlang am Fenster ihres Büros und ließ die bezaubernde Schönheit auf sich wirken – froh darüber, sich für die Arbeit in Italien entschieden zu haben.

Sie kramte in ihrer Tasche nach Lidschatten, Kajalstift und Lipgloss und schminkte sich notdürftig, aber geschickt.

Die zweistöckige Villa war exakt symmetrisch gebaut: Zwei eckige Türme mit roten Pyramidendächern erhoben sich links und rechts eines gelben Hauptgebäudes mit Veranda, deren Dach von einer Säulenreihe getragen wurde. Große, rechteckige Sprossenfenster in der Mitte und halbrunde in den Türmen sorgten für Abwechslung in der Fassade, die in einem warmen Gelbton gestrichen war. Symmetrie auch vor dem Eingang, wo zwei große Buchsbaumkugeln in Terrakottagefäßen die schwere Holztür einrahmten und zwei weiße Bänke zum Sitzen einluden. Im Haus verteilt befanden sich Büros, Besprechungszimmer, Untersuchungsräume, ein Saal für Entspannungsübungen, ein Labor und sogar eine Cafeteria, in der sich die Leute stärken konnten, bevor sie die Nacht im Schlaflabor verbrachten.

Pia ging leise am Empfangstresen vorbei, hinter dem Signor Bruno, der Hausmeister, mit verschränkten Armen im Lehnstuhl döste.

Kein Grund, ihn zu wecken, dachte sie. Tiefer, ungestörter Schlaf verdient Respekt.

Es war Zeit, Laura und Marco nach ihrer Nachtschicht abzulösen und sie nach Hause zu schicken. Dass ihre Kollegen ein Paar waren, störte niemanden. Jeder hatte Verständnis dafür, wenn sie ihre Schichten aufeinander abstimmten, denn schließlich waren sie jung und verliebt. Dafür übernahmen die beiden öfter als alle anderen die Nacht- und Wochenenddienste. Das machte sie besonders sympathisch.

Pia stieg den linken Flügel der Doppeltreppe hinauf und kam über die Empore in einen langen Flur, in dem sich mehrere kleine Zimmer befanden, das Schlaflabor. Es bestand aus vier hübsch eingerichteten Kammern, die an einen Überwachungsraum angeschlossen waren. Die Schlafräume sollten an Hotelzimmer erinnern, damit sich die Patienten wohlfühlten und Vertrauen fassten. Schlechter Schlaf in der ersten Nacht war normal, kaum jemand entspannte sich in einer unbekannten Umgebung – und erst recht nicht in einem Schlaflabor. In der zweiten Nacht kamen die Patienten einigermaßen zur Ruhe, sodass die Kollegen ihre Schlafstörungen registrieren konnten. Und davon gab es eine Vielzahl. Es kamen Dauerschnarcher, Schlafwandler und Menschen mit Atemaussetzern zu ihnen, Leute mit gestörtem Schlaf-wach-Rhythmus und nächtlichem Schwitzen. Doch die nicht organischen Schlafstörungen, zu denen auch die Alpträume zählten, waren allein Pias Spezialität.

Sie öffnete die Tür zum Kontrollraum und sah Laura vor dem Überwachungsmonitor sitzen. Der geteilte Bildschirm erlaubte ihr gleichzeitig den Blick in vier Schlafräume, daneben blinkten Aufzeichnungsgeräte mit den Messdaten für Atmung, Herzschlag und Hirnfrequenz. Pia stellte fest, dass nur ein Schlafzimmer belegt war, die Betten in den anderen Räumen waren unberührt.

»*Salve*, guten Morgen, Laura«, sagte sie. »Wie geht es dir? Wie war die Nacht?«

»*Salve.* Bin froh, dass du da bist.« Laura fuhr sich mit den Fingern durch die dunklen Locken. »Eine beschissene Nacht, ehrlich gesagt. Unser Lieblingspatient hat gestern Abend eingecheckt«, sagte sie ironisch. »Ich hatte ziemlichen Ärger mit ihm.« Sie sah blass aus, hatte Schatten unter den braunen Augen und eine Zornesfalte auf der Stirn.

Pia warf einen Blick auf die Patientenakte. Ah ja, der Gastronom aus Arezzo, ein freundlicher, aber schweigsamer Typ, der so gut wie nichts von sich erzählte. Er beschrieb Träume, die wie ausgedacht klangen und an Szenen aus billigen Actionfilmen erinnerten. Blutige Leiber, brennende Häuser und explodierende Autos kamen darin vor, in typisch italienischer Übertreibung. Pia hatte den Verdacht, dass er diese Räuberpistolen nur erzählte, um das eigentliche Traumgeschehen und somit seine Ängste zu verheimlichen. Eine harte Nuss, die es noch zu knacken galt.

»Signor Risi hat kaum geschlafen, sich herumgewälzt und wirres Zeug geredet«, berichtete Laura. »Mitten in der Nacht hat er sich aufgesetzt, ich dachte schon, der haut ab. Ich musste ihn beruhigen und ihm erklären, wo er ist und was mit ihm geschieht. Dann war wieder Ruhe. Gegen fünf ist er für zwanzig Minuten in einen REM-Schlaf gefallen, danach Tiefschlaf. Momentan schläft er wie ein Baby.«

Jeden Sonntagabend fand sich Risi im Schlaflabor ein und befolgte Pias Anweisungen genau. Aber in den Vorgesprächen zuckte er auf ihre Fragen nur mit den Schultern oder sah sie freundlich an. Eine Therapie ohne Worte, hatte er einmal lächelnd zu ihr gesagt.

Gemeinsam mit Laura beobachtete sie den Monitor. Risi lag auf dem Rücken unter der Decke, die Arme links und rechts von sich gestreckt. An Kopf und Oberkörper klebten Elektroden, deren Leitungen zu einer Überwachungseinheit führten. Seine Brust hob und senkte sich regelmäßig, über das Raummikrofon war sein Schnarchen zu hören.

»Aber du siehst auch nicht gerade frisch aus, wenn ich das anmerken darf«, meinte Laura.

Pia nahm ihren weißen Kittel vom Garderobenständer und zog ihn über. »Margoni ist tot, weißt du das schon?«

»Ja, ich hab's auf Facebook gelesen und die Tweets auf Twitter verfolgt. Grauenvoll, was sie ihm angetan haben.«

»Ich kann es einfach nicht fassen. Sag mal, ist dir etwas aufgefallen an ihm?«

»Nein, es lief alles normal. Er war praktisch geheilt und hatte keine Alpträume mehr. Aber das müsstest du doch besser wissen als ich, oder? Du warst doch seine Therapeutin.«

»Ich frage mich nur, ob ich etwas übersehen habe. Ob mir etwas entgangen ist bei der Behandlung.«

»Fang bloß nicht an, dir Vorwürfe zu machen. Wir therapieren hier nur Schlafprobleme, alles Weitere ist Sache der Polizei.«

Pia war erstaunt über Lauras nüchterne Reaktion. Ihr selbst gelang es nicht immer, komplette Distanz zum Patienten zu wahren. Manchmal lagen den Alpträumen traumatische Erfahrungen in der Kindheit zugrunde, die von solcher Grausamkeit waren, dass Pia noch Stunden später von den Gesprächen erschüttert war. Zum Glück gab es aber auch Fälle, in denen die quälenden Träume ein isoliertes Phänomen darstellten, ohne jeden Grund.

»Du hast recht, es ist Sache der Polizei. Trotzdem sollten wir denen mitteilen, dass Margoni unser Patient war. Vielleicht hilft es bei den Ermittlungen.«

»Ich weiß nicht.« Laura verzog skeptisch den Mund. »Die kommen schon, wenn sie etwas wissen wollen. Außerdem sollten wir uns mit Moretti absprechen.«

»Er ist sicher genauso schockiert wie wir. Er hat mir eine Nachricht geschickt, dann habe ich die Bilder im Fernsehen gesehen.«

»Viel war ja gestern nicht zu erfahren«, meinte Laura. »Dafür gibt es umso mehr Gerüchte.«

»Was denn für Gerüchte?« Pia wurde mulmig zumute.

»Na ja, das Übliche eben: ein eifersüchtiger Ehemann, Schulden bei der Mafia, ein bestellter Mord durch die Ehefrau, du weißt ja, wie die Leute sind. Jede Menge Verschwörungstheorien und Spinnereien, einer hat sogar geschrieben, der Fluch der Chimäre habe ihn getroffen, das Ungeheuer habe ihn geholt.«

»Was für ein Blödsinn«, rief Pia empört. »Was denn für ein Fluch? Wir leben doch nicht im Mittelalter. Aber so sind die Leute: Kaum ist etwas Schreckliches passiert, suchen sie nach einer Erklärung, sei sie auch noch so absurd. Und im Internet bekommen sie dann die Bestätigung für ihre fixe Idee.«

In diesem Moment fingen die Überwachungsgeräte zu blinken an. Die beiden Frauen wandten sich dem Monitor zu. Risi stöhnte und wälzte sich, wachte aber nicht auf.

»Die Theta-Wellen nehmen zu«, stellte Laura fest. »Der Signore steigt in die Traumphase ein.«

Pia heftete ihren Blick auf die Messkurven und behielt gleichzeitig den Patienten im Auge. Die warnenden Signale für Blutdruck und Pulsschlag ignorierte sie einstweilen.

»Legen wir los?«, fragte Laura. »Soll ich die Stimulation aktivieren?«

»Einen Moment noch.« Pia hob die Hand. »Warten wir, ob er weiterträumt oder aufschreckt.«

Währenddessen spielte das EEG verrückt, es zeichnete die Gehirnwellen des Schläfers als wilde Zickzacklinien auf den Monitor. Risi fing an, den Kopf ins Kissen zu drücken, ächzte und schnaufte und biss die Zähne aufeinander. Da waren mächtige Kräfte am Werk.

»Okay.« Pia gab Laura ein Handzeichen. Die schickte nun einen Wechselstrom von vierzig Hertz über die Elektroden am Kopf des Mannes und erzeugte Gamma-Wellen, die in seinem Gehirn die Areale des Bewusstseins stimulierten. Traumzustand und Wachzustand verbanden sich, dem Schläfer wurde bewusst, dass er träumte. Nach dreißig Sekunden beendete Laura den Vorgang.

»Wo ist eigentlich Marco?«, fragte Pia.

»Den habe ich nach Hause geschickt. Mit nur einem Patienten wäre es unnötig gewesen, dass er die ganze Nacht hierbleibt. War doch okay, oder? Er holt mich übrigens gleich ab, möchtest du ihm gern Hallo sagen?«

»Nein, schon gut, Laura, fahr du nur. Dein Dienst ist ja zu Ende.«

Laura packte ihre Sachen zusammen, hängte den Kittel an den Garderobenständer und verabschiedete sich.

Nach einer halben Stunde kam Risi langsam zu sich. Pia griff ein Diktafon vom Labortisch, um das Gespräch mit ihm aufzuzeichnen. Es war wichtig, die Traumerlebnisse sofort nach dem Erwachen festzuhalten, bevor sie sich endgültig in Luft auflösten.

Sie ging in die Schlafkammer und berührte Risi leicht an der Schulter. Verwirrt drehte er den Kopf in alle Richtungen, noch so beeindruckt von seinem Traum, dass er sich kaum orientieren konnte. Pia ließ ihm Zeit, schaltete das Diktafon ein und nannte den Namen des Patienten, das Datum und die Uhrzeit.

»Guten Morgen, Signor Risi«, begann sie dann. »Bitte erzählen Sie mir genau, was Sie gerade geträumt haben.«

Pia hoffte, heute mehr über seine inneren Schatten zu erfahren.

7

»Sie war die Tochter der gefräßigen Echidna, eines Monsters aus Schlange und Frau, und des mächtigen Typhon, des Herrschers der Winde: Chimära, die dreiköpfige Bestie aus Lykien. Chimära hatte vier Geschwister: die schlangenköpfige Hydra, den Höllenhund Kerberos, die rätselhafte Sphinx und Orthos, den doppelköpfigen Hund, Bewacher der roten Stiere.«

Nette Familie, dachte Fabbri, als er am Computer die Zeilen eines Online-Artikels über griechische Mythologie überflog. Die Antike war voll mit Göttern und Monstern gewesen, mit denen sich die Menschen Katastrophen und Naturphänomene erklärt hatten. In dem Artikel hieß es, der Ursprung der Chimäre sei ein Kultplatz in Lykien gewesen, in der heutigen Türkei, wo sich unter den Felsen Gase entzündet hatten und als Flammen an die Oberfläche getreten waren. Die Stelle existierte noch heute, doch aus dem einstigen Leuchtfeuer sei ein unscheinbares Gelände geworden, in dem es nur hin und wieder aus dem Boden flackerte. Die Menschen der Antike hatten jedoch ein feuerspeiendes Ungeheuer im Untergrund vermutet und sich Geschichten darüber erzählt, die in den Märchen von feuerspeienden Drachen weiterlebten. Griechische Künstler hatten Bilder der übermächtigen Bestie geschaffen, als dreifach tödliches Fabelwesen aus Löwe, Ziege und Schlange. Die Chimäre zierte griechische Krüge, Vasen und Teller. Sie wurde zu einer beliebten Schauergestalt der Antike.

Fabbri versuchte, sich auf den Text zu konzentrieren, während vom Schreibtisch gegenüber das Brüllen eines Kleinkinds aus dem Handy tönte. Sein Kollege Stefano Rossi telefonierte aufgeregt mit seiner Frau.

Über die Handelswege der Griechen sei das Motiv in die Welt der Etrusker gekommen, las er weiter. Diese hätten das einzige Standbild geschaffen, das jemals existierte. Vor zweieinhalbtausend Jahren hatten sie das Wesen in Bronze gegossen und ihrem höchsten Gott geweiht. 1553 sei die Statue dann vor den Toren der Stadt gefunden worden – die einzigartige Chimäre von Arezzo.

»Hat sie sich verletzt?« Stefanos Stimme klang so entsetzt, dass Fabbri vom Bildschirm aufblickte. »Mariella, du musst sofort mit ihr zum Arzt«, drängte Stefano seine Frau. »Ja, geh auf Nummer sicher, besonders wenn sie sich erbricht ... So, noch nicht erbrochen, dann ist ja gut. Trotzdem, fahr zum Arzt oder in die Notaufnahme, wer weiß schon, wie schlimm es wirklich ist.«

Stefano war Vater einer kleinen Tochter, die mit ihren entzückenden Launen die ganze Familie auf Trab hielt. Fabbri hörte kaum mehr hin, wenn er mit seiner Frau telefonierte, was alle paar Stunden geschah.

»Ruf mich an, wenn du Genaueres weißt«, sagte Stefano zum Schluss und begann, auf der Tastatur zu tippen.

»Was ist denn los?«, fragte Fabbri nun doch.

»Ach, Sofia, das arme Schätzchen, hat in einem Anfall von Trotz oder Wut oder was weiß ich ihre Mutter und sich vom Stuhl gerissen, und dabei sind ihre Köpfe zusammengeknallt. Seitdem heult sie wie am Spieß und hört gar nicht mehr auf. Ich schaue nur schnell nach, welche Symptome bei einer Gehirnerschütterung auftreten. Das fehlt gerade noch! Ich kann wirklich nicht verstehen, warum Mariella der Kleinen nicht den Pudding gegeben hat, was wär denn schon dabei gewesen?«

Fabbri sah auf die Uhr. Es war kurz vor zehn. In wenigen Minuten begann die Einsatzbesprechung im Mordfall Margoni. »Okay, aber beeil dich. Banelli wartet nicht gern.«

Während sein Kollege ein paar Blätter ausdruckte, überflog Fabbri den restlichen Text.

Der Fund der Statue sei eine archäologische Sensation gewesen, obwohl die Gelehrten damals noch nicht genau gewusst hatten, um was für ein Tier es sich handelte. Erst als einhundert Jahre später der Schwanz in Form einer Schlange gefunden wurde, seien sie sicher gewesen, dass die Figur das bekannte Monster aus der Antike darstellte. Da hatte sich der Name Chimäre schon zu einem geflügelten Wort für viele andere unbegreifliche Phänomene gewandelt: Hirngespinste, Illusionen, Trugbilder und unerfüllbare Träume. Und diese Bedeutung existierte bis heute.

Fabbri zog die Notizen hervor, die er sich zu dem Gespräch mit Maria Santini gemacht hatte. Stichpunktartig fügte er die Informationen über die Chimäre hinzu. Seiner Meinung nach musste es einen Zusammenhang zwischen dem Eintreffen der Statue und dem Mord an Margoni geben.

Er stürzte den letzten Rest Espresso hinunter, Stefano nahm die Mappe mit den Zeugenaussagen, und gemeinsam gingen sie in den modernen Anbau der Questura, in dem sich neben dem Büro des Questore auch das Ordnungsamt befand.

Auch heute herrschte im Foyer reger Betrieb. Auf den Schalensitzen saßen Migranten aus afrikanischen Krisengebieten neben Bauern aus der Umgebung und Leuten aus der Stadt, die alle die aufleuchtenden Wartenummern auf der Anzeigetafel beobachteten. Frauen in bunten Stoffbahnen holten Essen und Trinken aus riesigen Taschen und fütterten ihre Kinder, während vor den Schaltern Menschen mit Zetteln in der Hand standen, deren Inhalt sie nicht verstanden. Sie waren einfach froh, wenn der italienische Beamte irgendwo einen Stempel draufsetzte.

Banellis Büro befand sich im zweiten Stock, ein heller, moderner Raum mit angegliedertem Konferenzzimmer. Der Rest der Beamten hockte im alten Teil des Präsidiums, einer schmutzig braunen Polizeikaserne, die hässlicher nicht sein konnte. Es war kaum zu glauben, dass in dem maroden Klotz aus der faschistischen Ära noch Menschen arbeiteten, selbst der wuchtige Haupteingang war seit Ewigkeiten durch einen rostigen Metallzaun versperrt, an dem das Unkraut emporwucherte.

Schon lange stand das Gebäude auf der Prioritätenliste des Ministeriums für Infrastruktur und Verkehr, aber die Renovierung war regelmäßig verschoben worden. Erst als sich nach dem letzten Winter ein Riss vom Fundament bis ins Büro von Questore Banelli hochgefressen hatte, bestand endlich Handlungsbedarf. Banelli war sofort in den Neubau umgezogen und hatte das Ministerium über den Schaden informiert. Irgendwann sollten

Handwerker kommen, hieß es, sogar von einer Totalsanierung war die Rede. Daran glaubte Fabbri allerdings nicht. Er ging davon aus, dass Handwerker die Fassade mit ein paar Säcken Zement verputzen würden, gerade so, dass niemand mehr den Spalt sah.

Nach und nach trafen die Kollegen im Konferenzzimmer ein, bis sich etwa vierzehn Kommissare und Inspektoren beiderlei Geschlechts in dem Raum drängten. Jemand kippte ein Fenster. Banelli stand mit ernster Miene am Kopfende des Tischs, hinter sich das gerahmte Wappen der Polizia di Stato. Auf einem Whiteboard hingen Fotos vom Tatort und von Details der Leiche: Margoni auf dem Rücken neben dem Sockel der Chimäre, seine hervorquellenden Augen im bleichen Gesicht. Um seinen Hals war deutlich ein roter Ring in der Haut zu erkennen, die tödliche Verletzung.

Banelli erteilte Giovanni Alberti, dem Chef der Spurensicherung, das Wort. Der Mann in Jeans und Jackett blätterte auf seinem Klemmbrett hin und her. Schließlich wandte er sich an die Runde.

»*Buon giorno*, die Herrschaften. Unsere erste Auswertung hat ergeben, dass der Fundort von Margonis Leiche nicht mit dem Tatort übereinstimmt.« Er genoss die bedeutsame Pause, in der einige der Anwesenden ihrem Erstaunen Luft machten. »Schleifspuren mit dem Gummiabrieb der Schuhsohlen des Toten fanden sich auf dem Boden in seinem Büro, im Flur des Museums und im Ausstellungssaal. Der Täter hat das Opfer vermutlich dorthin verbracht, nachdem er es getötet hatte. Als Tatort haben wir das Büro identifiziert, zumal wir dort Kampfspuren gefunden haben, frische Holzabsplitterungen an Margonis Schreibtisch. Wir gehen davon aus, dass er sich mit Händen und Füßen gegen seinen Mörder gewehrt hat.«

Wusste ich's doch! Fabbri dachte an das grauenvolle Gefühl, das ihn beim Betreten des Büros des Museumsdirektors übermannt hatte, an die Atmosphäre von Schrecken, Panik und Verderben. Seine Intuition hatte ihn nicht getrogen.

»Was ist mit dem Tatwerkzeug?«, fragte eine Kollegin.

Alberti schüttelte den Kopf. »Nicht aufgetaucht. Es dürfte sich um einen Alltagsgegenstand handeln, ein Tuch, ein Seil, einen Schal oder eine Krawatte. Weder am Tatort noch in der näheren Umgebung haben wir etwas Derartiges gefunden. Vermutlich hat der Täter sein Mordinstrument mitgenommen.«

Fabbri dachte an das offene Fenster im Museumssaal. »Weiß man, wie er in das Gebäude gelangt ist?«

»So weit sind wir noch nicht. In unmittelbarer Umgebung haben wir keine Hebelspuren gefunden, auch die Eingangstür war unbeschädigt.«

»Vielleicht hat Margoni seinen Mörder selbst ins Museum gelassen.«

»Könnte sein.«

»Was ist mit Fingerabdrücken? DNA-Spuren?« Banelli sah erwartungsvoll zu Alberti.

»Die Fingerabdrücke im Büro stammen von Margoni selbst, auch die auf der Statue sind von ihm. Einige andere haben wir am Sockel gefunden. Sie könnten auf den Täter hinweisen, möglicherweise haben sie aber auch die Arbeiter, die die Figur am Morgen aufgestellt haben, hinterlassen. Die genaue Überprüfung wird gewiss einige Zeit dauern. Was die DNA-Spuren betrifft ...« Ein Seitenblick traf Fabbri und wanderte dann zu Banelli. »Die Auswertung der Spurenlage wird vor allem dadurch erschwert, dass einige Anwesende die Leute nicht daran gehindert haben, sich auf das Opfer zu stürzen und wichtige Spuren zu verwischen.«

»Danke, Signor Alberti«, erwiderte der Polizeichef ungerührt. »Was ist mit den Zeugenaussagen?«

Stefano und eine jüngere Kollegin wollten gleichzeitig anfangen zu sprechen. Er ließ ihr den Vortritt.

»Wir haben mehrere Verlustanzeigen vorliegen. Sechs Handys, drei Armbanduhren der Premiumklasse und ein Paar diamantbesetzte Ohrringe. Außerdem sind Geldbörsen, jede Menge Schirme, Jacken und sogar eine Krücke verschwunden, die jemand im Saal abgestellt hatte.«

Die Kollegen lachten, aber Fabbri ärgerte sich mächtig. Das

war ja nicht zu glauben! Entweder hatte der Taschendieb tatsächlich unter seinen Augen zugeschlagen, oder die Leute hatten den Tumult für einen kleinen Versicherungsbetrug genutzt, indem sie ihre Wertsachen als gestohlen meldeten. Zuzutrauen wäre es ihnen.

»Insgesamt ist den Befragten aber nichts Besonderes aufgefallen«, fuhr die Kollegin fort. »Sie kamen als Gäste der Veranstaltung und wollten nach dem Vorfall so schnell wie möglich nach Hause. Uns steht eine Gästeliste zur Verfügung, die wir nach und nach abarbeiten werden.«

Das ist die reinste Zeitverschwendung, dachte Fabbri. Wenn sie nach diesem Gießkannenprinzip weitermachten, hatten sie den Täter in hundert Jahren noch nicht. Er war zwar kein Spezialist für Täterprofile, doch im Vordergrund der Ermittlungen sollte die Symbolik stehen, die der Mörder benutzt hatte. Das Opfer unter einem antiken Ungeheuer zu drapieren sprach doch für sich, dazu musste er kein erfahrener Profiler sein.

»Haben wir schon einen Bericht aus der Pathologie?«, fragte Banelli ihn direkt.

»Nein, aber mein nächster Gang führt mich zu Dr. Tavanti«, antwortete Fabbri. »Er hat mir versprochen, Margonis Obduktion vorzuziehen.«

»Na schön. Bin gespannt, was dabei herauskommt.« Banelli wandte sich an die ganze Truppe. »Konzentrieren wir uns zunächst auf die drei großen F: Familie, Freunde, Finanzen. Ich will, dass Margonis Leben komplett durchleuchtet wird. Hatte er Schulden? Feinde oder eine Liebesaffäre? Schuldete er jemandem einen Gefallen, oder war er jemandem verpflichtet? Wie stand es um seine Gesundheit, welche Pläne hatte er? Meine Herrschaften, machen wir uns an die Arbeit.« Mit diesen Worten rauschte er ab.

Fabbri teilte die Kollegen ein. Stefano und er würden zunächst Margonis Frau aufsuchen und hören, was sie zu erzählen hatte. Die anderen sollten sich in der Nachbarschaft und bei den Anwohnern des Museums umhören, weiterhin die Gästeliste abarbeiten und den Cateringservice checken. In der Zwischenzeit würden die Computerspezialisten Margonis Laptop durchforsten und seine Telefonanrufe auflisten. Die nächste Lagebesprechung beraumten sie für neunzehn Uhr an.

Auf dem Flur wischte Stefano über das Display seines Handys und seufzte erleichtert. »Scheint alles in Ordnung zu sein, Sofia hat sich beruhigt. Sie spielt und lacht wieder.«

Na, das ist ja haarscharf noch mal gut gegangen, dachte Fabbri.

Er spürte schon den Vorgeschmack des nächsten Espressos auf der Zunge, als ihnen in der Eingangshalle ungewöhnlicher Lärm entgegenschallte. Ein Bauer in Arbeitskluft stand vor einem der Schalter und brüllte eine Angestellte des Ordnungsamts an. »Dann will ich sofort jemanden von der Polizei sprechen!«

Die bunte Schar der Migranten beobachtete interessiert das Treiben des einheimischen Alten. Der Mann war völlig in Rage. Wutentbrannt stieß er zwei schwarze Frauen beiseite, die ihn daraufhin mit afrikanischen Schimpfworten bedachten, und stapfte entschlossen auf die beiden Kommissare zu. »Sind Sie von der Polizei?«

»Ja. Wie können wir Ihnen helfen?« Fabbri führte ihn am Ellbogen ein Stück von den Leuten weg, bis er sich wieder beruhigt hatte und gehorsam die Kappe vom Kopf zog.

»Ich wollte einen Wolfsriss melden, aber von den Idioten hier fühlt sich keiner zuständig.«

»Sie sind ja auch an der falschen Adresse«, erklärte Fabbri. »Mit einem Wolfsschaden müssen Sie zur regionalen Landwirtschaftsbehörde und einen Antrag auf Schadenersatz stellen. Ich glaube, die CAA sitzt direkt am Corso.«

»Da war ich doch schon!«, empörte sich der Mann. »Die sagen, das wäre kein Wolf gewesen, ich hätte das Tier selbst geschlachtet.«

Fabbri wandte sich bereits zum Gehen, aber der Mann stellte sich ihm in den Weg. »Sehen Sie sich die Schweinerei mit eigenen Augen an, ich bin doch nicht bescheuert und töte mein eigenes Vieh!«

Widerwillig folgten sie dem Bauern, der seinen Pick-up direkt vor dem Eingang geparkt hatte. Mit grimmigem Gesichtsausdruck riss er die Klappe zur Ladefläche auf und zeigte auf den Kadaver einer kopflosen Ziege.

»Was ist das denn?«, rief Stefano und wandte sich vor Ekel ab.

Fabbri betrachtete die ausgeblutete Schnittfläche und das struppige Fell.

»Es muss ein riesiger Wolf gewesen sein«, sagte der Bauer erschüttert. »Die Bestie hat den Schädel einfach davongeschleppt.«

8

»Lassen Sie sich an der Rezeption einen neuen Termin geben«, rief Pia ihrem Patienten Risi hinterher, als er den Schlafraum verließ. »Dann sehen wir uns in vier Wochen wieder.«

Ohne sich noch einmal umzudrehen, ging er über den Flur und stieg die Treppe herab.

Komischer Typ, dachte Pia. Sie hatte sich seine dürren Worte über den erlebten Klartraum angehört. Jemand habe ihm einen Revolver an den Kopf gehalten, aber er habe wahrgenommen, dass dies nur ein Traum sein könne, weil die Waffe nicht geladen gewesen sei. Verblüfft habe er zugesehen, wie sein Gegenüber wirkungslos auf ihn ballerte.

»Ein schöner Erfolg«, hatte sie ihm zugestimmt.

Sie verspürte Hunger und beschloss, sich einen Kaffee zu machen. Irgendwo in ihrem Schreibtisch musste noch eine verpackte Brioche liegen.

Auf dem Weg zur Teeküche checkte sie ihre WhatsApp-Nachrichten. Vierzehn Eingänge in den letzten drei Stunden, davon zwölf von Alexander, alle abgeschickt in der Nacht und am frühen Morgen. Die ersten bestanden nur aus Fragezeichen, zunächst drei oder vier, dann eine ganze Zeile voll. Es folgte eine Flut von Sprechblasen: »Was ist los da unten?«, »Stimmt das mit dem Mord?«, »Geht es dir gut?«, »Melde dich, ich mache mir Sorgen.«

Pia nahm an, dass die Meldung bereits in den deutschen Online-Medien angekommen war, wenn auch vermutlich nur als Randnotiz aus Italien. Aber sicher fiel Alex alles auf, was mit Italien zu tun hatte, seit sie hier wohnte.

Sie war gerührt über seine Angst um sie. Die Erinnerung an ihren schlimmen Streit und an den stummen Abschied am Samstagmorgen trat in den Hintergrund. Selbst der Ärger über das eigenmächtig gekaufte Haus erschien ihr unwichtig angesichts der schrecklichen Ereignisse. Ihr Patient Margoni war tot, und die Polizei suchte seinen Mörder.

»Mir geht es gut«, tippte sie schnell. »Viel zu tun. Melde mich später.« Sie zögerte, fügte dann aber noch ein Smiley hinzu. Im Moment hatte sie andere Sorgen.

Eine davon stand am Fuß der Treppe, im maßgeschneiderten Anzug unter dem weißen Kittel.

»*Buon giorno*, Signor Moretti«, begrüßte sie ihren Chef.

»*Buon giorno*, Pia, hätten Sie einen Moment Zeit für mich?«

»Natürlich.« Sie steckte ihr Handy in die Kitteltasche.

Claudio Moretti galt als einer der führenden Wissenschaftler auf dem Gebiet der Traumforschung, hielt Vorträge an allen bedeutenden Universitäten der Welt und publizierte Artikel und Bücher zum Thema. Es hieß, er habe früher mit halluzinogenen Drogen experimentiert, vorzugsweise LSD, sich dann aber den »luziden Träumen« zugewandt, einem recht neuen Thema in Neurowissenschaft und Psychologie.

Pia war entsprechend überrascht und auch ein wenig geschmeichelt gewesen, dass eine Koryphäe wie Moretti sie eingeladen hatte, ihre neuartige Therapie der Gehirnstimulation an seinem Institut einzusetzen. Für sie eine einmalige Chance, eine Studie mit italienischen Patienten vorzulegen und einen Vergleich mit den Erfahrungen in Deutschland zu ziehen.

Heute sah Moretti allerdings so aus, als habe er selbst eine schlaflose Nacht hinter sich, die Falten um seine Nase schienen noch tiefer eingekerbt, die Haare ein wenig grauer als sonst.

»Es dauert nicht lange«, sagte er und streckte galant den Arm aus.

Pia lächelte ihm zu. »Danke übrigens, dass Sie mir gleich Bescheid gegeben haben, ich bin wirklich schockiert von Margonis Tod.«

»Lassen Sie uns in meinem Büro darüber reden.«

Der Salon, in dem Moretti residierte, grenzte an die Terrasse hinter dem Gebäude, von der aus sich ein weiter Blick über das Val di Chiana öffnete. Auf Morettis Schreibtisch lag die druckfrische Ausgabe des »Corriere di Arezzo« mit einem Porträtfoto von Margoni auf dem Titelblatt, darüber die reißerische Schlagzeile »Es war Mord!«.

Ohne die Zeitung weiter zu beachten, öffnete Moretti die Flügel der Terrassentür. Pia trat neben ihm nach draußen. An der steinernen Balustrade ließ er den Arm über die Landschaft schweifen. »Ist das nicht eine herrliche Aussicht?«

Pia betrachtete die bezaubernde Mischung aus blühenden Obstplantagen, Weinbergen, Olivenhainen, Weizenfeldern und verstreuten ockerfarbenen Gutshöfen zwischen grünen Hügeln. Zypressen ragten wie dunkle Ausrufezeichen aus der Landschaft. Ein Anblick wie aus dem Bilderbuch.

»Wussten Sie, dass die Landschaft der Toskana die Reisesehnsucht in Europa beflügelt hat?«, fragte Moretti. »Ihr Landsmann Goethe war es doch, der dieses Fernweh bis nach Deutschland brachte. Auf seinen Spuren wandeln noch heute viele Touristen aus aller Welt.«

»Ja, das stimmt«, erwiderte Pia. Wie die meisten Italiener kam Moretti nicht sofort zum eigentlichen Thema, sondern begann das Gespräch mit Beiläufigkeiten, die eine positive Grundstimmung erzeugen sollten. Aber diesmal hatte sie keine Ahnung, worauf er hinauswollte.

Moretti sprach weiter zur Landschaft. »Schönheit, wohin das Auge blickt. Wir können glücklich sein, in diesem Paradies zu leben. Das lassen wir uns von niemandem wegnehmen, nicht wahr?« Er sah Pia wieder an. »Wie geht es Ihnen denn nach diesem grauenvollen Vorfall?«

»Wie man sich eben fühlt, wenn ein Patient gewaltsam ums Leben gekommen ist.«

»Wenn Sie Urlaub nehmen möchten, hätte ich nichts dagegen. Vielleicht wäre es sogar gut, wenn Sie ein paar Tage ausspannen.«

»Danke, das ist nett von Ihnen, aber wenn ich zu Hause herumsitze, fühle ich mich noch schlechter. Ich kann sowieso nicht aufhören, über den Mordfall nachzudenken. Margoni war ein sehr netter Mensch, klug und zugänglich während der Sitzungen bei mir. Ich möchte wirklich wissen, wer ihm so etwas Entsetzliches angetan hat.«

»Ich fürchte, das ist allein Sache der Polizei. Besuchen Sie lieber Ihren Freund, dann kommen Sie auf andere Gedanken.«

Alles, bloß das nicht, dachte Pia. Mit Alex auf der Baustelle herumzustapfen, während hier die Ermittlungen liefen, erschien ihr unvorstellbar. Sie musste wissen, ob sie einen Fehler gemacht hatte und wie es mit den anderen Patienten weiterging.

»Der hat im Moment viel zu tun«, meinte sie ausweichend.

»Ich verstehe. Dann sagen Sie mir eins: Wer wusste von Margonis Therapie bei Ihnen?«

»Soweit ich weiß, niemand. Er machte ein großes Geheimnis daraus. Selbst seine Frau sollte nicht erfahren, dass er regelmäßig seine Nächte im Schlaflabor verbrachte.«

»Gut, dann bitte ich Sie nur um einen Gefallen: Bringen Sie mir Margonis Akte und alle Aufzeichnungen, die Sie zu seiner Behandlung haben.«

»Wieso? Wozu brauchen Sie die denn?« Pia fiel ein, dass die Patientenakte des Museumsdirektors noch bei den Unterlagen steckte, die sie zur Bearbeitung mit nach Hause genommen hatte.

»Ich möchte lediglich verhindern, dass die Informationen in falsche Hände geraten. Die Presse macht einen mächtigen Wirbel um die Sache, das können Sie sich ja vorstellen. Es wäre ein gefundenes Fressen für die Schreiberlinge, wenn sich herausstellte, dass Margoni ein Patient unserer Einrichtung war.«

»Aber wir haben doch nichts mit dem Mord zu tun?«

Moretti schüttelte den Kopf. »Natürlich nicht. Aber mir genügt es schon, dass wir ›Villa Chimera‹ genannt werden, da ist es nicht weit bis zum Etikett ›Irrenhaus‹. Sie sehen ja selbst, dass er seine Behandlung verheimlichte. Zudem gedeihen die Gerüchte auf dem Land schneller als in der Stadt.« Er kehrte der Aussicht den Rücken und ging wieder auf die Terrassentür zu.

Pia fragte sich, was Margonis Geheimniskrämerei mit dem Ansehen des Instituts zu tun hatte. Es war ja wohl seine Privatsache, wenn er nicht den Mut aufbrachte, zu seiner Behandlung zu stehen. Trotzdem musste sie seine Akte irgendwie herbeischaffen, bevor Moretti mitbekam, dass sie entgegen allen Vorschriften die Dokumente mit zu sich nach Hause genommen hatte.

»Ich weiß, dass es für die meisten Menschen sehr heikel ist, psychische Probleme zuzugeben«, sagte sie, »aber wir arbeiten doch hier als Schlaftherapeuten. Ich dachte, wir werden in der Umgebung als Klinik wahrgenommen.«

»Solange keine Zwischenfälle bekannt werden, ist das wohl so, aber wir sind eben eine private Therapieeinrichtung, kein öffentliches Krankenhaus. Die Leute misstrauen allem, was hinter verschlossenen Türen geschieht. Es wäre doch sehr bedauerlich, wenn ein Schatten auf unser renommiertes Institut und Ihre revolutionäre Therapie fiele.«

Sie betraten erneut den Salon. Moretti setzte sich hinter seinen Schreibtisch und drehte den »Corriere« auf die Vorderseite. »Können Sie mir sagen, wann Margoni zum letzten Mal bei Ihnen war?« Er klang fast wie ein Polizist.

Pia nahm auf dem Stuhl gegenüber Platz. »Seine Behandlung war bereits seit ein paar Wochen abgeschlossen, und zwar mit Erfolg, möchte ich sagen. Dank der Therapie konnte er seine Ängste und Alpträume beherrschen. Er war imstande, das Traumgeschehen zu beeinflussen und ihm seinen Schrecken zu nehmen.«

»Sehr schön. Sie sind eine hervorragende Therapeutin, Pia, das wusste ich von Anfang an. Trotzdem möchte ich Sie bitten, äußerstes Stillschweigen zu bewahren und auch gegenüber der Polizei keine Aussage zu machen.«

»Aber wir haben doch wirklich nichts zu verbergen.«

Moretti hob die Augenbrauen. »Liebe Pia, Sie sprechen zwar perfekt Italienisch und leben nun schon seit einiger Zeit hier, aber Sie kennen nicht die Mentalität der italienischen Polizei. Die geht davon aus, dass jeder Mensch etwas zu verbergen hat. Die Beamten stochern und bohren, bis sie etwas finden. Das wird Unruhe geben. Am Ende wird ein Makel an uns hängen bleiben, die Leute werden uns dauerhaft mit der Tat in Verbindung bringen. Dann können wir den Laden dichtmachen. Am besten verhalten Sie sich wie alle Leute in Italien. Sie wissen nichts, Sie haben nichts gehört oder gesehen, Sie sind völlig ahnungslos. Notfalls berufen Sie sich auf Ihre ärztliche Schweigepflicht.«

»Ich bezweifle, dass die hier angebracht ist.«

Pia hatte den Eindruck, dass Moretti alles längst durchdacht und beschlossen hatte.

»Gegenüber der Obrigkeit ist Schweigen immer angebracht«, sagte er. »Bringen Sie mir Margonis Patientenakte, danach löschen Sie alle Daten, die Sie über ihn gesammelt haben. Weisen Sie auch Ihre beiden Assistenten zu absoluter Verschwiegenheit an, aber das versteht sich wohl von selbst.«

Pia fühlte Wut in sich aufsteigen. Diese Vertuschungsaktion würde am Ende zu noch größeren Problemen führen. Wenn herauskam, dass sie sich an einer Mauschelei mit Patientendaten beteiligt hatte, war nicht nur der Ruf des Instituts beschädigt, sondern auch ihr eigener. Das würde sie nicht riskieren.

»Margoni war ein äußerst wichtiger Proband während unseres Forschungsprojekts«, sagte sie entschieden. »Mein erster Patient in Italien, bei dem die Hirnstimulation zu dauerhaftem Erfolg geführt hat. Ein weiterer Beweis für die Wirksamkeit der Therapie.«

Moretti stand auf. »Keine Widerrede. Ihre Studie wird zweifellos auch ohne Margonis Daten anerkannt werden. Aber wir dürfen kein Risiko eingehen. Es ist ja auch in Ihrem Interesse, wenn nichts nach außen dringt. Wie vielen Menschen könnten Sie noch helfen, wenn sie aus Furcht wegblieben? Sehen Sie, Margoni ist tot, für ihn können Sie nichts mehr tun. Aber was ist mit den anderen Patienten, die dringend auf eine Behandlung bei Ihnen warten? Die Leute brauchen Sie, Pia.«

Sie dachte einen Moment über seine Worte nach. »Ich werde tun, was ich für richtig halte«, sagte sie schließlich.

»Dann wäre das auch geklärt.« Moretti ging hinüber zu einem Paket, das an der Wand lehnte. »Das ist übrigens für Sie abgegeben worden.« Er nahm das Paket vom Boden auf. »Nicht schwer zu erraten, was es ist.«

Schmunzelnd reichte er ihr den flachen, quadratischen Gegenstand. Als Absender war »Luis Pizotti« mit Filzstift auf das Packpapier geschrieben. Ein Künstler aus der Gegend, bekannt für seine leicht verwaschenen Bilder der toskanischen Landschaft, die bei Touristen, aber auch in Galerien gut ankamen.

»Ich nehme an, Sie haben Pizotti aus seiner Schaffenskrise geholfen.«

Das war zu hoffen. Der Maler hatte sie aufgesucht, weil er sich durch ihre Therapie Zugang zu den geheimen Kammern seiner Phantasie versprach, wie er es ausgedrückt hatte. Moretti hatte sie überredet, ihn in die Studie aufzunehmen, obwohl fehlende Kreativität für Pia kein krankhafter Zustand war, sondern höchstens ein typisches Malheur bei Künstlern, die jahrelang das Gleiche machten.

Sie bedankte sich bei Moretti und nahm das Paket mit in ihr Büro. Ein heiteres, pastellfarbenes Pizotti-Gemälde würde gut über den grauen Aktenschrank passen.

Voller Freude riss sie die Verpackung auf. Als Erstes fiel ihr eine Karte mit Pizottis krakeliger Schrift in die Hand. »Vielen Dank für die unschätzbare Hilfe«, hatte er geschrieben.

Pia hob das Bild aus dem Packpapier und starrte es an. Ihr stockte der Atem. Was sollte das bedeuten? Die Leinwand war vollständig mit schwarzer Farbe bedeckt.

9

Elsa Margonis Wohnung lag direkt an der Piazza Guido Monaco, einem riesigen, mit Bäumen bepflanzten Verkehrskreisel, um den Autos, Mopeds und Lieferwagen rasten. Wie ein stiller Beobachter des Treibens ragte in der Mitte die Statue des Benediktinermönchs Guido Monaco empor, Erfinder der modernen Notenschrift und Sohn der Stadt Arezzo.

Fabbri und Rossi parkten am Straßenrand und betraten den blumengeschmückten Vorgarten eines der hochherrschaftlichen Gebäude am Platz. Ein Mann hielt ihnen die Tür auf, begrüßte sie mit einem ernsten Nicken und ließ sie in die kühle Stille des marmorgetäfelten Eingangsbereichs. Das schwere Holzportal fiel wummernd hinter ihnen ins Schloss.

Im ersten Stock ging es dagegen zu wie in einem Taubenschlag. In Margonis Wohnung liefen Leute herum, standen in Gruppen beisammen und unterhielten sich mit gedämpften Stimmen.

Die beiden Kommissare folgten dem langen Flur und gingen durch die Zimmer, die sich in einer Flucht aneinanderreihten. Hohe Decken, Parkett, schwere Vorhänge aus Damast. Durchgangstüren führten von einem Salon in den nächsten, jeder einzelne vollgestellt mit blank polierten antiken Möbeln, viel Blumenschmuck und silbernen Kerzenleuchtern. Dazu orientalische Teppiche und großformatige moderne Gemälde, die die gediegene Einrichtung noch edler wirken ließen.

Fabbri warf beeindruckt einen Blick in ein Schlafzimmer mit einem riesigen holzgeschnitzten Doppelbett, sicher ein Erbstück der Familie. Er hatte sechs Räume gezählt, vielleicht waren es noch mehr. Auf Sesseln, Stühlen und Sofas hatten sich Besucher niedergelassen, redeten aufgebracht oder schwiegen bedrückt, weinten oder schenkten Grappa nach. Andere gaben sich bereits zum Abschied die Hand, während neue Besucher eintrafen und sich zu den Trauernden gesellten. Eine Totenwache, obwohl der Verstorbene noch in der Pathologie lag.

Auf gut Glück steckte Fabbri seinen Kopf in einen Raum mit großer Fensterfront, der von einem Flügel dominiert wurde. »Signora Margoni?«

Eine rothaarige Frau im schwarzen Hosenanzug löste sich von zwei älteren Damen, die ihre zerknüllten Taschentücher in den Händen kneteten.

Fabbri stellte sich und seinen Kollegen vor. Elsa Margoni bat sie in den Seitentrakt der Wohnung, in dem neben einem kleineren Schlafzimmer eine Bibliothek eingerichtet war. Noch zwei Zimmer, dachte Fabbri. Sieht nach dem Reich des Ehemanns aus.

»Herzliches Beileid, Signora«, begann er. »Ich hoffe, wir stören nicht allzu sehr, aber wir ermitteln im Fall Ihres verstorbenen Gatten und hätten ein paar Fragen an Sie.«

Elsa Margoni ließ sich in einen Empiresessel fallen, die einzige Sitzgelegenheit im ganzen Raum. Neben ihr erhob sich ein zierliches Tischchen mit eingestaubten Grappa- und Amarettoflaschen. Wahrscheinlich nur Dekoration oder ein Vorrat für besondere Gäste, vermutete Fabbri.

»Fragen Sie nur«, sagte Elsa Margoni und seufzte. »Aber ich glaube nicht, dass ich Ihnen weiterhelfen kann. Für mich ist das alles unerklärlich. Wer hat Enzo das angetan? Er war doch nur mit seiner Arbeit beschäftigt und sonst gar nichts.«

»Aber irgendjemand muss einen Grund gehabt haben, ihn zu ermorden und unter der Chimäre zu drapieren«, sagte Stefano wenig einfühlsam.

»Die Chimäre.« Elsa Margoni machte eine lange Pause. »Sie war sein Lebenswerk. Er hatte … wie soll ich sagen, fast schon eine erotische Beziehung zu ihr. Ich konnte nie verstehen, warum sie ihm so viel bedeutete. Es war doch nur ein antikes Standbild wie viele andere auch.«

»Sie wurde in Arezzo gefunden, deshalb wollte er wohl, dass sie hierher zurückkehrte«, sagte Fabbri.

»Ja, das weiß ich. Er war besessen davon, jahrelang gab es kein anderes Thema. Und an dem Tag, an dem er sein Ziel erreicht hatte, bringt ihn jemand um. Grausame Ironie des Schicksals. Für mich ist es ein einziger schrecklicher Alptraum.« Elsa Margoni raffte ihre Haare nach hinten und ließ sie gleich wieder fallen, eine unwillkürliche Geste der Mutlosigkeit.

»Könnten Sie sich vorstellen, dass es da irgendeinen Zusammenhang gibt?«, fragte Fabbri. »Ich meine, die Rückkehr der Figur und die Ermordung Ihres Mannes unmittelbar darauf? Könnte jemand ihm übel genommen haben, dass er die Statue in die Stadt zurückgeholt hat, oder neidisch gewesen sein, dass er seinen Traum verwirklichen konnte?«

»Nein. Das muss die Tat eines Wahnsinnigen gewesen sein, anders kann ich es mir nicht erklären. Es gibt sicher niemanden, der ihm seinen Erfolg neidete. So weltbewegend war die Wiederbeschaffung der Statue ja auch nicht. Eine Leihgabe aus dem Museum in Florenz. Sicher, für ihn war es die Krönung seines Lebenswerks, aber die meisten Leute in Arezzo haben andere Sorgen.«

»Waren Sie deshalb nicht bei der Feierstunde im Museum?«

»Ich war in Rom bei einem Juristenkongress, der bis Sonntagnachmittag dauerte. Als mich Ihre Kollegen anriefen und sagten, dass Enzo nicht mehr am Leben sei, bin ich auf der Stelle nach Arezzo zurückgefahren. Erst dann erfuhr ich, auf welch grausige Weise er getötet worden war.« Sie wischte sich eine Träne aus dem Augenwinkel.

»Hatte er nur zu der Chimäre eine erotische Beziehung, oder fällt Ihnen da noch eine andere Person ein?«, fragte Stefano unvermittelt.

Die Signora hob missbilligend die Augenbrauen. »Commissario, wenn Sie das meinen ... dafür war Enzo nicht der Typ. Außerdem gingen wir in gewisser Weise getrennte Wege, respektierten uns, aber jeder lebte sein eigenes Leben. Er in seinem Museum und ich in meiner Kanzlei.«

»Das klingt ziemlich nüchtern«, meinte Fabbri.

»Ich beschäftige mich eben lieber mit Menschen anstatt mit toten Gegenständen. Aber wir hatten keinen Streit. Wir trafen eine Art Arrangement, gemeinsames Essen am Sonntag und meistens ein offenes Ohr für die Sorgen des anderen. So hielten wir unser Eheleben einigermaßen aufrecht. Irgendwann hatten wir uns an diesen Lebensstil gewöhnt. Eine Trennung stand nicht zur Debatte.«

»Warum hatten Sie sich so entfremdet?«

»Wir haben uns wohl gegenseitig falsch eingeschätzt. Auf Dauer störte mich seine ständige Abwesenheit, nicht nur physisch, sondern auch mental. Als würde er in anderen Sphären schweben. Natürlich vermutete ich anfangs eine Geliebte, besonders als er anfing, über Nacht wegzubleiben. Aber es waren seine Schlafprobleme, die ihn so stark verändert hatten. Wie aus dem Nichts waren sie aufgetaucht und zermürbten ihn Tag und Nacht.«

»Und das haben Sie ihm geglaubt?«

»Ja, sicher. Ich habe ihn ja selbst die Nächte in seiner Bibliothek verbringen sehen und weiß genau, dass er aus Angst vor dem eigenen Bett hin und wieder im Museum übernachtete.«

»War er deswegen in Behandlung?«

»Sein Hausarzt hatte ihm Schlaftabletten verschrieben, aber ich glaube, er vertrug sie nicht und setzte sie wieder ab.«

»Hatten Sie deshalb getrennte Schlafzimmer?«

»Genau. Er wollte mich nicht aufwecken, wenn er nachts herumlief, deshalb haben wir diese unterschiedlichen Wohnbereiche eingerichtet. Platz genug ist ja da.« Sie hob die Hand zu einer ausholenden Geste.

»Ihre Ehe bestand demnach nur auf dem Papier«, fasste Fabbri zusammen. »Gab es in Ihrem Leben einen anderen Mann?« Den Ehemann einer schönen, reichen Frau um die Ecke zu bringen, erschien ihm ein ziemlich einleuchtendes Motiv.

Elsa Margoni lachte leise. »Hören Sie, ich bin Anwältin für Familienrecht, Scheidungsrecht und Erbschaftsangelegenheiten. Für die üblichen menschlichen Katastrophen eben. Da sehe ich wahrlich genug, um mit der Ehe, wie Enzo und ich sie führten, recht zufrieden gewesen sein zu können. Vielleicht ist dies überhaupt die einzige Form des Zusammenlebens, die langfristig funktioniert.«

Fabbri überflog die Titel der Buchrücken im Regal. Er hörte mit halbem Ohr zu, wie Stefano weitere Routinefragen an Elsa

Margoni stellte. Die Bücher sprachen ebenfalls für einen rückwärtsgewandten Eigenbrötler, der mehr im Gestern als im Heute lebte. Da stand Fachliteratur über Römer und Etrusker neben den Werken griechischer und römischer Philosophen, in Stehsammlern aus Pappe waren diverse Jahreshefte des Archäologenverbands archiviert.

Im untersten Fach leuchtete Fabbri ein Buch entgegen, das so gar nicht zum Rest passte: Carlos Castaneda, »L'arte di sognare«, die Kunst des Träumens. Daneben weitere Literatur über Drogenerfahrungen, Traumyoga und luzides Träumen. Fabbri hatte keine Ahnung, was das war. Luzides Träumen. Nie gehört.

»Ihr Gatte interessierte sich aber nicht nur für die Antike«, meinte er und zog das Castaneda-Buch hervor. Diesen Autor hatte auch seine Frau mit im Gepäck gehabt. War der nicht ein Poet der Hippiegeneration gewesen?

»Ach ja, Castaneda. Mein Mann hatte ein Faible für diese Dinge. Bewusstseinserweiterung, Traumreisen, übersinnliche Erfahrungen. Es hing wohl mit seinen Schlafproblemen zusammen, wahrscheinlich erhoffte er sich dadurch Rat und Hilfe. Es tut mir leid, dass ich Ihnen nicht mehr Informationen geben kann, aber ich möchte lieber zurück zu meinen Trauergästen. Das verstehen Sie doch.« Elsa Margoni erhob sich und schritt aus dem Zimmer. An der Tür drehte sie sich lässig um. »Wann wird der Leichnam freigegeben?«

»Ich rufe Sie an, wenn die Untersuchung beendet ist, Signora«, meinte Fabbri. »Morgen, spätestens übermorgen können Sie über ihn verfügen.«

10

Ein bis zwei Tage bis zur Freigabe der Leiche waren doch etwas zu optimistisch gewesen. Fabbri hatte Elsa Margoni mitteilen müssen, dass der Staatsanwalt noch einen Rechtsmediziner von einer der Universitäten bei der Autopsie dabeihaben wollte. Das konnte dauern. Er kannte Fälle, in denen ein Toter über ein Jahr in der Schublade gelegen hatte, aber das behielt er für sich.

Dr. Tavanti, der Rechtsmediziner, hatte sich ans Telefon gehängt und zunächst Absagen aus Pisa und Florenz kassiert. Frühestens in der Woche nach Ostern, hieß es, eher noch Anfang Mai. Schließlich hatte sich eine Kollegin von der Universität Siena bereit erklärt, sofort nach Arezzo zu kommen und gemeinsam mit Tavanti die Obduktion durchzuführen.

Fabbri atmete auf. Glück gehabt, dachte er.

Er fand sich einigermaßen rechtzeitig in der Pathologie des Krankenhauses San Donato ein, wo die beiden Mediziner an der geöffneten Leiche des Museumsdirektors zu Werke gingen. Mit größter Ruhe und Konzentration entnahmen sie die Organe, legten sie auf die Waage und suchten nach bestimmten Abweichungen. Fabbri, der das Procedere kannte, stellte keine Fragen.

Die Kühle und Stille des Raums verliehen der Autopsie eine respektvolle, feierliche Würde. Tavantis leise Kommentare in ein Diktafon wirkten wie das Gemurmel eines Priesters.

Fabbris Gedanken glitten ab. Wieder einmal erstaunte es ihn, wie das Leben so vollständig aus einem Menschen verschwinden konnte, welch traurige Hinterlassenschaft ein toter Körper darstellte. Nur noch eine blasse Hülle, das war alles.

Wäre es nicht besser, sich am Ende des Lebens in Luft aufzulösen und einfach zu verschwinden? Sich entmaterialisieren. Oder transformieren. Wie Eiskristalle in der Sonne, von Eis zu Wasser zu Luft? Es gäbe keine Kosten für die Beerdigung und keinen Streit unter den Hinterbliebenen, wer sie bezahlen soll. Außerdem wären die Moleküle des Körpers schnell zurück im

Kreislauf der Natur, würden als Regentropfen auf die Erde fallen und in einer Blume oder einem Käfer eine neue Heimat finden.

Ein schöner Gedanke, überlegte er, aber ziemlich schlecht im Fall einer Mordermittlung. Da hatte der tote Körper noch ein Wörtchen mitzureden. Und oft erzählte er mehr als die Leute, die seine Kollegen und er nach einem Mordfall befragten. Meistens sahen sie in leere Gesichter, keiner hatte etwas gehört oder gesehen, die Nachbarn kannten das Opfer kaum und wollten mit der Sache nichts zu tun haben. So auch bei Margoni. Die Tradition des Schweigens.

Schließlich legten Tavanti und Dottoressa Vanini aus Siena die Organe wieder in den Körper zurück. Sie gingen auch hier mit größter Bedachtsamkeit vor, als würden sie kleine Schätze in einer kostbaren Truhe verstauen.

Während Tavanti den Leichnam mit groben Nähten verschloss, wandte sich die Rechtsmedizinerin an Fabbri.

»Folgendes können wir festhalten: Wir haben hier einen organisch gesunden Mann, abgesehen von einer leichten Fettleber, die aber alterstypisch ist. Auch die Blutwerte sind im Normbereich, kein Hinweis auf Alkohol- oder Medikamentenmissbrauch, keine Drogen oder Gifte im Blut. So weit der Laborbericht. Sein Tod kam, wie mein Kollege schon vermutete, durch Erdrosseln zustande, genauer gesagt durch zwei Faktoren, nämlich die Unterbrechung der Blutzufuhr im Gehirn und die Kompression des Kehlkopfs. Ohne Gegenwehr dauert es nicht länger als vier, fünf Minuten, bis das Opfer in Ohnmacht fällt und das Herz kollabiert.«

»Aber soweit ich weiß, hat er sich gewehrt. Gab es denn Gewebespuren unter seinen Fingernägeln?«

»Nein, nur Partikel seiner eigenen Haut. Er ist letztendlich nicht an den Mörder herangekommen. Aber ich möchte Ihnen etwas anderes zeigen.« Sie führte Fabbri zu einem Mikroskop und ließ ihn durch das Okular spähen. »Das haben wir entdeckt, nachdem wir den Körper zu Beginn der Untersuchung umgedreht hatten.«

Auf dem Objektträger lag eine Sammlung unregelmäßig geformter schwarzer Blättchen.

»Was ist das?«

»Schlangenschuppen!«, rief Tavanti vom Untersuchungstisch aus, unterbrach seine Arbeit und kam näher. »Wir haben sie vereinzelt im Nackenbereich gefunden, sie klebten auf der Haut des Opfers. Meine Kollegin hat sie mit der Pinzette entfernt.«

»Sie wollen doch wohl nicht behaupten, Margoni sei von einer Schlange erwürgt worden?«

Tavanti lachte kurz auf. »Nein, sicher nicht. Dann wären zusätzlich ein paar Rippen gebrochen. Die Schuppen dürften von einem Gegenstand stammen, bei dem Schlangenhaut verarbeitet wurde, zum Beispiel einer Weste, einer Jacke oder einem Gürtel. Natürlich könnten die Schuppen schon vorher an Margonis Körper geklebt haben. Vielleicht besaß er ein Kleidungsstück aus Schlangenleder, aber mal ehrlich, Commissario, würden Sie glauben, dass er so extravagant war?«

Nun, wer kannte schon die privaten Vorlieben eines Menschen? Aber bei Margoni konnte Fabbri sich diese modische Entgleisung wirklich nicht vorstellen. Ein Mann Mitte fünfzig, der sich in seinem Kleidungsstil eher an britischen College-Professoren orientiert hatte als an mexikanischen Drogenbossen.

»Wissen Sie schon, von welcher Art Schlange die Schuppen stammen?«

»Python«, sagte Dottoressa Vanini mit fester Überzeugung. »Deren Haut ist ziemlich beliebt in der Lederindustrie. Ich habe mir selbst vor ein paar Jahren den Luxus einer Handtasche aus Pythonleder erlaubt. Die schwarzen Schuppen sind typisch für das Muster dieser Schlange, die hellen Schuppen sind dagegen transparent, spiegeln nur die Hautfarbe darunter. Wie bei allen Schlangen.«

»Wir suchen einen Täter, der irgendetwas aus Pythonleder am Leib trug, ist das richtig?«

»Ich denke schon«, meinte Tavanti. »Womöglich sind einige Schuppen abgefallen, als Margonis Mörder hinter ihm stand und mit aller Gewalt zuzog.«

»Eher abgebrochen«, ergänzte Dottoressa Vanini. »Die Schuppen sind Teil der Hautoberfläche und stehen nicht einzeln hervor.

Das Leder könnte aber brüchig geworden sein, wodurch sich ein paar Partikel gelöst haben.«

»Soweit ich weiß, ist Schlangenleder total aus der Mode«, sagte Fabbri.

»Das ist schon richtig«, stimmte ihm Vanini zu. »Aber es muss ja keine Jacke gewesen sein. Auch ein Gürtel käme in Frage. Die finden Sie heute noch im Verkauf. Gehen Sie mal auf den Markt nach Florenz, da hängt doch die ganze chinesische Massenware als angeblich echte italienische Handwerkskunst auf den Ständern.«

»Könnte ein solcher Gürtel die Tatwaffe gewesen sein?«

»Leider passt die Drosselspur nicht dazu. Sie müsste breiter und flacher sein. Außerdem sind die meisten Versuche, jemanden mit einem Gürtel zu erdrosseln, gescheitert, weil das Material zu steif dafür ist. Als Mordwerkzeug würde ich einen Gürtel nicht in Betracht ziehen, aber als Kleidungsstück des Täters durchaus.«

Die Rechtsmediziner wechselten noch ein paar Worte unter Kollegen, dann verabschiedete sich Dottoressa Vanini und schüttelte Fabbri die Hand. »Halten Sie mich auf dem Laufenden. Scheint ein recht interessanter Fall zu werden.«

Nach der Autopsie wurde Fabbris Lust auf einen richtig guten Espresso dermaßen übermächtig, dass er einen Umweg zu »Francos Bar« einschlug, seinem Stammlokal in der Altstadt. Die Questura konnte warten.

Die Bar befand sich gleich hinter der Porta San Lorentino, in deren Nähe Bauarbeiter damals die Chimäre gefunden hatten. Im Inneren des Torbogens erinnerte eine verkleinerte Kopie der Statue an das historische Ereignis. Auch die Umstände ihres Fundes im Jahr 1553 waren mit einer Inschrift an der Wand verewigt.

An den beiden Tischen vor dem Lokal saß niemand, drinnen gab es ebenfalls nur wenige Besucher. Ein älteres Touristen-Ehepaar ließ sich zwei frische Panini belegen, die Franco mit charmantem Lächeln über die Theke reichte. Dann wandte er sich wieder der riesigen Kaffeemaschine zu, um einen doppelten Espresso aufzubrühen. Noch bevor Fabbri den Laden richtig betreten hatte, stand eine weiße Tasse auf seinem gewohnten Platz an der Theke, ein Glas Wasser daneben.

Der Barbesitzer war ein paar Jahre älter als Fabbri und von solch aufmerksamer Freundlichkeit, dass jeder sich in seiner Gegenwart sofort wohlfühlte. Es war eine Freude, den ruhigen, kräftigen Mann hinter dem Tresen hantieren zu sehen. Da saß jeder Handgriff, wenn er kleine Antipasti-Teller zubereitete oder mit hochgekrempelten Ärmeln einen Cappuccino zauberte und ihn mit einer galanten Bewegung dem Gast präsentierte.

Seit vier Jahren besuchte Fabbri fast täglich den Laden, ein ehemaliges Weinlager, das Franco in eine Mischung aus Bar und Bistro verwandelt hatte. Es hieß, hier gebe es die besten Panini in Arezzo, selbst wer keinen rechten Hunger hatte, kam beim Anblick der Vitrine auf den Geschmack. In einem Bottich schwamm Büffel-Mozzarella, kleine Laibe von Pecorino-Käse waren zu einer Pyramide gestapelt, und in Spanschachteln ruhten schneeweiße Ziegenkäse. Dunkel gereifter San-Daniele-Schinken lag neben solchem aus Parma, umrahmt von Coppa, Wildsalami und Mortadella. Da bedauerte selbst Fabbri manchmal seine vegetarischen Prinzipien.

Im Regal dahinter standen verschiedene Öle und Weine aus der Region, es gab Gläser mit Zwiebelmarmelade und Trüffelpaste und natürlich Tüten mit Cantuccini, dem steinharten Mandelgebäck, das Leckermäuler genüsslich in den Rotwein tauchten.

Über allem thronte ein Fernseher, der oben auf dem Regal einen Platz zwischen bunten Panettone-Verpackungen gefunden hatte. Es lief das Vorabendmagazin von Rai 2, der Ton war auf stumm geschaltet.

»*Salve, Roberto, come stai?*« Lässig klopfte Franco das Kaffeesieb aus und befüllte es neu. »Mein Freund, was darf ich dir sonst noch servieren?«

»Danke, im Moment nichts.«

»Na, komm schon, ich sehe doch, dass du Hunger hast. Wenigstens ein kleines *tramezzino*, sonst wirst du bald noch dünner.«

»Wirklich nicht. Ich bin auf der Suche nach Mauro. Hat er sich bei dir blicken lassen?«

Fabbri hatte schon beim Betreten der Bar bemerkt, dass sein Informant nicht anwesend war. Er hätte ihn gern zum Mordfall Margoni befragt, vielleicht konnte er ihm einen besseren Tipp geben, nach dem Reinfall mit dem Taschendieb. Wenn sie Glück hatten, landeten die geleerten Portemonnaies in einem Briefkasten, und die Post gab sie bei der Polizei ab. Diese unausgesprochene Vereinbarung zwischen Dieben und Polizei ersparte den Leuten viel Lauferei um neue Ausweispapiere und Kreditkarten. Wenn sich alle daran hielten.

Der heiße Espresso erfüllte Fabbri mit reinen Glücksgefühlen. Er starrte zufrieden auf den stummen Bildschirm. Zu sehen waren zwei junge Frauen, die auf einem Feld ackerten und anschließend an einem kleinen Marktstand Erdbeeren verkauften. Die Einblendung dazu lautete: »Erfolg durch Eigeninitiative.«

Auf sein Zeichen hin griff Franco zur Fernbedienung und regelte die Lautstärke hoch.

»Lisa und Chiara, zwei Absolventinnen der Universität Florenz, haben ungeheuren Mut bewiesen«, sagte ein Reporter ins Mikrofon. »Anstatt vergeblich auf eine Anstellung zu hoffen, haben die beiden sich als Erdbeerproduzentinnen selbstständig gemacht. Wie seid ihr auf diese tolle Idee gekommen?« Er streckte einer der beiden Frauen sein Mikro vor die Nase.

»Wir hatten schon Erfahrung in der Landwirtschaft gesammelt«, erzählte sie. »Bei der Olivenernte im vorletzten Jahr waren wir fünf Wochen bei einem Bauern beschäftigt. Leider bekamen wir unseren Lohn in Olivenöl ausbezahlt, zwanzig Liter für jede.« Sie lachte. »Aber was sollten wir denn mit so viel Öl?«

Sie hätten dann ein Stück Acker gepachtet und Erdbeeren angepflanzt, so seien sie selbstständig geworden. Einen regulären Job als Archäologin beziehungsweise Architektin hätten sie sich mittlerweile abgeschminkt, lieber würden sie noch ein zweites Feld dazupachten.

Franco schüttelte den Kopf. »Was für eine Verschwendung von Tatkraft und Intelligenz. Es ist ungeheuerlich, was sie mit unserer Jugend machen. Keine Jobs, kein Geld, keine Perspektive. Wie soll ein junger Mensch da eine Familie gründen? Und die da oben verkaufen die Misere noch als Ansporn für mehr Selbstständigkeit. Na klar, ich kenne auch jemanden, der seinen Köter für die Trüffelsuche abgerichtet hat, bestimmt ist der Mann inzwischen Millionär. Lächerlich, das Ganze.«

Bevor er sich weiter aufregen konnte, traten drei Rucksacktouristen vor seine Vitrine und ließen sich von ihm bei der Wahl des richtigen Belags für ihre Panini beraten. Von einem der Tische kam die Bestellung für eine Flasche Roten.

Fabbri musste an Isabella denken. Was würde seine Tochter nach Schule und Ausbildung erwarten? Lohnte es sich überhaupt, ein Studium zu absolvieren, wenn es nachher nur für Gelegenheitsjobs reichte? Wäre Lena noch am Leben, hätte sie besser auf Isabella aufgepasst, als er je dazu in der Lage war. Sie hätte sie aus dem Bett gejagt, sie zum Lernen angetrieben und ihre Leistungen kontrolliert. Aber so machte das Kind, was es wollte.

Fabbri spürte einen Kloß im Hals, als er den nächsten Schluck Espresso nahm. Eigeninitiative. Auch darin wäre Lena ein Vorbild gewesen. Sie hatte sich durchgebissen, einen Job bei der Touristeninformation gefunden, deutsche Reisegruppen durch die Altstadt geführt. Außerdem für das »Arezzo Magazine« geschrieben, ein englischsprachiges Monatsheft, das ein Brite für Auswanderer in der Toskana herausbrachte. Ihre Artikel handelten hauptsächlich von Land und Leuten, aber sie hatte auch Beiträge über Kunst und Geschichte verfasst, über die Slow-Food-Bewegung und die blühende Goldindustrie. Das hatte ihr Spaß gemacht, sie war viel unterwegs gewesen und hatte überraschende Geheimtipps entdeckt.

Bis sie von einer ihrer Touren nicht mehr zurückgekehrt war. Verfluchte Scheiße.

Fabbri heftete seinen Blick wieder auf den Bildschirm. Der nächste Beitrag des Nachrichtenmagazins befasste sich mit einem Fall von Vandalismus, den eine Polizeistreife auf dem archäologischen Gelände von Castelsecco entdeckt hatte, der Ruine der etruskischen Festung vor den Toren der Stadt. Allem Anschein nach hatten Jugendliche die Tür zu der kleinen Kapelle San Cornelio aufgebrochen, die an der Stelle des vorchristlichen Kultplatzes der Etrusker errichtet worden war. Eine moderne Skulptur der Muttergöttin Uni erinnerte noch an die Bedeutung dieser etruskischen Weihestätte. Doch nun kreiste im Inneren des Gotteshauses eine Taschenlampe der Polizei über leere Bierflaschen, Fast-Food-Behälter, Zigarettenkippen und Essensreste. Ein ausgetretenes Lagerfeuer vor der Kapelle, Plastikbecher, herumliegende Isomatten und zurückgelassene Kleidung ließen vermuten, dass die Eindringlinge die ganze Nacht auf dem archäologischen Gelände verbracht hatten und am nächsten Morgen überstürzt aufgebrochen waren.

»Sieh dir diese Schweinerei an!« Franco kehrte schimpfend zurück und wies mit ausgestrecktem Arm zum Bildschirm. »Das geschieht, wenn sie keine Beschäftigung haben. Irgendwann geraten sie auf die schiefe Bahn und landen schließlich im Knast. Oder sie gehen durch Drogen drauf.«

So aufgebracht kannte Fabbri ihn gar nicht. Normalerweise hielt sich Franco aus allen Diskussionen heraus, besonders wenn sie die Politik betrafen. Wenn sich alle beruhigt hatten, tröstete er die Streithähne mit dem Spruch, dass Italien zwar die schlechtesten Politiker, aber das beste Essen der Welt habe. Doch heute war ihm definitiv eine Laus über die Leber gelaufen.

»Du übertreibst, Franco«, sagte Fabbri. »Wir haben auch jede Menge Unsinn gemacht, als wir jung waren. Aber es ist eine Schande, San Cornelio so zu beschmutzen, wirklich respektlos, da gebe ich dir recht.«

Franco warf die Arme in die Luft. »Der Staat ist an allem schuld, Roberto. Wie kann er es zulassen, dass die Hälfte unserer Jugend keine Arbeit hat? Dass sie für Hungerlöhne arbeiten müssen, in Konkurrenz zu den Asylanten, die noch billiger zu haben sind? Nein, das Land geht vor die Hunde, und die Politik schaut zu. Mafia, Drogen, Arbeitslosigkeit und sogar ein Mord in unserer Stadt, sag mir, Roberto, wohin soll das alles führen?«

»Zu einer raschen Aufklärung, hoffe ich.« Fabbri nahm noch einen Schluck Wasser und stieg vom Barhocker. »Übrigens, Franco ... ist dir in letzter Zeit jemand aufgefallen, der etwas aus Schlangenhaut anhatte? Eine Jacke oder einen Gürtel?«

Franco schwieg für einen Moment, während er den Tresen abräumte. »Schlangenhaut, bist du sicher? Das tragen sie ja nicht mal mehr in Zuhälterkreisen. Nein, bei mir war niemand in einer solchen Aufmachung, daran würde ich mich bestimmt erinnern. Sieh dich lieber bei den vielen Afrikanern um, die hier herumgeistern. Könnte mir vorstellen, dass das bei denen noch Mode ist.«

Fabbri bezahlte seinen Kaffee und verabschiedete sich von Franco. Besser, er ließ den Mann heute in Ruhe.

11

»Siehst du endlich ein, dass du nach Deutschland zurückkommen musst? Du bist da unten in Gefahr. Was muss denn noch geschehen, bis du deine Koffer packst?«

Seit Tagen kannte Alexander kein anderes Thema mehr als den Mord in Arezzo. Dabei hatte Pia ihm wohlweislich nicht erzählt, dass es sich bei dem Opfer um einen ihrer Patienten handelte. Vermutlich wäre er dann höchstpersönlich im Institut aufgetaucht und hätte sie aus ihrem Büro gezerrt. Deswegen hielt sie lieber den Mund.

Trotzdem schickte Alexander eine hysterische Nachricht nach der anderen, flehte sie an, Arezzo so schnell wie möglich zu verlassen, er habe von Anfang an gespürt, dass sie dort nicht gut aufgehoben sei. Als Kompromiss hatte Pia vorgeschlagen, am bevorstehenden Karfreitag einen Flug nach Frankfurt zu nehmen und ihn über Ostern zu besuchen.

Merkwürdigerweise war Alexander davon nicht sehr begeistert gewesen, sie wisse doch, dass er die Kanutour mit den Kumpels geplant habe, so wie jedes Jahr. Außerdem: Er wolle keinen Besuch für ein paar Tage, sondern endlich ihre komplette Rückkehr.

Das hatte Pia entschieden abgelehnt. So drehten sie sich im Kreis.

»Dann sieh dich um Gottes willen vor, dass dir nichts passiert«, hatte er zum Schluss gesagt. »Ich kann dich nur warnen.«

Zurück blieb ein Gefühl der Unsicherheit, aber Pia konnte hier nicht weg, bevor klar war, warum Margoni sterben musste und ob ihre Therapie irgendeinen Anteil daran hatte.

Wenn sie ehrlich war, hatte ihre Zuneigung zu Alexander nur so lange angehalten, bis sie einigermaßen über Silkes Selbstmord hinweggekommen war. Alexander stammte aus dem gemeinsamen Bekanntenkreis und hatte ihr unentwegt Trost gespendet, als sie sich Vorwürfe gemacht hatte, die Depression ihrer besten Freundin nicht rechtzeitig erkannt zu haben.

Nachdem sie ein Paar geworden waren, hatte er jede Gelegenheit genutzt, sie an seine Hilfe zu erinnern. Pia vermutete, dass sie aus Dankbarkeit seine Vorstellungen von einem gemeinsamen Leben teilen sollte, das dann in ähnlich gutbürgerlichen Bahnen wie das seiner Eltern verlief: erfolgreicher Ehemann, großes Haus, die Mutter bei den Kindern.

Seine in der *fattoria* entflammte Eifersucht war für Pia nur ein Zeichen, dass Alex seine Felle davonschwimmen sah, dass er befürchtete, der räumliche Abstand und ihre Unabhängigkeit würden seine Pläne durchkreuzen. Falls sie sich doch wieder vertrugen, müssten sie als Erstes über ihre gegenseitigen Erwartungen sprechen, so viel war klar.

Pia legte einen Stapel Flyer in ihre Infomappe, die sie sich als Vorbereitung für den heute anstehenden Besuch einer Gruppe Psychologiestudenten zusammengestellt hatte. Es war gut, wenn die angehenden Therapeuten wussten, welche Behandlungsmöglichkeiten das Institut bot.

Silkes Tod hatte Pia vor allem durch die offenen Gespräche mit den Kollegen an der Uni überwunden. Gerade für Psychologen war es definitiv das Schlimmste, einen Menschen durch Suizid zu verlieren, der Super-GAU. Trotzdem wussten alle, dass niemand einen echten Selbstmörder aufhalten konnte. Oft tat er nur so, als ginge es ihm besser, als schlage die Therapie bei ihm an. Wenn er sich dann doch umbrachte, stand der Therapeut vor einem Scherbenhaufen. Die meisten kommen darüber hinweg, vergessen es aber nie. Nachdem sie das begriffen hatte, ging es wieder aufwärts. Heute war sie froh, damals nicht aufgegeben zu haben.

Pias Blick fiel auf das verpackte Bild von Pizotti, das auf dem Boden neben ihrem Aktenschrank lehnte. Nach dem ersten Schreck hatte sie es sofort wieder eingewickelt und an die Wand gestellt. Minutenlang hatte sie sich kaum beruhigen können.

Eine schwarze Leinwand als Geschenk für sie, das konnte doch nicht wahr sein! Wollte Pizotti ihr mit dem Bild beweisen, dass er seine Schaffenskrise überwunden hatte? Dass die Therapie seine wahre Seele zum Vorschein gebracht hatte?

Pia war zwar keine Kunstexpertin, aber auf sie machte das Bild den Eindruck von Verzweiflung und völliger Auslöschung. Es stellte nicht den Anfang, sondern das Ende der Kreativität dar.

Irgendetwas stimmt hier nicht, dachte Pia. Die Vorstellung, es könnte an ihrer Therapie liegen, versetzte sie in nackte Angst. Sie fragte sich beklommen, ob sie wieder versagt hatte – so wie bei Silke. Ob sie vielleicht doch abhauen sollte. Nach Frankfurt zurückkehren. Mit Alexander alles in Ordnung bringen, selbst wenn das auf eine Trennung hinauslief.

Was wird dann aus meinen Patienten?, überlegte sie. Wie soll ich ihnen beistehen in ihrem Leid, bei ihren Hoffnungen, der Sehnsucht nach Heilung von den belastenden Träumen?

Entschlossen klappte sie die Mappe zu und stand auf. Es gab nur einen Weg: Wenn sie beweisen wollte, dass sie Menschen helfen konnte, musste sie hierbleiben. Die Schatten ihrer Vergangenheit abschütteln.

Das Geräusch eines heranrollenden Fahrzeugs auf dem Parkplatz riss sie aus ihren Gedanken. Sie ging zum Fenster ihres Büros. Doch es war nicht der Bus mit den Studenten aus Florenz, den sie jede Minute erwartete, sondern ein dunkelgrauer Alfa Romeo Giulia, der rückwärts an den Oleanderbüschen einparkte. Zwei Männer stiegen aus. Es brauchte keinen großen Spürsinn, um die beiden als Polizisten zu erkennen. Ihre Jacken lässig über die Schulter gehängt, schlenderten sie auf das Gebäude zu und verströmten die Aura hartgesottener italienischer Gesetzeshüter. Beide in dunkler Zivilkleidung, der eine von etwas schwammiger Statur, wahrscheinlich von zu viel Pasta, der andere umso sehniger und durchtrainierter, wie ein Waldläufer, der nur das Allernotwendigste zu sich nahm. Auf ihren ernsten Gesichtern standen schon die Fragen, die sie sich zurechtgelegt hatten.

Soll Moretti sie ruhig beantworten, dachte Pia. Sie konnte sich gut vorstellen, wie er sich bei dem Versuch wand, Margonis Behandlung im Schlaflabor zu leugnen.

Kaum waren die beiden Männer aus Pias Blickfeld verschwunden, näherte sich über die lange Zufahrt ein weißer Minibus. Er stoppte mit quietschenden Bremsen und zischender Hydraulik quer auf dem Parkplatz. Jemand öffnete die Schiebetür, lachende, laut schwatzende junge Leute schälten sich aus dem Inneren des Fahrzeugs. Mit geschulterten Rucksäcken und Umhängetaschen versammelten sie sich um eine ebenso lässig gekleidete junge Frau, in der Pia die Leiterin der Gruppe vermutete.

Der Besuch der Studenten von der Fakultät für Psychologie und Neurowissenschaften in Florenz war seit Langem geplant. Moretti hatte Pia gebeten, die Führung durch das Schlaflabor wie besprochen durchzuführen. Bloß keine Absage, alles musste weiterlaufen wie bisher. Sie hoffte nur, dass Marco rechtzeitig eintraf, um mit ihr gemeinsam die Arbeit des Instituts vorzustellen, und ihr zur Seite stand, falls ihr eine italienische Formulierung nicht einfiel.

Pia machte sich auf den Weg nach draußen, wo etwa zwölf bis vierzehn Studenten in der grellen Vormittagssonne auf sie warteten. Sie sah gerade noch, wie sich die beiden Polizisten am Empfang den Weg zu Morettis Büro zeigen ließen, dann ging sie den jungen Leuten entgegen.

»*Buon giorno a tutti*«, begrüßte sie die Gruppe. »Mein Name ist Dr. Michaelis. Ich heiße Sie herzlich willkommen im Institut für Schlafmedizin und Traumforschung. Ich hoffe, Sie hatten eine gute Fahrt und sind voller Wissbegier, etwas über unsere besondere Behandlungsmethode zu erfahren.«

Die Studenten verstummten und lächelten Pia erwartungsvoll an. Eine junge Frau, kaum älter als der Rest der Truppe, stellte sich als Dozentin Anna Cantucelli vor, Leiterin des Seminars »Paradoxe Bewusstseinszustände und ihre Anwendung in der Psychotherapie«. Nach einem kurzen Small Talk brachte sie die Neugier der Studenten zum Ausdruck, etwas über Pias Arbeit mit Klarträumen zu erfahren, nachdem ihre Versuche in Deutschland schon so viel Aufsehen erregt hatten.

Pia bedeutete der Gruppe, ihr zu folgen. Im Inneren des Gebäudes bemerkte sie, wie die Studenten ihre Blicke durch das prachtvolle Foyer schweifen ließen. Der Stuck an Wänden und Decke, die geschwungene Doppeltreppe, der filigrane Kristallleuchter aus venezianischem Glas, das farbige Bodenmosaik mit dem Bild der Chimäre machten jedes Mal großen Eindruck auf Patienten und Besucher.

Wo bleibt nur Marco?, fragte sich Pia.

Sie wandte sich an die Gruppe. Zur Auflockerung benutzte sie den Einstieg, den sie auch bei ihren Studenten an der Uni Frankfurt verwendet hatte. »Zunächst eine Frage an Sie. Wer von Ihnen kann sich an einen luziden Traum erinnern? Ich spreche von einem Traum, bei dem Ihnen klar wurde, dass Sie nur träumen.«

Die Hälfte der Hände ging nach oben, andere zögerten noch und überlegten.

»Dabei meine ich nicht den Übergang in den Wachzustand, wenn Sie die letzten Fetzen des Traums noch vor Augen haben. Es geht um Ihre Erkenntnis, Teil einer Handlung zu sein, die in Wirklichkeit nicht stattfindet. Wenn Ihnen bewusst wird, dass Sie im Bett liegen und nur ein Trugbild erleben.«

Ein Teil der Hände sank wieder nach unten.

»Ich kann mich an einen solchen Traum erinnern«, sagte einer der Studenten. »Aber das ist schon lange her. Ich lief vor irgendetwas davon, bis mir klar wurde, dass es ein Traum sein muss, weil die Straße, durch die ich lief, in Wirklichkeit anders aussieht.«

»Genau das ist ein Klartraum«, stellte Pia zufrieden fest. »Und wer von Ihnen hat so etwas vor Kurzem erlebt, vielleicht sogar in der letzten Nacht?«

Niemand meldete sich.

»Sehen Sie, das bestätigt die Beobachtung, dass wir luzides Träumen in Kindheit und Jugend häufig erleben. Sobald unser Gehirn ausgereift ist, nimmt das Phänomen ab. Solche Traumerlebnisse kommen dann nur noch sehr selten vor, es sei denn, wir trainieren sie uns wieder an oder sie werden künstlich erzeugt.«

Aus dem Augenwinkel bemerkte Pia Marco, der zur Eingangstür hereinhuschte, an der Gruppe vorbeieilte und im Gang zu den Büros verschwand. Kurz darauf stand er neben ihr und zupfte an seinem weißen Kittel herum, in dem er fast ein wenig verkleidet wirkte. Mit seinen sonnengebleichten Haaren, die er am Hinterkopf zusammengebunden hatte, und der gebräunten Haut sah er eher aus wie ein Surfer, der den ganzen Tag am Strand und in den Fluten verbracht hat.

»Darf ich vorstellen, das ist mein Kollege Marco Testi, ebenfalls Psychologe in unserem Institut. Er wird Ihnen gleich etwas über die verschiedenen Phasen des Schlafs erzählen. Ich schlage vor, dass wir nun nach oben gehen, um Ihnen unser Labor zu zeigen.«

Gemeinsam gingen sie die Treppe hoch. Pia führte die Gruppe in den Kontrollraum. Die Überwachungsmonitore waren ausgeschaltet, das Pult sauber und aufgeräumt, selbst die Papierkörbe geleert. In der Luft lag der typische Zitronenduft eines italienischen Bodenreinigers.

»Wir befinden uns im Herzstück unseres Instituts«, begann Marco mit seinem Vortrag. »Hier zeichnen wir die Gehirnwellen unserer Patienten auf und können dadurch die verschiedenen Phasen während ihres Nachtschlafs bestimmen. Wir sehen, wann sie sich entspannen, einschlafen, in den Tiefschlaf sinken und wann sie träumen. Das alles geschieht mehrmals pro Nacht und zeigt sich in bestimmten Mustern auf dem EEG.«

Pia war sicher, dass Marco den Studenten nichts Neues erzählte, ließ ihn aber weiterreden.

»Interessant für uns ist vor allem die REM-Phase, in der das Träumen stattfindet. Dies ist auch die Zeit der Alpträume. Wie wir durch anschließende Befragung wissen, fühlen sich die Patienten diesen beängstigenden Traumerlebnissen oft hilflos ausgeliefert und leiden auch am nächsten Tag noch darunter. Werden Alpträume nicht behandelt, können sie zu dauerhaften Gesundheitsschäden führen. Zu Hause weckt die Leute nämlich niemand auf, wenn das Herz bis zum Anschlag rast.«

»Und was ist nun Ihre Therapie, Dr. Michaelis?«, fragte die Dozentin, während manche der Studenten sich Notizen auf ihren Spiralblöcken machten.

»Das Prinzip ist recht einfach: Traumforscher haben festgestellt, dass Menschen luzide Träume erleben, wenn sich während der Traumphase das Bewusstsein dazuschaltet. Dann sind zusätzlich die Areale für logisches Denken, Planung und Kontrolle aktiv und produzieren Gamma-Wellen im Bereich von etwa vierzig Hertz.

Wir simulieren nun einen Klartraum, indem wir dem Patienten während seiner Traumphase diese Vierzig-Hertz-Frequenz über die Elektroden schicken. In der Folge wird ihm bewusst, dass er träumt. Er bemerkt, dass er das Traumgeschehen objektiv beobachten kann. Auch einen Alptraum kann er als solchen erkennen und sich dagegen wehren. Besonders letztere Erfahrung ist unglaublich ermutigend für unsere Patienten. Sie gelangen zu der Überzeugung, ihre quälenden Visionen durch eine Behandlung im Schlaflabor ausschalten zu können.«

Ein Sturm von Fragen brach los. Die Studenten wollten wissen, ob die Patienten geheilt seien, wenn ihnen klar werde, dass sie träumten, ob die Heilung dauerhaft sei, welche Nebenwirkungen es gebe und ob die Frau Doktor die Behandlung schon an sich selbst ausprobiert habe.

Pia schüttelte lachend den Kopf. »Nein, ich selbst habe das noch nicht versucht, obwohl es mich reizen würde. Aber wir haben es hier mit klinischen Fällen zu tun. Durch unsere Therapie lernt der Patient, die angstauslösenden Traumerlebnisse in die richtige Richtung zu lenken. So verrückt es klingt: Oft genügt schon ein Handy neben dem Bett, dann kann der Patient zum Beispiel im Traum Hilfe holen.«

»Man kann doch keinen Gegenstand in den Traum mitnehmen«, meinte eine Studentin skeptisch.

»Nein, aber das Bild davon. Und wenn es sich eingeprägt hat, taucht es im Traum wieder auf. Das ist unsere Erfahrung.«

»Viele unserer Patienten haben jahrelang unter schweren Alpträumen gelitten«, fuhr Marco fort. »Wenn sie dann erleben, dass sie die beängstigende Handlung steuern können, verschwindet der Alptraum wie von selbst. Sie schreiben sich quasi ihr eigenes Happy End. Der Horrorfilm löst sich in Luft auf.«

Pia sah auf die Uhr. Zwei Stunden hatte sie für die Gruppe veranschlagt, inklusive lockerer Gespräche bei einem Imbiss auf der Terrasse. Aber wie es aussah, konnten die Studenten nicht genug über luzides Träumen hören. Marco erklärte ihnen alles geduldig. Er machte das gut, professionell und leidenschaftlich. Alle lauschten ihm fasziniert.

Ein sogenannter Klartraum sei auch ohne technisches Equipment möglich, erzählte er. Der Weg führe über Traumtagebücher und Autosuggestion. Menschen, die diese Technik beherrschten, nannten sich »Oneironauten«, Traumreisende. Sie bildeten eine Gemeinschaft rund um die Welt. Aber das Phänomen gehöre nicht in den Bereich der Esoterik, sondern sei wissenschaftlich erwiesen.

»Kann ich im Klartraum auch Sex mit einer tollen Frau haben?«, fragte einer der Studenten. Alle lachten.

Marco grinste. »Alles, was du willst, mein Freund, alles, was du willst.«

»Dann schlage ich vor, dass wir nach unten gehen und uns ein wenig stärken«, sagte Pia. »Wir sind natürlich für Sie da, falls Sie weitere Fragen haben.«

Aufgeregt diskutierend stiegen die Studenten die Treppe hinunter. Im Foyer liefen sie direkt an Moretti und den beiden Polizisten vorbei, die sich gerade von ihm verabschiedeten.

Der Waldläufer-Typ winkte Marco und Pia zu sich heran. Sie gab der Dozentin ein Zeichen, mit der Gruppe vorzugehen.

»Kommissar Fabbri und mein Kollege Rossi von der Polizia di Stato«, stellte Fabbri sich vor. »Ich nehme an, Sie sind auch hier beschäftigt?«

Pia bestätigte und nannte ihren und Marcos Namen.

Der andere Kommissar faltete einen Ausdruck mit Margonis Porträt auseinander und hielt es ihnen unter die Nase. »Ist dieser Mann schon einmal hier gewesen?«

Pia zögerte. Was hatte Moretti der Polizei erzählt? Er musste doch Margonis Behandlung erwähnt haben. Sie versuchte, in seiner Miene zu lesen, aber er hatte einen neutralen Gesichtsausdruck aufgesetzt.

»Wir haben sein Navi ausgelesen, in dem die Adresse der Klinik gespeichert war«, sagte Fabbri. »Wir gehen davon aus, dass er hier war.«

»Wie gesagt, der Mann war tatsächlich bei mir«, fuhr Moretti dazwischen. »Ich kannte ihn flüchtig als Mitglied bei den ›Freunden des Museums‹ in Arezzo. Er hat mich wiederholt um eine

Spende für den Verein gebeten, um die Rückkehr der Chimäre zu finanzieren. Mehr gibt es nicht zu sagen, außer dass ich äußerst bestürzt war, von seinem schrecklichen Tod zu erfahren. Das geht meinen Mitarbeitern sicher genauso, nicht wahr?« Er sah bedeutungsvoll zu Pia und Marco herüber.

Der zornige Blick, den Kommissar Fabbri Moretti zuwarf, war atemberaubend. Für einen Moment sah er dadurch direkt attraktiv aus, obwohl sein hartes Gesicht mit der kantigen Nase alles andere als schön war. Aber seine Augen waren warm und dunkel.

Pia nahm Margonis Porträt in die Hand. Ihr Herz pochte. Wie eine Flutwelle fühlte sie das moralische Dilemma in sich aufsteigen. Wenn sie Margonis Besuch verleugnete, wie es Moretti von ihr erwartete, würde sie sich wegen einer Falschaussage strafbar machen. Wenn das Institut aber ins Fadenkreuz der Ermittlungen geriet, Patienten und Mitarbeiter ins Präsidium bestellt, Büros durchsucht würden, die Presse vor dem Eingang lagerte – dann könnte sie niemandem mehr helfen. Es würde lange dauern, den Ruf der Klinik wiederherzustellen. Bis dahin hatte sich möglicherweise jemand das Leben genommen, weil er oder sie nicht rechtzeitig einen Therapieplatz bekommen hatte.

»Ich kenne den Mann«, antwortete sie vage. »Aber nur aus den Berichten im Fernsehen.«

»Und was ist mit Ihnen?«, fragte der Kommissar an Marco gewandt. »Kommt Ihnen dieser Herr bekannt vor?«

Marco sah sich das Foto nur kurz an. »Tut mir leid, den Mann habe ich noch nie gesehen«, sagte er völlig unbefangen.

»Okay, dann sind wir hier fertig«, meinte Fabbri. »Falls Ihnen doch noch etwas einfällt, rufen Sie mich an.« Er überreichte ihnen seine Visitenkarte und deutete in Richtung Terrasse, wo Gelächter und heitere Stimmen erklangen. »Und nun viel Spaß bei der Party oder was auch immer Sie heute veranstalten.«

12

Fabbri setzte sich hinter das Steuer des Zivilfahrzeugs und öffnete die Seitenfenster. Der Alfa hatte fast eine Stunde in der Sonne gebraten und sich ordentlich aufgeheizt.

»*Porco dio*, das ist ja wie in der Sauna«, stöhnte Stefano, als er sich auf den Beifahrersitz schwang.

Neben ihnen stand ein weißer Minibus mit rasselndem Dieselmotor, dessen Fahrer die rosafarbene »Gazzetta dello Sport« über dem Lenkrad aufgeschlagen hatte.

»Was meinst du, Roberto, hat einer von denen die Wahrheit gesagt?« Stefano heftete den Blick auf den Eingang der Villa.

»Nein.« Fabbri starrte in dieselbe Richtung. »Dieser Moretti war so nervös wie eine Katze im Hundezwinger. Die beiden anderen haben nur gesagt, was ihr Chef hören wollte.« Dann machte er seiner Wut Luft: »Aber wir zwei waren blöder als ein Sack voll Carabinieri, sie in seinem Beisein zu befragen anstatt getrennt voneinander. Der reinste Anfängerfehler.«

»Hast du den Gesichtsausdruck der Psychologin gesehen?«, fragte Stefano. »Die hat direkt mit sich gekämpft.«

Fabbri schloss die Fenster wieder, um dem Dieselgestank zu entgehen, und schaltete die Klimaanlage an.

»Ich wette, Margoni hat sich in der Klinik behandeln lassen«, sagte er. »Mit seinen Schlafstörungen war er doch hier an der richtigen Adresse. Und das nötige Kleingeld für eine Therapie in dieser noblen Hütte hatte er wohl auch.«

»Du glaubst, die Sache mit der Spende war gelogen?«

Fabbri drehte sich zur Seite. »Muss nicht sein. Die verdienen mit ihren Patienten bestimmt so viel, dass etwas für die Wohltätigkeit übrig bleibt. Macht sich auch gut bei der Steuererklärung. Jedenfalls kann mir Moretti nicht erzählen, dass er Margoni kaum kannte. Vielleicht geht es um Geldwäsche, indem sie die Gewinne der Klinik als Spenden durch die Buchhaltung des Vereins laufen lassen. Vielleicht wollte Margoni einen größeren

Teil des Kuchens für sich abzweigen. Nicht nur für die Rückkehr der Chimäre.«

Stefano verzog skeptisch den Mund. »Und deswegen hat Moretti ihn umgebracht und unter die Statue geklemmt? Der Mann hat ein Alibi. Er hat gesagt, dass er in der Mordnacht auf dem Stadtfest war, gemeinsam mit Familie und Freunden.«

»Das werden wir überprüfen«, knurrte Fabbri. »Vielleicht war er es ja gar nicht selbst. Der Typ hat Geld und lässt sich bestimmt nicht in die Suppe spucken. Hast du den feinen Zwirn gesehen, den er unter dem Kittel trug, die Seidenkrawatte? Und dann die Einrichtung, Marmor, Stuck, Kristallleuchter, alles vom Feinsten.«

»Ist wohl so bei einer Privatklinik. Da erwarten die Kunden ein gewisses Ambiente.«

Soso, Ambiente. Fabbri hätte nicht gedacht, dass dieser Ausdruck zu Stefanos Wortschatz gehörte. Dessen Ambiente war ein geerbtes Häuschen auf dem Dorf, genauso attraktiv wie seine Wohnung an den Gleisen. Aber warum neidisch sein, Hauptsache, ein Dach über dem Kopf.

Im nächsten Moment zwitscherte Stefanos Telefon wie ein Vögelchen, vermutlich rief sein Ambiente gerade an.

»Nun geh schon ran«, sagte Fabbri, als Stefano den Anruf wegdrücken wollte. Besser, der Mann sprach gleich mit seiner Frau, bevor das Zwitschern die ganze Zeit nervte.

Stefano meldete sich wortkarg, doch nach ein paar Sätzen brauste er auf. »Sie will *was*? Ein Ei? Viel zu ungesund.«

Es konnte sich nur um die liebreizende Sofia handeln. Amüsiert hörte Fabbri zu, wie Stefano versuchte, seiner Frau den Wunsch der Tochter nach einem Riesenosterei aus Schokolade auszureden. Diese Dinger standen in Supermärkten, Cafés und Konditoreien herum, ein Pfund braune Masse, verpackt in bunte Folie und dekoriert mit allerlei Osterschnickschnack. Ein Traum für kleine Mädchen und ein schönes Zubrot für jeden Zahnarzt.

Fabbri überlegte weiter. Was war mit dieser Psychologin, Dr. Michaelis? Eine Deutsche, das verriet ihr Akzent. Genauso hatte Lena geklungen mit ihrer etwas harten Aussprache, die nicht so melodisch hervorsprudelte wie der Redefluss einer Einheimischen. Zweifellos hatte die Psychologin irritiert gewirkt beim Anblick des Fotos, aber das konnte auch der Situation geschuldet gewesen sein. Die meisten Leute wurden unsicher bei einer Begegnung mit der Polizei.

Oder aber die steckten wirklich alle unter einer Decke, Moretti, die Psychologin, der junge Typ und sogar der Rest des Personals. Ging es um Betrug an den Patienten, zahlten die Leute einen Haufen Geld für unwirksame Behandlungen? Hatte Margoni das herausgefunden und gedroht, den Schwindel publik zu machen? War er so weit gegangen, den Klinikchef zu erpressen? Dann hätte Moretti Grund genug gehabt, Margoni zu beseitigen.

Der feine Herr Professor hatte sich sicher nicht selbst die Hände schmutzig gemacht, möglicherweise hatte er einen Killer auf Margoni angesetzt. Trug diese ganze theatralische Inszenierung mit der Chimäre nicht die Handschrift der Mafia, der alten Schule? Heiligenbildchen auf der Brust, Spielkarten im Mund, das Opfer unter einer Statue.

Deine Gedanken gehen mit dir durch, schimpfte Fabbri mit sich selbst, heute knallt die ehrenwerte Gesellschaft die Leute auf offener Straße ab und schert sich einen Teufel um Symbole.

»*Va bene!* Einverstanden, dann eben die kleine Version«, hörte er Stefano neben sich sagen. »Aber kauf ein Ei von Amedei, das sind die besten.«

Es war bewundernswert, wie sie in dieser kleinen Familie wieder einen Kompromiss fanden. Sofia bekam ihr Schoko-Ei und der Papa seinen Frieden.

Sie fuhren los.

»Nimm dir als Erstes den Verein vor, Stefano, die ›Freunde des Museums‹. Lass dir die Mitgliederliste geben und wirf einen Blick in die Buchhaltung, vielleicht stoßen wir auf etwas. Wir sollten die Finanzaufsicht darauf ansetzen. Du kennst doch das Motto: Folge der Spur des Geldes, dann erfährst du die ganze Wahrheit. Ich kümmere mich in der Zwischenzeit um Moretti und befrage noch mal die Psychologin.«

»Die gefiel dir wohl?« Stefano grinste ihn von der Seite an.

»Hast du völlig den Verstand verloren? Du weißt doch genau,

dass es für mich nur eine Frau im Leben gibt. Ich werde nie, ich betone, nie wieder eine Frau wie Lena finden. Und ich suche auch keine.«

»Ist ja schon gut«, maulte Stefano. »Ich meine ja nur. Du arbeitest, sitzt an Francos Theke herum und gehst anschließend einsam nach Hause. Schlägst alle Einladungen aus und lässt sogar das Polizeifest sausen. Langsam könntest du dich wieder ein bisschen ins Leben stürzen, Roberto, auch Isabella zuliebe. Andere sind nach einem Jahr schon wieder verheiratet.«

War es denn so schwer zu begreifen, dass seine Frau einmalig und unersetzlich war? Dass sie für ihn lebendiger war denn je, auch wenn sie ihm nur noch im Traum erschien? Aber er würde den Teufel tun, Stefano davon zu erzählen. Der würde ihn nie verstehen.

»Erspar mir deine Ratschläge«, knurrte Fabbri schließlich. »Mir geht es gut und Isabella auch.«

Sie hatten die Stelle, an der Lena umgekommen war, schon auf dem Hinweg passiert, eine ungesicherte Ausbuchtung auf der kurvenreichen Strecke. Kein Kreuz, keine Blumen wiesen auf den Unfallort hin. Fabbri war weitergefahren, ohne Stefano mit seiner Trauer und den Erinnerungen zu behelligen. Schließlich arbeiteten sie erst seit Kurzem zusammen. Der Mann hatte genug um die Ohren mit seiner eigenen Familie. Und nun dankte er es ihm mit einer Kette von Taktlosigkeiten!

Fabbri bremste scharf, als sie zum zweiten Mal an dem Unglücksort vorbeikamen. Er stieg aus und ging langsam zu dem Abhang, der Lena das Leben gekostet hatte.

Scheiße noch mal, dachte er und atmete tief durch. Es kam ihm vollkommen unwirklich vor, dass Lena hier gestorben sein sollte, zwischen Büschen und Gräsern und herumflatternden Schmetterlingen. Am helllichten Tag und ohne jeden Grund.

Heute war alles von Gestrüpp und Unkraut überwuchert, als wäre nie etwas geschehen.

Als die Kollegen vor seiner Tür gestanden hatten, hatte er zunächst gedacht, sie wollten ihn zu einem Einsatz abholen. Doch dann hatte er ihre betretenen Gesichter bemerkt, ihre zu Boden gesenkten Blicke, als sie zögernd eintraten. Es war eine Situation gewesen, wie er sie selbst schon erlebt hatte, wenn er gemeinsam mit einem Kollegen eine Todesnachricht überbrachte. Schrecklich.

Als ihm die beiden Polizisten von einem Unfall mit einer toten Person auf der SP 19 berichteten, hörte er zwar ihre Worte, aber er konnte nicht begreifen, was diese Nachricht mit ihm zu tun haben sollte. Doch als der jüngere sagte: »Ihre Frau saß in dem Wagen«, verlor er buchstäblich den Boden unter den Füßen. Plötzlich fand er sich auf einem Stuhl in der Küche wieder und nahm alles wie durch einen Schleier wahr. Langsam drang zu ihm durch, dass die Polizei ihren alten Honda Civic vollkommen zerschmettert am Fuß eines Abhangs gefunden hatte. Der Wagen hatte sich mehrmals überschlagen, bevor er an einen Felsen geknallt war. Hinter dem Fahrersitz hatte die Tasche der Fahrerin mit dem Ausweis gelegen. Es gab keinen Zweifel: Die Tote in dem Wrack war seine Frau Lena.

Seitdem war jegliche Freude aus ihm gewichen, er versuchte lediglich zu funktionieren, als Polizist, als Vater, als Freund und Nachbar. Mehr war nicht drin.

»Geht es dir gut?«, fragte Stefano vom Auto aus.

Fabbri winkte ab, ohne sich umzudrehen. Dann kehrte er zum Polizeiwagen zurück und setzte sich wieder hinter das Steuer.

Stefano sah ihn teilnahmsvoll an. »Ist das die Stelle, an der Lena verunglückt ist?«

»Ja, hier ist es passiert.«

»Tut mir schrecklich leid für dich. Und für Lena.«

»Danke«, erwiderte Fabbri versöhnlich. »Das weiß ich zu schätzen.«

Im nächsten Moment knisterte das Funkgerät. »Zentrale an Kommissar Fabbri«, sagte eine Frauenstimme.

»Fabbri hier«, meldete er sich. »Was gibt's denn?«

»Wir haben deine Tochter aufgegriffen«, sagte die Frau aus der Leitstelle. »Oben beim Castelsecco. Eine Streife hat sie erwischt, als sie den Krempel einsammeln wollte, den sie und ihre Freunde zurückgelassen haben.«

Isabella saß wie ein Häuflein Elend im Büro des Streifendienstes und blickte zu Boden.

»Die Kollegen waren zu einer Routinekontrolle unterwegs«, erklärte der diensthabende Ispettore. »Sie wollten nachsehen, ob es auf dem archäologischen Gelände weitere Beschädigungen gegeben hat. Da haben sie das Fräulein angetroffen.«

Fabbri setzte sich auf den Stuhl neben Isabella, die ihre Haare übers Gesicht fallen ließ und sich von ihm abwandte.

»Sieh mich an«, sagte er. »Was habt ihr da oben gemacht? Habt ihr gekifft? Gesoffen? Was hattet ihr da zu suchen, mitten in der Nacht? Wer war noch dabei? Maurizio, der Spinner aus deiner Klasse, oder der Nichtsnutz Fabio? Wart ihr mit irgendwelchen Drogenheinis verabredet? Sag mir genau, mit wem du unterwegs warst.«

»Na, na, seien Sie nicht so hart«, wandte der Ispettore gutmütig ein.

Aber Fabbri dachte an die Bilder aus dem Fernsehen von der entweihten Kapelle und dem Lager davor. Schlimm genug, aber noch schlimmer, wenn das eigene Kind an dieser Straftat beteiligt war. Ein Einbruch in eine Kirche ging eindeutig zu weit.

Isabella drehte ihr verheultes Gesicht zu ihm. »Du kannst dir wohl nicht vorstellen, dass wir einfach so zusammensitzen und uns unterhalten«, sagte sie trotzig. »Ein bisschen Spaß haben und sonst gar nichts.«

»Und dann habt ihr aus Spaß die Kirche aufgebrochen, die dem Archäologischen Verein gehört?«

Isabella wischte sich die Haare aus der Stirn. »Wir haben ein wenig an die Tür gedrückt, da ging sie von allein auf. Es sah nach Regen aus, darum haben wir uns da hineinverzogen.«

Fabbri erinnerte sich, dass ein Weg vom Parkplatz aus zu den mächtigen Mauern der etruskischen Festung führte. Große und mittlere Basaltblöcke waren in Trockenbauweise aufeinandergeschichtet worden, daher der Name »Castelsecco«, trockenes Schloss. Die historische Stätte umfasste ein Gelände, auf dem sich die Reste zweier etruskischer Tempel und des einzigen etruskischen Theaters befanden. Castelsecco war ein beliebter Treffpunkt für Liebespaare, von dort hatten sie einen phantastischen Blick über das nächtlich glitzernde Arezzo und die dunkle Bergkette am Horizont.

»Mein liebes Fräulein, da kommt eine Anzeige wegen Hausfriedensbruch und Sachbeschädigung auf dich zu, ist dir das klar?«

Isabella heulte los. »Wo sollen wir denn hin in dieser Stadt? Für uns gibt's doch hier keinen Platz, wir sind euch doch nur lästig.«

Es gab Fabbri einen Stich, Isabella so reden zu hören. In gewisser Weise hatte sie ja recht. Junge Leute schienen nichts wert zu sein in diesem Land, mussten sich hinten anstellen, wenn es um Jobs und Zukunftschancen ging. Und natürlich spürten sie das auch, verloren den Mut und die Zuversicht und fühlten sich völlig nutzlos. Eine verlorene Generation. Franco hatte es auf den Punkt gebracht, neulich Abend in der Bar: Die Jugend wurde anfällig für falsche Versprechungen und landete im schlimmsten Fall bei der Mafia. Die konnte immer Nachwuchs gebrauchen.

»Wir reden heute Abend weiter«, sagte er. »Du gehst auf der Stelle nach Hause und bleibst auch dort.«

»Sie muss noch das Protokoll unterschreiben«, sagte der Ispettore und reichte Isabella einen Kugelschreiber.

Sie drehte sich um und kritzelte ihre Unterschrift auf das Papier.

Fabbri begleitete seine Tochter noch bis zum Ausgang der Questura. »Komm, sei brav«, sagte er zum Abschied und küsste sie auf beide Wangen.

»Ich versuch's«, antwortete Isabella leise.

Er sah ihr nach, wie sie die Viale Piero della Francesca hinunterging.

Reden, dachte Fabbri. Wir müssen mehr reden. Sonst entgleitet sie mir irgendwann.

Zu reden gab es in den nächsten Stunden allerdings genug. Die Kollegen hatten die Mitarbeiter des Museums einbestellt. In getrennten Räumen befragten Stefano und er die Damen von der Kasse, den Hausmeister und nochmals Maria Santini. Ohne greifbares Ergebnis. Keinem von ihnen war in den Tagen vor dem Mord ein ungewöhnlicher Besucher aufgefallen, niemand vermisste den Schlüssel zum Museum. Nur der Hausmeister war sich ziemlich sicher, alle Fenster im großen Saal geschlossen zu haben.

Am Nachmittag telefonierte Fabbri mit den beiden Töchtern von Claudio Moretti, die bestätigten, dass sie mit ihrem Vater sowie ihren Ehemännern bis weit nach Mitternacht auf dem Stadtfest gewesen seien. Ihr Vater, reichlich angetrunken, habe dann im Haus der jüngeren Tochter übernachtet.

Somit hatte Moretti ein Alibi. Aber Fabbri verspürte trotzdem das bohrende Gefühl des Zweifels.

13

Drei Tage lang hatte Pia einen großen Bogen um das verpackte Gemälde von Pizotti gemacht und höchstens argwöhnische Blicke darauf geworfen, wenn sie etwas aus ihrem Aktenschrank geholt hatte, neben dem sie es abgestellt hatte. Doch dann hielt sie es nicht mehr aus. Sie musste wissen, ob sich irgendwelche Anhaltspunkte darauf befanden, die ihr Pizottis Werk erklärten.

Sie hob das Bild aus dem Packpapier und stellte es vor sich auf den Schreibtisch. Die schrägen Strahlen der Nachmittagssonne fielen darauf.

Pia kippte die Leinwand verwundert ins Licht. Das Bild war nicht vollständig schwarz. Bei genauerer Betrachtung waren Strukturen und Muster zu erkennen. Pizotti hatte mit glänzender schwarzer Farbe ein Motiv auf den mattschwarzen Untergrund aufgetragen und einen Effekt von Licht und Schatten erzeugt, der erst auf den zweiten Blick auffiel. Sah Pia das Bild frontal an, wie sie es im ersten Moment getan hatte, erschien es als einheitlich schwarze Fläche, nicht mehr als ein schwarzes Rechteck. Doch bei verändertem Blickwinkel war deutlich ein Motiv auszumachen, das sich vom Untergrund abhob.

Pia erkannte eine lange Allee mit Zypressen, die zu einem Haus mit zwei Ecktürmen führte – fast wie das Gebäude, in dem sie arbeitete. Nein, ohne Zweifel, es war die »Villa Chimera«, das Institut für Schlafmedizin und Traumforschung.

Pia trat einen Schritt zurück, um sicher zu sein, dass ihre Augen ihr keinen Streich spielten, aber das Haus in den Hügeln war deutlich zu erkennen, wenn auch schwarz auf schwarz. Keine Nachtansicht, denn es fehlten der Mond und nächtliche Schatten, sondern eine verwirrende Darstellung, die sich erst auf den zweiten Blick erschloss. Ziemlich bizarr.

Was hatte Pizotti mit diesem Motiv ausdrücken wollen? Handelte es sich lediglich um ein künstlerisches Experiment, in dem er eine neue Technik ausprobierte, oder hatte er nach der Behandlung eine radikale Abkehr von seinen hellen, liebevollen Bildern vollzogen? Die Farbe Schwarz stand für Tod und Trauer, für Verlust und Untergang. Deutete das Bild darauf hin, dass sich düstere Gedanken seiner bemächtigt hatten, dass er langsam den Verstand verlor?

Pia zog erneut die Karte aus der Verpackung. »Vielen Dank für die unschätzbare Hilfe«, stand darauf. Das klang nicht sehr düster und verzweifelt. Oder war es ironisch gemeint?

Natürlich konnte die Klartraumtherapie auch bei Menschen ohne Alpträume eingesetzt werden, wie es in Pizottis Fall geschehen war. Dann diente sie zur Steigerung der Kreativität oder zum mentalen Training sportlicher Leistungen. Das hatten viele andere Versuche gezeigt.

Pizotti zeigte sich aber meist unzufrieden mit dem Ergebnis der Nacht, ungeduldig hatte er auf den entscheidenden luziden Traum gewartet, der ihm den Weg in eine neue künstlerische Richtung wies. Pia hatte ihm erklärt, dass auch der Klartraum stets der Deutung des Träumers bedürfe, dass er selbst aktiv werden müsse, um das Traumgeschehen zu interpretieren und zu beeinflussen. Kein Patient bekam im Traum die Lösung seiner Probleme vorgesetzt, sondern er musste selbst danach suchen. Wie im richtigen Leben.

Es hat keinen Sinn, weiter zu spekulieren, dachte sie, ich muss Moretti fragen, was er von diesem düsteren Gemälde hält. Sie klemmte sich Pizottis Patientenakte unter den Arm, ergriff die Leinwand und ging hinüber zu Morettis Büro.

Auf ihr Klopfen ertönte ein kräftiges »Herein«. Pia betrat den Salon.

Mit einem warmherzigen Lächeln kam Moretti hinter seinem Schreibtisch hervor und forderte sie mit einladender Geste auf, auf dem Stuhl ihm gegenüber Platz zu nehmen.

»*Buona sera*, Pia, was führt Sie zu mir?«

»Ich möchte Ihnen etwas zeigen.« Sie setzte sich und lehnte das Bild an den Schreibtisch.

»Vielen Dank übrigens für Ihr loyales Verhalten heute Vormittag«, sagte Moretti jovial. »Sie haben glänzend reagiert, liebe Pia, nicht anders, als ich es von Ihnen erwartet habe.«

Ich hab es nicht für dich getan, dachte Pia grimmig. Sondern für meine Patienten und solche, die noch kommen werden.

Moretti kehrte hinter seinen Schreibtisch zurück und stützte sich mit den Armen auf. »Ich hatte Ihnen ja gesagt, dass die Polizei hier herumschnüffeln wird. Ich bin froh, dass Sie die ärztliche Schweigepflicht so ernst genommen haben. Schließlich wollte Margoni selbst nicht, dass seine Behandlung publik wird. Deshalb müssen wir seinen Wunsch auch über seinen Tod hinaus respektieren.« Selbstgefällig ließ er sich in seinen Sessel fallen.

»Bei Mord hört die Schweigepflicht normalerweise auf«, sagte Pia spitz. »Ich hoffe, das wissen Sie. Margoni wurde erdrosselt und unter die Chimäre gequetscht.«

Moretti verzog angewidert die Stirn. »Ja, ja, erinnern Sie mich nicht daran. Das wird alles ziemlich aufgebauscht. Wir Italiener neigen eben zum Drama, besonders die Presse, da wird viel hineininterpretiert. Wissen Sie, was ich glaube? Ein Einbrecher ist in das Museum eingestiegen. Margoni hat ihn überrascht, dann hat der Kerl ihn getötet.«

»Aber soweit ich weiß, ist nichts aus dem Museum gestohlen worden.«

»Vielleicht ist der Einbrecher in Panik geraten, nachdem er Margoni umgebracht hatte, hat ihn schnell noch unter der Statue arrangiert und ist abgehauen. Und jetzt rätseln alle, was das zu bedeuten hat. Reine Ablenkung, wenn Sie mich fragen. Enzo hatte einfach Pech, als er noch so lange im Museum geblieben ist. Er war ein wirklich netter Mensch, der diesen grausamen Tod nicht verdient hat.«

»Sie waren mit ihm per Du?«, fragte Pia überrascht. »Wie gut kannten Sie ihn denn? Heute Morgen sagten Sie nur, dass Sie beide Mitglieder im Förderverein des Museums waren.«

»Eine Freundschaft unter Gleichgesinnten. Mir gefiel, wie sich Enzo für die Rückkehr der Chimäre eingesetzt hat. Davon abgesehen ist halb Arezzo in diesem Verein, zumindest diejenigen, die sich ein wenig um das kulturelle Erbe der Stadt kümmern.« Moretti lehnte sich zurück und ließ seine Krawatte durch die Finger gleiten. »Und zu unserem Erbe gehört eindeutig die Chimäre.«

Pia konnte ihm die Erleichterung ansehen, dass das Gespräch mit den beiden Polizisten so glimpflich abgelaufen war. Er hatte sich tatsächlich herausgewunden und Margonis Behandlung in der Klinik verschwiegen. Marco und sie hatten ihm auch noch dabei geholfen. Ihr Assistent vermutlich aus Angst, dem Chef zu widersprechen. Sie selbst, um weiterhin den Patienten zu helfen, die zermürbt von Angstträumen zu ihr kamen. Eine schwierige Entscheidung, von der sie nicht wusste, ob sie richtig gewesen war. Vielleicht konnte sie im Ausgleich mehr über die beiden Vereinskameraden erfahren.

»Ist Margoni eigentlich auf Ihre Empfehlung zu uns gekommen?«, fragte sie.

Moretti richtete einen Kugelschreiber waagrecht aus. »Nach einem Vereinstreffen zog mich Enzo auf die Seite und erzählte mir von seinen Schlafstörungen. Er schluckte seit Jahren Tabletten, wohl wissend, dass das keine dauerhafte Lösung war. Ich gab ihm die Adresse unseres Instituts. Wider Erwarten tauchte er eines Tages tatsächlich auf. Als sich herausstellte, dass er unter massiven Alpträumen litt, habe ich ihm von Ihrer perfekten Methode berichtet, diese endgültig zu eliminieren. Davon war er gleich sehr angetan.«

»Perfekt ist meine Behandlung keineswegs. Ich versuche lediglich, den Leuten die Kontrolle über ihr Leben zurückzugeben. Das ist oft ein sehr langer Weg.«

»Keine falsche Bescheidenheit, Pia, Sie haben ihn geheilt.« Schwungvoll stand er auf, als wollte er das Thema Margoni beenden. »Was möchten Sie mir denn nun zeigen?«

Sie nahm das Bild vom Boden auf und hielt es ihm hin. Augenblicklich verschwand der aufgeräumte Ausdruck in Morettis Gesicht und machte einer Mischung aus Überraschung und Fassungslosigkeit Platz, die Pia erstaunte.

»Das war in dem Paket, das Sie mir neulich überreicht haben«, erklärte sie.

Moretti umrundete den Schreibtisch und nahm das Bild in beide Hände. »Ziemlich … dunkel«, meinte er verblüfft. »Ich dachte, Luis Pizotti malt eher in Pastell. Das ist … na ja … schon ein wenig ungewöhnlich.«

»Ich glaube, er hat die Villa gemalt. Das Gebäude ist erst auf den zweiten Blick zu erkennen, es kommt auf den Einfallswinkel des Lichts an.«

»Ja, das sehe ich auch«, erwiderte Moretti abwesend, während er das Bild nach links und rechts kippte. Pia bemerkte, wie er nach Worten suchte, dann aber wie jeder Psychologe weitere Fragen stellte. »Geht das schon länger so? Was war denn Ihr Eindruck bei seiner letzten Behandlung?«

»Wir machten Fortschritte. Nach der letzten Nacht im Schlaflabor war er recht optimistisch.«

»Und wann war das?«

Sie öffnete Pizottis Akte und blätterte darin herum. »Der letzte Termin ist zwei Wochen her, er kommt regelmäßig zu uns.«

»Was hat er nach der Stimulation erzählt?«

»Einen Moment.« Sie blätterte in der Patientenakte und suchte nach dem Traumprotokoll. »Es sah ja lange Zeit danach aus, als würde die Behandlung bei ihm nicht anschlagen«, erläuterte sie währenddessen. »Ich vermutete schon, dass sein Gehirn irgendwie anders tickt, denn obwohl wir ihn während seiner REM-Phase mit den üblichen vierzig Hertz stimulierten, konnte er nie von einem Klartraum berichten. Das ist ziemlich ungewöhnlich. Aber dann sprach er doch von einem Durchbruch.«

»Und wie sah der aus?«

Rasch überflog sie die Zeilen des Protokolls. »Ob es ein Klartraum gewesen ist, weiß ich nicht, aber er berichtete, dass ihm sein verstorbener Lehrer erschienen sei und ihn ausgeschimpft habe. Alles, was er bisher geschaffen habe, sei ›*una grande merda*‹ – so steht es hier –, eine große Scheiße gewesen. Kunst müsse ein Spiegel der eigenen Seele sein, der Betrachter solle sich darin erkennen und über sein Leben nachdenken. All das habe er in seinen Bildern nicht verwirklicht. Der Traum habe ihm gezeigt, dass er sich seiner Verantwortung als Künstler nicht entziehen dürfe. Was meinen Sie, malt er deswegen plötzlich Schwarz statt Pastell? Ist das die Konsequenz aus seinem Traum?«

Moretti stellte die Leinwand wieder am Boden ab. »Ich schätze, das müssen Sie ihn schon selbst fragen. Ich weiß nur, dass er im

Grunde unzufrieden war mit seinen Werken – obwohl sie sich gut verkauften. Er hatte Angst, dass sein Erfolg ihn satt und zufrieden machen, ihn aber gleichzeitig seiner Kreativität berauben würde. Was schließlich auch eintraf.«

»Und deshalb haben Sie auch ihm unsere Klartraumtherapie empfohlen?«

Moretti winkte unwirsch ab. »Nicht nur ihm, auch einigen anderen Leuten. Die Patienten fallen schließlich nicht vom Himmel, liebe Pia. Als Privatinstitut müssen wir schon etwas Besonderes bieten, auch für Leute, die nicht unter chronischen Alpträumen leiden. Pizotti war so ein Fall. Er steckte mitten in einer tiefen Schaffenskrise, als ich ihn nach Jahren auf einer Vernissage wiedertraf. Er meinte, seine Bilder seien nichts weiter als Fließbandwerke für Arztpraxen und Bankfilialen, ohne jeden Wert für die Kunst. Als ich ihm von unserer Therapie erzählte, mit der wir Klarträume künstlich erzeugen können, war er hellauf begeistert. Er umarmte mich vor lauter Freude und fragte, wann er mit der ersten Sitzung beginnen könne.«

Sieh an, noch jemand aus Morettis Bekanntenkreis, dachte Pia. Sie beglückwünschte sich zu der Idee, mit ihm zu sprechen. Was da alles herauskam …

»Und dann schickten Sie ihn zu mir. Kannten Sie ihn denn schon länger?«

»Ach, das ist eine kleine Ewigkeit her.« Moretti ging zum Fenster und blickte auf die Terrasse, als ob sich dort seine Erinnerungen versammelt hätten. Dann drehte er sich wieder um. »Ich weiß noch genau, wie ich auf einer Studentenparty in Siena mit Luis ins Gespräch kam. Die Kunststudenten feierten die besten Partys, da tauchten auch Leute aus anderen Fakultäten auf. Darunter viele schöne Frauen.« Er lächelte verschmitzt. »Viele von uns waren auf der Suche nach Grenzerfahrungen, das gehört wohl zum Erwachsenwerden dazu. Luis, ich und ein paar andere interessierten uns für alles, was in diese Richtung ging: Drogen, Hypnose, Traumreisen, Schamanismus und andere spirituelle Abenteuer. Für die meisten war das nur eine kurze Episode in ihrem Leben, aber manche schafften den Absprung leider nicht.«

»Gehörte Pizotti dazu? Wissen Sie, ob er Drogen nimmt?«

»Sicher nicht mehr. Aber er schloss sich damals einer Gruppe von Leuten an, die mit bewusstseinserweiternden Techniken experimentierten: Hypnose, Trance, Meditation, Traumreisen. Ich habe ihn dann aus den Augen verloren, weil ich direkt nach dem Studium ins Ausland ging, nach Kalifornien.«

»Stimmt es, was ich gehört habe? Nämlich, dass Sie dort Experimente mit LSD gemacht haben?«

Er grinste. »Ja, das ist kein Geheimnis. In Berkeley wollten die Hirnforscher keine Möglichkeit ausschließen, psychische Erkrankungen zu heilen, auch durch den Einsatz von LSD und anderen psychotropen Substanzen. Aber die Droge ist eben illegal und verliert bei dauerhafter Einnahme ihre Wirkung. Ich stieß dann auf die Schriften von LaBerge und Tholey, die Ihnen ja nicht unbekannt sein dürften.«

Natürlich kannte Pia die Pioniere der Klartraumforschung, die das Phänomen des bewussten Träumens aus der esoterischen Ecke befreit hatten, nachdem sie es im Labor nachgewiesen hatten.

»Als ich dann vor einigen Jahren las, dass es möglich ist, luzides Träumen künstlich hervorzurufen, wusste ich, dass darin eine große Chance liegt.« Moretti schüttelte begeistert die Hände. »Eine Therapie, die der Patient selbst steuern kann, ohne Medikamente und deren Nebenwirkungen ... das klang absolut phantastisch. Deshalb habe ich Sie an mein Institut geholt, Sie sind eine der größten Spezialistinnen auf diesem Gebiet.«

»Ich tue mein Bestes, Professore«, antwortete Pia bescheiden. »Die Arbeit hier bedeutet mir sehr viel. Umso mehr mache ich mir Sorgen über Pizottis extreme Veränderung.«

Moretti hob beschwichtigend die Hand. »Das sollten Sie nicht überbewerten. Luis ist im Grunde seines Herzens ein Zweifler und Rebell, er hat eben eine typische Künstlerseele, rastlos, unzufrieden, ständig auf der Suche nach dem ultimativen kreativen Ausdruck. Menschen wie er brauchen die Unsicherheit und den Schmerz, um etwas erschaffen zu können.«

»Aber soll ich ihn denn unter diesen Umständen weiter behandeln?«

»Ja, natürlich. Wann ist denn sein nächster Termin?«

»Morgen Abend. Er kommt gern am Samstag, wenn hier nicht so viel los ist.«

»Dann wird es ja wieder nichts mit einem freien Wochenende für Sie.« Moretti lächelte mitfühlend. Er trat einen Schritt zurück und betrachtete das Bild noch einmal eingehend. »Wissen Sie, Pia, so merkwürdig uns dieses schwarze Gemälde auch erscheint, ich glaube, wir können es als Erfolg der Therapie werten.«

14

Die Straße wand sich steil empor, die Sonne brannte vom Himmel und verwandelte die Luft in eine zähe, undurchdringliche Masse. Fabbri schlitterte über das Geröll am Straßenrand, kämpfte gegen die Hitze und die kleinen Steinchen unter seinen Sohlen an, die ihn permanent ins Rutschen brachten. Zwei Schritte vor, einer zurück. Hinter der nächsten Kurve musste es sein, die letzte Steigung vor der Stelle, an der Lena über den Abhang hinausgeschossen war.

Fabbri mühte sich ab, keuchte vor Anstrengung und arbeitete sich verbissen über den Seitenstreifen, den Blick auf die Straße gerichtet. Kein Auto weit und breit. Flimmernder Asphalt in absoluter Stille. Die Bäume und Büsche standen bewegungslos neben der Böschung, kein Lufthauch bewegte ihre Blätter, kein Tier raschelte im Gestrüpp. Fabbri schärfte seinen Blick auf das, was er hinter dem nächsten Felsvorsprung erwartete.

Dann sah er den Wagen, Lenas silbergrauen Honda, der mit rotierenden Rädern bedrohlich über der Klippe hing, nur Sekundenbruchteile vom Sturz in die Tiefe entfernt. Verfluchte Scheiße! Fabbri nahm alle Kraft zusammen, rannte über die sandige Ausweichbucht und warf sich auf das schwankende Heck. Der Wagen gab ein wenig nach, aber er war zu schwer und schon zu weit nach vorn gerutscht, als dass er ihn sicher auf den Boden drücken konnte.

»Lena!«, schrie Fabbri. »Steig aus! Schnell, sofort!«

Keine Antwort. Wahrscheinlich hing sie ohnmächtig in ihrem Gurt.

Fabbri spurtete zur Fahrerseite. Die Seitenscheibe war heruntergelassen, Lena saß mit geschlossenen Augen hinter dem Steuer. War sie etwa schon tot? Alles, bloß das nicht!

»Lena, wach auf! Du musst da raus!«

Sie bewegte sich nicht.

Im nächsten Moment kam der Honda in Bewegung, rutschte

zentimeterweise nach vorn. Ein scheußliches Knirschen von Metall auf nacktem Fels. Fabbri riss die Fahrertür auf, warf sich über Lena und versuchte, den Gurt zu lösen, der sie an den Sitz fesselte. Er rüttelte und zog, aber das blöde Ding musste sich verhakt haben, die Metallzunge blieb im Schloss stecken, sooft er auch auf den roten Knopf drückte.

»Hilf doch mal mit!«, brüllte er wütend und zerrte an dem schwarzen Band, das ihre Brust straff und unnachgiebig umspannte. Verfluchter Mist, der Gurt musste doch zu lösen sein!

Endlich öffnete Lena die Augen. »Es hat keinen Sinn, Roberto«, sagte sie geistesabwesend. »Bring dich selbst in Sicherheit.«

Auf keinen Fall ohne dich! Fieberhaft schob er ihren Oberkörper unter dem Gurt hindurch, bis er wenigstens ihre Arme freibekam. Durch diese Aktion lockerte sich der Gurt, Lena hatte mehr Bewegungsfreiheit.

Fabbri riss die Schlosszunge aus der Befestigung. Doch dann gab der Wagen mit einem lauten Ruck nach, veränderte seinen Schwerpunkt und kippte über den Rand der Fläche.

Erschrocken sah Lena ihn an. Fabbri spürte, wie ihr Lebenswille in letzter Sekunde zurückkehrte, als wäre ihr urplötzlich klar geworden, was gleich passieren würde. Der Sturz in den Tod.

»Ich rette dich!«, schrie er. »Gib mir deine Hand!«

Lena packte seine Hand mit aller Kraft, ihre Nägel bohrten sich in sein Fleisch, während sie versuchte, sich von dem Wagen abzustoßen. »Ich muss dir etwas sagen!«, rief sie atemlos. »Hör genau zu, es ist wichtig. Ich habe …«

Der Rest des Satzes ging im Getöse unter, als der Honda unter ihr in die bodenlose Tiefe stürzte.

Fabbri umklammerte Lenas Hand, er hatte Mühe, dass sie ihm nicht entglitt. Lenas Körper baumelte über dem Abgrund, leicht, fast substanzlos.

»Was willst du mir sagen?«, rief er.

Dann rutschten ihre Finger ab. Lena fiel in einen Strudel aus Staub und Nebel, der sie in den unendlichen Abgrund zog.

Schweißgebadet wachte er auf. Nahm den Schrank im Schlafzimmer wahr, den Sessel mit seiner hingeworfenen Kleidung, das trübe Licht, das durch die Jalousie drang. Sein Herz klopfte rasend, sein Kopf dröhnte wie ein Amboss nach einem Hammerschlag. Er hatte keine Kraft, seinen Kopf zum Wecker zu drehen.

Nehmen denn diese Träume niemals ein Ende?, dachte er verzweifelt. Wie lange soll ich diesen Wahnsinn noch ertragen?

Es war immer der gleiche Traum, der ihn quälte, höchstens mit kleinen Variationen: Mal war der Wagen silbern, mal blau, mal weiß. Manchmal brannte die Sonne vom Himmel, oder es ging ein leichter Wind. Aber am Ende stand er über dem felsigen Abhang und versuchte, Lena festzuhalten, umklammerte ihre Hand und schrie in verzweifelter Panik. Doch unausweichlich entglitt sie ihm und rauschte in die Tiefe.

Erschöpft wühlte er sich aus dem Bettzeug, ging unter die Dusche und ließ die harten Wasserstrahlen auf seiner Haut prickeln. Wie realistisch alles gewesen war. Die Hitze, der Staub, der Kampf gegen das stürzende Auto. Fast wunderte er sich, dass kein Dreck an ihm herunterrann, der das Wasser dunkel färbte.

Minutenlang betrachtete er den Strudel zu seinen Füßen, sah wieder Lenas entschwindendes Gesicht und die Lippen, die sich bewegten, ohne dass er ein Wort verstand. Was hatte sie ihm sagen wollen?

Du musst dich zusammenreißen, dachte Fabbri, als er vor dem Spiegel stand und ihm ein Mann mit dunklem Bartschatten und geröteten Augen entgegenblickte. Es ist nur ein Traum, beschwichtigte er sich selbst, völlig normal für jemanden, der unter Stress steht. Diese vertrackte Mordermittlung, in der wir keinen Schritt weiterkommen … Wie soll ich da noch ruhig schlafen?

Ob er mit jemandem darüber reden sollte? Er ließ den Gedanken einen Moment sacken. Sicher nicht mit Stefano, der war vollauf mit seiner Familie beschäftigt. Bemühte sich, seiner kleinen Prinzessin jeden Wunsch von den Augen abzulesen. Der würde bestimmt große Augen machen, wenn er ihm von seinen wiederkehrenden Alpträumen erzählte.

Was war mit der Klinik, in der sie gestern gewesen waren,

das Institut für Traumforschung? Die Psychologin kannte sich bestimmt mit allen möglichen Träumen aus. Dummerweise war sie aber gerade in den Mordfall verwickelt. Solange ihre Rolle im Fall Margoni unklar war, verbot sich jeder private Kontakt.

Während Fabbri mit dem Rasierer über seine Wangen schabte, fiel ihm endlich die einzige Person ein, der er vertraute. Franco. Soweit er wusste, stand Franco von früh bis spät in seinem Lokal, jeden Tag die Woche, außer sonntags. Warum nicht bei ihm einkehren? Sicher sah die Welt nach einem Espresso und einer Brioche schon anders aus.

Bevor er die Wohnung verließ, warf er einen Blick in Isabellas Zimmer. Friedlich und süß wie ein junger Hund lag seine Tochter in ihrem Bett, die Hände unter das Kopfkissen geschoben, auf dem sich ihre dunkelblonden Haare ausbreiteten. Auf den beiden Postern über ihr posierten schwarze Gangster-Rapper vor chromblitzenden Luxuskarren, zeigten ihre tätowierten Muskeln und den protzigen Goldschmuck auf der nackten Haut. Wohin waren nur die lieblichen Pferdebilder verschwunden?

Wehmütig erinnerte sich Fabbri an das kleine Mädchen, das sich konzentriert über seinen Malblock gebeugt oder selbstvergessen mit kleinen Pferdefiguren gespielt hatte. Heute trug Isabellas Verhalten nicht gerade zu seinem Seelenfrieden bei. Gestern hatte sie ihm gestanden, dass ein Joint die Runde gemacht hatte, eine scheußliche Tabaktüte, die weder geschmeckt noch irgendeine Wirkung gezeigt habe.

Fabbri schloss sein Fahrrad auf und radelte auf direktem Weg zu Francos Bistro. In der Altstadt herrschte bereits reger Betrieb, Frauen eilten mit Körben und Einkaufstaschen zum Wochenmarkt, an den Geschäften rasselten die Schutzgitter nach oben, Blumen wurden auf die Straße gestellt, aus den Bäckereien strömte der Duft nach frisch gebackenem Brot.

Als er in die Via San Lorentino einbog, konnte er schon von Weitem erkennen, dass sich vor Francos Bistro ein paar Leute versammelt hatten. Kopfschüttelnd wandten sich einige wieder zum Gehen, während andere noch durch die großen Fensterscheiben spähten.

Fabbri stieg vom Fahrrad ab und blickte in die Runde. »Was ist hier los? Hat Franco noch geschlossen?«

Schulterzucken, ratlose Gesichter.

Francos Bar war eine unverzichtbare Institution für die Handwerker, Angestellten und Verkäufer aus der Umgebung, die bei ihm ihr Frühstück im Stehen einnahmen, bevor sie mit der Arbeit loslegten. Nun schienen sie völlig aus ihrer Routine gebracht.

Fabbri schob sein Fahrrad bis dicht an die Glasscheibe heran und spähte ins Innere der Bar: ein aufgeräumter Gastraum, in dem die Stühle umgedreht auf den Tischen standen, ein sauberer Tresen, darüber die ausgeschaltete Lavazza-Leuchtreklame. Es regte sich nichts.

»Vielleicht sollte jemand bei Franco nachsehen«, schlug Fabbri vor.

»Er wohnt da vorn«, sagte ein Mann hinter ihm und deutete mit dem Arm ein paar Häuser weiter. »In der Nummer 16.«

Die anderen Leute gingen ihrer Wege, während Fabbri sich auf sein Fahrrad schwang und bis zu dem betreffenden Haus radelte. Vor einer niedrigen Eingangstür mit zwei Messingknäufen stieg er ab. Erst nach dem zweiten, langen Klingeln summte der Türöffner. Fabbri drückte die Tür auf, hob sein Fahrrad über die niedrigen Eingangsstufen im Hausflur, kettete es an den Treppenpfosten und stieg nach oben.

Im Dachgeschoss stand Franco im Bademantel in der Tür und sah aus, als hätte er ebenfalls einen üblen Traum gehabt. Blasses Gesicht, dunkle Ringe unter den Augen, ungekämmte, fettige Haare. Seine nackten Füße steckten in Plastiklatschen. Für einen Moment standen sich die Männer wie ein Spiegelbild gegenüber, zwei übernächtigte Typen mit leeren Mägen.

Franco fand als Erster seine Sprache wieder. »Roberto? Was machst du hier?«

»*Salve*, mein Lieber. Weißt du, dass du die ganze Geschäftswelt in Aufruhr bringst? Vor deinem Lokal stehen die Leute Schlange und warten auf ihr Frühstück. Ohne dich geht's eben nicht. Was ist denn los, warum bist du nicht in deinem Laden?«

Franco quälte sich ein Lächeln ab. »*Salve*, komm rein.«

Fabbri folgte ihm durch einen kleinen Vorraum in die Wohnung, die nur aus einem einzigen Zimmer bestand.

»Und du kannst auch nicht ohne meinen Kaffee leben, oder?«, sagte Franco über die Schulter hinweg. »Nimm Platz, ich mach dir deinen Espresso.«

Er räumte einen Sessel frei, indem er die Klamotten kurzerhand auf sein Bett warf.

Fabbri setzte sich und sah sich um. Eine aufgeklappte Schlafcouch mit Bettzeug, ein riesiger Fernseher im Regal gegenüber, eine Küchenzeile mit Camping-Gaskocher und Mikrowelle. Aus einem Kofferradio ertönte Hitparadenmusik, die nach ein paar Takten durch die Werbung eines lokalen Reifenhändlers unterbrochen wurde.

Franco nahm eine *moka* aus dem Oberschrank, befüllte sie mit Wasser und Kaffeepulver und setzte sie aufs Gas. Mit dem Ärmel seines Bademantels wischte er sich über die Stirn.

»Mir geht's echt schlecht, Roberto, sonst hätte ich den Laden bestimmt aufgemacht. Ich hab die ganze Nacht geschwitzt wie ein Schwein. Muss ein verdammter Virus sein, den ich mir eingefangen habe. Tut mir leid für die Leute da unten.«

»Du brauchst dich nicht zu entschuldigen. Ich habe mir nur Sorgen gemacht, denn das hat es noch nicht gegeben: acht Uhr morgens, und Francos Bar ist geschlossen.«

»Ich bin hoffentlich bald wieder auf dem Damm. Bin ja sonst auch nie krank.« Franco holte ein Tässchen aus dem Schrank, stellte es auf einen Unterteller, legte zwei Zuckerwürfel und einen Löffel an den Rand und füllte ein Glas mit Wasser. Routinierte Bewegungen, wie hinter dem Tresen.

Es war merkwürdig, ihn in seinen eigenen vier Wänden herumhantieren zu sehen anstatt in seiner üblichen Umgebung zwischen Frischetheke und Delikatessenregal. Fabbri hatte vermutet, dass sein Freund auf einer Campingliege im Hinterzimmer nächtigte, um die wenigen Stunden zu überbrücken, bis er sein Lokal wieder öffnete. Wozu sollte er Miete zahlen? Aber er hauste tatsächlich in diesem schmucklosen Raum, dessen einziger persönlicher Gegenstand die blau-weiße Fahne des SSC Neapel war, die er mit

Reißzwecken über das Schlafsofa gepinnt hatte. Sie passte genau zu der zerwühlten Bettwäsche darunter, blau-weiß mit einem großen N in der Mitte.

Ansonsten wirkte das Zimmer wie ein Provisorium, geschaffen für jemanden, der am nächsten Tag wieder abreist. Die Frage nach einer Frau oder Freundin, die sich um ihn kümmerte, erübrigte sich.

Franco reichte Fabbri das Tässchen mit dem duftenden Espresso, stellte das Wasserglas auf den mit Zeitungen überladenen Couchtisch und setzte sich auf das Klappsofa.

»Trinkst du keinen Kaffee?«, fragte Fabbri.

»Vielleicht später.« Franco kramte ein Päckchen Zigaretten aus der Tasche seines Bademantels und steckte sich eine an. »Du siehst allerdings auch nicht gerade taufrisch aus«, meinte er nach dem ersten tiefen Zug.

»Hab beschissen geschlafen, das ist alles.«

»Na, dann sind wir ja schon zu zweit.«

Fabbri ließ die Zuckerwürfel in den Espresso fallen und rührte um. »Meine Großmutter hat bei Magenbeschwerden gern Salbeitee gekocht. Mit einem Schuss Grappa drin, das war ihr Geheimrezept.«

»Klingt gut, vor allem, wenn du den Salbeitee weglässt.«

Sie grinsten sich an. Franco streckte sich auf dem Sofa aus, rauchte und schnippte die Asche auf einen Unterteller.

»Siehst du dir das Spiel heute Abend an?«

»Du meinst Juve gegen Neapel?«

»Genau. Wenn die *Azzurri* wieder eine miese Vorstellung geben, mach ich den Fernseher gleich aus.«

Fabbri wusste, dass Franco in dem neapolitanischen Club eine Art Widerstandsbewegung gegen die Arroganz der reichen Turiner sah, die alle Italiener südlich von Mailand als *»Terroni«*, als Erdfresser, bezeichneten. Franco selbst stammte aus Kalabrien, deshalb freute er sich über jeden Sieg seines Lieblingsvereins. Zum Spiel trug er das Trikot des Clubs, den blau-weißen Schal und steckte sich die Zigaretten mit dem Napoli-Feuerzeug an. Ein Andenken an das grandiose Finale des Supercoppa 2014, als

Neapel den Pokal geholt hatte. Der schönste Tag in Francos Leben.

»Hey, warum kommst du eigentlich gar nicht mehr zum Kicken?« Er richtete sich auf und raffte den Bademantel über seine Knie.

»Hab zu viel zu tun im Moment.«

Fabbri hatte sich hin und wieder der Kneipenmannschaft von Franco angeschlossen, einer gemischten Truppe aus jungen und älteren Männern, die sich sonntagmorgens auf einem kommunalen Fußballplatz außerhalb von Arezzo trafen, wo sie wie die Löwen gegen andere zusammengewürfelte Mannschaften kämpften. Danach saßen sie noch eine Weile im Gras, fluchten beim Bier über den unfähigen SS Arezzo, der mittlerweile nur noch in der Amateurliga vertreten war. Sie schimpften über den Fußball im Allgemeinen, der nach ihrer festen Überzeugung den Niedergang Italiens widerspiegelte. Nicht einmal bei der letzten Weltmeisterschaft war die Nationalmannschaft dabei gewesen, welch eine Schande!

Fabbri hatte seit Lenas Tod nicht mehr bei einem Amateurmatch mitgespielt. Für einen Moment vermisste er dieses unkomplizierte Beisammensein am Sonntagvormittag. »Gut möglich, dass ich irgendwann wieder vorbeischaue.«

Es entstand eine Pause, in der sie dem Song aus dem Radio lauschten: *»Stavo pensando a te«*, ich hab an dich gedacht, rappte ein Sänger über einen orchestralen Synthesizer-Teppich. Franco summte den Refrain kurz mit, nahm noch einen tiefen Zug und drückte die Zigarette aus.

»Weißt du, Roberto, wir beide sind uns ziemlich ähnlich«, sagte er. »Wir denken zu viel an früher, die Vergangenheit lässt uns nicht los.«

»Kann schon sein«, erwiderte Fabbri und dachte an den schrecklichen Alptraum. Sie hatten noch so viel vorgehabt, Lena und er. Wollten bald wieder ans Meer fahren, gemeinsam mit Isabella, auch wenn die dann maulend am Strand gesessen hätte. Sie wollten sich endlich ein eigenes Haus suchen, eines mit Terrasse, auf der sie abends sitzen und in die Natur blicken konnten.

Einfach die Ruhe genießen nach der täglichen Herumfahrerei. »Das Leben war früher eben einfacher. Die Welt war weniger kompliziert und nicht so unberechenbar.«

»Du sagst es. Früher gab es Gut und Böse, Reich und Arm. Jeder wusste, auf welcher Seite er stand. Du wurdest geboren, hattest deinen Platz in der Gesellschaft und hieltest die Traditionen aufrecht. Arbeit, Familie, Kirche, da gab es nicht viel zu überlegen. Aber heute steht alles in Frage, die Regeln sind aufgehoben, alles ist möglich. Nenn mich altmodisch, aber wenn du mich fragst, hatten wir damals schönere Zeiten.«

»Manchmal kommt es mir auch so vor, aber solange ich denken kann, sehe ich nur Leute, die die Regeln brechen. Ich bin schließlich Polizist.«

Franco grinste. »Das habe ich fast vergessen. Bei uns im Süden gibt es ein Sprichwort: Unterhalte keine Freundschaft mit Polizisten, weil du dann deinen Wein und deine Zigarren verlierst. Aber bei dir mache ich eine Ausnahme.«

»Ich fühle mich geschmeichelt. Und ich nehme dir auch nicht den Wein und die Zigarren weg«, sagte Fabbri amüsiert.

»Das will ich hoffen.«

Fabbri stemmte sich aus dem Sessel hoch. »Ich muss los. Kann ich noch etwas für dich tun? Soll ich dir etwas aus der Apotheke besorgen?«

»Nein danke, lass gut sein. Ich geh schnell rüber in den Laden und hänge einen Zettel an die Tür. Die Leute sollen sich nicht länger wundern, wo ich bleibe. Dann hau ich mich noch etwas hin.« Franco stand auf, nahm eine Hose aus dem Kleiderstapel und warf den Bademantel ab.

»Danke für den Kaffee«, sagte Fabbri zum Abschied. »Und halt die Ohren steif. Kommen auch wieder bessere Zeiten.«

»Warte, Roberto, ich bring dich noch zur Tür.«

Auf der Schwelle legte Franco ihm die Hand auf die Schulter und sah ihn schwermütig an. »Mein Freund, denk auch an dein eigenes Leben«, sagte er ernst. »Ich weiß, wie sehr dir deine Frau fehlt, und ich verstehe, dass du so lange trauerst. Aber irgendwann muss jeder nach vorn schauen. Ich weiß, wovon ich rede.

Hab alles hinter mir gelassen, das war schwer, aber ich habe es geschafft. Du schaffst es bestimmt auch.«

»Alles klar«, antwortete Fabbri bemüht locker und stieg die Treppe hinunter. Der Virus macht Franco echt zu schaffen, dachte er. Armer Kerl.

15

Luis Pizotti betrachtete zufrieden sein Werk. Er musste nur noch ein paar Konturen in den schwarz glänzenden Lack ritzen, dann war es fertig. Und einen Titel hatte er auch schon: »Der Stolz von Arezzo«.

Im Licht seines zum Atelier umgebauten Kuhstalls funkelten die leuchtenden Augen des Raubtiers wie schwarze Sterne. Das brüllende Haupt reckte sich empor zu einem grenzenlosen Himmel und flehte um Gnade. Es kam Pizotti vor, als hätte eine überirdische Macht seinen Pinsel geführt und ihn zu dem einzig wahren Ausdruck von Verzweiflung, Niederlage und Todesfurcht gelenkt, zu dem ein Künstler überhaupt fähig war. Die urwüchsige Gewalt des sterbenden Ungeheuers versetzte ihn in ehrfürchtiges Staunen.

Welch erhabenes Motiv habe ich geschaffen, dachte er voller Freude. Nicht wie die anderen Stümper, die nur kitschig übertriebene Fantasy-Zeichnungen zustande brachten, die dem Wesen des Fabeltiers in keiner Weise entsprachen. Denn der Geist der Chimäre spiegelte die Tragik des Menschen selbst wider, sein Leben zwischen Schuld und Vergebung, das Wissen um den Tod und die Zerbrechlichkeit der menschlichen Existenz.

All das war ihm nun mit diesem großartigen Gemälde gelungen, ein Mahnmal gegen die Oberflächlichkeit der heutigen Zeit. Es würde den Auftakt zu einer Werkschau bilden, die dem Publikum einen gänzlich verwandelten Luis Pizotti präsentieren sollte. Einen Maler, der die Abgründe der menschlichen Seele auslotete, anstatt gefällige Bildchen toskanischer Landschaften auf die Leinwand zu pinseln. Nein, er würde keine Kompromisse mehr machen, denn nicht nur die Kunst musste neue Wege gehen, sondern auch der Künstler selbst.

Um seine frisch gewonnene Überzeugung nicht zu vergessen, hatte er sich in einem Tattoo-Studio in Siena einen Sinnspruch quer über die Brust stechen lassen, der deutlich zu lesen war, wenn er eines seiner tief ausgeschnittenen T-Shirts trug: *Vita brevis, ars longa.* Kurz ist das Leben, lange währt die Kunst. Die verschnörkelte Schrift brannte noch ein wenig in der Haut.

Pizotti kratzte sich unwillkürlich über die glatt rasierte Stelle, als er sein Werkzeug auf den Ateliertisch zurücklegte. Ja, das Leben war kurz, die Kunst unsterblich. Diese einfache Weisheit war ihm wieder bewusst geworden, als er von dem Mord an Enzo Margoni erfahren hatte. Die Zeitungen waren voll davon gewesen.

Entgegen seiner Gewohnheit, sich nicht mit den Sensationsberichten der Presse zu beschäftigen, hatte er sich einen »Corriere« gekauft, um zu erfahren, was in Arezzo geschehen war. Nach der Beschreibung und den wenigen Fotos zu urteilen, hatte ein durch und durch wahnsinniger Täter eine dramatische Installation geschaffen, indem er sein Opfer unter dem unsterblichen Kunstwerk positioniert hatte. *Vita brevis, ars longa.* Schöner, aber auch grausamer konnte es kein Künstler zum Ausdruck bringen.

Natürlich konnte er Enzos Tod nicht unkommentiert lassen. Sofort hatte er seiner wundervollen Therapeutin in einer spontanen Eingebung das erste Werk seiner schwarzen Periode geschickt, eine Außenansicht der Villa, in der sich heute die erstaunliche Klinik befand.

Wie viele Jahre waren vergangen seit dem unseligen Vorfall, an den er sich nur ungern erinnerte? Sie hatten doch nur nach der Erweiterung ihres Bewusstseins gesucht, wollten die Grenzen der alltäglichen Wahrnehmung sprengen, Antworten finden auf die großen Rätsel der Menschheit. Welcher Geist wohnt in mir, was ist der Sinn des Lebens, wohin gehen wir nach dem Tod? All diese Fragen hatte der Lehrer ihnen gestellt. Sie hartnäckig angehalten, im Traum die letztgültige Wahrheit zu erkennen.

Viele anstrengende Sitzungen waren nötig gewesen, unzählige Nächte, in denen sie geweckt wurden, nur um wieder einzuschlafen, Tausende Mantras waren gemurmelt und wieder vergessen worden. All dies, um im Traum Klarheit zu gewinnen. Vergebens. Denn während all die anderen am nächsten Morgen aufgeregt von ihren nächtlichen Abenteuern berichteten, hatte er sich nur an konfuse, unbedeutende Traumfetzen erinnern können, über die er besser schwieg. Nie war es ihm vergönnt gewesen, einen Klartraum zu erleben, umso neidischer hatte er den Erzählungen der anderen gelauscht. Der Lehrer hatte dann seinen Schülern zufrieden zugenickt und ihnen die Gewissheit gegeben, zur Avantgarde der Menschheit zu gehören, zur nächsten Stufe der Evolution. Alle, außer ihm.

Doch dann waren die Lügen entlarvt worden, die Täuschungen und Illusionen, die sie aufrechterhielten, um den Lehrer nicht zu enttäuschen. Sie hatten sich zusammengefunden und waren gemeinsam auf eine Reise gegangen, schnell, mühelos und absolut inspirierend.

Er lachte innerlich, wenn er daran dachte. Enzo, Claudio und die anderen waren begeistert gewesen, ohne zu ahnen, dass dies der Anfang vom Ende gewesen war.

Besser nicht mehr daran denken.

Immerhin hatten ihn diese Reisen beflügelt, er hatte verschwommene, schillernde Bilder geschaffen, für die er unerwartet Anerkennung erhalten hatte. Aber sie waren keine wahre Kunst gewesen, nur Kunsthandwerk. Um ehrlich zu sein: Kitsch.

Und eines Tages hatte er Claudio wiedergetroffen.

Porco dio, dem Kerl war es gelungen, die Leute mit allerlei technischem Schnickschnack auf Traumreisen zu schicken, den langwierigen Prozess des Trainings abzukürzen.

So recht hatte Pizotti nicht daran geglaubt, dass die Methode funktionierte, als ihn die deutsche Psychologin verkabelt hatte. Es fiel ihm schwer, einen Klartraum als solchen zu erkennen. Doch eines Nachts hatte der Lehrer vor ihm gestanden, vollkommen lebendig und in seiner ganzen charismatischen Kraft. Hin- und hergerissen zwischen Angst und Erleichterung hatte Pizotti erkannt, dass er sich mitten in einem realen Traum befand.

Es war wie ein Wunder gewesen. Sein toter Mentor war zurückgekehrt, um ihm über seine Schuldgefühle hinwegzuhelfen. Mit deutlichen Worten hatte er sein bisheriges Schaffen kritisiert, jeder Satz ein Quell der Weisheit. Pizotti hatte umgehend darauf reagiert und eine neue künstlerische Periode eingeläutet. Die schwarze Periode, der Weg der Vergebung.

Sorgfältig wischte er die Farbe von dem Spachtel, mit dem er dem Gemälde den letzten Schliff gegeben hatte. Er trat einen Schritt zurück. Großartig, wie sich das Haupt der Chimäre vom matten Untergrund abhob, wie es leuchtete und wieder verschwand, sobald er die Position wechselte. Unbestreitbar ein geniales Werk, geschaffen für die Ewigkeit. Aber nun musste er sich die Farbe von den Händen waschen, sich umziehen und ins Schlaflabor fahren. Er hielt seine Finger unter den Wasserstrahl des Waschbeckens, als er plötzlich das Quietschen der Türangeln hörte.

»*Entra!* Nur herein!«, rief er munter. Sicher war es seine Agentin, die sich von seinem neuen Konzept überzeugen wollte, von dem er ihr geheimniskrämerisch erzählt hatte.

Er drehte sich erst um, als er keine Begrüßung vernahm. Wer zum Teufel …?

Mitten im Raum stand ein großer, durchtrainierter Mann.

»*Buon giorno*, was kann ich für Sie tun?«, fragte er den Fremden, erhielt jedoch keine Antwort.

Wer war dieser Typ, der ihn unangemeldet in seinem Atelier störte? Sein Gesicht kam Pizotti bekannt vor, aber er konnte es nicht recht zuordnen. Wo hatte er den Mann zuvor gesehen? Auf der letzten Vernissage? Handelte es sich um einen Käufer, der sich bis zum Domizil des Künstlers durchgefragt hatte, um ein Gemälde direkt bei ihm zu erwerben, oder stand der neue Assistent von Gina vor ihm, seiner Galeristin in Siena, wo seine buntscheckigen Bilder noch hingen? Er wusste es nicht.

»Entschuldigen Sie, ich habe einen dringenden Termin«, sagte Pizotti unwirsch. »Kommen Sie besser nächste Woche vorbei.«

»Es ist alles vorbereitet«, sagte der Mann in ruhigem Ton, während er ein Stück weiter in die Werkstatt hineintrat.

Vorbereitet? Was soll das heißen?, dachte Pizotti. Er hatte weder Geburtstag noch Namenstag, was gab es denn sonst zu feiern? Hatte ihn die Jury der Biennale von Florenz für einen Kunstpreis nominiert?

Aber gewiss doch! Es musste sich um einen Journalisten handeln, der sich ein Exklusivinterview mit dem Preisträger sichern wollte.

Mit anschwellendem Stolz folgte er dem Mann aus dem Atelier nach draußen. Gleichzeitig war er froh, dass der keinen Fotografen mitgebracht hatte, denn sein renovierungsbedürftiges Anwesen aus Wohnhaus, Stall und Scheune war sicher kein besonders eindrucksvolles Motiv.

Auf dem Hof angekommen, sah sich Pizotti irritiert um. Er konnte kein weiteres Auto außer seinem eigenen Renault Kangoo entdecken, mit dem er seine Bilder zu den Ausstellungen transportierte. War der Typ zu Fuß unterwegs? Das erschien ihm unlogisch.

Ist es möglich, dass ich einen Klartraum erlebe?, fragte er sich. Wach ich oder träum ich, wach ich oder träum ich? Verstohlen betrachtete er seine Finger, die eingeübte Realitätsprobe. Nein, sie waren alle am rechten Platz, auch die Uhr am Handgelenk zeigte die exakte Zeit. Viertel nach fünf. Aus der Ferne vernahm er den Schlag der Kirchenglocke und das Rattern eines Traktors auf dem Feld. Der Windstoß, der über die freie Fläche fegte, überzeugte ihn endgültig davon, dass er sich in der Realität befand. Doch ob der Mann vor ihm wirklich ein Journalist war, schien ihm mit einem Mal äußerst zweifelhaft.

»Sagen Sie mir endlich, was Sie von mir wollen«, forderte er mit fester Stimme, um seine Unsicherheit zu überspielen. »Ich müsste schon längst unterwegs sein.«

Der Fremde begleitete ihn über den Hof zum Wohnhaus, wo er galant die Eingangstür öffnete, um Pizotti den Vortritt zu lassen. Es war diese gespielte Freundlichkeit unter dem eisigen Blick des Mannes, die Pizotti zögern ließ. Er begann sich zu fürchten.

Plötzlich kam ihm in den Sinn, dass der Mord an Enzo und die Zurschaustellung seines Leichnams alles andere als die zufällige Tat eines Psychopathen gewesen sein könnten. Wieso war ihm nicht gleich aufgefallen, dass der Tote unter dem Abbild gesteckt hatte, das sie sich als Symbol der Gruppe auserkoren hatten?

Pizotti blieb vor seiner Haustür stehen. »Ich gehe keinen Schritt weiter, bevor Sie mir nicht sagen, wer Sie geschickt hat.«

»Komm schon, du Schwein!« Der Kerl packte ihn grob am

Arm und versuchte, ihn in den Flur zu zerren. »Heute wirst du bezahlen.«

Gar nichts werde ich bezahlen! Mit einem Ruck riss sich Pizotti los und rannte davon, während er sich intuitiv nach einem Fluchtweg umsah. Wenn er es über den Hof schaffte, den Hinterausgang des Ateliers nahm, könnte er über den Feldweg entkommen. Das Rattern des Traktors kam sicher von seinem Nachbarn Alberto, der in diesem Moment Furchen in den Acker zog. Lieber würde er sich schreiend vor dessen Maschine werfen, als sich am helllichten Tag umbringen zu lassen!

Schon rannte er über den Hof zurück, stieß die Tür zu seinem Atelier auf, stürzte zur Hintertür und rüttelte wie besessen an der Klinke. Abgeschlossen. Er saß in der Falle!

Doch so schnell würde er sich nicht geschlagen geben. Er griff nach einem Spaten in der Ecke, um sich gegen den Angreifer zu wappnen.

Der Fremde betrat in aller Seelenruhe den Raum. »Du weißt wohl nicht, wer ich bin.«

Pizotti schwang den Spaten durch die Luft, um den Mann auf Abstand zu halten, doch der betrachtete das Haupt der Chimäre auf der Leinwand, als hätte er alle Zeit der Welt.

»Sehr schönes Motiv«, meinte er. »Du kommst wohl nie davon los.«

»Was wollen Sie von mir?«, schrie Pizotti. »Ich kenne Sie nicht. Ich habe Ihnen nichts getan.«

Spielerisch neigte der Unbekannte den Kopf zur Seite. »Hast du geglaubt, dass du mit einem Verbrechen durchkommst?«

Die Bilder in Pizottis Kopf überschlugen sich. Der Lehrer und seine Frau. Der Aufschrei der Gruppe, als die beiden das Ende der Traumreisen verkündeten. Die maßlose Enttäuschung und das Gefühl der Heimatlosigkeit, das sie alle gepackt hatte. Warum hatte es so enden müssen? Tränen stiegen in seine Augen.

Im nächsten Moment traf ihn ein Fußtritt am Arm, der den Spaten aus seinen Händen katapultierte. Der Typ fing den Stiel in der Luft auf und holte aus. Die Wucht des Aufpralls schleuderte Pizotti zu Boden, wo er benommen liegen blieb. *Vita brevis.*

Das Gefühl maßloser Ungerechtigkeit erzeugte einen bitteren Geschmack in Pizottis Mund. Er nahm alle Kraft zusammen, kam wieder auf die Beine und stürzte sich auf den Angreifer. So schwach war er immerhin auch nicht …

Als der kalte Stahl in seine Brust eindrang, fühlte er keine Schmerzen, sondern eine entsetzliche, lähmende Leere. Er sackte in sich zusammen. Mit einem Gefühl des Bedauerns, die bevorstehende Vernissage nun garantiert zu verpassen, fiel er in eine Schwärze, die tiefer war als auf jedem seiner Bilder.

16

Pia wurde langsam unruhig. Pizotti war seit einer Stunde überfällig. Sie vergewisserte sich, ob in ihrem Tischkalender der Termin wirklich für heute Abend eingetragen war. Ja, im Computer stand es: Luis Pizotti, Vorgespräch um achtzehn Uhr und anschließende Behandlung in Raum eins.

Üblicherweise checkten die Patienten am frühen Abend ein, begaben sich zu einer kurzen Besprechung ins Zimmer der Therapeutin und bezogen anschließend einen Raum im Schlaflabor.

Pia sah erneut ungeduldig auf die Uhr. Sie hatte unbedingt mit Pizotti über das schwarze Bild reden wollen, nachdem Morettis Erklärung sie nicht zufriedengestellt hatte. Es musste eine tiefere Bedeutung geben, weshalb der Künstler das Motiv der Villa gewählt und es in schwarze Farbe getaucht hatte. Wie den Monolith aus »2001 – Odyssee im Weltraum«.

Wieso kommt er nicht?, fragte sie sich. Er hat doch noch nie einen Termin versäumt.

Sie griff zum Telefon und wählte Pizottis Nummer. Er meldete sich nicht. Sie sprach eine Nachricht auf die Mailbox, wartete noch einige Minuten, dann stand ihr Entschluss fest. Wenn er nicht zu ihr kam, musste sie zu ihm.

Rasch schlug sie die Leinwand wieder in das Packpapier ein und schaffte sie in den Kofferraum ihres Volvos. Pizotti sollte ihr die Bedeutung des Bildes an Ort und Stelle erklären.

Sie gab seine Adresse in ihr Navi ein und folgte der Schnellstraße in Richtung Siena. Die kleinteilige Agrarlandschaft des Val di Chiana verwandelte sich allmählich in die sanften Hügelwellen, die das typische Motiv für Pizottis Bilder darstellten. Weiche Rundungen, geschwungene Linien, zart gepinselte Bäume und Häuser in ruhigen Farben. Seine Bilder spielten ins Abstrakte, und die Explosionen aus Strichen und Farben gaben den Motiven eine flirrende Leichtigkeit.

Pia gefielen die Gemälde, sie besänftigten das Gemüt des Betrachters. Und nun ein schwarzes Bild, düster und unzugänglich und kaum erkennbar. Es war unbegreiflich.

Das Navi forderte sie zum Verlassen der Hauptstraße auf und lotste sie durch Monteaperti, eine Siedlung mit modernen Häusern, die sich in einer Linie aneinanderreihten. Der Weg führte weiter durch die Hügel und dann in eine Sackgasse, an deren Ende Pizottis Hof lag.

Als Pia aus dem Auto stieg, riss ein Windstoß die Fahrertür bis zum Anschlag auf. Ihre Haare wirbelten durch die Luft, ihre Strickjacke blähte sich auf. Sie erinnerte sich, dass in der Wettervorschau vor einem Sturmtief gewarnt worden war, das sich vom Mittelmeer in Richtung Toskana bewegte. Sie schlug die Autotür zu und zog ihre Strickjacke um sich.

Großer Gott! Das war also Pizottis Behausung, ein anderes Wort fiel ihr zu dem heruntergekommenen Anwesen nicht ein. In den Ritzen zwischen den Betonplatten stand das Unkraut meterhoch und spross bis unter die Fenster der beiden lang gestreckten Gebäude. An allen Ecken und Enden schepperte und klapperte es, Staub und Zeitungsfetzen wehten über den brüchigen Betonboden. Der Wind zerrte an den verrosteten Gerätschaften, die an den Hauswänden herumstanden. Teile von ausrangierten Landmaschinen, alte Fahrräder und braun verfärbte Kanister für Wein oder Olivenöl. Wahrscheinlich hatte Pizotti den unbrauchbaren Krempel der Vorbesitzer nach dem Kauf der Immobilie einfach weiter verrotten lassen.

An das Haupthaus, bei dem der Putz großflächig abgebröckelt war, schloss sich ein niedriges Gebäude an, das wohl früher als Kuhstall gedient hatte. Die Scheune daneben war nur noch eine Ruine. Das Dach war bis auf ein paar Balken in sich zusammengefallen. Die maroden Holzlatten der Außenseite knarrten im Wind, als würden sie gleich zerbersten.

Pia strich sich die zerzausten Haare aus der Stirn. Sie fragte sich, ob Pizotti überhaupt zu Hause war. Auf dem Hof stand der weiße Renault Kangoo, mit dem er zu seinen Terminen gekommen war, folglich musste er irgendwo sein.

Leere Farbeimer und eine Kiste mit ausgedrückten Tuben

vor dem niedrigen Stallgebäude wiesen ihr den Weg zu seinem Atelier. Die Holztür schwang hin und her und quietschte in den Angeln.

»Signor Pizotti?«, fragte Pia und klopfte an den Türrahmen.

Keine Antwort.

Vorsichtig trat sie ein und stand unmittelbar in einem großen Raum, in dem es nach Farbe und Verdünner roch. Stille, bis auf den Wind, der durch die von Spinnweben überzogenen Stallfenster und staubigen Dachluken pfiff. Im spärlichen Licht lehnten dunkle Bilder an den Wänden oder standen auf Vorsprüngen im Mauerwerk. Auf einer Staffelei entdeckte Pia ein Gemälde, auf dem sie undeutlich einen Tierkopf erkannte. Vom Künstler selbst keine Spur.

Mein Gott, wie es hier aussieht, dachte sie. Wie kann der Mann in einem so schmutzigen, düsteren Atelier arbeiten? Braucht ein Maler nicht Licht, viel Licht? Bei der Summe, die ein Pizotti-Gemälde mittlerweile kostete, hatte sie sich einen hellen, modernen Arbeitsraum mit riesigen Dachfenstern vorgestellt, mit weiß getünchten Wänden und ordentlich verwahrtem Werkzeug. Aber hier war alles trist und grau, abgenutzt und verrottet.

Vielleicht brauchte Pizotti genau diese Umgebung zur Inspiration. Vielleicht hatte er einen Hang zum Morbiden, den er neuerdings auslebte. Als Ergebnis der Klartraumtherapie. Pia schüttelte sich bei dem Gedanken.

Mittlerweile hatten sich ihre Augen an das Halbdunkel gewöhnt. Sie drückte auf einen großen Lichtschalter an der Wand. Im nächsten Moment flammten gleißende Scheinwerfer von den Deckenbalken auf und ließen das Atelier taghell erstrahlen.

Überrascht sah Pia, dass Pizotti *alle* seine Gemälde schwarz übermalt hatte. Wie schwarze Blöcke starrten sie ihr entgegen. Bei einigen Bildern waren noch Spuren des Originalmotivs zu erkennen, wo der Pinsel die Pastellfarben nicht völlig ausgelöscht hatte. Es sah aus, als wäre ein schwarzer Vorhang über die blühenden Landschaften gezogen worden, um sie für den Betrachter zu verbergen.

Pias Blick fiel auf einen zerkratzten Tisch mit Malutensilien: Pinsel und Paletten, farbverschmierte Lappen und Spachtel in verschiedenen Größen. An einem der langen Pinsel glänzte noch schwarze Farbe.

Weit konnte Pizotti nicht sein.

Mit zunehmender Unruhe verließ sie das Atelier und eilte hinüber zum Hauptgebäude. Auch hier stand die Tür offen. Geräuschvoll sauste der Wind in den Eingang und riss getrocknete Blätter mit sich.

Pia trat in einen niedrigen Flur, sah eine Treppe, die nach oben führte, mehrere Holztüren, schlichte, bäuerliche Dielenmöbel. Der grauenvolle Geruch nach Moder und verschimmeltem Käse verschlug ihr fast den Atem.

»Signor Pizotti!«, rief sie wieder und hörte nur den Widerhall ihrer eigenen ängstlichen Stimme. »Sind Sie hier irgendwo?«

Sie kam zur Küchentür und drückte sie auf.

Und da sah sie ihn.

Mit dem Rücken zu ihr saß er im Halbdunkel, tief über sein Abendessen gebeugt. Wieso aß er im Dunkeln?

Pia betätigte den Lichtschalter. Eine Leuchtstoffröhre flackerte an der Küchendecke.

»Entschuldigen Sie, ich bin es, Signora Michaelis vom Institut für Schlafmedizin. Ich wollte Sie fragen ...«

Ein Schauder stieg ihr Rückgrat empor. Was war das für ein komisches Gebilde mitten auf dem Tisch?

Sie trat näher – und stieß einen spitzen Schrei aus. Auf der geblümten Plastikdecke lag ein abgetrennter Ziegenkopf, der sie aus toten Augen anstarrte. Pias Herz begann zu rasen. Wie in Trance drehte sie sich zu dem Mann im Stuhl um. Sein Kopf hing leblos auf der Brust, als würde er sein Haupt in Demut vor der Ziege verneigen. Darunter Blut, viel Blut, sein Hemd war durchtränkt davon.

Pia taumelte gegen die Spüle und hielt sich fest, um nicht auf der Stelle umzukippen. Eisige Kälte umfing sie, als sie mit aufsteigender Übelkeit gegen die Ohnmacht ankämpfte. Oh, mein Gott, das ist der blanke Horror! Ich fall gleich um!

Doch kurz bevor die Kräfte sie verließen, tauchte wie eine Schaumkrone aus dem Meer des Entsetzens ein einziger Gedanke auf: Was, wenn der Täter noch in der Nähe ist?

Mit einem Schlag war sie wieder da. Nichts wie raus hier, ab zum Auto! Bloß weg und in Sicherheit!

Sie stürzte aus der Küche, durch den Flur und raste zur Haustür, wo ihr die Luft wie ein Brett entgegenschlug. Sie prallte einen Schritt zurück und hielt inne. Vielleicht beobachtete der Täter sie schon die ganze Zeit, bereit, sie abzuschlachten wie ein Stück Vieh.

Lieber Gott, mach, dass ich es bis zu meinem Wagen schaffe!, flehte sie und rannte los.

Ihr Volvo stand an der Stelle, an der die Zufahrt vor den Betonplatten endete. Der Weg dorthin erschien ihr endlos. Ein leerer Plastikkanister rollte vor ihre Füße, sie wich ihm aus und hielt weiter auf ihr Auto zu. Fahrig wühlte sie in ihrer Hosentasche nach dem Autoschlüssel. Dann zog sie die Autotür auf, warf sich auf den Fahrersitz und betätigte die Zentralverriegelung.

Geschafft!

Sie fühlte sich in Sicherheit. Trotzdem zitterte sie am ganzen Leib, unfähig, den Schlüssel ins Schloss zu bringen. Mehrmals atmete sie tief durch, bis sie in der Lage war, die 112 zu wählen und ihre Situation zu schildern. Für einen Moment war sie außerstande, Italienisch zu sprechen. Der Beamte am anderen Ende half ihr in gebrochenem Englisch weiter. Eine Streife und ein Rettungswagen seien in fünf Minuten da, versprach er. Sie solle sich ruhig verhalten und auf die Kollegen von den Carabinieri warten. Vor allem nicht ins Haus zurückgehen und nichts anfassen.

Tränen liefen über Pias Gesicht, als sie das Gespräch beendet hatte. Hastig suchte sie nach der Karte des Kommissars. Sie musste mit ihm sprechen, ihm sofort berichten, dass etwas Grauenvolles geschehen war.

Als Fabbri sich mit einem ruhigen »*Pronto*« meldete, fand sie zunächst keine Worte für ihr Entsetzen.

»*Sono io*«, sagte sie nur. Es fiel ihr schwer, sich zu konzentrieren.

»Signora Michaelis?«, hörte sie ihn fragen. Seine Stimme klang weit entfernt und unwirklich.

»Es ist so entsetzlich …«, stammelte Pia. »Luis Pizotti … er ist tot … ich habe schreckliche Angst. Können Sie kommen?« Mehr brachte sie nicht heraus.

17

Als Fabbri mit seinem alten Lancia auf den Hof von Luis Pizotti rollte, waren die Carabinieri schon eingetroffen. Ein Wagen der Truppe parkte vor dem Haupthaus, seine Scheinwerfer erhellten die Fassade und die Eingangstür, aus der gerade ein uniformierter Beamter kam und mit dem Handy telefonierte. Während des Gesprächs hielt er seine Schirmmütze fest, damit der Wind sie nicht davontragen konnte. Zwei Sanitäter in Leuchtwesten lehnten an der Hauswand und rauchten im Schutz eines Mauervorsprungs. Ihr Rettungsfahrzeug stand mit geöffneter Hecktür ein paar Meter entfernt.

Über eine Stunde war Fabbri unterwegs gewesen, bis er das einsame Gehöft gefunden hatte, auf dem Pia Michaelis die Leiche eines Mannes gefunden hatte. Ihr Anruf hatte so verzweifelt und dringend geklungen, dass er gleich in seine alte Karre gesprungen war, um keine Zeit zu verlieren.

Er stieg aus und ging hinüber zum Rettungswagen. Die Psychologin saß auf der Pritsche im Inneren des Fahrzeugs, in eine Decke gehüllt und so blass wie eine Leiche.

»*Buona sera*, Signora Michaelis«, sagte er. »Gut, dass Sie mich angerufen haben. Wie geht es Ihnen?«

»Etwas besser.« Pia schlang die graue Rotkreuzdecke um ihre Beine und sah zu ihm auf. »Vor einer halben Stunde sind die Carabinieri eingetroffen. Kurz darauf haben sich die Sanitäter um mich gekümmert. Sie haben mir ein Beruhigungsmittel gegeben.«

»Was ist denn geschehen? Sind Sie schon in der Lage, mir zu erzählen, was genau vorgefallen ist?«

»Ich habe Luis Pizotti besucht, weil er nicht zum Behandlungstermin erschienen ist ... und dann fand ich die schwarzen Bilder und ihn in der Küche mit diesem Ziegenkopf.«

»Okay. Dann gehe ich gleich hinein, um mir einen Eindruck zu verschaffen. Wir können später reden, ruhen Sie sich aus.«

Er beobachtete, wie der Carabiniere mit wehenden Uniformschößen ins Haus zurückging. Ziemlich stürmisch heute Nacht, dachte er. Schon auf der Fahrt hatten einzelne Böen seinen Lancia gepackt und ihn zur Seite gedrückt.

Fabbri sah sich zunächst selbst auf dem Gelände um, ob er etwas entdeckte. Reifenspuren, Schuhabdrücke, Papierfetzen, ein verlorenes Streichholzbriefchen. Er schaltete die Taschenlampenfunktion seines Handys an und leuchtete den Boden ab. Vielleicht hatte er Glück, und ihm fiel etwas Ungewöhnliches auf. Er ließ den Lichtstrahl umherschweifen, aber in der Dunkelheit konnte er nur erkennen, dass der Hof heruntergekommen war – wie so viele in der Gegend.

Der Gestank im Hauseingang verschlug ihm fast den Atem. Über allem lag ein bestialischer, abstoßender Geruch nach Blut und totem Tier. Er machte sich auf das Schlimmste gefasst.

In einer armseligen Küche bewegten sich unter kaltem Neonlicht zwei Carabinieri um einen Mann im Lehnstuhl herum und begutachteten ihn von allen Seiten. Fabbri trat näher an die Szenerie.

Porca Madonna, dachte er. Was für ein abartiges Bild!

Mitten auf dem Tisch stand aufrecht ein abgesäbelter Ziegenkopf, die milchigen Augen waren tief in die Höhlen gesunken. Fabbri musste sofort an den Bauern in der Questura denken, der über einen Wolfsriss geklagt und Stefano und ihm die kopflose Ziege präsentiert hatte. Wie lange war das her? Fünf Tage? Der Mann hatte sich geirrt: Kein streunender Wolf hatte das Tier getötet und den Schädel davongeschleppt, sondern hier war eine menschliche Bestie am Werk gewesen. Ein absolut Irrer hatte sich ausgetobt.

Sorgfältig arrangiert saß der Tote am Küchentisch, seine Hände lagen brav neben einem leeren Teller, sein mit Farbklecksen übersätes Hemd war an der Brust blutdurchtränkt. Die tödliche Verletzung befand sich vermutlich in der Nähe des Herzens. Es konnte sich um einen Einschuss oder eine Stichwunde handeln, das war nicht genau zu erkennen. Jedenfalls war der Mann noch nicht so lange tot wie die Ziege, deren Kopf schon in Verwesung übergegangen war.

Fabbri kam eine Fernsehdokumentation in den Sinn, in der es um die Werke des britischen Künstlers Damien Hirst gegangen war, um dessen gruselige Präsentationen toter Tierkörper in Glascontainern mit Formaldehyd. Eine Installation des Grauens.

Aber, verflucht noch mal, das hier ist keine provokative Kunst, sondern die perverse Tat eines Psychopathen, dachte Fabbri.

Wie in einem stummen Zwiegespräch saß das Opfer einem Ziegenkopf gegenüber. Das konnte kein Zufall sein. Vor Fabbris innerem Auge tauchte die Gestalt der Chimäre auf. Der Ziegenkopf, der aus dem Rücken des Löwen ragte. Zusammen mit Margonis Zurschaustellung und den Schlangenschuppen auf dessen Nacken ergab sich ein weiterer Hinweis auf das Fabelwesen, dessen war sich Fabbri sicher.

»Kann ich Ihnen irgendwie weiterhelfen?« Einer der Carabinieri, seines Zeichens ein Maresciallo, riss ihn aus seinen Gedanken.

»*Buona sera*, die Herren«, begrüßte Fabbri die beiden und stellte sich als Kommissar der Polizia di Stato vor. »Danke, dass Sie so schnell vor Ort waren, aber ich schlage vor, dass ich nun den Fall übernehme. Wir haben in Arezzo eine ähnliche Situation mit einem Opfer unter einer Statue. Ich gehe davon aus, dass es sich um denselben Täter handelt.«

Der Maresciallo musterte ihn ungläubig, dann plusterte er sich auf. »Bei allem Respekt, Commissario, der Tote liegt im Verwaltungsbezirk Siena, das ist zuallererst unser Fall. Von einer ähnlichen Tat in Arezzo haben wir keine Kenntnis. Wir haben hier nur einen Toten und einen Ziegenkopf. Es ist unser Job herauszufinden, was es mit dieser Tat auf sich hat.«

»Der Mann war Künstler«, sagte der andere Polizist bedeutsam.

»Aha, Künstler. Einigermaßen bekannt?«

Der Carabiniere machte eine schwankende Handbewegung. »So lala. Seine Sachen waren nicht schlecht. Vielleicht hat er seinen Abgang spektakulär inszenieren wollen.«

»Selbstmord? Und wie soll er sich, bitte schön, umgebracht haben? Durch Harakiri, weil ihm ein Bild misslungen ist?«, ereiferte sich Fabbri. »Nein, der Mann wurde getötet und zu diesem Bild arrangiert, genau wie das Opfer in Arezzo.«

»Sollte es Parallelen geben«, meinte der Maresciallo hochnäsig, »können Sie sich gern an unsere Vorgesetzten wenden. Die werden sich sicher über Ihre Unterstützung freuen. In der Zwischenzeit kommt der Tote in die Gerichtsmedizin nach Siena, wo er hingehört.« Ein langer Blick des Maresciallo forderte Fabbri zum Verschwinden auf.

Was soll diese Arroganz?, dachte er verärgert. Die Carabinieri können froh sein, dass ein Ermittler der Mordkommission auf der Bildfläche erschienen ist. Der Fall ist ohnehin eine Nummer zu groß für sie.

»Sie kennen ja den Dienstweg«, erklärte der Maresciallo beim Verlassen der Küche. »Stellen Sie einen Antrag auf Übernahme der Ermittlungen durch die Polizeidienststelle in Arezzo, dann werden wir sehen.«

Ja, ja, schon gut, maulte Fabbri innerlich. Das kann ja heiter werden. Er sah schon das zeitraubende Procedere vor sich, das ein Antrag auf Fallübernahme mit sich bringen würde. Und das alles nur, weil der italienische Staat in seiner unendlichen Weisheit zwei voneinander unabhängige Polizeiorganisationen geschaffen hatte: die Arma dei Carabinieri, die wie die anderen Militärstreitkräfte Heer, Marine und Luftwaffe dem Verteidigungsministerium unterstellt war, und die Polizia di Stato, die staatliche Polizei, die dem Innenministerium unterstand. Was ursprünglich als Absicherung gegen einen Militärputsch gedacht gewesen war, hatte sich mit der Zeit zu einer Rivalität zwischen zwei Ermittlungsbehörden entwickelt. Beide hatten die gleichen Abteilungen, jede ihre eigenen Ermittlerteams, Anti-Terror-Einheiten, Drogenfahnder und Spezialisten der Spurensicherung. Von Zusammenarbeit war selten die Rede.

»Gut, dann verlassen wir am besten alle den Tatort«, sagte Fabbri. »Die Kollegen von der Spurensicherung sollen es doch nachher nicht so schwer haben. Hat irgendjemand schon bei denen angerufen?«

Der Maresciallo rollte genervt mit den Augen. »Die Leute vom

RIS sind schon auf dem Weg, was glauben Sie denn? Wir Carabinieri haben nicht zum ersten Mal einen Mord vor Augen.«

Sie hätten bereits in Bologna angerufen und die Spezialisten des Reparto Investigazioni Scientifiche, der Spurensicherung der Carabinieri, bestellt, erklärte der zweite Beamte.

Das wird eine lange Nacht, dachte Fabbri. Er brauchte dringend frische Luft.

Draußen saß Pia ruhig im Rettungswagen und reichte einem der Sanitäter die Wasserflasche zurück, aus der sie gerade getrunken hatte. Der Mann stieg aus, als er den Kommissar kommen sah, und ging zu seinem Kollegen hinüber.

»Bereit für ein kurzes Gespräch?« Fabbri kletterte in den Wagen und nahm auf einem Notsitz Platz.

»Die Carabinieri haben schon mit mir gesprochen«, sagte Pia. »Sie haben meine Adresse notiert, falls weitere Fragen auftauchen. Ich bin doch nicht etwa verdächtig?«

»Nein, nein, keine Sorge. Setzen wir uns in meinen Wagen, dann erzählen Sie mir, was passiert ist.«

Pia streifte die Decke ab, nahm ihre Tasche und folgte Fabbri zu seinem Lancia.

Der Wind pfiff um die Gebäude und ließ die Dachbalken von Stall und Scheune knarren. Fabbri hielt Pia die Tür zum Beifahrersitz so lange auf, bis sie ihre zerzausten Haare gebändigt und sich ins Auto gesetzt hatte. Dann stieg er selbst ein. Abwartend sah er sie an. Sie hatte wieder etwas Farbe bekommen.

»*Allora*, Signora Michaelis, wann haben Sie den Toten gefunden?«

»Sie können Pia zu mir sagen. Ich habe Pizotti aufgesucht, weil er mir ein schwarzes Gemälde geschickt hat. Und dann habe ich entdeckt, dass er alle seine Bilder schwarz übermalt hat, der ganze Kuhstall ist voll davon.«

Das klang ziemlich wirr. Mit dem Kuhstall meinte sie wohl das Gebäude auf der anderen Seite des Hofs.

»Wieso hat er Ihnen ein schwarzes Bild geschickt?«

»Er wollte sich bei mir bedanken, aber ich war beunruhigt über diese Entwicklung. Deswegen bin ich auf seinen Hof gefahren, um mit ihm darüber zu sprechen. Und dann habe ich ihn im Haus entdeckt.«

»Und wofür wollte sich Pizotti bedanken?«

»Für die Behandlung, nehme ich an. Die Therapie, die ihm neue Einfälle verschaffen sollte. Aber nun malt er alles schwarz in schwarz.«

Fabbri verschränkte die Arme. »Lassen Sie uns offen reden, Pia. Pizotti war Ihr Patient. Und Enzo Margoni auch, ist das richtig?«

Pia nickte betroffen und sah durch die Frontscheibe.

»Warum haben Sie uns das nicht gleich gesagt, als ich mit meinem Kollegen in der Klinik war? Gestern noch haben Sie uns erzählt, Sie würden Margoni nicht kennen. Das war eine Lüge.«

»Professor Moretti hielt es für besser, wenn nicht herauskommt, dass das Mordopfer einer unserer Patienten gewesen war. Das hätte ein schlechtes Licht auf unser Institut geworfen.«

»Und Sie haben da mitgespielt?«

Sie wandte sich zu ihm. »Mir ging es vor allem um meine Patienten. Ich wollte nicht, dass sie aufgrund der polizeilichen Untersuchung ihre Behandlung abbrechen. Es wären viele gewesen, denen ich nicht mehr hätte helfen können, wenn die Klinik mit einem Mord in Verbindung gebracht worden wäre. Deshalb habe ich mich nach Professor Moretti gerichtet und nichts gesagt, als Sie kamen.«

Fabbri war fassungslos. Dieser Moretti hatte seine Mitarbeiter manipuliert, sie zum Schweigen verdonnert, um angeblich das Renommee der Klinik zu schützen. Dabei ging es ihm bestimmt nur um seinen eigenen Ruf und darum, dass seine noble Kaschemme weiterhin Geld abwarf.

Pias Augen füllten sich mit Tränen. »Ich ... ich war so optimistisch«, sagte sie stockend, »und meine Patienten auch ... aber möglicherweise ... führt meine Therapie in den Wahnsinn ... und den Tod.«

»Nicht so schnell, Pia.« Fabbri berührte sie leicht an der Schulter. »Erzählen Sie mir alles über Ihre beiden Patienten und warum sie bei Ihnen in Behandlung waren.«

Stockend berichtete sie von Margonis jahrelangen Angsträumen, seinem zerrütteten Schlaf und seiner quälenden Müdigkeit am Tag. Davon, wie ihm die Therapie geholfen hatte, durch künstlich erzeugte Klarträume das beängstigende Geschehen in den Griff zu bekommen. Dass er seitdem als geheilt galt.

»Und Pizotti?«

»Der war eigentlich nicht krank. Er nutzte die Klartraumtherapie, um seine Kreativität zu steigern.«

Man sieht ja, was dabei herausgekommen ist, dachte Fabbri. »Was soll das eigentlich heißen, künstlich erzeugte Klarträume?«

»Wir stimulieren das Gehirn der Patienten in der Traumphase mit schwachem Wechselstrom. Dadurch wird ihnen bewusst, dass sie träumen.«

»Die technischen Details erzählen Sie mir bitte später«, schlug Fabbri vor. »Zunächst benötige ich eine Liste mit allen Patienten, die Sie auf diese Weise behandelt haben. Von allen anderen am besten auch.«

»Ja, kein Problem.«

»Gut, dann lassen Sie sich nach Siena ins Krankenhaus fahren und dort behandeln. Sie stehen noch unter Schock. Besser, ein paar Profis kümmern sich um Sie.«

Pia schüttelte den Kopf. »Ich möchte bitte nach Hause. Ich weiß selbst, dass es mir nicht gut geht, das muss mir kein Arzt erklären. Glauben Sie mir, ich bin am besten in meinen eigenen vier Wänden aufgehoben, da kann ich mich am ehesten von dem Schock erholen.«

Bevor Fabbri antworten konnte, klopfte jemand an das Fenster der Fahrerseite. Das Gesicht einer dunkelhaarigen Frau erschien. Er ließ die Scheibe herunter.

»So sehen wir uns wieder, Commissario. Leider schneller als gedacht.«

Es war die Rechtsmedizinerin aus Siena, die gemeinsam mit Tavanti die Leiche von Margoni obduziert hatte.

»Na so was, Dottoressa Vanini«, begrüßte Fabbri sie erfreut. »Immer im Dienst.«

»Selbstverständlich. Sehen wir uns den Toten gemeinsam an? Ich gehe schon mal vor und fange mit der Arbeit an, okay?«

»Ich bin sofort bei Ihnen.«

Was für ein glücklicher Zufall, dachte Fabbri. Dottoressa Vanini konnte den Carabinieri bestimmt erklären, dass sie vor einer Woche eine ähnlich absurd präsentierte Leiche in Arezzo untersucht hatte. Dass die beiden Morde die Handschrift desselben Täters trugen.

Er wandte sich wieder an Pia. »Kommen Sie, seien Sie vernünftig. Ich bringe Sie hinüber zu den Sanitätern. Die Jungs sollen Sie in die Ambulanz fahren. Wenn es Ihnen besser geht, wiederholen Sie Ihre Aussage auf der Questura.«

»Mir geht es doch schon besser. Lassen Sie mich nach Hause fahren.«

Schließlich gab Fabbri nach. »Aber ich bestehe darauf, dass Sie sich nicht selbst hinters Steuer setzen. Die Streife soll Sie nach Arezzo bringen. Ihren Wagen lasse ich morgen von den Kollegen sicherstellen und zum Präsidium fahren. Da können Sie ihn dann abholen. Einverstanden?« Er lächelte.

»Einverstanden«, sagte Pia und reichte ihm den Autoschlüssel.

18

Pia tippte dem Carabiniere vor sich auf die Schulter. »Entschuldigung, Sie können mich hier rauslassen.« Sie hatte das Bedürfnis, auszusteigen und das kurze Stück bis zu ihrer Wohnung zu Fuß zu gehen. Sie wollte allein sein, die Bewegung würde ihr guttun und sie zur Ruhe bringen.

»Sind Sie wirklich sicher?«, fragte der Polizist. »Ich möchte Sie lieber bis vor die Haustür begleiten.«

»Nein danke, es geht schon.« Pia nahm ihre Tasche an sich und schlüpfte aus dem Auto. Die Ausläufer des Sturmtiefs waren auch hier zu spüren, aber bei Weitem nicht so heftig wie auf Pizottis Hof. Es wird schlimmer werden, dachte Pia.

In der Bar, die in dem Bollwerk der Porta Santo Spirito untergebracht war, brannte noch Licht. Wegen des aufkommenden Windes hatten sich die Gäste ins Innere des Lokals verzogen. Draußen standen die zusammengeklappten Sonnenschirme und flatterten kräftig.

Pia ging den Corso Italia entlang, die Haupteinkaufsstraße in der Altstadt, vorbei an Geschäften, wie sie in jeder Fußgängerzone Europas heimisch waren: Shops der großen Modeketten, Sportgeschäfte, Brillenläden, Schmuckboutiquen, Parfümerien und dazwischen Bankfilialen und Apotheken. Und wie in den meisten Innenstädten war auch diese Einkaufsstraße ausgestorben, sobald die Läden geschlossen hatten.

Pia fühlte sich erbärmlich. Sie hatte nicht nur verschwiegen, dass Margoni ihr Patient gewesen war, sondern auch keine Ahnung gehabt, dass Pizotti ebenfalls in Gefahr schwebte. Beide waren augenscheinlich von einem wahnsinnigen Täter zur Schau gestellt worden. War es Zufall gewesen? Oder hatte es jemand auf ihre Patienten abgesehen? Womöglich ein anderer Patient, bei dem die Therapie eine Psychose ausgelöst hatte? Das wäre der Super-GAU, die denkbar schlimmste aller Möglichkeiten. Ihr persönlicher Alptraum.

Sie bog in die Via de Redi ab, ein schmales, spärlich beleuchtetes Gässchen, das zur Basilica di San Francesco führte, einer der Hauptsehenswürdigkeiten der Stadt. Der schlichte Backsteinbau beherbergte den Freskenzyklus von Piero della Francesca, einem Künstler der Frührenaissance, der die Legende des Kreuzes Christi an den Wänden verewigt hatte, von seiner Entstehung im Paradies bis weit über Jesu Tod hinaus.

Die hohen Mauern der Basilika warfen den Schall ihrer Schritte zurück, als Pia durch die Via San Francesco lief, die am Ende in einen hübschen, kleinen Platz mündete. Starke Böen fegten durch die Gassen, dazwischen war es windstill. In den kurzen Pausen glaubte sie, Schritte hinter sich auf dem Asphalt zu hören. Sie drehte sich um. Nichts, die Straße war menschenleer.

Sie überquerte den Vorplatz der Basilika und bog in die Gasse ein, in der sich ihre Wohnung befand. Vom Glockenturm ertönte ein einzelner Schlag. Viertel nach zwölf.

Pia blieb stehen, sah sich erneut um, wartete, ob jemand ihr folgte. Doch es war niemand zu sehen, die Schritte waren verstummt. Sie hörte nur noch die Geräuschkulisse aus den umliegenden Wohnungen – Gesprächsfetzen, Musik, Geschirrklappern.

Meine Güte, du hast schon Paranoia, dachte sie. Es wird ein Passant gewesen sein, der zufällig denselben Weg eingeschlagen hat wie du.

Doch kaum setzte sie ihren Weg fort, waren die Schritte wieder zu hören.

Sie fühlte, wie sich ihre Kopfhaut zusammenzog, als hätte sich ein vielbeiniges Insekt auf ihren Haaren niedergelassen, und legte an Tempo zu. Zügig eilte sie an den niedrigen Hauseingängen vorbei. Steinportale mit dicken Holztüren, allesamt fest verschlossen.

Ein widerliches Prickeln zerrte an ihren Nerven. Hektisch warf sie einen Blick hinter sich und sah erschrocken, wie eine Gestalt in einem Hauseingang verschwand.

Oh Gott, er ist hinter mir her! Der Mörder ist mir auf den Fersen und will mich umbringen! Los, lauf, rette dich!

Pia rannte, so schnell sie konnte, suchte dabei in der Tasche nach ihrem Schlüsselbund und umklammerte das Metall. Sie konnte den Eingang zu ihrer Wohnung schon erkennen, eine grüne Tür an einem ockergelben Haus.

Schneller, schneller, du musst es schaffen, hinter der Tür sein, bevor er dich erreicht!

Der leichte Anstieg der Gasse raubte ihr mit einem Mal den Atem, ihr Herz schlug vor Angst und Aufregung, als sie endlich vor der Tür stand. Los, los, der eckige ist es! Nimm ihn, konzentrier dich!

Hinter sich hörte sie die Atemzüge ihres Verfolgers, sie kamen näher.

Nein, bitte nicht! Noch eine Sekunde, dann hab ich's geschafft.

Der Schlüssel kratzte zitternd über das Metall, als sie versuchte, ihn ins Loch zu stecken, ihre freie Hand umklammerte fest den runden Messingknauf der Eingangstür.

Und dann sah sie plötzlich nichts mehr. Zwei warme Hände legten sich über ihre Augen, und der Duft eines holzigen Aftershaves stieg ihr in die Nase.

Pia schrie auf, wirbelte um die eigene Achse, bereit, den Angreifer in die Flucht zu schlagen.

Aber das ist doch ... Es dauerte eine Weile, bis sie begriff, wer da vor ihr stand. Gleichzeitig ging im ersten Stock ein Fenster auf. Ihre Nachbarin lehnte sich besorgt nach draußen.

»*Tutto a posto*, Signora Pia?«

Pia starrte den Mann an, der sie im Licht einer trüben Straßenlaterne angrinste. Dann rief sie nach oben: »Ja, alles in Ordnung. Es ist nur Alexander, mein Freund aus Deutschland.«

19

»Mensch, Pia, was ist denn los mit dir? Du musst doch nicht vor mir davonlaufen.«

Alexander kam mit einer Flasche Rotwein aus der Küche zurück und stellte sie auf dem Couchtisch ab. Pia saß mit angezogenen Beinen auf dem großen grauen Sofa und brachte kein Wort über die Lippen.

Dieser Moment, als sie Alexanders Gesicht im Licht der schwankenden Straßenlaterne erkannt hatte – einfach unfassbar! Sie hatte sich beinahe zu Tode erschrocken. Und er hatte sie angesehen, als hätte sie den Verstand verloren.

Sie beobachtete, wie er die Schubladen des Sideboards durchwühlte, bis er schließlich ein paar bunte Bastuntersetzer fand und drei davon auf die Glasplatte des Tisches klatschte. Er füllte die beiden Gläser.

»Ich habe die ganze Zeit auf dich gewartet«, erzählte er vorwurfsvoll. »Zwischendurch hab ich in einer Pizzeria den Wein besorgt, ich hoffe, er schmeckt. Dann habe ich dich von Weitem gesehen. Aber du bist durch die Gegend gerast, als ob der Teufel hinter dir her wäre.«

»Du hast dich versteckt wie ein albernes Kind«, sagte Pia, während sie langsam die Fassung zurückgewann.

»Wieso denn versteckt?« Alexander lachte. »Ich bin nur schnell zur Seite gehuscht, außer Sichtweite von dir. Ich wollte dich überraschen, ein kleiner Spaß, Pia, sonst gar nichts. Woher sollte ich wissen, dass dich das so erschüttert? Seit wann bist du denn so empfindlich? Komm, trink einen Schluck, damit du dich wieder beruhigst.«

Alexander reichte ihr ein Glas, dann setzte er sich zu ihr. Der schwere Wein strömte durch ihre Adern. In Kombination mit den Beruhigungsmitteln entfaltete er eine ungewohnt starke Wirkung. Nach und nach entspannte sie sich und lehnte sich in die Polster zurück.

»Wieso bist du überhaupt hier?«, wollte sie wissen.

»Das fragst du noch?« Alexander leerte sein Glas und füllte gleich wieder nach. »Ich schreibe dir ständig, mache mir Sorgen. Aber du lässt mich völlig im Unklaren, wie es dir geht und was mit dir los ist. Und das nach dem Mord quasi vor deiner Haustür. Ich hab's echt nicht mehr ausgehalten und heute den Flieger nach Florenz genommen. Ich muss doch auf dich aufpassen.«

»Halt mal den Ball flach, Alex.« Pia stellte ihr Glas auf dem Glastisch ab. »Ja, gut, ein Mord ist geschehen, zweifellos ganz furchtbar, aber das passiert doch jeden Tag auf der Welt. Wieso regst du dich so auf, wenn jemand einen Mann mittleren Alters in einer italienischen Kleinstadt um die Ecke bringt?«

»Na, dieser Margoni war doch dein Patient.«

Pia war irritiert. Woher wusste er das? Sie konnte sich nicht erinnern, Margonis Namen Alex gegenüber erwähnt zu haben, weder in den SMS der letzten Tage noch davor. Im Gegenteil, sie hatte den schrecklichen Vorfall heruntergespielt, um genau die Situation zu vermeiden, in der sie sich hier befand: ein hysterischer Alexander, der sich zum Retter aufspielte.

»Woher weißt du denn das mit Margoni?«

»Ja, äh … die Presse ist doch voll davon. Am Flughafen, am Bahnhof, an jedem Kiosk sind mir so dicke Schlagzeilen entgegengesprungen.« Er spreizte Daumen und Zeigefinger, um die Größe der Buchstaben anzuzeigen. »›Mysteriöser Mord an Museumsdirektor‹, ›Margoni – ein Opfer der Mafia?‹, ›Fall Margoni gibt Rätsel auf‹ und so weiter und so fort.«

»Und woher weißt du, dass der Mann bei mir in Behandlung war?«

Alexander lachte auf. »Das hast du mir doch selbst erzählt, mein Schatz. Ich erinnere mich genau, wie du davon gesprochen hast, dass unter deinen Patienten ein Museumsdirektor ist, der an chronischen Alpträumen leidet. Ein bedauernswerter Mensch, der seit Jahren nicht richtig schlafen kann, so hast du es ausgedrückt. Da brauchte ich doch nur eins und eins zusammenzuzählen.«

War das so?, überlegte sie. Eigentlich sprach sie nie über ihre

Patienten, höchstens als anonyme Fallschilderung, aber es könnte natürlich stimmen, dass Alex sich das zusammengereimt hatte. Obwohl er ihr selten länger als fünf Minuten zuhörte, wenn sie von ihrer Arbeit sprach.

»Jedenfalls haben bei mir sofort die Alarmglocken geschrillt«, fuhr er fort. »Mann, Mann, Mann, hab ich gedacht, ein durchgeknallter Killer läuft durch Arezzo und befördert die Leute ins Jenseits. Deshalb wollte ich so unbedingt, dass du zu mir zurückkommst. Ich möchte, dass du in Sicherheit bist, bevor wieder etwas Schreckliches passiert.«

»Tja, dieser Fall ist leider schon eingetreten«, meinte Pia nüchtern und stand auf. Es hielt sie nicht mehr auf dem Sofa. Mit ausholenden Gesten schilderte sie den Horror auf Pizottis Hof.

»Kannst du dir nicht vorstellen, dass ich nach einem solchen Erlebnis in Panik gerate, wenn ich auf dem Heimweg plötzlich fremde Schritte hinter mir höre?«

Alexander saß da und lauschte fassungslos. Für einen Moment genoss Pia seine Sprachlosigkeit. Sie hoffte, dass ihm klar wurde, dass sein dummer Scherz ihr beinahe einen Herzinfarkt beschert hätte. Besten Dank auch.

»Das ist ja der Hammer«, sagte er schließlich, erhob sich und umarmte sie. »Mein armer Schatz, dir bleibt auch nichts erspart. Tut mir ehrlich leid, dass ich dich so erschreckt habe, das wollte ich wirklich nicht. Ich dachte, du wärst schon längst zu Hause. Als es auf Mitternacht zuging, bin ich auf diese blöde Idee gekommen. Von wegen Nachtgespenst oder so. Bitte verzeih mir.«

Seine feste Umarmung fühlte sich gut an. Sie gab ihr Halt und Trost. Erschöpft ließ sie sich wieder auf der Couch nieder.

Nach einer Weile gemeinsamen Schweigens legte Alexander seinen Arm um Pias Schultern. »Nur so nebenbei gefragt: Unter diesen Umständen wirst du doch nicht länger in Arezzo bleiben wollen, oder?«

»Ich weiß nicht.« Sie legte den Kopf in seine Armbeuge. »Ich habe einfach Angst, dass die beiden Morde etwas mit meiner Therapie zu tun haben könnten, dass ich einen Fehler gemacht habe.«

»Was denn für einen Fehler?« Er strich ihr sanft die Haare aus dem Gesicht. »Es lief doch gut mit deiner Therapie. Was soll denn schiefgegangen sein?«

»Vielleicht ist einer meiner Patienten durch die Behandlung wahnsinnig geworden und hat die beiden anderen umgebracht. Alex, ich werde noch verrückt, solange ich nicht weiß, ob ich jemanden in das Projekt aufgenommen habe, für den diese Therapie nicht geeignet ist.«

Er drückte sie an sich. »Schnucki, du wirst doch wohl nicht aus übertriebenem Pflichtbewusstsein in diesem Mörderkaff bleiben wollen? Es ist völlig unklar, ob es einen Zusammenhang zwischen deiner Arbeit und den toten Patienten gibt. Sie können Zufallsopfer gewesen sein. Du hast selbst gesagt, dass es manchmal für das Böse keine Erklärung gibt.«

»Ja, das ist richtig.«

»Die Wahrheit liegt vermutlich woanders. Die haben hier eine andere Mentalität, Pia. Der Begriff Blutrache wird dir sicher nicht unbekannt sein, die lässt sich in Italien nicht ausrotten. Du hältst dich am besten aus allem heraus und machst so schnell wie möglich den Abflug. Wir haben beide keine Ahnung, was hinter den Kulissen vorgeht. Und wenn du Zweifel an deiner Therapie hast, ist es sowieso besser, wenn du alle Behandlungen abbrichst und nach Hause fährst.«

Pia schloss die Augen und ließ sich von der Müdigkeit und von Alexanders Wärme davontragen. Er hatte ja recht. Wie viel konnte sie über einen Ort wissen, in dem sie erst zwei Jahre lebte und arbeitete? Sogar mehr arbeitete als lebte. Was wusste sie schon in ihrem Elfenbeinturm da draußen in den Hügeln? Bestimmt gab es jede Menge Familienfehden, offene Rechnungen und Rachegedanken in Arezzo. Woher sollte sie ahnen, in welche Angelegenheiten Margoni und Pizotti verwickelt gewesen waren? Selbst bei ihrem Chef war sie nicht sicher, was er im Schilde führte. Was mochte der wahre Grund dafür gewesen sein, dass er sie zum Schweigen angehalten hatte? Seine Sorge um den Ruf der Klinik? Wenn es so war, würde er nach dem zweiten toten Patienten sicher das Ende der Klartraumbehandlungen anordnen. Sie würde die

Studie abbrechen müssen und nach Hause fahren. Ins Neubauviertel mit Alex.

»Wo ist eigentlich dein Gepäck?«, fragte sie unvermittelt.

»Das habe ich im Schließfach am Bahnhof gelassen. Ich wusste ja nicht, wie unser Wiedersehen nach unserem bösen Streit am Wochenende verlaufen würde«, erklärte Alexander. »Hätte doch sein können, dass du noch sauer auf mich bist und mich gleich wieder davonschickst.« Er drehte ihr Kinn zu sich, setzte seinen bittenden Hundeblick auf.

So leicht ließ sie sich nicht einlullen. »Und was wird aus der Kanutour mit deinen Kumpels?« Das war bisher sein obligatorisches Osterprogramm gewesen, unverrückbar, nicht verhandelbar.

»Die Tour habe ich abgesagt.« Alexander tauchte sein Gesicht in ihre Haare, wuschelte mit der Nase darin herum und flüsterte in ihr Ohr: »Du bist doch das Allerwichtigste für mich, seit meiner Abreise ist mir mit jedem Tag klarer geworden, wie sehr du mir fehlst. Das leere Bett, die leere Wohnung, die ganze Stadt ist leer ohne dich. Und dann diese Angst, dir könnte da unten etwas geschehen, jemand könnte dich mir wegnehmen. Ehrlich, Pia, du bist die erste Frau, die solche Gefühle in mir auslöst. Ich kann nicht ohne dich leben. Ich hoffe, das weißt du.«

»Und was ist mit dem Haus?«

»Vergiss das doofe Haus. Das war ein dummer Schnellschuss von mir, das sehe ich jetzt ein. Ich mache den Kauf rückgängig, das krieg ich schon hin. War eh provisionsfrei. Wir machen alles genau so, wie du es möchtest. Lassen alles behutsam angehen und besichtigen notfalls fünfzig Wohnungen, bis dir eine gefällt. Ich möchte doch nur, dass du glücklich bist.«

Das hörte sich gut an. Sehr gut sogar. Sollte Alex tatsächlich zur Besinnung gekommen sein und eingesehen haben, dass er nicht einfach über sie bestimmen konnte? Das wäre zu schön. Manchmal brauchte es wohl extreme Ereignisse, um eine Beziehung auf neue Füße zu stellen.

»Du bist so lieb«, sagte Pia. »Ich bin wirklich froh, dass du da bist.«

Sie konnte dem Sog der Müdigkeit nicht länger widerstehen. Während Alex' Worte sich in einen Klangteppich verwandelten, registrierte sie dankbar, wie er eine Decke über ihr ausbreitete. Dann war sie weg.

20

Fabbri wälzte sich in Richtung Wecker, blinzelte auf die Digitalanzeige und stöhnte. Kurz nach sieben. Egal, wie spät es in der Nacht geworden war, er wachte jeden Morgen um die gleiche Zeit auf. Seine innere Uhr schien keine Rücksicht auf seinen körperlichen Zustand zu nehmen.

Bis drei Uhr war er auf Pizottis Hof geblieben, hatte die Arbeit der Spurensicherung beobachtet und sich dabei keine Freunde gemacht. Am Ende war er es gewesen, der die Schubkarre entdeckt hatte. Im Atelier des Künstlers hatten die Kollegen Blutflecken und eine Reifenspur mit schmalem Profil gefunden. Fabbri hatte sich draußen umgesehen und war auf die Karre gestoßen, die an einer Hauswand lehnte. Im Inneren der Blechwanne befanden sich ebenfalls Blutflecken. Offenbar hatte der Täter Pizottis Leichnam mit Hilfe der Karre vom Atelier in die Küche verfrachtet. Das Ding wurde als Beweismittel in den Transporter der Spurensicherung gerollt.

Danach war eine neue Diskussion um die Zuständigkeiten entbrannt. Fabbri hatte nicht einsehen wollen, dass die Kollegen in Siena den Fall übernehmen und ihn unabhängig von dem Mord an Margoni untersuchen würden. Immerzu hatte er darauf hingewiesen, dass die Morde die Handschrift desselben Täters trugen, bis ihm der Maresciallo schließlich nicht mehr geantwortet hatte. Auch Dottoressa Vanini wollte sich nicht zu voreiligen Schlüssen hinreißen lassen, sie vertraue ausschließlich der Autopsie, hatte sie abschließend gemeint.

Voreilige Schlüsse! Zwei Morde mit eindeutigem Symbolcharakter – wer hier keinen Zusammenhang sieht, sollte besser noch mal die Polizeischule besuchen, dachte Fabbri.

Noch vor Ort hatte er Banelli aus dem Schlaf geklingelt und ihm die Situation geschildert. Verschlafen und mürrisch hatte sich der Polizeichef schließlich zu einer kurzen Besprechung um zehn Uhr im Präsidium bereit erklärt, obwohl dadurch sein

Sonntagvormittag ruiniert sei. Aber dann könnten sie die weitere Vorgehensweise überlegen, und zwar in aller Ruhe und mit dem nötigen diplomatischen Geschick, das er bei Fabbri im Moment nicht vermute.

Fabbri hatte daraufhin mit seinem Handy Fotos vom Tatort gemacht, auch von den vielen schwarzen Leinwänden, die die Spurensicherung im Atelier des Künstlers sichergestellt hatte. Bevor sie das Gebäude versiegelt hatten, hatte er noch einen Blick auf den hässlichen schwarzen Löwenkopf geworfen, der dort auf der Staffelei stand. Ein komisches Bild. Seiner Meinung nach hätte Pizotti bei der Landschaftsmalerei bleiben sollen. Wer soll sich denn solche Scheußlichkeiten an die Wand hängen?, hatte er sich gefragt.

Er drehte sich zur Seite und fiel in einen leichten Halbschlaf. Scheußliche Bilder wirbelten durch seinen Kopf. Pizottis blutdurchtränktes Hemd, seine bleichen Hände neben dem Teller, die blauen Adern unter der Haut. Der Ziegenkopf, die weißen Augen, die fleckigen braunen Hörner, die heraushängende Zunge des Tiers.

Fabbri riss die Augen auf. Nichts wie raus aus dem Bett!

In der Küche setzte er seine *moka* aufs Gas und wartete auf das Blubbern des Espressos. Der erste Schluck war wie immer grandios, doch auch der kräftige Geschmack konnte seine düsteren Gedanken nicht vertreiben. Er musste sich konzentrieren, scharf nachdenken, die richtigen Schlüsse ziehen.

Begonnen hatte alles mit der Rückkehr der Chimäre, mit dem dreiköpfigen Monster, bei dem jedes einzelne Element für das absolut Böse stand. So hatte es jedenfalls in dem Artikel über den Mythos des Fabelwesens gestanden, den er vor ein paar Tagen im Büro gelesen hatte.

An die Chimäre hatten die Menschen der Antike wirklich geglaubt, aber da niemand sie je mit eigenen Augen gesehen hatte, hatten die Erzähler der Legende drei mythische Wesen benutzt, um ihren Schrecken darzustellen. Da war zunächst die Schlange, Symbol für Hinterlist und Gefahr, was sich bis zur biblischen Geschichte von Adam und Eva fortsetzte. Dann die Ziege, eine

Gestalt des Teufels oder vielmehr des bocksbeinigen Gottes Pan aus den griechischen Legenden. Auch er ein Verführer und Verwirrer der Sinne. Und schließlich der Löwe als Zeichen der ungeheuren Macht des Bösen. Unbesiegbar, unausrottbar, der ewige Gegenpol zu Güte, Liebe und Anstand.

Fabbri trank einen Schluck Kaffee und überlegte weiter: Margoni war erdrosselt worden, vermutlich mit einem Seil oder einer Schnur, auch wenn die Tatwaffe bisher nicht gefunden worden war. Umso mehr Bedeutung hatten die Schlangenschuppen, die, da war sich Fabbri sicher, keineswegs zufällig auf Margonis Nacken gelandet, sondern vom Täter absichtlich dort platziert worden waren. Es sollte so aussehen, als sei Margoni von der Schlange erwürgt worden, die den Schwanz der Chimäre bildete.

Eine Woche später dann der nächste Mord, das Opfer in trauter Zweisamkeit mit einem Ziegenkopf. Das zweite Zeichen des Bösen. Pizotti war erstochen worden, möglicherweise als Analogie zu den spitzen Hörnern des Teufelswesens.

Ist das nur Spinnerei, oder steckt ein System dahinter?, überlegte Fabbri. Nein, es gibt keinen Zweifel: Der Täter bedient sich der Symbolik der Chimäre, der Dreifaltigkeit des Bösen. Das wiederum lässt nur einen Schluss zu: Es wird einen weiteren Mord geben!

Bevor Fabbri die Wohnung verließ, öffnete er die Tür zu Isabellas Zimmer, um nach dem Rechten zu sehen und sich zu verabschieden, falls sie schon wach war. Seine Tochter lag schlafend im Bett, aber nicht allein. Neben ihr konnte Fabbri den pickligen Rücken eines jungen Mannes ausmachen, der den Arm über seine Tochter gelegt hatte.

Er fragte sich, ob es sich um Isabellas Freund oder um irgendeinen Typen handelte, den sie aufgegabelt hatte, als sie am Samstagabend wieder losgezogen war. Obwohl sie eigentlich hatte zu Hause bleiben sollen. Er nahm sich vor, härter durchzugreifen, sich mehr um Isabella zu kümmern – sobald dieser wahnwitzige Fall gelöst war.

Als Fabbri die Tür schon fast zugezogen hatte, drehte sich der junge Mann um und schlug erschrocken die Augen auf.

Fabbri legte den Finger auf den Mund. Dann erst fiel sein Blick auf den Zettel, den Isabella an die Tür geklebt hatte: »Achtung! Besuch.«

Banelli wuselte geschäftig in seinem Büro umher, suchte irgendetwas zwischen den Akten in den Plastikkörbchen, durchwühlte die Schubladen seines Bürocontainers und griff abwechselnd in seine Hosen- und Jackentaschen.

»*Maledetto!* Wo ist denn der verflixte Zettel?«

Fabbri erkannte seinen Chef kaum wieder. Angezogen mit einem Blouson im Camouflage-Muster, einer dunkelgrünen Latzhose und robusten Schnürstiefeln stapfte er unruhig um seinen Schreibtisch. Er gab Fabbri ein Zeichen, sich zu setzen. Dann hielt er selbstversunken inne, um zu überlegen, wo das Dokument zu finden sei, das er so dringend benötigte.

Fabbri wusste zunächst nicht, was der Polizeichef genau suchte, doch dann sah er den Hut mit den bunten Ködern auf dem Schreibtisch liegen. Banelli war auf dem Weg zum Fischen und suchte seinen Angelschein.

»Machen wir es kurz, Fabbri«, sagte er, während er sich auf seinen Chefsessel fallen und seinen Blick über die Schreibtischunterlage wandern ließ. »Ich bin mit Freunden zu einem Ausflug verabredet, wir wollen zum Lago di Trasimeno, ein bisschen angeln, ein bisschen grillen, was Männer eben so machen an ihrem freien Tag. Meine Frau steigt mir sowieso schon aufs Dach. Zuerst habe ich den Kirchgang mit ihr geschwänzt, um mir anzuhören, was Sie so Wichtiges zu erzählen haben. Außerdem komme ich nicht zum Mittagessen nach Hause, weil ich von hier aus gleich zum Lago starte. Was gibt es denn nun, was nicht bis Montag Zeit gehabt hätte?«

»Den zweiten Mord in einer Woche«, meinte Fabbri trocken und nahm auf dem Besucherstuhl Platz. »Luis Pizotti, getötet auf seinem Hof bei Siena, laut der Rechtsmedizinerin Exitus durch eine Stichwaffe.«

»Ja, das haben Sie mir alles heute Nacht schon erzählt. Und der Ziegenkopf auf dem Tisch, ich weiß. Aber warum diese Eile,

Fabbri? Der Tote ist doch in guten Händen, der ist in Siena genauso gut aufgehoben wie hier. Und wenn ihn dieselbe Dottoressa untersucht, die auch Margoni obduziert hat, werden wir bald mehr wissen.«

»Aber nur, wenn wir Zugang zu den Ermittlungsergebnissen bekommen. Wenn die Carabinieri in Siena den Fall an sich reißen, erfahren wir so schnell gar nichts mehr. Sie wissen doch, wie die mauern.«

Banelli winkte ab. »Halb so wild. Ich sorge schon dafür, dass die uns Kopien schicken. Schließlich soll die Kooperation zwischen den Behörden weiter vertieft werden.«

»Das genügt aber nicht, wir müssen selbst an der Sache dranbleiben. Die beiden Taten sind eng miteinander verknüpft und dürfen nicht getrennt voneinander behandelt werden.«

Fabbri aktivierte sein Handy und zeigte Banelli die Fotos, die er vom Tatort gemacht hatte. Beim Anblick von Pizottis Leiche im Lehnstuhl pfiff der Polizeichef durch die Zähne.

»Die Mordserie begann in Arezzo«, setzte Fabbri nach. »Deshalb gehört der Fall hierher.«

Banelli sah auf. »Mordserie? Übertreiben Sie da nicht etwas?«

Fabbri wiederholte seine Erkenntnisse über die dreifache Macht des Bösen in Gestalt der Chimäre, untermauerte seine Theorie mit den Schlangenschuppen auf Margonis Haut und dem Ziegenkopf auf Pizottis Tisch. Erklärte den Zusammenhang mit der antiken Monsterfigur, die Schlange, Ziege und Löwe in sich vereinte.

»Und was schließen Sie daraus?«

»Erstens, dass sich der Täter mit der Mythologie der Chimäre auskennt, und zweitens, dass es noch einen dritten Mord geben wird.«

Banellis Blick wurde skeptischer. »Sind Sie unter die Hellseher gegangen?«

»Aber das liegt doch auf der Hand. Schlange und Ziege sind schon aufgetaucht. Es fehlt der Löwe, das schrecklichste Element des Ungeheuers. Der Täter wird wieder zuschlagen und dann das entsprechende Symbol hinterlassen.«

Banelli verzog ironisch die Lippen. »Aber einen echten Löwen bringt er nicht mit? Ehrlich, Fabbri, so kenne ich Sie ja gar nicht. Das ist doch reine Spekulation. Könnte es sein, dass Sie sich da etwas zusammenspinnen, weil Sie ein bisschen zu sehr in die historische Materie abgetaucht sind?«

»Ich füge nur zusammen, was ich sehe. Und das ist eine präzise Abfolge von Zeit und Symbolik.« Fabbri rieb sich nachdenklich das Kinn. »Ich frage mich nur, ob der Täter die Tiergestalten benutzt, um seine Macht zu demonstrieren, oder ob er die Opfer selbst als Dämonen bezeichnen will.«

»Genug, Fabbri! Sie verrennen sich da in etwas. Ihre Schlangenschuppen können Zufallsspuren gewesen sein, eben typisch für einen Täter, der nicht aufpasst, ob er Hinweise hinterlässt. Tja, und Pizotti könnte sich den Ziegenkopf selbst beschafft haben. Vielleicht wollte er ihn malen, irgendwie künstlerisch bearbeiten, oder er brauchte ein bisschen Gesellschaft beim Abendessen.«

Fabbri blieb völlig ausdruckslos, als Banelli über seinen eigenen Witz lachte.

»Im Ernst, Fabbri, die Täter, die ich bisher kennengelernt habe, waren meist von ihrer Jugend an ewige Verlierer: brutales Elternhaus, frühe Drogenkarriere, Absturz in die Kriminalität. Ein Täter, der mit Intelligenz und präziser Voraussicht handelt, gehört für mich ins Reich der Phantasie.«

»Vielleicht hat der Täter viel Phantasie. Die Chimäre steht genau dafür. Für ein Trugbild, ein Hirngespinst, eine bloße Einbildung. Wir haben es nur mit *einem* Täter zu tun, da bin ich sicher. Deshalb müssen wir auch Pizottis Umfeld unter die Lupe nehmen und dürfen das nicht den Carabinieri in Siena überlassen.«

Banelli seufzte. »In Ordnung, ich werde sehen, was ich tun kann. Zufällig ist heute unser Staatsanwalt mit auf der Tour. Ich meine, mich erinnern zu können, dass er mit der Staatsanwältin in Siena verwandt oder verschwägert ist. Da sollte zumindest eine Kooperation zwischen den Carabinieri und uns zustande kommen.«

Hoffen wir auf reichen Fischfang, dachte Fabbri ironisch. Er stellte sich die Honoratioren vor, wie sie am »Umbrischen Meer« ihre Angeln ins seichte Wasser warfen und beim anschließenden Karpfenverzehr ihre Angelegenheiten besprachen.

»Wenn es nicht anders geht«, sagte er. »Aber wie lange wird es dauern, bis Rossi und ich grünes Licht für die Ermittlungen im Fall Pizotti bekommen?«

Banelli hob die Ablagekörbchen hoch und spähte darunter. »Gedulden Sie sich, Fabbri, gedulden Sie sich. Konzentrieren Sie sich weiter auf den Fall Margoni, treiben Sie den Besitzer der geköpften Ziege auf, wer weiß, was der Landbevölkerung so alles im Hirn herumspukt.«

»Bei allem Respekt, aber bei dem Täter handelt es sich bestimmt nicht um einen durchgeknallten Bauern, sondern um einen handfesten Psychopathen. Ich habe bereits mit Signora Michaelis gesprochen, die den Toten gefunden hat. Sie arbeitet als Psychologin in einem Institut für Schlafmedizin. Beide Opfer waren ihre Patienten.«

Banelli unterbrach seine Suchaktion. »Ach, das ist interessant. Dann befindet sich der Täter womöglich auch unter ihren Patienten.«

»Ich bekomme bald eine Liste mit den Namen.«

Banellis Augen verengten sich. »Vielleicht war sie es auch selbst. Hat sie denn ein Alibi?«

»Laut der Rechtsmedizinerin starb Pizotti am Nachmittag oder frühen Abend, da war Pia Michaelis in der Klinik und wartete auf ihn.«

»Und was ist mit Margoni, unserem ersten Opfer? Hat sie da auch ein Alibi für die Tatzeit?«

Fabbri stöhnte auf. »Bei allem Respekt, aber das führt uns nicht weiter. Derjenige, der Pizotti umgebracht hat, hat auch Margoni getötet. Es gibt nur einen Täter. In beiden Fällen bedient er sich der Symbolik der Chimäre.«

Banelli griff zu einem Spiralblock und schüttelte ihn kräftig durch, doch es fiel kein Zettel heraus. »Ich muss los, Angellizenz hin oder her.«

Fabbri deutete mit dem Kinn in Richtung der Fischermütze. »Haben Sie schon in Ihrem Hut nachgesehen?«

Banelli drehte die Kopfbedeckung um und zog verblüfft einen zusammengefalteten Schein aus dem inneren Schweißband.

»Bravo, Fabbri. Da wäre ich nicht drauf gekommen.«

21

Vorsichtig schob Pia Alexanders Arm von ihrem Brustkorb und schlüpfte unter der Bettdecke hervor. Er gab ein kurzes Brummen von sich, rollte sich auf den Rücken, dann setzten wieder seine tiefen, regelmäßigen Atemzüge ein. Mit gespreizten Armen und Beinen lag er entspannt im Bett, ausgebreitet wie ein Seestern auf dem Meeresgrund.

Pia ging in die Küche, schenkte sich ein Glas Wasser ein und versuchte, einen klaren Gedanken zu fassen. Es fiel ihr nicht gerade leicht nach der letzten Nacht. Der tote Künstler, seine schwarzen Bilder im Stall, die blinkenden Lichter der Fahrzeuge, Alexanders Anblick im Schein der schwankenden Laterne ... Plötzlich hatte er vor ihr gestanden, wie aus dem Nichts. Und jetzt lag er im Bett nebenan und schlief so entspannt wie ein Baby. Es war nicht zu fassen.

Sie setzte sich an den Küchentisch und leerte das Glas in einem Zug. Im Geist ging sie ihren Terminkalender durch. Sie erinnerte sich, dass für den heutigen Sonntag zwei Patienten für das Schlaflabor eingetragen waren: ein Mann mit Atemproblemen und eine Frau mit dem Restless-Legs-Syndrom, die über Nacht beobachtet werden sollten. Theoretisch musste sie bis spätestens achtzehn Uhr in der Villa sein, wenn die beiden eintrafen und für die Überwachung vorbereitet wurden.

Als Erstes brauchte sie ihr Auto zurück. Sie würde den netten Kommissar anrufen und hören, wann sie den Wagen im Präsidium abholen konnte. Dann musste sie Moretti die grauenvolle Tatsache eröffnen, dass ein weiterer Patient umgebracht worden war. Seine Reaktion wagte sie sich nicht vorzustellen. Entsetzen, Schock, Fassungslosigkeit, vielleicht auch wütendes Schweigen oder ein grandioser Zornesausbruch. Auf jeden Fall würde er die Klartraumbehandlung sofort abbrechen und sie nach Hause schicken.

Alex würde sich über diese Nachricht freuen. Er wäre seinem

Ziel, sie wieder bei sich zu haben, ein großes Stück näher gekommen. Bestimmt würde er keine Sekunde zögern und ihr beim Kofferpacken helfen. Als sie in der Nacht kurz aufgewacht war, hatte er sie geküsst und gefragt, ob sie ihn heiraten und mit ihm Kinder haben wolle. Sie war zu müde für die Antwort gewesen, hatte sich aber über seinen Antrag gefreut und ihn schweigend umarmt. Ob er das als »Ja« interpretiert hatte? Vielleicht war es wirklich an der Zeit, diesen Sprung zu wagen, immerhin war Alex davon überzeugt, dass sie beide füreinander bestimmt waren. Möglicherweise genügte das ja.

Pia holte die Visitenkarte des Kommissars aus ihrer Tasche und wählte seine Nummer.

»*Pronto*«, meldete er sich.

»Guten Morgen, Signor Fabbri, hier ist Pia Michaelis. Ich möchte fragen, wann ich meinen Wagen abholen kann.«

»Oh, Signora Pia.« Mit seiner warmen, melodischen Stimme zog er das i in ihrem Namen in die Länge und verlieh ihm einen Klang freudiger Überraschung. »Wie geht es Ihnen? Sind Sie gut nach Hause gekommen?«

»Ja, danke, alles in Ordnung. Mein Freund ist überraschend eingetroffen und hat schon auf mich gewartet.«

»Es ist gut, dass Sie jetzt nicht allein sind.« Fabbri hielt inne. »*Mi dispiace molto*, es tut mir sehr leid«, fuhr er schließlich fort. »Aber ich habe keine Kollegen finden können, die Ihr Auto zurückholen. Wir sind am Sonntag nicht übermäßig besetzt in der Questura. Ich fürchte, Sie werden sich noch bis morgen gedulden müssen. Wenn Sie aber dringend irgendwohin müssen, könnte ich Sie fahren.«

Pia überlegte kurz. »Nein, danke für das Angebot. Ich kann meine Kollegen anrufen, dass die mich ins Institut bringen.«

Es war sowieso besser, zuerst mit Marco und Laura zu sprechen, schließlich war Pizotti auch deren Patient gewesen. Und so konnte sie das Gespräch mit Moretti noch ein bisschen aufschieben.

»Arbeiten Sie eigentlich rund um die Uhr?«, fragte Fabbri zu ihrer Verwunderung.

»Ja, wir sind jeden Tag im Einsatz. Wir richten uns nach den Patienten. Viele kommen gern am Wochenende ins Schlaflabor, dann müssen sie keinen Urlaub nehmen. Laut Dienstplan bin ich heute zur Nachtschicht eingeteilt.«

»Das nenne ich Pflichtbewusstsein«, erwiderte Fabbri anerkennend. Dann wurde seine Stimme weicher. »Hören Sie, Pia, überfordern Sie sich nicht. Was Sie gestern erlebt haben, ist keine Kleinigkeit, da können Sie nicht einfach zur Tagesordnung übergehen, finde ich.«

»Aber ich kann auch nicht herumsitzen und mir das Hirn zermartern, wer meine Patienten umgebracht hat.«

»Sie sollten trotzdem nicht die Gefahr unterschätzen, in der Sie sich möglicherweise befinden. Ich gehe davon aus, dass der Mörder bewusst zwei Ihrer Patienten ausgesucht hat. Und es sieht danach aus, als wäre er noch nicht fertig. Ich fürchte, dass es ein drittes Opfer geben wird.«

»Unter meinen Patienten?«, fragte Pia entsetzt.

»Wir werden unsere Ermittlungen auf die Klinik konzentrieren. Vieles deutet auf einen psychisch gestörten Mann hin, der nach einem bestimmten Muster arbeitet. Ob er als Nächstes wieder einen Ihrer Patienten im Visier hat, kann ich nicht sagen. Es besteht sogar die Möglichkeit, dass Sie selbst in Gefahr sind. Ich bitte Sie also, extrem vorsichtig zu sein und mir sofort Bescheid zu geben, falls Ihnen etwas Ungewöhnliches auffällt.«

»Glauben Sie, der Täter könnte einer meiner Patienten sein?« Wieder ließ dieser quälende Verdacht Übelkeit in ihr aufsteigen.

»Wir werden sie alle befragen, auch das Personal. Das ist schließlich unser Job. Denken Sie bitte daran, mir die Liste mit den Namen Ihrer Patienten zukommen zu lassen? Ich rufe Sie an, sobald Ihr Wagen eingetroffen ist. Dann sehen wir uns wieder.«

Nachdem sie aufgelegt hatte, saß Pia noch eine Zeit lang wie gelähmt in der Küche. Der Gedanke, dass der Täter wirklich auf ihrer Liste stehen könnte, schnürte ihr die Kehle zu. Sie dachte an die verzweifelten Patienten, die mit ihren Alpträumen vom Fallen, vom Tod, von überstandenen Unfällen und von nächtlichen Verfolgern zu ihr gekommen waren. Nette, harmlose Leute, die sich nichts sehnlicher wünschten, als eine Nacht durchschlafen zu können. Sie konnte sich keinen von ihnen als brutalen Mörder vorstellen. Und warum hatte der Täter gerade Margoni und Pizotti ausgewählt und niemand von den anderen?

Sie fuhr zusammen, als Alexander in Boxershorts in die Küche trat und sich verschlafen durch die Haare strich. »Na, mit wem hast du denn so lange gesprochen?«

»Mit dem Kommissar«, erwiderte sie barscher als beabsichtigt. »Mein Auto ist noch auf Pizottis Hof. Ich bekomme es erst morgen zurück.«

Alexander setzte sich zu ihr an den Tisch und legte den Arm um ihren Nacken. »So, aha. Du telefonierst mit fremden Männern, während ich da drüben im Bett liege.« Es sollte witzig klingen, aber Pia war nicht zum Lachen zumute. Alexander nahm ihre Hand und presste sie zwischen seine Beine. Pia spürte seine Erektion.

»Was machen wir denn nun an diesem schönen Tag?«

»Lass mich!« Sie zog ihre Hand zurück. »Ich muss mit meinem Chef telefonieren, das fällt mir wirklich nicht leicht. Und gerade hat mir der Kommissar geraten, vorerst nicht in die Klinik zu fahren. Dabei habe ich heute Abend zwei Patienten, die mich erwarten.«

»Ich verstehe dich nicht, Pia.« Alexander löste sich von ihr. »Gestern warst du noch in nackter Panik, dass jemand hinter dir her ist und dich umbringen will. Und heute denkst du wieder nur an deine Arbeit. Es kommt mir gerade so vor, als ob du vor mir fliehst. Freust du dich denn nicht, dass ich da bin? Sag es nur, dann hau ich wieder ab.«

»Nicht doch, natürlich freue ich mich.« Pia gab ihm einen Kuss auf die Wange und stand auf. »Ich bin froh, dass ich die Nacht nicht allein verbringen musste, dass du neben mir gelegen hast wie ein Bodyguard.« Sie lächelte. »Alex, du bist genau im richtigen Moment gekommen.«

Er grinste zufrieden. »Na, geht doch. Dann habe ich einen Vorschlag: Lass deine Kollegen die Schicht übernehmen. Wie ich Laura und Marco kenne, zögern die keinen Moment.«

Pia erinnerte sich an den wunderschönen Abend im letzten Sommer, als sie zu viert im Park bei der Medici-Festung gegrillt hatten. Ihre beiden Assistenten hatten sich mit ihrem Englisch abgemüht, um Alexander in ihre Gespräche miteinzubeziehen, aber der Wein und das gute Essen hatten auch ohne viele Worte für beste Unterhaltung gesorgt.

»Okay, du hast recht. Aber gib mir Zeit, bis ich alles geregelt habe. In der Zwischenzeit könntest du etwas fürs Frühstück besorgen. Die Supermärkte haben hier auch sonntags auf. Du findest einen ›Conad‹ in der Via Guido Monaco. Geh einfach an der Basilika vorbei und dann links die große Straße hinunter.«

Während sich Alexander im Schlafzimmer anzog, sprach Pia mit Laura und Marco. Wie zu erwarten, war der Schock groß, als sie von Pizottis Ermordung erfuhren. Im Hintergrund hörte sie Marco *»Cosa? Cos'è successo?«* rufen, woraufhin sich Laura vom Handy wegdrehte und ihm erklärte, was passiert war. *»Incredibile, che disastro!«* Wieder Marco.

Dann stritten sich die beiden darum, wer Pias Nachtschicht übernehmen würde. Laura setzte sich schließlich durch. Pia solle sich keine Sorgen machen, es sei doch selbstverständlich, dass sie einspringe. Marco würde morgen den Tagdienst übernehmen, in der Zwischenzeit könne sich Pia von dem Schock erholen.

»Bitte, Laura, tu mir noch einen Gefallen«, bat Pia. »Schick die Liste unserer Patienten an die Polizei. Und zwar an Kommissar Fabbri, er ermittelt in dem Fall. Er möchte die Namen von allen Patienten, die sich einer Klartraumbehandlung unterzogen haben oder noch immer dabei sind.«

Sie gab Laura die Faxnummer, bedankte sich nochmals für ihren Einsatz und legte auf. Dann gab sie dem wartenden Alexander den Wohnungsschlüssel. »Bring auch bitte eine Kleinigkeit zum Abendessen mit, wir haben nichts mehr im Haus.«

»Kein Problem, mach ich.«

Nachdem die Tür ins Schloss gefallen war, wählte sie Morettis Nummer. Es dauerte eine Weile, bis er an sein Handy ging und sie erstaunt begrüßte.

»*Buon giorno*, Pia, was kann ich für Sie tun?«

Rasch erzählte sie, was vorgefallen war, doch schon nach wenigen Sätzen unterbrach Moretti sie. »Das ist alles mehr als grauenvoll, Pia, aber lassen Sie uns nicht am Telefon darüber reden. Wir sollten uns treffen, was meinen Sie, haben Sie Zeit?«

»Ja natürlich.«

»Gut. Kennen Sie die Bar ›Medea‹ in der Nähe des Bahnhofs? Ein unscheinbares Lokal, aber dort gibt es einen Nebenraum, in dem wir uns ungestört unterhalten können. Sie verfehlen es nicht, es liegt ziemlich genau an der Piazza della Repubblica, wo sich die beiden Chimären gegenüberstehen.«

22

Die Häuser strahlten unter einem blauen Himmel, auf allen Grünflächen blühten Krokusse und Narzissen, und die Leute gingen in leichten Pullovern spazieren, die Jacken um die Taille geknotet. Keine Spur mehr von dem kräftigen Sturm, der in der letzten Nacht die Wolken über den Himmel gejagt hatte.

Der Frühling kommt spät dieses Jahr, aber er kommt, dachte Pia.

Schließlich erreichte sie die Piazza della Repubblica, an der sich auf zwei Sockeln zwei Kopien der Chimäre gegenüberstanden.

Hätten die nicht genügt?, fragte sich Pia. Wieso ist Margoni so besessen davon gewesen, das Original in die Stadt zu holen?

Moretti saß bereits vor einem Caffè Lungo an einem der zierlichen Marmortische im angrenzenden Glaspavillon, der aus der Bar ein kleines Café machte. Hier konnten die Gäste Speisen und Getränke zu sich nehmen, die sie sich vorher an der Theke abholten.

Als Pia den Raum betrat, erhob sich Moretti gleich, begrüßte sie und rückte höflich ihren Stuhl zurecht. Seine Aufmachung war auch heute perfekt: silbergrauer Anzug, hellblaues Hemd, rosa Krawatte, ganz die *bella figura*, auf die er so viel Wert legte. Sofort bot er an, Pia ein Getränk zu holen.

Sie entschied sich ebenfalls für einen großen Kaffee.

»Möchten Sie etwas essen?«, fragte Moretti im Stehen. Anscheinend sah er ihr den Hunger schon an.

Pia schüttelte den Kopf. Trotzdem stellte er kurz darauf eine Tasse Kaffee und ein Croissant vor ihr ab. Dankbar biss sie in das knusprige Hörnchen.

»Pia, das sind ja ungeheuerliche Nachrichten«, sagte er in gedämpftem Ton. »Nun also auch Luis. Grauenvoll. Bitte erzählen Sie mir, was geschehen ist.«

Es fiel ihr schwer, den Besuch auf Pizottis Hof und den Anblick seiner Leiche erneut zu beschreiben, aber Morettis bestürzter

Gesichtsausdruck half ihr merkwürdigerweise beim Reden. Es tröstete sie, dass er genauso entsetzt war wie sie.

Dann berichtete sie von der Ankunft der Carabinieri, die Pizottis Leiche nach Siena gebracht hatten, und von ihrem Gespräch mit Commissario Fabbri.

Nach minutenlangem Schweigen kam Moretti zu einem Fazit. »Jemand will uns schaden, Pia«, sagte er bestimmt. »Das ist für mich die einzige Erklärung. Deshalb habe ich Sie auch hierher bestellt, wer weiß, ob unsere Telefone nicht abgehört werden. Jemand hat uns auf dem Schirm und will unsere Arbeit sabotieren.«

»Wer sollte das sein?«, fragte sie verblüfft.

»Ein Kollege beispielsweise, der uns den Erfolg der Klartraumtherapie missgönnt. Soweit ich weiß, sind wir das einzige Institut in Italien, das diese Methode in der Praxis anwendet. Und in diesem Land können Sie keinen Erfolg feiern, ohne Konkurrenten und Neider auf den Plan zu rufen.«

»Soll das heißen, ein anderer Arzt oder Psychologe hat unsere Patienten umgebracht?«

Lächelnd nahm Moretti einen Schluck von seinem Kaffee. »Ich kenne zwar eine Menge ehrgeiziger Kollegen, aber niemand würde sich selbst die Hände schmutzig machen. Dafür gibt es andere Leute.« Er rieb Daumen und Zeigefinger. »Mit einem entsprechenden Betrag können Sie hier jeden aus dem Weg räumen lassen.«

»Sie meinen, die beiden wurden Opfer eines Auftragskillers?«

»Nicht so laut, Pia.« Moretti sah sich nervös um und hob die Hände zu einer beschwichtigenden Geste. »Das Wort dürfen Sie überhaupt nicht in den Mund nehmen. Es wäre eine denkbare Möglichkeit, ja. Wussten Sie, dass einer der großen Bosse sein Domizil in Arezzo hatte? Ich nenne nicht seinen Namen, aber er war Vorbild für eine Figur in ›Der Pate III‹, mehr muss ich wohl nicht sagen.«

»Aber dieser Pate ist schon tot.« Pia kannte die Berichte über den berüchtigten Finanzier mit faschistischer Vergangenheit und rechter Gesinnung, der in unzählige Skandale, Attentate und politische Morde verwickelt gewesen war, inklusive des Bombenattentats in Bologna Anfang der achtziger Jahre. Letztlich hatte er jedoch nur aufgrund einer Steuerhinterziehung vor dem Richter gestanden und musste den Rest seines Lebens im Hausarrest in seiner Villa in Arezzo verbringen, wo er im gesegneten Alter von sechsundneunzig Jahren starb. Es gab härtere Schicksale.

»Ja, er ist tot, ich weiß«, flüsterte Moretti. »Aber andere sind umso lebendiger. Und einer zieht immer die Fäden. Was hat denn der Polizist gesagt, dieser Kommissar Fabbri?«

»Er war ziemlich verärgert, dass wir ihm verschwiegen hatten, dass Enzo Margoni doch unser Patient war. Mit Pizotti sind nun zwei Patienten ermordet worden. Das kann doch kein Zufall sein.«

Moretti ging in sich. Pia sah ihm an, dass er nach einer Erklärung suchte, aber offensichtlich zu keinem schlüssigen Ergebnis kam. Jedenfalls zu keinem, das er ihr mitteilte.

»Ich weiß es nicht, Pia«, sagte er ratlos.

»Aber Sie kannten doch beide privat.«

»Was heißt schon privat? Der eine ist mir nach Jahren wieder über den Weg gelaufen, der andere war Mitglied im Museumsverein. Ich sehe da keinen Zusammenhang.«

»Wie auch immer«, fuhr Pia fort. »Kommissar Fabbri wollte eine Liste aller Personen, die sich der Klartraumtherapie unterzogen haben. Ich habe Laura gebeten, sie ihm zu schicken.«

»Wie bitte?« Moretti warf die Hände in die Luft. »Oje, wenn die Patienten von der Polizei befragt werden, können wir unser Institut bald dichtmachen. Wenn man uns mit den Morden in Verbindung bringt, lässt sich niemand mehr bei uns behandeln.«

»Aber vielleicht führt die Liste auf die Spur des Täters. Es ist doch auch in unserem Interesse, dass der Mörder bald gefasst wird.«

»Wollen wir das Beste hoffen«, meinte Moretti mit zusammengebissenen Zähnen.

»Und was wird nun aus meinen Patienten? Ich kann die Leute doch nicht guten Gewissens ins Schlaflabor bestellen und Klarträume erzeugen, wenn ich sie dadurch in Gefahr bringe.«

Nachdenklich betrachtete Moretti seine manikürten Fingernägel. »Wir müssen vorsichtig sein, Pia, das ist wahr. Nehmen Sie vorläufig keine Klartraumstimulation mehr vor. Lassen Sie die Leute Traumtagebücher schreiben und gehen Sie zur normalen Gesprächstherapie über. Lassen Sie sich nichts anmerken und vermeiden Sie alles, was den Patienten Angst machen könnte. Wir dürfen kein Misstrauen wecken.«

»Heißt das, ich bin nicht entlassen?«

»Aber wo denken Sie denn hin? Natürlich bleiben Sie. Wie würde das denn aussehen, wenn meine Spitzenkraft das Institut verlässt? Dann hätten unsere Gegner ihr Ziel ja erreicht. Das lasse ich nicht zu, Pia. Behandeln Sie Ihre Angsttraumpatienten konventionell, vielleicht fasst die Polizei in der Zwischenzeit den Täter. Ich bete zu Gott, dass der Spuk bald vorbei ist.«

Pia nahm den letzten Bissen von ihrem Croissant, während Moretti an der Theke ihre Rechnung beglich. Hoffentlich findet Kommissar Fabbri bald eine heiße Spur, dachte sie. Aber ein Auftragskiller, um Moretti zu schaden? Das klingt doch ziemlich heftig.

Vor der Bar verabschiedete sich Moretti mit einem angedeuteten Handkuss und fügte verschwörerisch hinzu: »Diskretion, Pia, trotz allem, Diskretion. Reden Sie mit niemandem über die Vorfälle, bewahren Sie Ruhe.« Er drückte ihr die Hand. »So leicht lassen wir uns nicht unterkriegen.«

Der hat leicht reden, dachte Pia, während sie Moretti noch einen Moment hinterhersah, wie er die Straße entlangeilte. Dann blieb ihr Blick auf der Titelseite einer Zeitung am Kiosk nebenan haften.

»Nichts geht mehr!«, lautete die Schlagzeile auf der Sonntagsausgabe der »Nazione«. »Sturmfront legt FLR lahm.« Darunter ein Foto vom leer gefegten Flughafen in Florenz.

Rasch kaufte Pia die Zeitung und überflog den Artikel. Der schlimme Sturm, der gestern über der Toskana gewütet hatte, hatte auch den Flughafen Amerigo Vespucci betroffen und zu massiven Flugausfällen geführt. War es schon unter moderaten Wetterbedingungen schwierig, die einzige Start- und Landebahn anzusteuern, so war es aufgrund der Scherwinde in den letzten vierundzwanzig Stunden unmöglich gewesen, den Flugbetrieb aufrechtzuerhalten. Alle Landungen hatten gestrichen, Flugzeuge, die schon im Anflug gewesen waren, nach Bologna oder Pisa umgeleitet werden müssen. Der Artikel endete mit der Forderung, endlich eine zweite Landebahn einzurichten.

Ich hab's nicht mehr ausgehalten und den Flieger nach Florenz genommen. Alexanders Satz hallte Pia noch im Ohr. Wie war das möglich, wo doch der Flughafen gesperrt gewesen war?

23

Was für ein beschissener Montagmorgen! Keine Streife verfügbar, alle Beamten im Einsatz, die Kaffeemaschine kaputt. Im Büro saß Stefano mit der kleinen Sofia auf dem Schoß, die lautstark ein Häschenspiel am Computer spielte. »Häschen, hüpf, Häschen, hüpf!«

Fabbri fluchte leise. Und die Patientenliste war auch nicht eingetroffen. Stoisch starrte er auf das Faxgerät in der Ecke, aber der Kasten gab keinen Pieps von sich.

»Wir sind doch hier kein Serviceunternehmen, das seinen Kunden das Auto vor die Tür stellt«, hatte der Chef der Squadra Mobile auf Fabbris Bitte hin gemault, den Wagen von Pia Michaelis von einer Streife am Tatort abholen zu lassen.

Dann fahre ich eben selbst, hatte Fabbri beschlossen und den Schlüssel für den dunkelgrauen Alfa aus der Schreibtischschublade gewühlt. Er hatte vor, zwei Fliegen mit einer Klappe zu schlagen: Er würde Pia zu ihrem Auto bringen und sie während der Fahrt zu ihren beiden ermordeten Patienten befragen. Und zu Moretti, ihrem Chef.

Im Büro hatte er gerade noch Zeit gehabt, Stefano über den Mord an Luis Pizotti und die weiteren Ereignisse ins Bild zu setzen, als plötzlich dessen Frau Mariella mit der heulenden Sofia an der Hand im Zimmer gestanden hatte. Nur zwei Stunden solle der Papa auf den kleinen Schatz aufpassen, flehte sie, nur so lange, bis sie selbst vom Arzt zurück sei. Der liebe Roberto habe doch sicher nichts dagegen.

Er wäre der Letzte gewesen, der sich in so einer Situation stur gestellt hätte, aber nun hinderte ihn das ständige »Häschen, hüpf, Häschen, hüpf!« des Kindes doch ein wenig beim Nachdenken.

»Du musst die Steuerungstasten drücken«, belehrte der geduldige Papa die Kleine. »Pass auf, hoch, runter, links, rechts.«

Fabbri griff zum Telefon.

»Michaelis«, meldete sich die Psychologin.

»*Buon giorno*, Signora Pia. Ich rufe wegen Ihres Wagens an.«

»Ist er wieder zurück?«

»Leider noch nicht. Im Moment kann ich niemanden auftreiben, der ihn holt, deshalb möchte ich Ihnen vorschlagen, dass ich Sie zu Ihrem Auto fahre. Wären Sie einverstanden?«

»Okay, das kommt etwas unerwartet, aber gut, ich bin bereit. Soll ich zu Ihnen ins Präsidium kommen?«

Fabbri überlegte kurz. »Nein, sparen Sie sich den Weg. Ich warte an der Porta San Lorentino auf Sie. Sagen wir, in zwanzig Minuten.«

Er vergewisserte sich, dass Pias Autoschlüssel noch in seiner Jackentasche steckte, und wollte schon los, als das Faxgerät zwei Blätter ausspuckte.

Na bitte, es geschehen noch Zeichen und Wunder, dachte Fabbri und zog die quergedruckte Tabelle mit den Namen, Adressen und Telefonnummern von Pias Patienten aus dem Ausgabefach. Was er unbedingt brauchte, waren ein Moment Ruhe und ein Kaffee, selbst wenn es die abscheuliche Brühe aus dem Automaten im Wartebereich der Questura war.

Kurz darauf saß er mit einem Plastikbecher in der Hand auf einem der Besucherstühle und las sich die Namen auf der Liste durch. Enzo Margoni war darunter, mit dem Vermerk seines letzten Besuchs vor drei Wochen. Auch Pizotti, dessen Behandlung offensichtlich noch nicht abgeschlossen gewesen war, denn es gab keine entsprechende Anmerkung. Eine Reihe weiterer Personen folgte, bis Fabbri sich beinahe an seinem Kaffee verschluckte.

Er musste den Namen mehrmals lesen, so unglaublich erschien es ihm, ihn auf dieser Liste zu finden.

Franco Risi.

Fabbri verschlug es den Atem. War das möglich? Franco unterzog sich einer Schlaftherapie? Der unerschütterliche Franco, der jeden Tag hinter dem Tresen seiner Bar stand und nichts als Ruhe und Zufriedenheit ausstrahlte? War der denn nicht selbst eine Art Therapeut, wenn er sich die Sorgen und Nöte seiner Stammgäste anhörte oder sie schweigen ließ, wie in seinem Fall? Unfassbar.

Fabbri erinnerte sich an den Besuch in Francos Bude. Im Bademantel hatte er vor ihm gehockt, krank und deprimiert hatte er ausgesehen, voll sentimentaler Erinnerungen an die angeblich gute alte Zeit. Waren das psychische Probleme gewesen? Dabei hatte er gedacht, Franco sei dagegen immun.

»Ich hab Arbeit für dich«, sagte Fabbri, als er Stefano die Liste reichte. »Wir müssen mit all diesen Leuten reden, sie fragen, ob ihnen etwas aufgefallen ist bei ihrer Behandlung in der Klinik, ob sie sich untereinander kennen oder ob sie sich bedroht fühlen. Möglicherweise brauchen sie alle Personenschutz.«

»Ziemlich ehrgeiziges Ziel«, sagte Stefano und hob seine Tochter vom Schoß. Sofia begann sofort zu quengeln, trotzdem vertiefte er sich in die Tabelle. Auch ihm sprang der Name Franco Risi sofort ins Auge.

»Hätte nicht gedacht, dass der zum Seelenklempner geht«, stellte er erstaunt fest.

»Ich auch nicht. Es sind wohl mehr Leute in Therapie, als man denkt.«

Schon von Weitem sah er Pia, die vor dem Stadttor wartete, das die Altstadt vom modernen Arezzo trennte. Er hielt den Wagen an. Schnell sprang Pia zu ihm in den Alfa Romeo Giulia und schnallte sich an.

Gut sah sie aus, Stoffhose, dunkelblaue Bluse, weißes Jackett, die braunen Haare hochgesteckt. Ziemlich attraktiv, fand Fabbri, sie hatte Stil, das musste er ihr lassen.

Sie fuhren durch Wohngebiete mit mehrstöckigen Neubauten, kamen an Gewerbegebieten und Großmärkten vorbei, bis sie endlich die Schnellstraße nach Siena erreichten.

Die Patientenliste sei nun doch angekommen, erzählte er unterwegs. Er habe sie genau studiert.

»Ist Ihnen etwas aufgefallen?«, fragte Pia.

»Mehr oder weniger.« Er schaltete hoch. »Können Sie mir etwas über Ihren Patienten Franco Risi sagen?«

»Tut mir leid, aber das fällt unter die ärztliche Schweigepflicht.«

»Ach, kommen Sie, wir sind mitten in einer Mordermittlung, wir müssen sowieso alle Patientenakten einsehen. Ich dachte, ich fange einfach mit Risi an.«

Pia stellte ihre Tasche im Fußraum ab. »Viel gibt es über Franco Risi nicht zu sagen. Er redet ja kaum. Er kommt zwar regelmäßig zur Behandlung ins Schlaflabor, aber bei den anschließenden Gesprächen ist er ziemlich wortkarg. Die Klartraumbehandlung sei eine Therapie ohne Worte, meinte er. Das wäre ihm wohl am liebsten gewesen.«

»Soll das heißen, Sie stecken ihn ins Schlaflabor und am nächsten Morgen geht er wieder nach Hause?«

»Ich protokolliere natürlich seine Träume, aber ich habe den Eindruck, dass er mir nicht erzählt, was er wirklich träumt. Stattdessen beschreibt er Szenen wie aus einem Actionfilm, weil er wohl glaubt, dass ich so etwas hören möchte. Ich dringe einfach nicht zu ihm vor.«

»Weswegen wird er denn behandelt?«

»Chronische Alpträume, wie bei den meisten unserer Patienten. Oft liegt ein Trauma zugrunde, eine Gewalttat, ein Unfall oder ein schwerer Verlust. Aber es gibt den Angsttraum auch als isoliertes Krankheitsbild, was bedeutet, dass er ohne Grund auftaucht und sich manifestiert. Auf Dauer beeinträchtigt er die Lebensqualität massiv. Die nächtliche Anstrengung während eines Alptraums ist so groß, dass es zu körperlichen Beschwerden kommt wie Herz-Kreislauf-Problemen, dauernder Müdigkeit, Depressionen und Selbstmordgedanken.«

»Trifft das auch auf Risi zu?«

»Als suizidgefährdet haben wir ihn nicht eingestuft. Aber wir kämpfen mit unserer Therapie gegen seine Angstträume an. Er soll sich nicht mehr hilflos ausgeliefert fühlen, sondern lernen, im Traum aktiv zu werden und das Szenario zu ändern.«

Genauso war es bei ihm, hilflos und verzweifelt stand er im Traum über der tiefen Schlucht, hielt mit letzter Kraft Lenas Hand, bevor sie in die Tiefe stürzte. Und er konnte nichts dagegen tun. Dann wachte er schweißgebadet und völlig erschöpft auf.

»Und wie sieht Ihre Behandlung aus?«

»Wir fangen zunächst mit der ärztlichen Untersuchung an, Blutabnahme, Urinprobe, EKG, der übliche medizinische Check wie in jeder anderen Klinik. Dann bleiben die Leute mindestens zwei Nächte im Schlaflabor, in denen wir ihre Gehirnwellen aufzeichnen. Auf den Monitoren können wir sehen, wann der Patient träumt. Nach dem Aufwachen fragen wir seine Erinnerungen an das Traumgeschehen ab. In den nächsten Sitzungen entwickeln wir ein neues Szenario für den Alptraum, das der Patient vor dem Einschlafen visualisieren muss. Wenn er dann so weit ist, legen wir in der Traumphase einen schwachen Wechselstrom an, der genau der Schwingung des logischen Denkens entspricht. Die Folge ist, dass dem Schläfer bewusst wird, dass er träumt.«

»Bei allem Respekt«, sagte Fabbri, »aber das kann ich mir nicht vorstellen.«

Pia lächelte ihn von der Seite an. »Dann sagen Sie mir, wie viele Lastwagen wir überholt haben, wie oft Ihr Blick auf den Tacho fiel und an wie vielen Ausfahrten wir vorbeigefahren sind.«

Fabbri überlegte kurz. Ja, sie hatte recht, er hatte ihr zugehört, Fragen gestellt und an seinen Traum mit Lena gedacht. Die Straße vor sich hatte er nur nebenbei wahrgenommen.

»Genau weiß ich es nicht«, gab er zu.

»Sehen Sie, bei Routinehandlungen steht das Bewusstsein auch oft nur auf Stand-by. Und so, wie wir am Tag träumen, können wir in der Nacht Klarheit gewinnen.«

Alle Achtung, das klang wie eine Weisheit der Tibeter! Pia brachte ihn noch so weit, dass er daran zweifelte, ob er wirklich hier mit ihr im Auto saß. Bewusst konzentrierte er sich auf den Mittelstreifen, sah in den Rückspiegel und achtete auf jedes Verkehrszeichen am Straßenrand. Nein, er träumte nicht, so viel stand fest.

Sie erreichten die Ausfahrt, die zu Pizottis Hof führte. Fabbri folgte der kleinen Landstraße. Sanft wellten sich die Hügel der Siener Berge, durchbrochen von engen Zufahrtswegen, an deren Ende die typischen Gehöfte aus Naturstein mit ihren quadratischen roten Dächern standen.

»Am Tag sieht alles viel friedlicher aus. Schön«, sagte Pia, die es sichtlich genoss, durch die Gegend zu fahren und die Landschaft an sich vorbeigleiten zu lassen.

Fabbris Blick fiel kurz auf ihren Nacken, die zarte Goldkette und die Haarsträhnen, die sich aus ihrer Frisur gelöst hatten. Hübsch, wirklich hübsch.

Eine Sache musste er noch wissen. »Was habe ich denn nun von der Klarheit in der Nacht?«, fragte er. »Das ändert doch nichts an dem Alptraum, in dem ich mich befinde.«

»Oh doch, durchaus.« Sie wandte sich ihm zu. »Im Zustand des luziden Träumens, wie wir das nennen, können Sie den Traum beeinflussen, seine Handlung ändern und das Ende umschreiben. Das Drehbuch dazu haben Sie vorher entwickelt, und nun setzen Sie es um.«

»Und dadurch lösen sich Alpträume auf?«

»Meistens ist es so, ja.«

Das Ende umschreiben. Wenn das möglich wäre ... Lena zu sich hochziehen und dann einfach mit ihr davongehen. Den Ort des Schreckens verlassen, wenigstens im Traum. Kurz überlegte Fabbri, Pia von seinen nächtlichen Problemen zu erzählen, doch dann beschloss er, es anders zu verpacken.

Er räusperte sich. »Wenn ich beispielsweise einen Freund hätte, der häufig unter dem gleichen Alptraum leidet, dann müsste er sich von Ihnen nur an den Strom anschließen lassen, und er wäre erlöst?«

Pia fasste sich an den Hals und zog den Verschluss ihrer Halskette nach hinten. »So einfach ist es leider nicht, es braucht die Vorarbeit des Klartraumtrainings. Aber empfehlen Sie uns ruhig weiter«, sagte sie lächelnd. »Ihr Freund kann gern zu mir in die Sprechstunde kommen.«

»Gut, ich richte es aus«, sagte Fabbri und hoffte, dass sie ihn nicht durchschaut hatte. Es war wohl besser, das Thema zu wechseln, bevor die Fahrt in eine Therapiestunde ausartete.

»Was meint denn Ihr Chef dazu, dass zwei Männer umgebracht worden sind, die Patienten in seiner Klinik waren?«, fragte er.

»Er ist genauso entsetzt wie ich, schließlich war Luis Pizotti ein alter Freund von ihm.«

»Ein alter Freund? Woher wissen Sie das?«

»Moretti hat es mir erzählt, als wir darüber rätselten, warum Pizotti mir ein schwarzes Bild geschickt hatte.«

»Und was war seine Meinung?«

»Er wunderte sich nicht über Pizottis Wandlung, hielt sie sogar für vielversprechend im Verlauf unserer Therapie. Luis sei ein schwieriger, unsteter Typ gewesen, schon zu Studentenzeiten, als die beiden noch wilde Partys gefeiert hatten.«

Na, das ist ja höchst interessant, dachte Fabbri. Moretti kannte sowohl Margoni als auch Pizotti privat, wenn auch aus unterschiedlichen Zusammenhängen. Hat es Streit unter den alten Freunden gegeben, finanzielle Probleme, möglicherweise eine Erpressung?

Moretti hatte schon einmal gelogen, als es um Margonis Behandlung in der Klinik ging. Er hatte seine Mitarbeiter zum Lügen angestiftet. Dieser feine Herr in seinem edlen Zwirn.

Fabbri lenkte den Alfa über den Feldweg zu Pizottis Hof, wich den Schlaglöchern so gut es ging aus, bis sie nach einigem Schwanken und Rumpeln auf der rissigen Betonfläche haltmachten. Sie stiegen aus und sahen sich um.

Die Eingangstüren zu Wohnhaus und Stall waren diagonal mit den rot-weißen Bändern der Carabinieri abgesperrt, die Sonne beschien das Gerümpel und die schäbigen Fassaden, ein paar Spatzen pickten im Unkraut. Pizottis Kangoo, bedeckt mit Blättern und Zweigen, die der Sturm herumgewirbelt hatte, stand noch auf dem Hof. Doch von Pias Auto war weit und breit keine Spur.

24

Vom Wagen aus beobachtete Pia, wie Fabbri aufgebracht telefonierte und dabei ärgerlich gestikulierte. Daumen und Zeigefinger zu einem Ring geformt, bewegte er seine Hand rhythmisch durch die Luft und stieß ruppige Fragen aus: »Wieso denn?«, »Wo steht er?«, »Ist das euer Ernst?«

Interessanter Typ, dieser Fabbri, dachte Pia. Sie war sich sicher, dass er mit der Frage zu seinem Freund sich selbst gemeint hatte. Vermutlich litt er schon länger unter Alpträumen. Das hätte sie bei diesem Job nicht gewundert. Was der als Kommissar alles zu sehen bekam …

Als erfahrene Psychologin konnte sie das schon an seinen Augen ablesen: Wachsam und durchdringend blickten sie einen an, mit einer Spur von Resignation. Dazu das kantige Gesicht und der Dreitagebart mit den ersten grauen Stellen. Er sah aus wie ein Mann, der selten eine ruhige Nacht verbrachte. Dabei machte er insgesamt einen dynamischen Eindruck, sein drahtiger Körper wirkte äußerst belastbar, die Hände waren stark und robust. Eine Mischung aus sensiblem Skeptiker und hartem Bullen, so schätzte sie ihn ein.

Nach ein paar Minuten warf Fabbri sich wieder hinter das Steuer.

»Die haben Ihren Wagen abgeschleppt«, berichtete er erbost. »Aus Sicherheitsgründen. Und weil es denen praktischer erschien, dass Sie Ihr Auto in Siena abholen und nicht am Tatort. Die Carabinieri hätten Sie noch angerufen.«

Pia verdrehte die Augen. »Na schön, wie geht es weiter?«

»Ihr Wagen steht auf dem Hof des Comando Provinciale, das ist die Carabinieri-Zentrale für die gesamte Provinz.« Er sah auf die Uhr. »Frühestens in zwei Stunden ist der zuständige Beamte wieder da, wenn die Mittagspause vorbei ist.«

»Das darf doch nicht wahr sein«, sagte Pia genervt.

»Tja, wirklich unnötig, dieser Umstand. Was meinen Sie, soll ich morgen jemanden schicken, oder sollen wir die Zeit in Siena totschlagen?«

»Die Zeit totschlagen«, schlug Pia vor und schnallte sich wieder an.

Bald erreichten sie die Stadt. Fabbri parkte den Dienstwagen auf einem kleinen Stellplatz im Zentrum. Dann liefen sie in Richtung der Piazza del Campo, des berühmten halbrunden Platzes, dessen leicht abschüssige Fläche fast wie ein Amphitheater wirkte. Zweimal im Jahr fand hier der *Palio* statt, ein atemberaubendes Pferderennen, bei dem die siebzehn Contraden, allesamt Nachbarschaftsgemeinden, gegeneinander antraten. An vielen Häuserecken waren Abzeichen zu erkennen, kleine Emailleschilder mit dem Bild eines Adlers, eines Drachen, einer Muschel, eines Turms oder eines Einhorns. Sie markierten die Grenzen der kleinen Stadtteile, die – zumindest während des Rennens – untereinander verfeindet waren. Dreimal rasten die Reiter auf einer Sandbahn rund um den Campo, während Tausende Zuschauer von der Mitte aus kreischten und jubelten. Nach weniger als zwei Minuten war das Spektakel vorbei. Und nach jedem Rennen waren alle erleichtert, wenn sich niemand den Hals gebrochen hatte.

Pia war erst einmal in Siena gewesen, in diesem Meer aus rötlichen Backsteinhäusern, Renaissance-Palästen, Kirchtürmen, Kuppeln und Statuen. Ihr Blick fiel in eine dunkle Gasse, in der an den Häuserwänden zahlreiche Motorroller aufgereiht waren, das praktischste Verkehrsmittel in der Stadt. Kein Sonnenstrahl drang zwischen den eng stehenden Gebäuden bis zum Boden vor.

Bei aller Schönheit hatte Siena auch etwas Düsteres, dominiert von mächtigem Stein und scharfen Schatten. Obwohl hier nur halb so viele Menschen wie in Arezzo lebten, wirkte die Stadt dicht gedrängter, unruhiger, unübersichtlicher. Deshalb empfanden es die meisten Besucher geradezu als Befreiung, wenn sie den Campo erreichten und sich der Himmel über ihnen öffnete.

Auch Pia fühlte sich beschwingt, als sie nach den engen Gassen den riesigen Platz betraten.

»Wollen wir einen Kaffee trinken?«, fragte sie und deutete zu den vielen Bars und Restaurants, in denen sich unzählige Menschen unter roten Markisen niedergelassen hatten.

»Alles Touristenfallen«, meinte Fabbri. »Ich kenne eine nette Gelateria weiter oben, die haben tollen Kaffee und das leckerste Eis der Welt.«

Langsam bahnten sie sich ihren Weg durch Scharen von Touristen und Schülergruppen aus aller Welt, die sich auf dem kunstvoll gelegten Backsteinpflaster niedergelassen hatten und ein cremiges Eis oder ein Stück Pizza verzehrten. Alle wandten ihre Gesichter dem Torre del Mangia zu, dem riesigen Turm des Rathauses aus dem dreizehnten Jahrhundert, der nur so hoch gebaut war, um trotz seiner Position am niedrigsten Punkt des Platzes die Stadt zu überragen.

Sie waren schon fast am anderen Ende angekommen, als aus einem der Restaurants eine Stimme rief: »Hallo, Roberto! Was machst du denn hier?«

Fabbri blieb stehen. Von einem der weiß gedeckten Tische winkte ihnen ein dünner, älterer Herr in Doppelreiher und Halstuch zu.

Pia bemerkte Fabbris überraschten Gesichtsausdruck, der im nächsten Moment einem amüsierten Schmunzeln wich.

»Na so was, Ricci! *Come stai?*« Er ging auf den Mann zu. Pia folgte ihm. Die beiden Männer begrüßten sich mit Handschlag.

Eilig raffte der Mann zwei leichte Sommermäntel vom Stuhl, um Platz zu machen. »Komm, Roberto, setz dich zu uns. Und deine hübsche Begleiterin auch.«

»Darf ich vorstellen?«, sagte Fabbri. »Das ist mein ehemaliger Nachbar Ricci aus Arezzo. Er hat im Stockwerk über mir gewohnt.«

»Freut mich, Sie kennenzulernen.« Pia schüttelte Ricci ebenfalls die Hand und stellte sich vor. Dann setzten sie sich zu Ricci und seiner Begleiterin, einer deutlich jüngeren Frau in teurer Seidenbluse mit barocken Schnörkeln und Leopardenflecken, an den Tisch. Pia tippte auf Versace.

»Und das ist Arianna, meine Lebensgefährtin«, erklärte Ricci. »Wir haben große Pläne in Siena, nicht wahr, mein Liebling?«

Ariannas bunte Armreifen klimperten mit ihren Wimpern um die Wette, als sie seine Hand tätschelte. »Und ob!«

Während Ricci dem Kellner ein Zeichen gab, erkundigte sich Arianna, ob Pia als Touristin unterwegs sei oder dauerhaft in der Toskana wohne. Sie spreche sehr gut Italienisch.

»Danke für das Kompliment«, sagte Pia. »Ich arbeite als Psychologin in einem Institut für Schlafmedizin in der Nähe von Lucignano. In einer großen Villa mit herrlichem Ausblick. Aber dort wohne ich nicht, sondern in der Altstadt von Arezzo.«

Im nächsten Moment trat der Kellner mit vier großen Speisekarten an den Tisch. Ricci bestand darauf, sie beide zu einem gemeinsamen Mittagessen einzuladen.

»Dieses Wiedersehen müssen wir feiern«, rief er. »Tut euch keinen Zwang an, bestellt, was ihr möchtet, es geht alles auf meine Rechnung.«

Nachdem Pia die Karte studiert hatte, entschied sie sich für Lachs auf Fenchelgemüse.

»Wollen Sie mich beleidigen?«, empörte sich Ricci. »Was ist mit der Vorspeise und dem Dessert?«

Nur mit Mühe konnte sie ihn überzeugen, dass sie ein üppiges Menü am Mittag nicht gewohnt sei.

Enttäuscht bestellte Ricci die Speisen für seine Gäste. Nachdem der Kellner abgezogen war, setzte er eine verschwörerische Miene auf.

»Ja, Roberto, ich steige wieder ins Geschäft ein«, erklärte er stolz. »Arianna hat mich überzeugt, in Siena einen Laden zu eröffnen, anstatt mir auf der *Fiera* die Beine in den Bauch zu stehen.«

Die *Fiera Antiquaria*, der größte Antikmarkt Italiens, fand einmal im Monat in Arezzo statt. Pia war schon oft über den Markt geschlendert, der quasi die gesamte Altstadt ausfüllte und Tausende Touristen anzog. Gekauft hatte sie bislang wenig, nur zwei kleine Holzschemel und der Kristallleuchter in ihrem Bad stammten von dort.

»Schaut euch das an.« Umständlich fingerte Ricci eine Visitenkarte aus der Innentasche seines Jacketts und hielt sie ihnen vor die Nase. »Ricci's Fine Arts« war darauf in geschwungener goldener Schrift auf weinrotem Karton zu lesen. Sehr gediegen und edel.

»Den passenden Geschäftsraum haben wir schon, bald fangen wir mit der Renovierung und Ausstattung an.«

»Ich dachte, du hättest dich zur Ruhe gesetzt und der Tierzucht gewidmet«, sagte Fabbri schmunzelnd.

Ricci winkte ab. »Ach ja, Roberto, die Hunde. Nein, mit denen ist endgültig Schluss. Ich mache wieder das, was ich am besten kann: An- und Verkauf von Antiquitäten.«

»Er hat noch so viel Energie.« Arianna lehnte sich liebevoll an seine Schulter und krallte ihre pinkfarbenen Nägel in Riccis Oberarm. Seine Augen leuchteten.

»Man sollte das tun, was einen begeistert und erfüllt, egal, in welchem Alter«, erklärte Pia.

»Da hörst du es«, sagte Ricci zufrieden und erhob sein Glas. »Ein Hoch auf deine kluge Begleiterin, Roberto. *Salute!*«

Während des Essens erzählte Arianna mit glühender Begeisterung, dass sie nicht nur vorhatten, mit ihrem schicken Laden die übliche Laufkundschaft anzuziehen, sondern über das Internet ihren Handel mit antiken italienischen Möbeln weltweit zu betreiben.

»Ja, so ist sie, die Jugend.« Ricci nahm liebevoll Ariannas Hand und gab ihr einen Handkuss. »Immer voller Ideen und auf der Höhe der Zeit.«

Das Essen schmeckte ausgezeichnet, der Lachs war saftig und zart, der Fenchel knackig und das dazu gereichte Kartoffelgratin ein Gedicht. Auch Fabbri beurteilte seine Spinatravioli in Salbeibutter als *»molto buono«*, obwohl er vor Lokalen gewarnt hatte, die ihre Karten in drei Sprachen druckten.

»Sie arbeiten also in einer Villa bei Lucignano«, sagte Ricci im Plauderton und griff Pias Bemerkung wieder auf.

»Ja, ich betreue ein Forschungsprojekt zum Thema luzides Träumen.«

Ricci und Arianna sahen sie verständnislos an.

»Das ist, wenn jemand weiß, dass er träumt«, erklärte Fabbri.

»Aha, interessant.« Ricci überlegte. »Befindet sich die Villa etwas außerhalb, ein großes Gebäude mit zwei Türmen?«

»Ja, stimmt genau«, sagte Pia überrascht. »Zwei Türme und ein Springbrunnen vor dem Eingang.«

»Sieh an, sieh an.« Ricci wischte sich mit der Serviette über den Mund und legte sie neben den Teller. »Ich kenne das Haus. Vor vielen Jahren habe ich dort das Geschäft meines Lebens gemacht. Gott, was haben wir alles da rausgeschleppt: Rokokotische, Louisquinze-Stühle, Barockkommoden, Gobelins, Ölgemälde aller Art.« Er lächelte in seliger Erinnerung. »Alles musste er verkaufen, der arme Conte di Sassoli, bis auf das letzte Porzellanfigürchen. Es verging kein Monat, ohne dass er mir etwas von seiner exzellenten Einrichtung anbot, die seine Familie über Jahrhunderte angesammelt hatte. Eine phantastische Quelle für meinen damaligen Laden.«

»Warum musste der Graf denn alles verkaufen?«, fragte Pia und ließ sich das letzte Stück Fisch auf der Zunge zergehen.

Ricci beugte sich zu ihnen herüber. »Abgesehen davon, dass der Unterhalt des alten Kastens ein Schweinegeld kostete, fütterten er und seine Frau noch einen Haufen fremder Mäuler durch. Ich weiß nicht, wie viele von den Typen in ihrem Haushalt lebten, aber es müssen eine ganze Menge gewesen sein, die sich auf Kosten der Sassolis ein schönes Leben machten.« Er verzog angewidert den Mund. »Alles Schmarotzer, wenn Sie mich fragen.«

»Was waren das für Leute?« Fabbri hatte aufgehört zu essen und hörte aufmerksam zu.

»Irgendwelche Psychofreaks, Späthippies und Spinner, so verrückt wie Guido selbst. Er hatte aus dem Landsitz seiner Familie einen Tummelplatz für Aussteiger gemacht, nannte das Haus ›Villa Chimera‹ und hielt dort irgendwelche Sitzungen ab. Mir kamen diese Leute wie humorlose Weltverbesserer vor, die Wichtigeres zu tun hatten, als sich um Geld zu kümmern. Dafür sorgte ja ihr Herr und Meister.«

»Villa Chimera«, wiederholte Pia. »Haus der Chimäre. Manche nennen das Institut noch heute so.«

»Was waren das für Sitzungen, Ricci?«, fragte Fabbri. »Hast du da irgendetwas mitbekommen?«

»Ach, was weiß ich, so in die Richtung Yoga, Meditation, dieser ganze Kram mit Lebensweisheiten zur Selbstfindung. Mir waren die Leute jedenfalls unangenehm mit ihrem überlegenen Gehabe, als hätten sie die Weisheit mit Löffeln gefressen. Um die hab ich lieber einen großen Bogen gemacht. Sobald wir uns mit Guido handelseinig waren, fuhren mein Gehilfe und ich mit den Objekten davon. Das war's dann.«

»Was ist aus dem Conte geworden, lebt er noch?«

»Nein, er und seine Frau sind im eigenen Springbrunnen ertrunken, ob Unfall oder Selbstmord, habe ich nie genau erfahren.« Ricci hob bedauernd die Schultern. »Das war leider das Ende meiner schönen Geschäftsbeziehung mit den Sassolis.«

25

In einem Vorort von Siena erreichten sie das Provinzkommando der Carabinieri, einen rosafarbenen Flachbau umgeben von einem Zaun aus grauen Metallstreben.

Auch nicht schöner als unsere Questura, stellte Fabbri fest.

Die Schranke hob sich, und er lenkte den Alfa auf den Parkplatz vor dem Eingangsportal. Nachdem sie ausgestiegen waren, entdeckte Pia ihren Volvo am Ende einer Reihe Zivilfahrzeuge, die vor dem Gebäude parkten.

»Da steht mein Schlitten«, sagte sie.

»Wir haben's fast geschafft.«

Kurz darauf standen sie vor dem Tresen im Foyer und warteten, bis der diensthabende Carabiniere zu Ende telefoniert hatte. Fabbri schilderte ihr Anliegen. Daraufhin wurden sie einen langen Gang hinuntergeschickt, bis sie schließlich das Büro fanden, in dem ein weiterer Beamter für die Rückgabe von Pias Auto zuständig war.

Sie musste ein Formular unterschreiben und versichern, dass sie sich für weitere Fragen zur Verfügung hielt. Dann waren sie auch schon entlassen. Sie kehrten zum Parkplatz zurück.

»Was hat Sie vorhin eigentlich so amüsiert, als wir Ihrem Nachbarn begegnet sind?«, fragte Pia, als Fabbri ihr den Autoschlüssel reichte.

»Das haben Sie bemerkt? Ich war nicht nur überrascht, Ricci wiederzusehen, sondern auch über seine Aufmachung. Bisher kannte ich ihn nur im grauen Trainingsanzug, wie er rauchend auf dem Balkon saß oder Hundefutter durchs Haus schleppte. Für die Hobbyzucht seiner Frau.«

Er dachte an Gabriella und ihre kleinen Bulldoggen. Das Schönste war allerdings gewesen, dass seine neue Flamme genauso aussah wie seine Ex, ein paar Jahre jünger, aber eindeutig der gleiche Typ.

Pia lehnte sich mit dem Rücken an ihren Wagen. »Eigentlich

schade, dass wir nicht gemeinsam zurückfahren«, sagte sie. »Es war nett, mit Ihnen unterwegs zu sein.« Sie lächelte Fabbri einen Moment länger an als sonst. Zumindest kam es ihm so vor.

»Stimmt, mir hat unsere Tour auch sehr gefallen.« Gern hätte er ihr zum Abschied noch ein Kompliment gemacht, fühlte sich aber plötzlich so verlegen wie jemand in schäbigen Klamotten auf einem Staatsempfang.

Pias Miene wurde wieder ernst. »Denken Sie eigentlich an das Gleiche wie ich?«

Fabbri hielt den Atem an. Was meinte sie? Hatte sie nicht erzählt, ihr Freund sei zu Besuch?

»Vermutlich«, antwortete er vage.

»Mir geht nicht aus dem Kopf, was Ihr Nachbar Ricci erzählt hat. Glauben Sie wirklich, dass in der Villa früher eine Art Sekte gehaust hat?«

Fabbri hatte zwar an etwas anderes gedacht, aber Riccis Erinnerung an sein Bombengeschäft mit dem klammen Conte und vor allem der Hinweis auf den angeblich ungeklärten Tod des adligen Ehepaars hatten auch ihn hellhörig werden lassen. Bei jedem Satz Riccis war ein Prickeln durch seine Adern gelaufen, ein untrügliches Zeichen dafür, dass er auf einer Spur war. Fragte sich nur, ob auf der richtigen.

»Es dürfte kein Problem sein herauszufinden, was das für Leute waren und was die da veranstaltet haben«, sagte er. »Ich grabe in den Akten, mal sehen, was ich finde. Wissen Sie zufällig, wer heute der Besitzer der Villa ist, Pia? Hat Moretti die Hütte gekauft?«

»Keine Ahnung. Aber so, wie er dort den Hausherrn spielt, gehe ich davon aus. Als ich vor zwei Jahren mit meiner Studie anfing, empfing er mich in einem vollständig restaurierten Haus. Ich nehme an, das geschah auf seine Kosten.«

»Ein Mann mit dem nötigen Kleingeld.« Fabbri hielt ihr die Tür auf. »Kommen Sie gut nach Hause.«

Pia klemmte sich hinter das Steuer. Bevor sie die Tür zuzog, sah sie noch einmal zu ihm hoch. »Ach, noch etwas, Commissario. Richten Sie Ihrem Freund aus, er soll anfangen, seine Träume aufzuschreiben. Wenn er darin Routine hat, kann er sich überlegen, was er in seinem Traum ändern möchte. Dann soll er sich tagsüber bewusst machen, dass er wach ist. Und vor dem Einschlafen soll er sich sagen, dass er gleich träumt. Es soll Menschen geben, die eine besondere Begabung zum luziden Träumen besitzen.«

»Danke, Pia«, sagte er. »Ich schlage es ihm vor.«

Sie mussten beide grinsen, dann startete Pia den Motor.

Als sie losfuhr, klopfte Fabbri zweimal aufs Autodach und sah ihr nach, bis sie hinter der Schranke verschwunden war.

Im Polizeiwagen wählte er Stefanos Nummer in der Questura.

»*Pronto.*« Stille im Hintergrund, kein »Häschen hüpf«.

»*Ciao, bello*, grüß dich, mein Lieber. Kleiner Auftrag für dich. Finde bitte heraus, wer bei dieser Schlafklinik im Grundbuch eingetragen ist. Auch, welche Besitzerwechsel es in den vergangenen Jahren und Jahrzehnten gab. Ich bin praktisch schon auf dem Rückweg, den Rest erzähle ich dir später im Büro. Gibt es sonst was Neues?«

Stefano schnaubte gereizt. »Während du mit deiner Signora Michaelis einen Urlaubstag eingelegt hast, waren wir schon fleißig. Wir haben eine Menge Adressen abgeklappert und mit einigen der Patienten gesprochen, die auf der Liste stehen.«

»Bravo, Stefano, habt ihr etwas herausgefunden?«

»Es war schwierig. Manche wollten sich nicht über ihre Therapie äußern, andere waren gleich zu Tode erschrocken, als sie erfuhren, dass sich der ermordete Margoni derselben Behandlung unterzogen hatte wie sie. Von Pizotti haben wir denen erst gar nichts erzählt, man weiß ja nie, wie stabil die Leute sind. Jedenfalls ist niemandem etwas aufgefallen, keiner hat jemanden gesehen oder erkannt. Kein Wunder, die Patienten schlafen ja die meiste Zeit.«

»Bleib trotzdem dran und denk an den Grundbucheintrag.«

»Morgen, Roberto, morgen, wenn das Amt wieder geöffnet hat.«

»Na gut, ich bin in einer Stunde zurück.«

Er wollte den Wagen schon anlassen, als ihm plötzlich eine Idee in den Sinn kam. Er ging ins Foyer zurück und baute sich vor dem Carabiniere am Tresen auf.

»Ich soll die bisherigen Ermittlungsergebnisse im Fall Luis Pizotti einsehen.« Fabbri lenkte seinen Blick betont desinteressiert in die andere Richtung. Ich kann den Vorgang ja ein wenig beschleunigen, dachte er. Womöglich hat Banelli schon die nötigen Anrufe getätigt, um den Fall nach Arezzo zu holen. Warum Zeit vergeuden?

»Sagt wer?« Der Beamte blinzelte ihn misstrauisch an.

»Questore Banelli, mein Chef bei der Polizia di Stato in Arezzo.«

»Da bin ich überfragt, aber ich erkundige mich für Sie.« Der Polizist musterte Fabbri von Kopf bis Fuß, während er mit verschiedenen Vorgesetzten telefonierte und schließlich den Hörer auflegte.

»Sie gehen bitte links den Flur entlang, dann stoßen Sie hinter einer großen Glastür auf das Büro von Capitano Farinelli. Er ist für die Ermittlungen zuständig.«

Fabbri folgte dem endlosen Gang, bis er an einem Türschild den Namen Davide Farinelli las. Er klopfte an die offene Tür.

»Bitte.« Ein schlanker Mann in dunkelblauer Uniform mit drei Sternen an den Schulterklappen stand von seinem Schreibtisch auf und kam ihm entgegen. Fabbri stellte sich vor, sie tauschten ein paar Höflichkeiten aus, dann bat Farinelli ihn an einen kleinen Besprechungstisch mit drei Besucherstühlen.

»Nun, Commissario, was kann ich für Sie tun?«

Fabbri kam gleich zur Sache. »Ich möchte Ihre Zeit nicht über Gebühr in Anspruch nehmen, Capitano, aber ich ermittle in einem Mordfall in Arezzo, der erstaunliche Parallelen zu dem Tötungsdelikt an Luis Pizotti aufweist. Im Zuge der verstärkten Zusammenarbeit unserer Behörden würde ich mir gern die ersten Ergebnisse Ihrer Tatortuntersuchung ansehen und sie mit unseren Erkenntnissen vergleichen.«

Capitano Farinelli runzelte die Stirn. »Sie sind der Polizist, der am Tatort aufgekreuzt ist, nicht wahr?«

»Ja, das stimmt, Signora Michaelis hatte mich über den Fund einer Leiche informiert und um Hilfe gebeten. Deshalb war ich kurz nach Ihren Kollegen am Tatort.« Und muss mich herumplagen, an eure Informationen zu kommen, fügte er innerlich hinzu.

Farinelli verschränkte die Arme. »Der Untersuchungsbericht ist noch nicht fertig. Sie werden sich gedulden müssen, bis die Laborergebnisse vorliegen. Das wird sicher einige Tage dauern, ebenso wie die Obduktion des Toten. Wir werden Sie dann zeitnah informieren.«

»Wie ist denn die Spurenlage? Gibt es schon Hinweise auf den Täter oder den Tathergang?«, hakte Fabbri nach.

Farinelli schwankte zwischen Kollegialität und Zurückweisung. Irgendetwas musste Fabbri in die Waagschale werfen.

»Im Mordfall Margoni wurde das Opfer, der Direktor des Archäologischen Museums, in seinem Büro erdrosselt und von dort in den Festsaal geschleppt, wo wir ihn eingeklemmt unter der antiken Statue der Chimäre fanden. Bei der anschließenden Autopsie kamen Schlangenschuppen an seinem Hals zum Vorschein.«

Erstaunt hob Capitano Farinelli die Augenbrauen. »Einen Moment.«

Er ging hinüber zu seinem Schreibtisch und sah im Stehen auf den Computerbildschirm. »Die erste Auswertung der Spurenlage hat ergeben, dass die Leiche von Luis Pizotti ebenfalls bewegt wurde, der eigentliche Tatort lag in seinem Atelier.«

»Ja, ich weiß«, sagte Fabbri. »Der Täter hat Pizotti mit einer Schubkarre in die Küche des Wohnhauses transportiert und dort am Tisch platziert.«

»Richtig«, bestätigte Farinelli. »Todesursache ist nach erster forensischer Einschätzung eine Stichverletzung links des Brustbeins, die zum Herzstillstand führte. Pizotti wurde außerdem von einem stumpfen Gegenstand am Kopf getroffen, das zeigt eine Platzwunde am Schädel. Und dann ist da noch etwas Merkwürdiges.« Er winkte Fabbri zu sich an den Bildschirm, um ihm ein Foto zu zeigen, auf dem drei Blutrinnsale zu sehen waren, die am Hals des Toten herunterliefen.

»Wir haben diese Blutspuren entdeckt, Tropfen, die von oben herabgefallen sein könnten, senkrechter Aufprall, kreisförmige Struktur.«

Wie die drei Blutstropfen, die den Hals der sterbenden Ziege auf dem Standbild der Chimäre zieren, dachte Fabbri. »Beide Opfer wurden demnach mit Hinweisen auf die antike Statue versehen, zuerst die Schlange, nun die Ziege«, stellte er fest.

Wahrscheinlich hielt Farinelli ihn für völlig verrückt, aber der Capitano blieb ruhig. »Ja, ich kenne die Figur, drei Köpfe, ein Geist. Der Geist des Bösen, wie es heißt.«

»Als wollte uns der Täter eine Botschaft überbringen.«

Farinelli runzelte die Stirn. »Schon merkwürdig. Ich hoffe, die Blutmusterspezialisten beim RIS können uns erklären, was der Grund für dieses seltsame Muster ist. Ob das Blut vom Täter oder vom Opfer stammt, wissen wir noch nicht, nur die Ziege können wir ausschließen.«

26

Es war nervtötend. Seit sie nach Hause gekommen war, sprach Alexander kein Wort mit ihr, sah demonstrativ an ihr vorbei und zog ein beleidigtes Gesicht wie ein Schuljunge, dem die Eltern sein liebstes Computerspiel weggenommen hatten. Im Moment fläzte er auf der Couch und zappte ohne Sinn und Verstand durch die italienischen Programme: Quizshows, Nachrichten, Diskussionsrunden, Musikclips, Werbespots.

Pia saß mit dem Rücken zu ihm an ihrem Schreibtisch und versuchte, die Geräuschkulisse auszublenden. Im Computer überflog sie die Familiengeschichte der Sassolis, einer der ältesten Dynastien der Toskana. Der Eintrag bei Wikipedia war bestimmt einen halben Meter lang.

»Kannst du bitte aufhören?« Sie drehte sich um. »Ich möchte etwas lesen.«

Keine Reaktion. Alexander drückte stur weiter auf die Tasten, ließ Sprachfetzen und Musikschnipsel an sich vorbeirauschen, während er den Blick auf den Flachbildfernseher richtete.

Pia pflügte sich durch Namen und Jahreszahlen, angefangen beim Mittelalter, als Alfonso Sassoli den Grafentitel vom römisch-deutschen Kaiser Otto II. erhalten hatte, über die Aufzählung von Eheschließungen, Nachfolgeregelungen und Kriegshandlungen bis zum Niedergang der Dynastie im 19. Jahrhundert. Die Sassolis hatten Burgen gebaut, Bischöfe gestellt und Schlachten geschlagen, mal auf der Seite des Kaisers, mal auf der Seite des Papstes. Die Familie hatte sich in verschiedene Zweige aufgespalten, als letzter amtierender Conte war Giovanni III di Sassoli im Jahr 1815 aufgeführt. Danach hatten die Mitglieder der Familie bürgerliche Berufe ergriffen und als Diplomaten, Bankiers oder hohe Verwaltungsbeamte gedient.

Pia wusste, dass die Anzahl der aristokratischen Familien in der Gegend besonders hoch war, in keiner anderen Stadt Italiens gab es so viele *nobili* wie in Arezzo. Die Palazzi an der Piazza Grande und die vielen Castelli auf dem Land zeugten davon. Die meisten waren heute in Privathand oder beliebte Touristenattraktionen.

Der Eintrag über Guido di Sassoli war denkbar knapp: geboren 1955 in Arezzo, verstorben 1999 in Lucignano, dazu der Hinweis auf ein Buch aus seiner Feder: »Wege zum spirituellen Wachstum«. Das passte zu Riccis Beobachtungen.

Ehe sie den Titel des Buches in die Suchmaske eingeben konnte, klappte ihr Alexander den Laptop vor der Nase zu.

»Nun ist aber wirklich gut«, sagte er ungehalten. »Was soll denn das? Lässt mich hier warten und setzt dich gleich wieder an den Computer, kaum dass du zu Hause bist. Ich dachte, wir wollten essen gehen.«

»Hör auf, mich zu nerven«, erwiderte Pia patzig. »Ich muss ein paar Dinge herausfinden.«

»Was denn herausfinden? Bist du etwa bei der Polizei?«

»Nein, aber ich möchte etwas über die Vergangenheit erfahren.«

»Warst du deswegen den ganzen Tag unterwegs? Mit diesem Kommissar Fabeltier oder wie er heißt.«

»Fabbri. Er heißt Roberto Fabbri. Wir haben nur meinen Wagen abgeholt, aber es gab Komplikationen, sodass wir bis nach Siena fahren mussten.«

»Oh, bis nach Siena.« Alexander verzog spöttisch den Mund. »Das muss ja toll gewesen sein. Einen Ausflug mit einem echten Kriminalkommissar zu unternehmen, war bestimmt aufregender, als mit dem langweiligen Alex abzuhängen. Sag schon, hat er was von dir gewollt?«

»Du bist widerlich, weißt du das?«

»Ich kenne die Typen hier, *amore, amore, bella ragazza*. So geht es bei denen doch von morgens bis abends. Du kennst doch den Spruch: Ein Italiener, der nicht flirtet, ist tot.«

»Komm mal wieder runter, Alex«, sagte Pia wütend. »Du spinnst doch mit deiner blöden Eifersucht. Kommissar Fabbri geht nur seiner Arbeit nach. Ich möchte dringend etwas recherchieren. Wenn du das Getöse hinter mir ausmachst, geht es umso schneller.«

Alexander warf sich wieder auf die Couch und stellte den Ton minimal leiser.

Pia sprang auf, riss die Fernbedienung vom Sofa – und hielt inne. Es lief ein Beitrag über die letzten Aufräumungsarbeiten nach dem Orkan. Menschen, die abgedeckte Ziegel zur Seite räumten und umgestürzte Bäume zersägten. Weitere Regenfälle wurden vorhergesagt.

»Übrigens, wie war eigentlich deine Landung in Florenz?«, fragte sie leichthin, gespannt auf Alexanders Erklärung.

»Gut, wieso?«

»Ach, tatsächlich? In der Zeitung stand, der Flughafen sei am Samstag gesperrt gewesen und alle Flüge hätten umgeleitet werden müssen.«

Er sah sie verwirrt an. Es dauerte einen Moment, dann ging ihm ein Licht auf. »Oh ja, stimmt. Wir sind in Bologna gelandet.« Er lachte. »Weißt du, ich kann Flughäfen nicht voneinander unterscheiden, die sehen doch überall gleich aus: Gepäckabfertigung, Zoll, Ausgang. Ich hab mich noch gewundert, dass wir in einen Bus steigen mussten, aber ich dachte, es sei der Shuttle in die Innenstadt. Nach einer Stunde haben wir vor dem Flughafen Florenz gehalten.«

»Und dann?«

Er schlug die Hände über dem Kopf zusammen. »Und dann, und dann ... Pia, was willst du? Ich hab das nächstbeste Taxi nach Arezzo genommen.«

»Du hast gesagt, du seist mit dem Zug gekommen.«

»Nein, Pia, ich habe nur erklärt, dass ich mein Gepäck am Bahnhof aufbewahrt habe. Das hast du falsch verstanden.«

Sie fühlte, wie ihr die Fragen ausgingen, aber das Misstrauen blieb.

Alexander klopfte neben sich auf das Sofa. »Komm, hör auf mit dem Unsinn und setz dich zu mir.«

»Alex, ich ...« Unentschlossen blickte sie zu ihrem Laptop. Dann nahm sie neben ihm Platz, hielt aber Abstand.

Er rückte näher. »Wir haben noch nicht miteinander geschlafen, seit ich hier bin«, beklagte er sich. »Hast du mich denn gar nicht vermisst?«

»Doch, aber …« Sie hätte lieber noch weiter über die Sassolis recherchiert, aber mit Alex in einem Zimmer war das unmöglich. Vielleicht später, wenn er schläft, nahm sie sich vor.

Er schob seine Hand unter ihre Bluse, strich über ihren Bauch und wanderte zu ihren Brüsten. Sie bekam eine Gänsehaut bei der Berührung.

»Lass uns rübergehen«, sagte sie.

»Wozu der Umstand? Komm, zieh mich aus.« Er öffnete den Verschluss seines Gürtels und wartete darauf, dass Pia weitermachte.

Sie knöpfte seinen Hosenbund auf, zog den Reißverschluss herunter und blickte amüsiert auf die Boxershorts mit den aufgedruckten Tigern. Hat er die etwa extra für mich angezogen?, dachte sie, während sie ihre Bluse abstreifte und sich aus dem Top schlängelte. Alexander schälte sich aus der Jeans, warf die Socken auf den Boden und stieg aus der Boxershorts.

Schließlich saßen sie nackt auf dem Sofa, jedenfalls fast nackt, denn Alexander trug noch ein weißes T-Shirt. Er grinste, griff nach Pias Taille und zog sie heran. »Hey, du Schönheit«, raunte er zärtlich in ihr Ohr. »Setz dich auf mich drauf.«

Pia fuhr mit der Zunge über seinen Hals. »Ich bin gleich bei dir, warte nur, du kannst mir nicht entkommen«, sagte sie verführerisch und schwang sich über ihn.

Es gab ein bisschen Kuddelmuddel, bis sie zueinandergefunden hatten, was Pia mit einem langen Kuss überbrückte. Es war gut. Ja, es war gut, Sex mit einem vertrauten Partner zu haben, sich ganz auf den anderen Körper einzulassen, ohne Scham und überflüssige Gedanken.

Während sie den Rhythmus vorgab und sich über Alexanders Stöhnen freute, bemerkte sie, dass er den Kopf zur Seite gedreht hatte und die Augen geschlossen hielt. Seine Hände lagen auf ihren Pobacken und dirigierten die Bewegung ihres Körpers. Alexander liebte sie völlig selbstvergessen, ausschließlich auf seine eigene Lust konzentriert.

Sie beugte sich über ihn, küsste ihn auf die Schläfe, suchte seinen Mund.

»Langsam, langsam«, sagte er, ohne die Augen zu öffnen.

Pia zog ihm sein T-Shirt über den Kopf und strich kraftvoll über seine Brust. Die helle Haut hob sich deutlich vom rot gefärbten Rest ab, wo er zu viel Sonne abbekommen hatte.

»Weiter?«, fragte sie.

Nun sah er sie an. Dann packte er sie, erhöhte das Tempo und entlud sich in einem unterdrückten Aufschrei, während er sich an ihrem Hals festsaugte.

Pia blieb noch einen Moment auf ihm sitzen. Sie spürte das Nachbeben in seinem Körper und konnte der Versuchung nicht widerstehen nachzurechnen, wie lange der ganze Akt wohl gedauert hatte. Fünf Minuten? Sieben? Offenbar spielte es keine Rolle, wie ihr der Sex gefallen hatte. Sie glitt von ihm herunter.

Alexander grinste sie zufrieden an. »Weißt du was? Wir haben doch noch Reste von gestern im Haus. Dann können wir gemütlich hierbleiben und uns das Lokal sparen.«

27

Als Fabbri am nächsten Morgen die Küche betrat, glaubte er im ersten Moment, tatsächlich in einem Klartraum gelandet zu sein. Am Küchentisch saß ein junger Mann, trank Kaffee aus *seinem* Lieblingstässchen, den er sich in *seiner moka* zubereitet hatte, und starrte konzentriert auf ein Smartphone. Das konnte doch nur eine verrückte Täuschung sein!

»*Buon giorno*«, sprach er das Phantom an.

Sofort schreckte der Junge auf. Fabbri erkannte den Übernachtungsbesucher aus Isabellas Zimmer, der sich entsetzt zu ihm umgedreht hatte, als er nach seiner Tochter gesehen hatte. Er betrachtete das Bürschchen: schmales Gesicht, gegelte Haare über den seitlichen Cut-outs, die Nase zu groß, dünne Arme im weißen T-Shirt.

Geschmäcker sind eben verschieden, dachte er, nahm sich den Rest Espresso aus dem Kaffeebereiter und gesellte sich zu dem Jungen an den Tisch. »Na, wie geht's denn so?«

»Gut, danke.« Verlegen drehte er das Handy aufs Display und legte seine Hände in den Schoß.

»Isabella kommt sicher gleich«, sagte Fabbri, »und ich bin auch sofort weg.«

Er fischte ein paar *biscotti* aus der aufgerissenen Packung, die der Junge vor sich stehen hatte. Sie stammte aus dem Vorratsfach im Küchenschrank. Der Jungspund kannte sich anscheinend hier aus.

»Und du, bist du in Isabellas Klasse?«, fragte er. »Wie heißt du überhaupt?«

»Lorenzo.« Er reichte Fabbri die verschwitzte Hand. »Ich bin schon fertig mit der Schule und mache gerade ein Praktikum als Elektrotechniker. Geld bekomme ich nicht, aber wenn die sechs Monate gut laufen, krieg ich bei der Firma vielleicht einen Ausbildungsplatz. Das wär super.«

Und wenn du wirklich Glück hast, dachte Fabbri kauend, dauert deine Ausbildung nur drei Jahre und nicht sechs. Wie beim Sohn seiner Kollegin, der für ein Lehrlingsgehalt als Messebauer schuftete. Ein halbes Jahr ohne Bezahlung, dann jahrelang für einen Hungerlohn, so sah das heute aus.

Fabbri nahm seinen Espresso, ging ins Wohnzimmer und schaltete den Fernseher an. Er wollte sehen, ob die Morgenmagazine schon etwas über den Mord an Pizotti brachten.

Prompt erwischte er einen Kameraschwenk, der einen großen, hellen Ausstellungsraum zeigte. Es folgten Aufnahmen von bunt schillernden Gemälden mit Landschaften im Morgendunst und geschwungenen Hügelketten. Pizottis Werke. Rasch stellte Fabbri den Ton lauter.

»Nicht nur die Kunstszene, sondern die Menschen in ganz Siena sind erschüttert über den Mord an dem bekannten Maler Luis Pizotti, der Samstagnacht tot in seinem Wohnhaus aufgefunden wurde«, berichtete ein Reporter von Toscana TV frontal in die Kamera.

Mit der Fernbedienung in der Hand blieb Fabbri vor dem Bildschirm stehen. Na bravo, die Medien hatten schnell Wind bekommen und würden den Fall entsprechend ausschlachten. Es war nur eine Frage der Zeit, bis sie den Zusammenhang mit dem Mord an Margoni entdeckten, die waren ja schließlich auch nicht blöd.

»Wie haben Sie den Tod eines Ihrer wichtigsten Künstler aufgenommen?« Der Reporter richtete das Mikrofon auf eine Frau mit raspelkurzen grauen Haaren und einer klobigen Steinkette um den Hals, die laut Einblendung als Besitzerin der Galleria Duemila in Siena vorgestellt wurde.

»Ich war zutiefst schockiert, wie Sie sich vorstellen können«, antwortete die Galeristin. »Luis Pizotti stand kurz vor der Vollendung eines Bilderzyklus, der uns in allergrößte Erwartung versetzte. Die Vernissage sollte in zwei Wochen stattfinden … und jetzt das, ich finde keine Worte.« Mit einem Taschentuch tupfte sie sich eine Träne aus dem Augenwinkel.

»Glauben Sie denn, dass der Wert seiner Gemälde steigen wird?«, fragte der Reporter.

Entgeistert blickte die Frau auf. »Aber wer wird denn in so einem tragischen Moment an Geld denken? Luis Pizotti war ein phantastischer Künstler und ein wunderbarer Mensch.« Wieder nahm sie das Taschentuch zu Hilfe.

Wahrscheinlich um die Dollarzeichen zu verbergen, die schon in ihren Augen blitzen, dachte Fabbri. Doch dann schaltete sich sein Polizistenhirn ein. Könnte es sein, dass die beiden Morde nur geschehen waren, um Pizottis Marktwert zu steigern? Um Höchstpreise bei der nächsten Ausstellung zu erzielen?

Nein, das wäre übertrieben, wieso sollte ein unbeteiligter Museumsdirektor sterben müssen, um den Preis der Pizotti-Gemälde in die Höhe zu treiben? So beeindruckend war dessen Kunst nun auch wieder nicht. Ob seine schwarzen Bilder reißenden Absatz gefunden hätten, wagte Fabbri zu bezweifeln.

Er schob den Gedanken beiseite und lief nach unten.

Draußen erwartete ihn ein strahlender Tag. Fabbri entschied sich, den Weg zur Questura durch den Colle del Pionta zu nehmen, den großen Park südwestlich des Bahnhofs. Er schwang sich auf sein Fahrrad.

Nach ein paar Wohnstraßen tauchte er in den Schatten der Pinien und Zypressen ein, fuhr an knospenden Büschen und morgendlichen Joggern vorbei und genoss die Stille und die frische Luft in der großzügigen Anlage. Der kleine Hügel in der Mitte hatte in der Frühzeit als Kultplatz und Begräbnisstätte gedient, spätere Ausgrabungen zeigten die Reste frühchristlicher Kirchen. Hier hatte Arezzos alter Dom gestanden, bis die Einwohner ein neues Gotteshaus hinter der schützenden Stadtmauer errichtet hatten, die Kathedrale San Donato.

Fabbri trat in die Pedale, als könne er dadurch auch seine Gedanken schneller zum Laufen bringen. Eine Sache ging ihm nicht aus dem Sinn: Falls die Blutstropfen auf Pizottis Hals tatsächlich vom Täter stammten, war das doch ziemlich nachlässig von ihm gewesen. Wieso hatte er beide Morde minutiös vorbereitet, hatte sich die Mühe gemacht, Margoni unter die Chimäre zu bugsieren und Pizotti einen Ziegenkopf auf den Tisch zu stellen, dann aber leichtsinnig Spuren hinterlassen? Zeichen, die zwar auf die

Chimäre hindeuteten, letztlich aber zu ihm führten. Die Schlangenschuppen, die drei Blutstropfen.

Darauf gab es nur eine Antwort: Der Mörder war noch verrückter, als sich überhaupt jemand vorstellen konnte. Drei Köpfe, ein Geist, hatte Farinelli erklärt. Zweifellos der Geist des Bösen. Sah sich der Täter selbst als Wiedergeburt des Ungeheuers, oder wollte er seine Opfer als dreiköpfige Monster titulieren? Wie auch immer, es war der komplette Wahnsinn!

Vielleicht brachte ja einer dieser eigenartigen Klarträume, von denen Pia gesprochen hatte, des Rätsels Lösung. Nicht dass Fabbri nicht schon selbst versucht hätte, in diesen hellsichtigen Zustand zu kommen. Gestern hatte er beim Einschlafen monoton den Satz »Ich weiß, dass ich träume, ich weiß, dass ich träume« vor sich hin gemurmelt, aber als er heute Morgen aufgewacht war, konnte er sich nur noch undeutlich an belanglose Traumfetzen erinnern. Pia, neben sich auf dem Beifahrersitz, dann Arianna mit einer Bulldogge auf dem Schoß. Ricci, der Fabbris Möbel aus der Wohnung schleppte. Alles nicht schön.

Als Fabbri das Büro betrat, hing Stefano bereits am Telefon und begrüßte ihn mit einem flüchtigen Tippen an die Stirn.

»*Grazie, mille grazie*«, sagte er und legte auf. Dann kam er gleich zur Sache. »*Salve*, Roberto. Das war jemand von der Sassoli-Stiftung, einer gemeinnützigen Einrichtung, die sich der Pflege des heimischen Kulturguts widmet.«

»Ja, gut, was noch?« Fabbri hängte seine Jacke über den Stuhl.

»Die Fondazione Guido di Sassoli ist im Grundbuch als Eigentümerin des Instituts für Schlafmedizin und Traumforschung eingetragen.«

»Wie bitte? Moretti ist gar nicht der Besitzer?«

»Nein, das Institut gehört der Stiftung, die mit ihren Einnahmen kulturhistorische Projekte fördert. Sie geht auf Guido di Sassoli zurück, der sein Vermögen, sprich die Villa, in die Stiftung einbrachte.«

»Aber davor war sie in Familienbesitz.«

»Ja genau, bis Guido, der letzte Nachkomme des italienischen Zweigs der Familie, das Anwesen 1999 der Stiftung übertrug.«

»Und was bedeutet das genau?«

Stefano blätterte durch seine Notizen. »Das hat mir die Dame am Telefon erklärt. Der Stifter trennt sich für immer von seinem Vermögen, aber die Stiftung muss den Wert, sprich das Kapital oder die Immobilien, weiterhin erhalten und die daraus erzielten Erträge für einen guten Zweck ausgeben. Es scheint, der Conte war ein echter Menschenfreund.«

»Vor allem war er total pleite«, knurrte Fabbri. »Das habe ich gestern in Siena erfahren. So untätig, wie du vielleicht glaubst, war ich nämlich nicht.«

»Das sagt ja auch keiner.« Stefano runzelte verärgert die Stirn. »Hättest dich nur mal zwischendurch melden können.«

»So pleite, dass er seine Möbel verkaufen musste«, fuhr Fabbri fort. »Der besaß vielleicht noch den alten Kasten, aber sonst gar nichts mehr.«

Stefano wedelte mit der Hand. »Warte, es geht noch weiter. Nach dem Tod Sassolis und seiner Frau nur vier Wochen nach Gründung der Stiftung …«, er machte eine bedeutsame Pause, »wurde eine neue Vorsitzende in den Vorstand berufen: Elsa Margoni, die holde Gattin unseres toten Museumsdirektors. Seitdem ist sie die Leiterin der Fondazione Sassoli.« Der Stolz in Stefanos Augen war unverkennbar.

»Gut gemacht«, lobte Fabbri seinen Kollegen, der schon zu Handy, Büroschlüssel und Jacke griff. »Warte noch einen Moment.«

Während er selbst in seine Jacke schlüpfte, wählte Fabbri die Nummer des Polizeiarchivs. »*Ciao*, Matteo. Ja, danke, gut … und selbst? … *Bene, bene*, das hört man gern. Sieh bitte nach, ob du eine Akte aus dem Jahr 1999 findest. Sie betrifft das Ehepaar Sassoli, zu Tode gekommen auf ihrem Anwesen bei Lucignano. Guido di Sassoli und seine Frau …«

»Veronica«, ergänzte Stefano.

28

Die Kanzlei von Elsa Margoni lag nur wenige Schritte von ihrer pompösen Wohnung entfernt in der Via Petrarca, benannt nach dem humanistischen Renaissance-Dichter, einem weiteren berühmten Sohn der Stadt. Auf der stark befahrenen Straße wechselten sich Mietshäuser aus dem 19. Jahrhundert mit klotzigen Betonbauten ab, in denen Banken, Büros und Zeitungsredaktionen untergebracht waren, darunter reihten sich Geschäfte für Elektroartikel und Tabakwaren, Bars und Bäckereien aneinander.

Sie entdeckten das Messingschild mit der Aufschrift »Studio Legale Elsa Margoni« zwischen einem Imbiss namens »Bistro Marrakesch« und einem *tabacchi*, vor dem ein Ständer die aktuellen Tageszeitungen enthielt.

»Mysteriöser Mordfall in Siena hält Polizei in Atem«, lautete die Schlagzeile der »Nazione«. Eine andere Zeitung titelte reißerisch: »Irrer Mörder hinterlässt Ziegenkopf«. Und darunter: »Es war alles voller Blut, sagt Rettungssanitäter Silvio L. (32)«.

Warum können die Leute eigentlich nicht den Mund halten?, fragte sich Fabbri.

Die junge Dame im Vorzimmer bat sie, einen Moment zu warten, bis Signora Margoni das Gespräch mit einem Klienten beendet habe. Sie nahmen auf den Ledersesseln Platz. Gediegene Atmosphäre auch hier, viel Holz, Stuckornamente, hohe Doppelfenster mit Blick auf das Grün im angrenzenden Garten.

Nach einer Weile trat ein Mann aus Elsa Margonis Büro, schüttelte ihr zum Abschied die Hand und eilte mit einem dicken Briefumschlag aus der Kanzlei. Überrascht wandte sich die Anwältin ihnen zu.

»Oh, die Herren Kommissare, *buon giorno.*« Auf ihrem Gesicht spiegelte sich eine Mischung aus Verwunderung und Wachsamkeit, die aber sofort von einem verbindlichen Lächeln abgelöst wurde.

Fabbri erhob sich. »*Buon giorno*, Signora, dürfen wir Sie kurz sprechen?«

»Natürlich, treten Sie ein.« Mit professioneller Freundlichkeit geleitete Elsa Margoni die beiden in ihr Büro und wies auf die Besucherstühle gegenüber ihrem Schreibtisch. »Haben Sie den Mörder meines Mannes gefasst?«

»Noch nicht, aber die Ermittlungen laufen auf Hochtouren«, erklärte Stefano.

Fabbri nahm auf einem der ledernen Schwingsessel Platz. »Wie geht es Ihnen, Signora?«, erkundigte er sich.

In ihrem Trauerflor aus schwarz-weißer Schlaufenbluse und einer schwarzen Perlenkette sah Elsa Margoni mitgenommen aus.

»Danke, den Umständen entsprechend«, erwiderte sie ernst. »Wie Sie sehen, habe ich wieder in meinen gewohnten Alltag zurückgefunden.« Sie legte ihre Hand auf einen Stapel von Akten. »Die Termine bei Gericht dulden leider keinen Aufschub. Aber Sie sind doch sicher nicht gekommen, um sich nach meinem Befinden zu erkundigen. Darf ich Ihnen etwas anbieten, Wasser, Kaffee?«

»Ein Kaffee wäre nicht schlecht«, sagte Fabbri.

»Ja gern«, stimmte Stefano zu.

Elsa Margoni bestellte die Getränke bei ihrer Vorzimmerdame und faltete erwartungsvoll die Hände, an denen Gold und Edelsteine funkelten.

»Signora Margoni«, begann Fabbri, »Sie sind Vorsitzende der Fondazione Guido di Sassoli. Können Sie uns etwas über die Arbeit der Stiftung erzählen?«

Die Anwältin richtete sich auf. »Sehr gern. Die Sassoli-Stiftung hat sich zum Ziel gesetzt, die Wurzeln der toskanischen Kultur zu erforschen, deshalb finanzieren wir Ausgrabungen und wissenschaftliche Forschung, haben den Förderverein gegründet und kaufen hin und wieder bedeutende Fundstücke an.«

»Wie die Chimäre von Arezzo.«

»Nein, leider nicht.« Sie schmunzelte. »Es ist einzig und allein das Verdienst meines verstorbenen Mannes, dass die Statue als Dauerleihgabe zurückgekehrt ist, aber ihre Versicherung und ständige Beaufsichtigung verursachen hohe Kosten.«

»Und dafür betreibt die Stiftung ein Krankenhaus?«

Elsa Margoni sah ihn unwillig an. »Das Institut für Schlafmedizin ist kein Krankenhaus, sondern eine Therapieeinrichtung, in der Schlafstörungen behandelt werden.«

»Ja, das wissen wir. Und wir wissen auch, dass Ihr Mann dort Patient war. Eine Tatsache, die Sie uns bisher leider verschwiegen haben«, sagte Fabbri.

Mit einem Blick, aus dem die reine Unschuld sprach, breitete Elsa Margoni die Arme aus. »Ich dachte nicht, dass das für Ihre Ermittlungen relevant sei. Außerdem hatte ich keine Ahnung, wann und wie oft er sich dort behandeln ließ. Wir schliefen seit Jahren getrennt, wie ich Ihnen bereits sagte.«

»Aber die Einnahmen des Instituts fließen in die Stiftung, ist das richtig?«

»Ja, nach Abzug der Unkosten. Das Haus stand jahrelang leer, und als Professor Moretti nach Räumlichkeiten für sein Institut suchte, stellten wir ihm die Villa zur Verfügung.«

»Wieso machten Sie ihm dieses großzügige Angebot?«, fragte Stefano.

Elsa Margoni seufzte, um zu zeigen, wie viel Geduld sie für diese unnötigen Fragen aufbringen musste. »Es ist besser, wenn ein Gebäude belebt ist, sonst verfällt es irgendwann zur Ruine. Insofern griffen wir den Vorschlag des Professors gern auf, die Villa in eine Therapieeinrichtung zu verwandeln. Unsere Stiftung muss ja mit dem übertragenen Vermögen Einnahmen erzielen. Die Kooperation war eine Win-win-Situation für uns alle.«

In diesem Moment brachte die junge Frau aus dem Vorzimmer ein Tablett mit Wasser und Kaffee herein und stellte die Tassen und Gläser auf dem Schreibtisch ab. Nachdem sie die Getränke verteilt hatte, ging sie wieder hinaus.

Stefano nahm einen Schluck Espresso und schlug sein Blöckchen auf. »Wie wir herausgefunden haben, gehörte das Anwesen früher dem Conte di Sassoli, der die Stiftung 1999 gründete. Nur vier Wochen nach der Gründung kamen er und seine Frau ums Leben. Daraufhin übernahmen Sie die Leitung der Stiftung. Können Sie uns dazu etwas erzählen?«

»Oh ja, dieser tragische Unfall.« Elsa Margoni spitzte nachdenklich die Lippen. »Wie lange ist das her, sagten Sie? Zwanzig Jahre? Meine Güte, wie die Zeit vergeht.« Sie schüttelte ungläubig den Kopf. »Es war eine Tragödie, die alle erschütterte, die ihn kannten, Freunde, Bekannte, selbst die Menschen in Arezzo. Ich bin noch heute todunglücklich darüber, dass die beiden so früh von uns gegangen sind. Im Stiftungsvertrag war zunächst die Frau des Conte, Veronica di Sassoli, als seine Nachfolgerin vorgesehen, aber da auch sie verstorben war, stellte ich mich dieser neuen Herausforderung.«

»Bewundernswert, Signora Margoni«, säuselte Fabbri. »Was brachte den Conte denn dazu, den Familienbesitz in eine Stiftung zu überführen?«

Sie lächelte. »Er war ein Mensch mit vielen Interessen, zwei Hände langen nicht, sie aufzuzählen. Er glaubte, mehr bewirken zu können, wenn sein Vermögen von einer Stiftung verwaltet würde.«

»Was wollte er denn bewirken?«

»Gesellschaftliche Veränderung, ganzheitliches Denken, spirituelles Wachstum, das Bewusstsein für Vergangenheit und Zukunft im ewigen Kreislauf des Kosmos. Das waren seine Anliegen.«

Meine Güte, dachte Fabbri, das klingt wie aus einem Prospekt für ein Esoterik-Seminar. Er wurde deutlicher. »Unseres Wissens kämpfte der Conte mit finanziellen Schwierigkeiten.«

Elsa Margoni schnappte empört nach Luft. »Wer behauptet denn so etwas? Sie dürfen nicht alles glauben, was die Leute reden.«

»Es gab jemanden, der ihm hin und wieder aus der Patsche half und ihm wertvolles Mobiliar abkaufte, wenn er wieder Geld brauchte.« Fabbri sah Ricci vor sich, wie er dem Geschäft seines Lebens nachtrauerte. »Wie wir erfuhren, hat sich Sassoli vom gesamten Inventar der Villa getrennt.«

Elsa Margoni drehte nachdenklich an einem ihrer Ringe. »Vermutlich wollte Guido den ganzen alten Plunder loswerden. Er war ein Mensch, der wenig Wert auf materielle Dinge legte, die geistige Entfaltung war ihm wichtiger.«

»War er dabei so eine Art Vorbild für Sie?«

Wieder sammelte sich Elsa Margoni, bevor sie antwortete: »Guido war ein Freund der Familie. Mein Vater war Notar und stand ihm juristisch zur Seite, als er sein Vermögen für das Gemeinwohl stiften wollte.«

»Riet er ihm zu diesem Schritt?«

»Genau genommen war ich das. Ich war damals eine junge Anwältin, und wir suchten nach Möglichkeiten, sein Projekt weiter finanzieren zu können. Ich schlug ihm den Weg in eine Stiftung vor. Guido war einverstanden und ließ die Verträge in unserer Kanzlei aufsetzen.«

»Um was für ein Projekt handelte es sich genau?«, fragte Stefano.

Fabbri nippte an seinem Kaffee. Ihm war nicht entgangen, dass der Blick der Anwältin unruhiger geworden war. Sie wirkte wie auf dem Sprung, als würde sie krampfhaft überlegen, wie sie aus der Situation entkommen konnte. Stefano hatte wohl genau die richtige Frage gestellt.

Abrupt zog Elsa Margoni ihre Tasche auf den Schoß und steckte einige Akten hinein. »Wenn Sie keine weiteren Fragen mehr haben … Ich muss zu einem dringenden Gerichtstermin. Am besten, wir vertagen uns«, sagte sie, erhob sich und klemmte einen Ordner unter den Arm.

»Bitte setzen Sie sich wieder«, sagte Stefano scharf. »Oder möchten Sie unser Gespräch in der Questura fortsetzen?«

Fabbri warf ihm einen strengen Blick zu, der heißen sollte: Nicht so harsch, Stefano, sonst macht sie dicht. Ausgesprochen höflich stellte er die nächste Frage: »Signora Margoni, um was für ein Projekt handelte es sich, das der Conte durch die Stiftung finanzieren wollte?«

Elsa Margoni sank wieder in ihren Drehsessel. »Die Sassolis hatten große Pläne geschmiedet, sie wollten ein Seminarzentrum in der Villa einrichten, mit Kursen in Meditation, Traumarbeit und all den anderen Dingen, mit denen sie sich beschäftigten.«

»Die Sassolis und ihre Anhänger, nehme ich an. Stimmt es, dass die beiden so eine Art spirituelle Gemeinschaft in ihrer Villa versammelt hatten?«

»Dazu kann ich Ihnen nichts sagen.« Elsa Margoni hob abwehrend die Hände. »Ich war nur gelegentlich Gast in der Villa, aber ich versichere Ihnen, dass diese Leute harmlos waren. Gestandene Persönlichkeiten auf der Suche nach einem neuen Lebensentwurf.«

»Und wie sollen wir uns das vorstellen?«, warf Stefano ein, nach wie vor eine Spur zu ruppig.

»Ach Gott, Ökologie, Ernährung, Meditation, Yoga, Traumreisen, was Menschen eben interessiert, denen nicht nur das Materielle wichtig ist.«

»Und wie sah es mit Drogen aus? Haschisch, Marihuana, LSD oder ähnliche Substanzen?«

»Ausgeschlossen!« Elsa Margoni rückte mit ihrem Sessel nach hinten. »Der Conte propagierte ein drogenfreies Leben. Seine Ziele waren geistiges Wachstum und die Reinheit der Seele. Wer da Drogen genommen hätte, wäre auf der Stelle rausgeflogen.«

Fabbri trank einen Schluck Wasser. Das klang alles sehr sauber und anständig, doch er wusste, dass Anwälte professionelle Lügner waren, deren Kunst darin bestand, den unangenehmen Teil der Wahrheit wegzulassen. So sah er es jedenfalls.

»Können Sie sich noch an einzelne Mitglieder der Gruppe erinnern, fallen Ihnen Namen ein?«

»Ich bitte Sie, das ist zwanzig Jahre her«, sagte Elsa Margoni kopfschüttend, »ich kannte sie alle nur vom Sehen. An ihre Namen entsinne ich mich nicht mehr.«

Fabbri seufzte innerlich. Es wäre ja auch das erste Mal gewesen, dass sich jemand bei einer Befragung an irgendetwas erinnerte.

Er setzte neu an. »Kommen wir zu einem anderen Punkt. Was geschah nach dem Tod der Sassolis mit der Villa? Blieben seine Anhänger dort wohnen?«

»Wohl noch eine Zeit lang, aber dann löste sich die Gruppe auf.

Über die Jahre vermieteten wir die Villa an verschiedene Organisationen und Privatleute, aber das dauerte meist nicht lange, so ein altes Gebäude kostet sehr viel Unterhalt. Bis dann eben Professor Moretti sein Konzept für ein Zentrum für Schlafmedizin vorlegte und wir ihm das Gebäude überließen.«

»*Allora*, Signora Margoni«, sagte Fabbri. »Wir sind nicht gekommen, um in der Arbeit Ihrer Stiftung herumzuschnüffeln. Es sind zwei Morde geschehen und ...«

»Wieso *zwei* Morde?« Völlig perplex wechselte ihr Blick zwischen den Ermittlern hin und her. Die Schlagzeilen schienen noch nicht bis zu ihr vorgedrungen zu sein.

»Am Samstag haben wir die Leiche von Luis Pizotti gefunden, er wurde auf seinem Hof bei Siena brutal ermordet«, erklärte Stefano.

Fabbri hatte noch nie gesehen, wie jemandem so schnell das Blut aus dem Gesicht gewichen war. Entsetzt schlug Elsa Margoni beide Hände vor den Mund.

»Luis Pizotti«, keuchte sie und schüttelte den Kopf wie eine schlaffe Marionette. Sofort sprang Stefano auf, um ihr ein Glas Wasser zu reichen, bevor sie in ihrem Sessel zusammenklappte.

»*Madonna mia*, das darf doch nicht wahr sein.«

Es dauerte einige Minuten, bis sie die Fassung zurückgewann.

»Sie kannten Luis Pizotti?«, fragte Fabbri. Endlich kamen sie der Sache ein Stück näher.

Elsa Margoni atmete tief durch und wedelte sich mit beiden Händen Luft zu. »Ja, ich kannte ihn.« Sie machte eine Pause, trank in kleinen Schlucken aus ihrem Wasserglas. »Ich kannte ihn als Künstler. Und ja ... drei seiner großartigen Bilder hängen in meiner Wohnung.«

»Ist das alles? Ich sehe doch, wie Sie diese Nachricht schockiert. Signora Margoni, wenn Sie etwas wissen, wenn Sie sich bedroht fühlen, dann sagen Sie es uns«, sagte Fabbri bestimmt.

Elsa Margoni wich seinem Blick aus. »Nein, nein, alles in Ordnung, keine Sorge. Ich wollte sowieso ein paar Tage verreisen.« Sie neigte lächelnd den Kopf. »Ich hoffe, die Polizei hat nichts dagegen.«

»Natürlich nicht. Aber rufen Sie uns an, falls Ihnen etwas Merkwürdiges auffällt.«

Immer der gleiche Spruch, dachte Fabbri. Wieso glaubt eigentlich jeder in diesem Land, ohne die Polizei besser dran zu sein?

29

Erst am nächsten Tag fand Pia Zeit, ihren Plan fortzusetzen.

Wenn die Geschäfte des Antiquitätenhändlers mit dem Tod des Grafen Sassoli ein abruptes Ende gefunden hatten, so hatte sie überlegt, dann gab es möglicherweise noch Überbleibsel, die auf das Leben der Aussteiger hinwiesen. Literatur, Tagebücher, Möbel, Schmuck.

Schon gestern hatte sie sich in der Villa auf die Suche nach Hinweisen begeben, hatte in den Büroräumen und Untersuchungszimmern nachgesehen, Putzkammern und Wandschränke geöffnet und auch eine Runde um das Gebäude gedreht. Aber sie hatte keine Spuren der Vergangenheit entdecken können, alles war renoviert und auf den neuesten Stand gebracht worden. Moderne Möbel, dezente Bilder, weiße Kissen und Orchideen.

Alexander hatte natürlich wieder gemeckert, weil sie seit seiner Ankunft jeden Tag im Institut verbrachte, anstatt mit ihm nach Florenz zu fahren, um endlich den Palazzo Pitti zu besuchen, was sie bisher noch nicht geschafft hatten. Aber sie hatte ihm erklärt, dass sie im Gegensatz zu ihm keinen Urlaub mache, sondern herausfinden wolle, wieso zwei ihrer Patienten umgebracht worden waren. Genervt hatte er sich aufs Bett geworfen und sie beim Anziehen beobachtet.

»Du bist komplett verrückt«, hatte er gesagt. »Übermorgen reisen wir ab.«

Wenn es nach ihr gegangen wäre, hätte Alexander gleich abreisen können. Sie empfand ihn wie einen Klotz am Bein, der sie bei der Lösung ihres größten Problems behinderte: Zwei Männer aus dem Kreis ihrer Patienten waren brutal ermordet worden. Da war es doch wohl völlig verständlich, wenn sie versuchte, der Sache auf den Grund zu gehen. Wenn sie jedem Hinweis folgte, der Licht ins Dunkel brachte. So wie Riccis Bemerkung über eine Gruppe von Alternativen, die vor zwanzig Jahren hier gewohnt haben sollte.

Ungeduldig sah Pia auf die Uhr. Am Vormittag hatte sie Patientengespräche geführt, Messdaten ausgewertet, Arztbriefe geschrieben und Laura gebeten, die Leute, die zu einer Klartraumbehandlung angemeldet waren, auf andere Termine umzubuchen. Langsam näherte sich die Mittagspause, die ersten Kollegen verließen in ihren Autos den Parkplatz für ein ausgiebiges Mittagessen in Lucignano. Nach und nach legte sich eine träge Stille über die Villa. Zeit für ihren zweiten Versuch.

Draußen am Springbrunnen fand sie den Hausmeister, der gerade das Becken reinigte, in dem sich über den Winter getrocknete Blätter, Zweige und Kehricht angesammelt hatten.

»Entschuldigen Sie, Signor Bruno, könnten Sie mir vielleicht den Keller aufschließen?«

Der Mann erhob sich schwerfällig, schüttete die mit Blättern gefüllte Schaufel in einen Eimer und bog den Rücken durch. »Nach Ostern lasse ich das Wasser ein«, erklärte er. »Hoffentlich funktioniert alles.«

Während Pia ihm ins Gebäude folgte, plauderte er weiter über die Empfindlichkeit der alten Rohrleitungen und gestand ihr, dass er jedes Jahr aufs Neue gespannt sei, ob sich die Becken füllten.

»Arbeiten Sie eigentlich schon lange hier?«, fragte Pia.

»Erst seit zwei Jahren, Signora Michaelis, seit es das Institut gibt.«

»Und wissen Sie etwas über das Haus oder über den Conte di Sassoli?«

Bruno runzelte die Stirn. »Sassoli? Nie gehört. Ich weiß nur, dass das Gebäude ziemlich lange leer gestanden hat. Das hab ich erfahren, als ich mich auf die Stelle beworben hab. War echt viel zu tun am Anfang, Heizung, Elektrik, Wasserleitungen. Es dauerte ein Weilchen, bis alles wieder richtig lief. Und der Zustand der Toiletten und Bäder ...« Er kramte in seinem Schlüsselbund und öffnete eine wuchtige Holztür, die in den Keller führte. »Ich weiß ja nicht, was Sie da unten suchen, Signora Michaelis. Aber da ist nichts mehr, das restliche Gerümpel haben wir längst rausgeschmissen und verbrannt.«

Er reichte Pia eine Taschenlampe. Vorsichtig stieg sie die ausgetretene Steintreppe hinab.

Unten angekommen, erstreckte sich vor ihr das gemauerte Gewölbe unterhalb des Gebäudes. Modriger Geruch schlug ihr von den schimmelbedeckten Wänden entgegen und raubte ihr fast den Atem.

Sie leuchtete in den halbdunklen Raum hinein, der sich weiter hinten im Dunkel verlor. Stützpfeiler, Rundbogen und Nischen, die schon lange niemand mehr betreten hatte, waren vage auszumachen. Vielleicht besser so. Hier hatten längst andere die Macht übernommen: Spinnen, Asseln und sonstiges Getier, das das Tageslicht scheute.

Pia ging Schritt für Schritt vorwärts über den kalten, feuchten Steinboden und durchkämmte nach und nach die Gewölbeabschnitte. Sie ließ den Lichtkegel in die Ecken der einzelnen Gewölbe wandern, entdeckte ein verrottetes Weinregal und richtete den Strahl schnell wieder nach unten, nachdem sie die langen schwarzen Spinnweben an der Decke darüber beleuchtet hatte.

Einfach schauerlich, diese ganze Aktion, sinnlos und hirnverbrannt, in diesem Moderpalast herumzustöbern und nach Antworten zu suchen, dachte sie.

Mit einer letzten ausholenden Bewegung schwenkte sie den Lichtstrahl über eines der Seitengewölbe und hielt verblüfft inne. Da stand tatsächlich noch etwas von dem alten Zeug herum, das nicht der Entrümpelung zum Opfer gefallen war – eine verstaubte Kommode, darauf eine kleine Truhe, ein Messingleuchter und ein fleckiger Spiegel im verschnörkelten Goldrahmen. Alles bedeckt mit Staub und Spinnweben.

Mit spitzen Fingern öffnete Pia die geschnitzte Holzkiste. Sie war leer. Sie hob den Leuchter in die Höhe, und ein braunes Ungeziefer flitzte in die Dunkelheit davon.

Die Schubladen der Kommode klemmten in dem verzogenen Holzkorpus. Pia zog und zerrte daran, bis die oberste plötzlich mit einem Ruck nachgab.

Im Schein der Taschenlampe kam ein schlichter Bilderrahmen zum Vorschein, der ein blaustichiges Foto enthielt. Pia nahm ihn heraus, pustete über das Glas und hielt den Lichtstrahl auf das Bild. Es zeigte eine Gruppe von Leuten vor der steinernen Balustrade der Terrasse, im Hintergrund die dunstige Landschaft des Tals.

Das ist ja spannend!, dachte Pia.

Zurück in ihrem Büro, wischte sie mit einem Papiertaschentuch das Glas sauber und betrachtete das Foto genauer. Sie zählte fünfzehn Personen, die sich vor der Kamera aufgestellt hatten. Rechnete sie den Fotografen dazu, bestand die Truppe aus sechzehn Leuten.

Auffällig war das Paar in der Mitte, ein Mann und eine Frau in legerer Kleidung, er im kragenlosen Hemd über Jeans und Turnschuhen, sie in einer indischen Tunika und weiten Hosen. Sie waren eindeutig älter als der Rest der Leute, hatten diese besondere Aura abgeklärter Weisheit.

Die anderen waren ein bunter Haufen Alternativer, verwaschene T-Shirts, Cargohosen, Rastalocken, Tattoos und farbige Zöpfchen. Manche Frauen in der Runde trugen Pluderhosen und Batik-Shirts, andere ärmellose Baumwollkleider und Römersandalen. Auch zwei Kinder waren auf dem Bild zu sehen, ein Mädchen mit braunen Locken saß auf einem Kinderfahrrad, der blonde Junge dahinter hielt das Ding am Sattel fest.

Doch das Verblüffendste war nicht die Schar sommerlich gekleideter Menschen, die ernst, fast schon trotzig in die Kamera blickten, sondern die Unterschrift unter dem Foto: »Die Oneironauten«. Die Traumfahrer.

Vorsichtig nahm Pia das Foto aus dem Rahmen. Sie hoffte, auf der Rückseite die Namen der Leute zu finden, aber da stand nur ein Datum: Juni 1999. Nicht viel, aber besser als nichts. Fabbri würde das Foto sicher brennend interessieren.

Pia tippte seine Nummer ins Handy.

»Ich habe ein Foto gefunden, das die ehemaligen Bewohner der Villa zeigt. Ich vermute, dass es sich um das Ehepaar di Sassoli und seine Anhänger handelt«, berichtete sie kurz darauf aufgeregt. »Die Aufnahme hat zwanzig Jahre im Keller vor sich hin gerottet, aber die Leute sind noch gut zu erkennen.«

»Sehr schön, Pia«, antwortete Fabbri. »Können Sie mir das Foto vorbeibringen?«

Sie winkte Laura herein, die mit einem Schnellhefter in der Hand in der offenen Tür stand. »Gern, wie lange sind Sie heute im Präsidium?«

»Noch bis zum Abend. Ich richte mich nach Ihnen, Pia.«

»Okay, ich komme, so schnell ich kann«, sagte sie und beendete das Gespräch.

Warum klingt alles, was dieser Polizist sagt, so geduldig und freundlich?, dachte sie. Selbst bei den kürzesten Sätzen konnte sie seine Warmherzigkeit spüren. Vermutlich lag es nur daran, dass sie Alexanders ständige Aufgeregtheit in der Stimme gewohnt war und gar nicht mehr wusste, wie ein normaler Mann sprach.

»Ich habe den neuen Terminplan für unsere Klartraumpatienten«, erklärte Laura und schwenkte den Hefter. »Und leider auch schlechte Nachrichten.«

»Wieso, was ist?« Pia sah sie erwartungsvoll an.

»Aktuell haben wir ja nur noch zehn Patienten in Behandlung. Vier von denen haben leider komplett abgesagt.«

»Oh nein! Warum denn das? Sie sollten doch nur zum Gespräch kommen.«

»Der Grund ist doch wohl klar. Wenn die Polizei bei denen aufgetaucht ist, werden die aus allen Wolken gefallen sein, dass zwei ihrer Mitpatienten umgebracht worden sind. Da legen die sich bestimmt nicht mehr entspannt ins Schlaflabor.«

Natürlich, die Liste. Es war eingetreten, was Moretti befürchtet hatte. Die Patienten waren aufgescheucht worden und hielten weiten Abstand von einem Haus, in dem möglicherweise ein Mörder umging. Pia konnte es ihnen nicht verdenken.

»Na schön, hoffentlich bleiben wenigstens die anderen bei der Stange. Wer ist noch übrig?«

Laura schlug die Mappe auf und las die Namen vor. Franco Risi war dabei, außerdem eine Patientin aus Sansepolcro, drei Patienten aus Bologna, Florenz und Rom sowie einer aus Città di Castello in Umbrien. Sie legte den Schnellhefter auf den Schreibtisch und beugte sich über Pias Schulter. »Was hast du da gefunden? Sieht ziemlich alt aus.«

»Das Foto lag im Keller in einer Schublade. In der Villa hat angeblich ein exzentrischer Graf gelebt, der so was wie eine spirituelle Gemeinschaft gegründet hat.«

»Gibt's doch nicht«, sagte Laura erstaunt. »Wie lange soll das her sein?«

»So um die zwanzig Jahre. Die Unterschrift auf dem Bild lässt vermuten, dass er mit seinen Leuten auf Traumreisen ging, so wie damals einige Forscher mit ihren Testpersonen.«

»Unglaublich«, meinte Laura. »Ist er das, der Typ in der Mitte?«

»Ich nehme es an. Und die Frau im wallenden Gewand könnte die Contessa di Sassoli sein.«

»Was hast du mit dem Foto vor? Hängst du es irgendwo auf?«

Pia steckte das Bild in eine Klarsichthülle. »Nein, ich fahre nachher zur Polizei in Arezzo und bringe Kommissar Fabbri die Aufnahme vorbei.«

»Wieso? Hat das Foto etwas mit den Morden zu tun?«

»Ich weiß es nicht«, sagte Pia. »Es ist nur eine winzige Spur in die Vergangenheit und in die Geschichte der Villa. Vielleicht kommt etwas dabei heraus, vielleicht auch nicht.«

Laura legte ihr die Hände auf die Schultern. »Ach, Pia. Das ist alles so schrecklich und unerklärlich. Warum hat jemand Margoni und Pizotti getötet, das waren doch nette Männer? Ich verstehe das nicht.«

Pia seufzte. »Ich wünsche mir nichts sehnlicher, als dass der Täter bald gefunden wird, dann kehrt hier hoffentlich Ruhe ein.«

»Du, ich hab eine Idee«, sagte Laura munter. »Das Institut ist doch ab Freitag geschlossen. Hättest du nicht Lust, am Samstagabend zu uns zu kommen? Wir machen eine Party, jeder bringt etwas mit. Wir lassen es uns so richtig gut gehen. Na, was hältst du davon?«

Pia drehte sich mit dem Stuhl zu ihr um. »Normalerweise gern. Aber ich weiß gar nicht, ob ich an Ostern da bin. Alex ist aus Deutschland gekommen und drängt darauf, dass ich mit ihm nach Hause fliege, wenigstens über die Feiertage. Beziehungsstress, du verstehst. Wir wollen uns mal richtig ausquatschen.« Und dann werde ich sehen, wie es weitergeht, dachte sie.

»So, Alex ist noch da. Dann sag ihm einen netten Gruß. Schade, dass er uns letzte Woche nicht gesehen hat. Wir haben ihm wie verrückt zugewinkt, aber ihm ist nichts aufgefallen.«

Pia stutzte. »Wie bitte? Ihr habt ihn letzte Woche gesehen?«

»Ja, am Mittwoch oder so. Wir standen an einer Kreuzung, Alex saß im Auto neben uns. Er hatte die Ampel so fest im Blick, dass er uns gar nicht bemerkt hat.«

»Das kann aber nicht stimmen. Alexander ist am Samstag mit dem Flieger gekommen und hat mich vor der Haustür überrascht. Bist du dir sicher?«

»Na ja ... ich denke schon.« Laura zögerte. »Aber wenn du sagst, dass er erst seit Samstag hier ist ... ich weiß nicht, es kann auch eine Verwechslung gewesen sein.«

30

Fabbri nahm einen Schluck Kaffee aus dem Pappbecher und fluchte leise. Was für eine ekelhafte Brühe! Dieser metallische Automatengeschmack.

Unzufrieden blätterte er durch die Polizeiakte, die ihm Matteo vor einer halben Stunde aus dem Archiv herbeigeschafft hatte. Vor einer halben Stunde anstatt gleich gestern! Aber Matteo ließ sich eben nicht hetzen.

Und nun das: Die Akte war unvollständig. Tatortbericht, Fotos der Leichen, Obduktionsergebnis. Das war's auch schon. Keine Protokolle der Zeugenbefragungen, kein Ergebnis einer Hausdurchsuchung, keine Gutachten, keine Abschlussbilanz im Todesfall Guido di Sassoli und seiner Frau. Der ganze Rest befand sich vermutlich im Nirwana der Aktenablage.

Porca miseria! Das ist wieder typisch für diesen Saustall hier, dachte Fabbri. Verdammte Schlamperei.

Ihm blieb nichts übrig, als das Archiv eigenhändig auf den Kopf zu stellen, um die fehlenden Unterlagen zu finden. Fabbri hätte seinem Unmut gern Luft gemacht, aber Stefano hatte sich früher in den Feierabend verabschiedet. Sofia feierte ihren dritten Geburtstag, ein großes Ereignis für die Familie. Zu Hause erwartete Stefano eine Horde rosa gekleideter Mädchen mitsamt ihren Eltern, die alle von hinten bis vorn bewirtet werden wollten. Eine Gartenparty im Prinzessinnen-Stil war angesagt, inklusive eines Zauberkünstlers, der sich außerdem auf das Falten von Ballontieren verstand.

Fabbri warf einen Blick aus dem Fenster. Dunkle Wolken waren aufgezogen, jeden Moment konnte ein Gewitter losbrechen. Kein optimales Wetter für ein Kinderfest im Freien. Er schaltete die Schreibtischlampe an.

Dem Tatortbericht der Kollegen zufolge waren die Sassolis am 29. Juni 1999 tot neben dem Becken des Springbrunnens vor ihrer Villa aufgefunden worden. Einige Bewohner der Villa hatten die beiden am frühen Morgen leblos im Wasser entdeckt und herausgezogen.

Der Akte lagen die Fotos der Toten bei, ein Mann, etwa Mitte vierzig, und eine etwas jüngere Frau, beide mit nassen Haaren und durchweichten Klamotten. Ihre Gesichter wie aus grauem Marmor, die Augen geöffnet. Bei der Autopsie wurden Wasser in der Lunge und ein Chemiecocktail im Blut festgestellt, der einen Elefanten umgehauen hätte – Barbiturate, Psychopharmaka, jede Menge Alkohol. Nicht zu vergessen Spuren von Lysergsäurediethylamid, kurz LSD. Es grenzte an ein Wunder, dass da überhaupt noch Blut durch die Adern geflossen war.

Fazit der Obduktion: Tod durch Ertrinken unter erheblichem Drogeneinfluss. So viel zu der angeblichen Reinheit des Meisters.

Fabbri musste daran denken, wo er im Sommer 1999 gewesen war. Auf der Polizeischule in Rom, lange bevor er Lena kennengelernt hatte. Eine Menge war in diesen zwanzig Jahren geschehen, fast sein halbes Leben lag dazwischen.

Das Klingeln des Telefons riss ihn aus seinen Gedanken, die Pforte kündigte Pia Michaelis an. Wenig später klopfte sie an seine Tür.

Er klappte die Akte zu und ging ihr entgegen. »Schön, Sie zu sehen, Pia.« Er reichte ihr die Hand. Gut sah sie aus, mit ihren vollen braunen Haaren und den hellblauen Augen, die heute besonders stark leuchteten. Ihr Mund schimmerte rosa, und sie wirkte so frisch wie weiße Betttücher auf einer Leine im Wind. Fabbri fühlte sich gleich munterer.

»Bitte, setzen Sie sich doch«, forderte er sie auf und rückte einen Stuhl an seinen Schreibtisch. »Ich kann Ihnen allerdings nur einen Kaffee aus dem Automaten anbieten.«

»Nein danke, ich möchte nichts.« Pia nahm Platz, zog die Hülle mit dem Foto aus ihrer Handtasche und legte sie in den Lichtkegel der Schreibtischleuchte. »Dieses Bild habe ich in einer alten Kommode gefunden, die bei der Entrümpelung des Kellers übersehen worden ist. Aufgenommen ist es auf der Terrasse hinter der Villa. Das müssen die Sassolis und ihre Anhänger sein, von denen uns Ricci erzählt hat.«

Fabbri besah sich das Foto, dann drehte er es um. »Juni 1999. Im selben Monat entstanden, in dem die Sassolis ums Leben kamen.«

Das Paar in der Mitte identifizierte er sofort als die beiden Toten auf den Tatortfotos, beim Rest der Truppe sah es schon schwieriger aus. Manche Männer trugen Bart, andere hatten eine Sonnenbrille auf oder hielten sich die Hand vor die Stirn, weil die Sonne sie blendete.

Fabbri kramte eine Lupe aus dem Schreibtischcontainer, nahm das Foto aus dem Plastikumschlag und beugte sich tiefer über die Aufnahme.

Alles Leute Anfang bis Mitte dreißig, schätzte er, braun gebrannt, verzottelte Aufmachung, wie er es von Leuten kannte, die auf eigene Faust einen Hof in der Toskana bewirtschafteten – ständig ausgepowert, aber verbissen in ihr Projekt. Nach einer Landkommune sahen die jedoch nicht aus, dagegen sprach schon die rätselhafte Bezeichnung unter dem Foto.

Er reichte die Lupe an Pia weiter. »Können Sie jemanden erkennen? Sie sagten doch, Moretti hätte Pizotti von früher gekannt. Wir wissen auch, dass sich Enzo Margoni nicht nur mit antiken Fundstücken beschäftigte, sondern auch mit Esoterik aller Art. Er hatte mehrere Bücher über Meditation, Traumyoga und Trance bei sich zu Hause stehen. Unter anderem Castanedas ›Die Kunst des Träumens‹.«

»Ach, das ist ja interessant«, sagte Pia überrascht. »Dann gehörte er vielleicht auch zu den Oneironauten.«

»Den was?«

Pia legte die Lupe zur Seite. »Der Begriff stammt aus dem Griechischen und bedeutet Traumfahrer oder Traumreisende. Oneironauten sind Menschen, die sich stark mit Träumen beschäftigen und sich darin üben, Klarträume zu erleben. Um im Traum dann Dinge zu tun, die im Alltag nicht möglich sind. Fliegen zum Beispiel oder in surreale Welten reisen.«

»Oder jemanden zu töten, den man hasst.«

Pia verzog abschätzig den Mund. »Ja, durchaus, aber doch nur im Traum, nicht im realen Leben. Im Grunde hat die seriöse

Klartraumforschung mit Leuten wie diesen angefangen, auch wenn die Wissenschaft sie zunächst für Esoteriker und Spinner hielt. Aber später konnten Forscher das bewusste Träumen im Labor nachweisen. Den Testpersonen war es möglich gewesen, sich durch Meditation, Autosuggestion oder simples Training in einen mentalen Schwebezustand zu versetzen. Ihre Gehirnwellen zeigten dementsprechende Muster. Und heute verwenden wir das Klarträumen in der Therapie.«

»So mag es ja in Ihren Büchern stehen, Pia«, bemerkte Fabbri mürrisch. »Aber die Sassolis waren vollgepumpt mit Drogen und sind quasi in einer Pfütze ertrunken, wenn ich den Wasserstand im Becken berücksichtige.«

Betroffen öffnete Pia den Mund, sprach aber nicht weiter.

Fabbri hatte sie keinesfalls in ihrer Berufsehre kränken wollen. »Entschuldigen Sie, Pia«, sagte er. »Nichts gegen Ihre Therapie, Sie tun bestimmt eine Menge für Ihre Patienten.«

»Moretti hat mir erzählt«, fuhr Pia fort, »dass sein Freund Pizotti sich damals einer Selbsterfahrungsgruppe anschloss, die mit Techniken zur Bewusstseinserweiterung experimentierte: Meditation, Hypnose, Traumreisen. Er selbst sei da bereits in Kalifornien gewesen, wo er Versuche mit LSD durchführte. Er sei dann aber auf das Phänomen des Klarträumens gestoßen und habe sich mit diesem Forschungszweig beschäftigt. So hat mir Moretti seinen Werdegang geschildert.« Sie ließ die Lupe wieder über das Foto gleiten und betrachtete sorgfältig die einzelnen Gesichter.

Fabbri konnte ihr Parfüm riechen. Ihr Haar teilte sich über dem Nacken und gab das zarte Goldkettchen frei. Er musste schlucken.

»Lassen Sie sich Zeit«, sagte er. »Sie haben die Männer öfter gesehen als ich.« Er kannte sie ja nur als Leichen.

»Wenn ich mich nicht täusche ...«, Pia verharrte da und dort mit der Lupe, »also, wenn ich mich nicht völlig irre, ist das hier Luis Pizotti. Der Mann im Hintergrund könnte Enzo Margoni sein.« Sie reichte ihm die Lupe und deutete auf die beiden Gesichter. »Die sind mir vorher gar nicht aufgefallen.«

Fabbri konzentrierte sich auf einen Mann im violetten Unterhemd und einen anderen mit freiem Oberkörper und ausgeblichter Fischermütze auf dem Kopf. Ja, das kam hin. Wenn er sich die beiden mit breiterer Statur und weniger Haaren vorstellte, konnten das durchaus die beiden Mordopfer sein.

»Und was halten Sie von dem Typen hier vorn?« Er deutete auf einen Mann in der Reihe neben Veronica di Sassoli. Morettis adlerartige Gesichtszüge und seine glatten, zurückgekämmten Haare waren auch nach zwanzig Jahren unverkennbar.

»Ich werd verrückt!«, rief Pia aus. »Das ist Moretti! Eigentlich sollte er auf dem Foto gar nicht zu sehen sein, weil er angeblich längst in Berkeley forschte. Das gibt's doch nicht!«

»Das bedeutet, dass er 1999 nicht in Kalifornien war, sondern in der Villa der Sassolis«, stellte Fabbri fest.

Pia lehnte sich im Stuhl zurück und verschränkte die Arme. Ihre Augen funkelten vor Wut und Enttäuschung. »Wieso hat er nicht zugegeben, dass auch er zu Sassolis Gruppe gehörte?«

Einmal Lügner, immer Lügner, dachte Fabbri. »Wenn Sie mich fragen, hat er seine Mitgliedschaft in der Traumfahrer-Truppe verschwiegen, weil da nicht alles mit rechten Dingen zuging.«

»Was meinen Sie?«

»Drogen natürlich, was sonst? Wenn ich bedenke, dass Sassoli seine Hütte ›Villa Chimera‹ nannte ... Chimäre ist ein anderes Wort für Illusion, Wunschtraum, Halluzination.«

»Mag ja sein, aber was hat das mit den beiden Morden zu tun?«

Fabbri wühlte in den Unterlagen auf seinem Schreibtisch herum, bis er einen Zettel in der Hand hielt. »Hier steht es: Die Chimäre, das Monster aus der griechischen Sage, lauert mit Vorliebe Reisenden auf und tötet sie mit einem Feuerstoß aus ihrem Maul. Die Mordopfer waren in gewissem Sinn ebenfalls Reisende. Traumreisende.«

Es entstand ein Moment der Stille. Lediglich der Regen, der an die Scheiben prasselte, war zu hören.

»Traumreisende«, wiederholte Pia. »Das könnte bedeuten, dass jemand sich selbst als Chimäre versteht und ehemalige Traumfahrer tötet. Halten Sie das für möglich?«

Fabbri tippte mit dem Zeigefinger mehrfach auf das Foto. »Ich bin jedenfalls überzeugt, dass die Mordfälle nichts mit Ihrer Therapie zu tun haben, sondern dass es um eine alte Rechnung innerhalb der Gruppe geht.«

»Dann müssen wir herausfinden, wer zu diesem Kreis gehörte.«

»Richtig. Zwei Mitglieder der Gruppe sind bereits tot. Moretti stand mit beiden in privatem Kontakt. Ich bin gespannt, was er sagt, wenn ich ihm dieses schöne Andenken unter die Nase halte. Dann soll er uns erklären, wie er auf dieses Foto kam, und die Namen der anderen Leute ausspucken. Ich bin sicher, der Täter ist jemand aus diesem Kreis.« Und im schlimmsten Fall auch das nächste Opfer, dachte er.

Pia runzelte skeptisch die Stirn. »Das kann ich mir nicht vorstellen. Moretti ist der Auffassung, dass ihm jemand schaden will, der neidisch auf den Erfolg unseres Instituts ist. Wir sind die Einzigen in Italien, die mit Klarträumen therapieren. Moretti vermutet Sabotage durch die Konkurrenz. Er deutete sogar einen Auftragsmörder an.«

»Dann werden wir ihn auch dazu befragen«, meinte Fabbri unbeeindruckt. Für ihn klang das wie ein haarsträubendes Ablenkungsmanöver. Moretti war die Schlüsselfigur in dieser vertrackten Geschichte, daran bestand für ihn kein Zweifel.

Pia seufzte. »Ich hoffe, Sie haben Erfolg. Sie wissen ja, wie sehr mich der Gedanke quält, dass meine Klartraumbehandlung in einem meiner Patienten eine Psychose geweckt und ihn zum Mörder gemacht haben könnte. Das wäre unvorstellbar schrecklich, Signor Commissario.«

»Bitte sagen Sie Roberto zu mir, Pia.«

Pia nickte Fabbri zu.

»Hören Sie«, fuhr er fort. »Sie sollten sich keine Vorwürfe machen und nicht ständig an sich oder Ihrer Therapie zweifeln. Wenn Sie mich fragen, führt die Spur in die Vergangenheit und ins Herz dieser Gruppe. Wir werden uns zunächst auf die ehemaligen Bewohner der ›Villa Chimera‹ konzentrieren und sie alle auftreiben.«

»Ich danke Ihnen, Roberto«, sagte Pia lächelnd. Sie deutete zu dem Bilderrahmen, der neben dem Telefon stand. »Ist das Ihre Familie?«

Ein Foto von Lena, Isabella und ihm selbst, die Köpfe eng beieinander, ein dickes Grinsen auf den Gesichtern. Sie hatten einen wundervollen Tag am Strand verbracht, und zum Abschluss hatte Isabella mit ihrem allerersten Handy ein Selfie geschossen. Seine schönste Erinnerung.

»Ich habe leider nur noch meine Tochter«, sagte Fabbri. »Meine Frau ist vor zwei Jahren bei einem Autounfall ums Leben gekommen.« Der nüchtern ausgesprochene Satz versetzte ihm einen Stich, doch Pias teilnahmsvolle Miene milderte den Schmerz ein wenig. Ihr war anzusehen, dass sie aus ihren Patientengesprächen mit derartigen Tragödien vertraut war.

»Oh, das tut mir leid«, sagte sie ruhig. »Das muss schrecklich für Sie gewesen sein.«

»Ja, das war es.«

»Ich habe auch jemanden verloren, der mir sehr nahestand.« Sie betrachtete traurig ihre Hände. »Meine beste Freundin hat sich in den Tod gestürzt. Ihr Selbstmord traf mich wie ein Blitz aus heiterem Himmel.«

»Haben Sie deswegen Psychologie studiert?«

Sie schüttelte den Kopf. »Nein, ich war bereits Psychologin und habe trotzdem ihren Gemütszustand nicht richtig erkannt. Ist das nicht furchtbar?«

»Ich vermute, Sie standen ihr zu nah, um ein klares Bild zu bekommen. Es geschieht leicht, dass wir die Leiden unserer Liebsten übersehen.« Ein schwacher Trost, das sah er ihr an. »Meine Frau war übrigens Deutsche, genau wie Sie.«

»Dann sprechen Sie Deutsch?«, fragte Pia erstaunt.

Fabbri winkte ab. »Sie können viel besser Italienisch«, sagte er auf Deutsch. »Ich habe es leider wieder verlernt.«

»Schade«, sagte Pia.

Sie lächelten sich an. Dann wechselte Pia ins Italienische. »Und wie fühlen Sie sich mittlerweile? Kommen Sie zurecht?«

Was soll ich darauf antworten?, dachte Fabbri. Ich fühle mich beschissen, noch jeden einzelnen Tag. Zwei Jahre Trauer, und es hört nicht auf.

»Ich träume öfter von Lena«, sagte er ausweichend.

»Was für Träume sind das? Möchten Sie mir davon erzählen?«

Fabbri fühlte sich in die Enge gedrängt. Im ersten Moment wusste er nicht, welche Richtung er einschlagen sollte. Einerseits war Pia Psychologin, also so etwas wie ein Arzt, dazu noch Traumforscherin. Kein Wunder, dass sie sofort hellhörig geworden war. Andererseits war sie eine attraktive Frau, der er ungern seine persönlichen Schwächen beichten wollte. Was tun? Abblocken oder von seinem nächtlichen Horror erzählen?

»Es sind keine schönen Geschichten«, sagte er.

»Die interessieren mich besonders.«

War ja klar, dachte Fabbri. Er atmete tief durch, sammelte sich und beschrieb die Traumsequenz von der gewundenen Straße in greller Sonne, erzählte von seinem mühsamen Aufstieg bis zu der Stelle, an der Lenas Wagen über dem Abgrund hing, von seinem verzweifelten Versuch, sie aus dem schwankenden Auto zu ziehen, und davon, wie sie ihm jedes Mal in die Tiefe entglitt. Der schlimmste Moment von allen.

Pia hörte verständnisvoll zu. »Und wie geht es Ihnen hinterher, Roberto?«

»Ich wache schweißgebadet auf und bin völlig fertig. Es gibt eine Stelle im Traum, an der sie mir etwas sagt, aber ich kann sie nicht verstehen, sosehr ich mich auch bemühe.«

»Dann fragen Sie sie doch einfach, wenn Sie wieder von ihr träumen.« Pia hob bedauernd die Schultern. »Schade, dass wir im Moment keine Behandlungen durchführen. Im Schlaflabor könnte ich Ihnen sicher helfen.«

Seinen blöden Vorwand mit dem angeblichen Freund schien sie vergessen zu haben – oder sie ging diskret darüber hinweg.

»Aber Sie sagten doch, es gäbe noch andere Methoden, einen Traum zu beeinflussen.«

Pia schlug ihre Beine übereinander und kreuzte die Hände über den Knien. »Da braucht es ein sehr langes Training und viel Disziplin«, erklärte sie lässig. »Nur so viel: Die beste Methode liegt darin, seine Wahrnehmung tagsüber zu schärfen und dieses kritische Bewusstsein in den Traum mitzunehmen. Bleiben Sie achtsam, nehmen Sie Ihre Umgebung aufmerksam wahr. Das dürfte Ihnen als Polizist ja nicht schwerfallen.« Sie lächelte ihn an. »Fragen Sie sich, ob Sie wachen oder träumen. Mit etwas Glück wird sich diese Frage in Ihren Traum fortpflanzen. Dann besteht die Chance, dass Sie erkennen, dass Sie träumen.«

Kritisches Bewusstsein – damit konnte er dienen. Vor allem, wenn es um die Aussagen von Verdächtigen ging. »Und dann?«

»Wenn Sie so weit sind, Ihren Alptraum als solchen zu erkennen, können Sie überlegen, wie Sie seinen Ablauf ändern wollen.«

»Ich möchte meine Frau retten, wenigstens im Traum.« Mein Gott, klingt das albern, dachte er.

»Gut, dann könnten Sie ein Hilfsmittel in Griffweite legen, ein Seil, das Sie um sie binden möchten, Handschellen, um sie an sich zu ketten. Sie sehen, ich denke sehr praktisch.«

»In Griffweite neben das Bett? Aber ich schlafe doch.«

»Das spielt keine Rolle. Das Hirn arbeitet Tag und Nacht, Sie werden sich an den Gegenstand erinnern und ihn einsetzen.« Sie sah ihn ernst an. »Und wenn Sie hören wollen, was Ihre Frau im Traum sagt, dann fragen Sie sie danach. Möglicherweise ist es eine Botschaft aus Ihrem eigenen Unterbewusstsein. Ist Ihnen denn kurz vor dem Unfall Ihrer Frau noch etwas aufgefallen?«

Darauf hatte Fabbri keine Antwort. In seiner Erinnerung tauchte nur die grauenvolle Situation auf, als seine Kollegen ihm die Todesnachricht überbracht hatten. Alles andere war wie ausgelöscht.

»Haben Sie Geduld, Roberto«, sagte Pia sanft. »Und falls es nicht klappt, kommen Sie zu mir, wir finden dann schon einen Weg.«

»Sie wären eine tolle Polizeipsychologin, Pia, ehrlich«, sagte er anerkennend. »Sie glauben gar nicht, wie viele von den Jungs hier einen Knacks haben.«

31

Banellis Stimmung war mehr als aufgeräumt, als sich die Kollegen am *giovedì santo*, dem Gründonnerstag, im Besprechungsraum versammelten. Er begrüßte jeden der Ermittler mit freundlichem Nicken, bis sich die etwa acht Männer und Frauen, die mit dem Fall Margoni beschäftigt waren, an den langen Konferenztisch gesetzt hatten. Auch die Kollegen plauderten gut gelaunt miteinander, bei den meisten war die Vorfreude auf das lange Osterwochenende groß, auf ein paar Tage im Schoß der Familie.

So fiel zunächst nur Fabbri auf, dass am Fenster ein Mann in Uniform stand, auf dem Kopf die Schirmmütze der Carabinieri mit weißem Band und dem Emblem der Truppe in Gold. Er grüßte kurz, als er Fabbri wiedererkannte, und legte seine Unterlagen auf den Tisch.

Nachdem die Leute Platz genommen hatten, setzte Banelli zu einer kleinen Begrüßungsrede an. »Signori, darf ich vorstellen, Capitano Farinelli vom Comando Provinciale in Siena.«

Farinelli berührte zur Begrüßung den Mützenschirm.

»Zunächst möchte ich betonen«, fuhr Banelli fort, »wie wichtig die Zusammenarbeit unserer beiden Behörden im gemeinsamen Kampf gegen das Verbrechen ist. Heute sehen wir, wie rasch eine solche Kooperation zu einem positiven Ergebnis führen kann. Aber ich greife vor, bitte, Capitano, übernehmen Sie das Wort.«

Gemessen nahm Farinelli seine Kopfbedeckung ab, strich sich über die Haare und setzte sich. »Danke, Questore Banelli. Ich kann nur bestätigen, was Sie sagen. Durch das rasche Eingreifen von Staatsanwaltschaft und Spezialabteilungen sind wir der Aufklärung im Tötungsdelikt Luis Pizotti einen großen Schritt näher gekommen. Möglicherweise haben wir auch den mutmaßlichen Täter im Fall Enzo Margoni gefasst, der Sie hier in Arezzo beschäftigt. Es ist den Kollegen von der DIA gelungen, schnell die Identität des Tatverdächtigen zu klären und an uns zu übermitteln.«

Wieso kommt hier plötzlich die DIA ins Spiel?, fragte sich Fabbri. Die Direzione Investigativa Antimafia war eine Sondereinheit zur Bekämpfung der Organisierten Kriminalität, ein Zusammenschluss aus Polizei und Carabinieri sowie Beamten der Finanzaufsicht und des Strafvollzugs. Wollte Farinelli etwa behaupten, Margoni und Pizotti seien Opfer der Mafia geworden?

Capitano Farinelli setzte seinen Bericht fort: »Blutspuren am Leichnam des getöteten Luis Pizotti führten über die DNA-Datenbank in Rom zu der bei der DIA angelegten Datei aller erfassten Mitglieder der 'Ndrangheta, zu denen auch der Tatverdächtige gehört. Er stammt aus einem Dorf in der Nähe von Reggio di Calabria, wo er als Sohn eines der einflussreichsten Clans zur Welt kam.«

»Darf ich fragen, um wen es sich handelt?«, warf Fabbri ein.

Zustimmendes Gemurmel bei den Kollegen.

Farinelli hob die Hand. »Besagter Tatverdächtiger Nico Sirano wurde als ältestes von sieben Geschwistern geboren und trat nach dem Schulabschluss in die Geschäfte der Familie ein. Schon bald erarbeitete er sich den Spitznamen ›Il meccanico‹, der Mechaniker, weil er sich ausgezeichnet darauf verstand, Autobomben zu bauen, Brandsätze zu legen und das illegale Waffenarsenal zu betreuen. Vor fünf Jahren sagte er jedoch in einem spektakulären Prozess gegen einen der Clan-Chefs aus und befindet sich seither im Zeugenschutzprogramm. Die zuständigen Beamten bestätigten, dass er sich hier in Arezzo eine neue Existenz aufgebaut hat und unter dem Namen Franco Risi eine Bar betreibt.«

Ungläubiges Raunen ging durch die Reihen der Polizisten. Jeder von ihnen kannte Franco und nahm hin und wieder einen Absacker oder einen Imbiss in dessen Bar zu sich.

Fabbri fühlte sich, als hätte ihm jemand einen Hieb in die Magengrube verpasst. Sein Freund Franco, ein ehemaliger Mafioso? Der ruhige Kneipenbesitzer, dem nur zwei Dinge am Herzen lagen, nämlich das Wohl seiner Gäste und der Fußball am Sonntag? Der angeblich so sensibel war, dass er sich einer Psychotherapie unterzog? Der sollte ein Mörder sein, der am Tatort grausige Hinweise auf ein antikes Standbild hinterließ? Das überstieg Fabbris Vorstellungskraft.

»So viel zu deinem komischen Grafen mit seiner Psychogruppe«, brummte ihm Stefano ins Ohr. Fabbri hatte ihm kurz vor der Sitzung das blaustichige Foto gezeigt und seine Theorie von den Morden unter alten Freunden erläutert, aber Stefano hatte zweifelnd den Kopf gewiegt.

Einige Kollegen hoben die Hand.

»Ist er schon verhaftet?«, fragte eine junge Polizistin.

Farinelli bestätigte dies. »Der Zugriff erfolgte heute Morgen um sechs Uhr unter Risis Meldeadresse in Arezzo. Er wurde vorläufig festgenommen und befindet sich zurzeit in der Vernehmung bei den Carabinieri hier vor Ort.« Er sah auf die Uhr. »Die Hausdurchsuchung dürfte bald abgeschlossen sein, möglicherweise finden wir weitere Indizien in Bezug auf die beiden Tötungsdelikte.«

»Wissen Sie schon etwas über Risis Motiv?«, fragte Fabbri.

»Nein, noch nicht, aber wir vermuten, dass er seine Identität schützen wollte.«

»Aber wieso denn?«, fragte Fabbri. »Das hätte Risi doch mit seinen Betreuern bei der Polizei regeln können. Wieso sollte er zwei Morde begehen, wenn er im Zeugenschutz eine neue Identität bekommen konnte?«

Farinelli ließ seinen Blick einen Moment auf Fabbri ruhen. »Zu seinem Motiv können Sie ihn gern selbst befragen. Als Zeichen unseres guten Willens zur Zusammenarbeit gebe ich Ihnen die Gelegenheit, ihn auf unserer Dienststelle in Arezzo zu besuchen. Wir haben beim Haftrichter Untersuchungshaft beantragt und Risi die Möglichkeit gegeben, einen Anwalt hinzuzuziehen. Wir lassen Ihnen jedoch freie Hand, den Tatverdächtigen unmittelbar nach dieser Sitzung aufzusuchen und weiter mit ihm zu verfahren.«

Farinelli setzte seine Mütze wieder auf und verabschiedete sich von den Ermittlern. Banelli brachte ihn zur Tür und wünschte eine gute Rückreise nach Siena.

Kaum war der Capitano verschwunden, begann eine rege Diskussion. War Margoni in Machenschaften der Mafia verstrickt gewesen? Kunstraub aus Kriegsgebieten zum Beispiel oder Fälschungen antiker Fundstücke? Hatte Risi im Auftrag der »ehrenwerten Familie« gehandelt? War der Ziegenkopf auf Pizottis Tisch ein bisher unbekanntes Zeichen gewesen, das an den Pferdekopf in Coppolas Film »Der Pate« erinnern sollte?

Banelli bat um Ruhe. »Die Hauptsache ist, dass wir nun den Fall übernehmen und nicht die Carabinieri oder die Polizei in Siena. Hier in Arezzo fing die Sache an, deshalb sind ausschließlich wir für die Aufklärung zuständig, das sieht der Staatsanwalt genauso.«

Offenbar war der Ausflug zum Trasimenischen See ein voller Erfolg gewesen, reicher Fischfang, gute Stimmung und launige Gespräche. Banelli hatte sich wirklich angestrengt, das musste Fabbri ihm lassen.

»Es lag ja auch auf der Hand«, sagte der Questore im Brustton der Überzeugung. »Zwei Tote mit Bezug auf das antike Standbild, symbolisch ausstaffiert mit Schlangenschuppen und Ziegenkopf, wer sollte da noch den Zusammenhang leugnen? Welchen Grund Risi wirklich für diese irre Tat hatte, werden Sie herausfinden, Fabbri, ich bin sicher, mit Ihrem besonderen Gespür für Zwischentöne werden Sie ihn schon zum Reden bringen.«

Wenig später ließ sich Fabbri in den Vernehmungsraum im Untergeschoss des Carabinieri-Gebäudes führen. Es war ein kleiner, fensterloser Raum mit beigen Wänden und grauem Linoleumbelag, in dem es nach Schweiß, Staub und Bohnerwachs roch. Kurz darauf führte ein Carabiniere Franco Risi in Handschellen herein und drückte ihn auf den Stuhl hinter einem weißen Bürotisch. Dann bezog der Beamte Position auf einem Stuhl in einer Ecke.

»Du machst ja schöne Sachen, Franco«, sagte Fabbri munter zur Begrüßung. »Wenn dein Lokal so oft geschlossen bleibt, laufen dir die Kunden davon.«

Franco war nur noch ein Schatten seiner selbst. Mit hängenden Schultern, ein Bein nervös zitternd, starrte er auf die Tischplatte und schwieg düster. Dann hob er sein schweißglänzendes Gesicht und sah Fabbri mit rot geränderten Augen an.

»Ich war es nicht, Roberto«, sagte er. »Das musst du mir glauben. Ich bin unschuldig.«

Klar, die alte Leier, dachte Fabbri. Kein Verdächtiger ist jemals schuldig, sie sind alle die reinsten Engel.

»Reg dich ab«, sagte er. »Du erzählst mir einfach Stück für Stück, woher du Margoni und Pizotti kanntest.«

Franco sah ihn erstaunt an. »Die kenne ich überhaupt nicht. Wer soll das sein?«

Fabbri half ihm auf die Sprünge. »Enzo Margoni, erdrosselt in seinem Büro im Archäologischen Museum. Luis Pizotti, erstochen in seinem Atelier bei Siena.« Er knallte die Fotos der beiden Opfer auf den Tisch.

Franco wich entsetzt zurück. »Nein, nein, nein, was wollt ihr mir hier anhängen? Ich bin denen niemals begegnet.«

Fabbri beugte sich über die Tischplatte. Er spürte, wie sie unter Francos nervösem Bein vibrierte. »Und wie kommt dein Blut auf Pizottis Leiche?«

»Keine Ahnung, ehrlich. Das kann nicht mein Blut sein. Ich kenne den Mann nicht.«

»Auch nicht aus der Klinik, in der du dich hast behandeln lassen? Du stehst auf der Patientenliste von Pia Michaelis. Sie war deine Therapeutin.«

Franco presste die Lippen zusammen. »Das ist meine Privatsache und geht niemanden etwas an.«

»Jetzt nicht mehr. Enzo Margoni und Luis Pizotti waren ebenfalls Patienten in der Schlafklinik. Spuck's schon aus, kennst du sie daher? Wussten sie etwas über deine Vergangenheit?«

Franco wedelte abwehrend mit den Händen. »Wie das denn? Es gibt nur Einzelgespräche. Entweder mit Dr. Michaelis oder mit den Assistenten.«

»Aber die Patienten laufen sich doch bestimmt über den Weg. Da kommt so manch einer ins Plaudern, erzählt, was ihn bedrückt.«

»Darüber rede ich noch weniger als über meine Behandlung.«

Der Carabiniere saß mit verschränkten Armen auf seinem Stuhl, die Augen geschlossen.

Fabbri senkte die Stimme. »Du hast für die Familie gearbeitet, warst ein Spezialist auf deinem Gebiet, hab ich recht?«

»Ach, weißt du, Roberto«, erwiderte Franco, »du wirst in eine Familie geboren, und ob arm oder reich, ob fürsorglich oder brutal, es bleibt deine Familie. Ich war lange überzeugt, das Richtige zu tun, wir mussten doch Tradition und Anstand bewahren, wo wären wir sonst hingekommen? Der Staat hat uns Leute im Süden verrotten lassen, da mussten wir eben unser Schicksal selbst in die Hand nehmen.«

Bla, bla, bla, dachte Fabbri müde. Er hatte dieses Mafiageschwätz zur Genüge gehört, es diente als Rechtfertigung für eine Diktatur des Schreckens, für abscheuliche Verbrechen im Namen der Familie, dabei steckte nichts weiter dahinter als Machtstreben, Geldgier und Rache. So einfach war das.

»Aber irgendwann kamen dir Zweifel?«, fragte er weiter.

Franco antwortete zögernd: »Schon, ja. Es war nicht schön, sich Respekt verschaffen zu müssen. Zu viele Kollateralschäden.«

Kollateralschäden! Fabbri musste sich zusammenreißen. »Wie zum Beispiel bei dem Brand, den du gelegt hast, um einen Zeugen zu beseitigen«, polterte er los. »Wodurch auch alle anderen Hausbewohner ums Leben kamen, inklusive eines fünfjährigen Kindes. Oder die Autobombe, die zwei junge Journalisten zerfetzte, nachdem sie über die Mafia recherchiert hatten.«

Das waren nur zwei der brutalen Verbrechen, die auf der langen Liste über Nico Sirano alias Franco Risi standen. Beim Lesen hatte Fabbri den freundlichen Mann hinter der Bar nicht mehr wiedererkannt.

»Hör auf, hör auf!« Franco begann zu weinen.

»Sind es die Bilder deiner Opfer, die dich heute verfolgen?«, rief Fabbri unwirsch.

Franco wischte sich mit dem Unterarm über die Nase. »Ja, manchmal. Sie sehen mich an, sie greifen nach mir, dann laufe ich davon.«

Fabbris Mitleid hielt sich in Grenzen. »Und deshalb hast du dich behandeln lassen. Um zu vergessen, was du getan hast.«

Franco sah ihn verzweifelt an. »Das ist noch nicht alles, Roberto. Ich hab ausgepackt, bin untergetaucht, hab einen neuen Namen angenommen, aber ich fühle mich keinen Moment sicher in meiner Haut. In den schrecklichsten Alpträumen durchlebe ich meinen Tod, wieder und wieder erlebe ich, wie sie kommen, um sich für meinen Verrat zu rächen. Glaubst du, dass ein Mensch so existieren kann? Ich bin bereit abzutreten, wenn sie eines Tages vor meiner Tür stehen, aber bis dahin möchte ich in Frieden leben.«

»Oh ja. Aber du dachtest, deine Mitpatienten hätten dich erkannt und würden dich an die 'Ndrangheta-Bosse verraten«, schnauzte Fabbri ihn an. »Bevor das geschah, bist du ihnen zuvorgekommen und hast sie getötet.«

Franco schlug mit den Händen auf die Tischplatte, sodass der Carabiniere aufschreckte. »Das ist doch völlig verrückt, Roberto! Wann hätte ich das denn machen sollen? Ich stehe doch von morgens bis abends in meiner Kneipe. Und die restliche Zeit schlafe ich – entweder schlecht oder mit einem Haufen Drähten am Kopf.«

Fabbri atmete durch. »Wann warst du zum letzten Mal zur Behandlung?«

»An dem Tag, als ihr Margoni gefunden habt. Am Sonntagabend habe ich eingecheckt. Meinst du, ich lege mich ins Schlaflabor, nachdem ich einen Mord begangen habe? So kaltblütig bin selbst ich nicht.«

»Und wo warst du in der Nacht davor, als das Volksfest stieg?«

»In der Bar natürlich, kannst du die Leute fragen. Ich hatte länger auf, so bis Mitternacht, dann hab ich sauber gemacht und bin nach Hause gegangen.«

Margoni war schätzungsweise zwischen elf und drei Uhr nachts gestorben, Franco hätte durchaus Zeit gehabt, ihn umzubringen.

»Und am vergangenen Samstag, genau eine Woche später? Hast du die Bar noch aufgemacht, nachdem ich dich besucht hatte?«

»*Madonna mia*, du hast doch gesehen, wie krank ich war, Roberto!« Franco bewegte die Hände in einer bittenden Geste. »Nachdem du weg warst, hab ich einen Zettel aufgehängt und mich wieder ins Bett gelegt. Genau, wie ich es vorhatte.«

Zur ersten Tatzeit zu Hause, zur zweiten krank im Bett – ein wasserdichtes Alibi sah anders aus.

In diesem Moment klopfte es an der Tür. Zwei Carabinieri traten ein und baten Fabbri, er möge kurz nach draußen kommen. Fabbri stand auf und folgte ihnen.

Auf dem Flur hielt einer der beiden einen Plastikbeutel in die Höhe. »Das haben wir bei der Durchsuchung von Risis Wohnung gefunden. Wir wollten Ihnen das Beweisstück zeigen, bevor wir es in die kriminaltechnische Untersuchung geben.«

»Hat vielleicht Einfluss auf Ihre Befragung«, meinte der andere.

In dem durchsichtigen Beutel lag ein alter, abgetragener Schlangenledergürtel.

32

Pia stand am geöffneten Fenster ihrer Küche, blies Rauch in den dunklen Hinterhof und beobachtete, wie sich die grauen Schwaden in der Nachtluft auflösten. Der Geruch nach nasser Erde und feuchten Blättern stieg zu ihr herauf und vermischte sich mit dem Tabakaroma der Zigarette.

Nach dem Druck der letzten Tage hatte sie auf der Fahrt zum Institut an einem *tabacchi* gestoppt, ein Päckchen MS gekauft und die erste Zigarette gleich auf dem Parkplatz geraucht. Herrlich war das gewesen, ein prächtiger, erfüllender Zug, obwohl sie das Rauchen schon vor Jahren aufgegeben hatte. Sie sagte sich, dass ein Päckchen noch nicht als Rückfall zählte, weil sie danach wieder aufhören würde.

Den ganzen Tag hatte sie auf Fabbris Auftauchen gewartet, der Moretti mit dem Foto aus alten Zeiten konfrontieren wollte. Aber sooft sie auch aus dem Fenster geschaut hatte, es war kein Polizeiwagen auf den Parkplatz gerollt.

Vielleicht war der Regen daran schuld, der nicht aufhören wollte und sogar die Landstraße unterspült hatte. Eine Streife der Verkehrspolizei hatte die Stelle gesichert, an der die Böschung abgerutscht war, und die Autofahrer an den rot-weißen Bändern vorbeigeleitet.

Jedenfalls war Fabbri bis zum Abend weder in der Villa erschienen noch hatte er sich auf dem Handy gemeldet. Pia war enttäuscht, aber auch ein wenig erleichtert, denn dann würde ihr die Abreise nicht so schwerfallen.

Alexander hatte zwei Flüge für Freitagmorgen gebucht, One-Way nach Frankfurt. Er hatte sie in den Arm genommen und ihr versichert, dass sie sich nach dem Osterwochenende entscheiden könne, ob sie nach Italien zurückfliegen wolle oder nicht. Er sei für alles offen, würde sie nicht drängen. Sie sollten die Feiertage nutzen, über ihre gemeinsame Zukunft zu reden – falls es denn eine gäbe – und sich richtig auszusprechen.

Ein paar Tage Auszeit werden mir sicher guttun, dachte sie. Wenn ich die Dinge aus der Ferne betrachte.

Es war alles geregelt. Laura würde in dieser Nacht die letzten beiden Patienten im Schlaflabor überwachen, bevor die Klinik ab Freitagmorgen für vier Tage schloss. Pia hatte tagsüber klar Schiff im Büro gemacht und ihre Forschungsergebnisse kopiert, um sie mit nach Deutschland zu nehmen. Für alle Fälle.

Die restlichen Sitzungen hatte sie wie geplant abgehalten, in der Hoffnung, dass nicht noch mehr Patienten das Vertrauen in ihre Therapie verloren. Schließlich hatte sie sich von den Kollegen verabschiedet und auch Moretti *buona Pasqua* gewünscht. Er hoffe, sie nach den Osterfeiertagen wiederzusehen, hatte er gesagt.

Schade, dass Fabbri nicht gekommen ist, um ihm das Foto aus alten Zeiten zu präsentieren, dachte Pia. Moretti vor zwanzig Jahren im Kreis der Traumreisenden, das hätte ihn doch eigentlich interessieren müssen. Und auch sie wäre gespannt auf Morettis Reaktion gewesen.

Falls Fabbri sich bis morgen Nachmittag nicht bei ihr meldete, würde sie ihn anrufen.

Es gab ihr einen Stich, als sie sein Bild vor sich sah. Für kurze Zeit hatte sie tatsächlich geglaubt, gemeinsam mit ihm den Fall aufzuklären.

Was für ein Quatsch, überlegte sie. So was gibt es nur im Film: Ein ungleiches Ermittlerpärchen wächst zu einem großartigen Team zusammen, ihre gegensätzlichen Charaktere führen am Ende zur Lösung des Falls. Ein schönes Märchen. In Wirklichkeit ermittelt die Polizei, ohne Außenstehende einzuweihen.

Pia dachte an die Momente in Fabbris Büro, als sie sich abwechselnd über den Schreibtisch gebeugt und das alte Foto betrachtet hatten. Sie hatte sich ihm ziemlich nah dabei gefühlt, auch als er von seinem quälenden Alptraum erzählt hatte, während draußen der Regen niederrauschte.

Pia drückte die Zigarette auf einem Tellerchen aus und schloss das Fenster.

Sei nicht so sentimental, tadelte sie sich selbst. Du hast einfach zu viel erwartet, dich in eine Art Detektivroman hineingeträumt. Wenn du ehrlich bist, auch in eine Freundschaft mit Roberto. Vielleicht sogar mehr. Aber der war noch immer mit seiner toten Frau verheiratet. Und von einem traurigen Mann sollte eine Frau konsequent die Finger lassen. Nein, Roberto brauchte ihre Hilfe nicht, weder als Mensch noch als Polizist.

Im Schlafzimmer schnarchte Alexander in den Kissen. Seine Freude war überschäumend gewesen, als sie mit dem verlängerten Wochenende in Frankfurt einverstanden gewesen war. Dabei hatte sie weniger ihm zuliebe zugestimmt, sondern weil sie das Gefühl hatte, hier nichts mehr ausrichten zu können. Die Klartraumtherapie lag auf Eis, die Patienten waren verschreckt, die Polizei ermittelte. Und in einem Winkel ihres Gehirns lauerte Fabbris Warnung, sich vor dem wahrscheinlich geistesgestörten Täter in Acht zu nehmen.

Pia zog ihren Schlafanzug an, während sie nachdenklich Alexander auf seiner Bettseite betrachtete. Wieder stellte sich das dumpfe Gefühl des Misstrauens ein. Wieso hatte er sich so komisch herausgeredet, als sie ihn auf seine Landung in Florenz angesprochen hatte, die durch den Sturm nicht möglich gewesen war? Und weshalb behauptete Laura, ihn ein paar Tage zuvor in Arezzo gesehen zu haben, wo er doch in Deutschland gewesen war? Seine Selfies auf der Baustelle, im Büro und in seinem Wohnzimmer in Frankfurt bewiesen es doch. War das wirklich eine Verwechslung gewesen? Hatten Marco und Laura nur einen Touristen gesehen, der Alex ähnlich sah? Irgendetwas stimmte da nicht.

Pia beschloss, ihn gleich morgen früh darauf anzusprechen. Sicher würde er Lauras merkwürdige Beobachtung erklären können. Hoffentlich blieb noch die Zeit, so kurz vor dem Abflug. Sonst würde sie vielleicht nie erfahren, ob er ihr etwas verheimlichte. Aber bevor sie nicht sicher war, konnte sie nicht mit ihm ins Flugzeug steigen.

Unschlüssig betrachtete sie Alexanders Handy, das still und schwarz auf dem Nachttisch lag.

Ich kann ihm doch nicht einfach nachspionieren, dachte sie.

Wenn ich schon so weit bin, sollte ich besser nicht an eine gemeinsame Zukunft denken, oder?

Zögernd nahm sie das Handy dennoch an sich. Alexander drehte sich im Schlaf um und murmelte ein paar unverständliche Worte. Er hatte vor lauter Vorfreude eine halbe Flasche Rotwein gekippt.

Pia stellte fest, dass das Smartphone nur mit seinem eigenen Fingerabdruck entsperrt werden konnte, eine narrensichere Idee, um die Inhalte zu schützen. Aber nur beinahe narrensicher.

Vorsichtig kniete sie sich neben das Bett und hielt den Atem an. Dann nahm sie Alexanders schlaffe Hand, griff behutsam nach seinem rechten Zeigefinger und drückte ihn auf den kleinen Scanner für den Fingerabdruck.

Nichts tat sich.

Welchen Finger mochte er für die PIN benutzt haben? Sie hörte, wie er schnaufte. Vorsichtig drückte sie seinen Mittelfinger an dieselbe Stelle.

Wieder nichts.

Unbewusst zog Alexander seine Hand zu sich und legte sie auf die Bettdecke.

Pia überlegte. Er hielt sein Handy mit der linken Hand, schrieb mit den Daumen, wischte mit rechts.

Sie hielt das Handy unter seinen linken Zeigefinger und presste ihn leicht nach unten. Sofort leuchtete der Bildschirm auf und schickte sein Licht auf die weißen Bodenfliesen.

Während Pia leise aus dem Schlafzimmer schlich, tippte sie auf das Symbol der Fotogalerie, die sich in einem bunten Potpourri öffnete. Immer mit einem Ohr im Schlafzimmer, schaute sie zuerst bei den Fotos nach, die er in den letzten Tagen aufgenommen hatte. Das waren einige. Sie wischte über Aufnahmen von Gassen in der Altstadt, von der Piazza Grande, der Fassade des Doms, von Kolonnaden und Kirchtürmen, typische Touristenfotos eben.

Doch dann hielt sie ungläubig den Atem an. Etwa zwanzig Fotos zeigten, wie sie zu Kommissar Fabbri ins Auto stieg und der Wagen davonfuhr. Es folgten genauso viele Aufnahmen, die sie in dem Café am Bahnhof zeigten, in dem sie sich mit Moretti getroffen hatte. Sie saß mit dem Rücken zur Kamera, während Morettis große Gesten, mit denen er sein aufgeregtes Gespräch begleitet hatte, deutlich erkennbar waren. Die Aufnahmen waren halb verdeckt durch unscharfe grüne Flecken im Vordergrund, vermutlich hatte sich Alex hinter den Büschen auf der anderen Straßenseite versteckt.

Pia war fassungslos. Doch es ging noch weiter: Da war sie selbst auf dem Parkplatz des Instituts, während sie Pizottis schwarzes Gemälde ins Auto schaffte. Dann wieder Moretti, der einige Zeit später das Gebäude verließ.

Pia wischte hin und her und entdeckte mehr Fotos von sich, von Moretti, von den Patienten, die in der Villa ein und aus gingen, sogar von Laura und Marco, wie sie nach der Arbeit über den Parkplatz liefen.

Pia wurde schwindlig und schlecht. Alex war die ganze Zeit hier gewesen und hatte sie heimlich beobachtet! Wie ein mieser Stalker hatte er sich versteckt und Fotos von ihr gemacht! Wie krank war das denn? So erklärte sich auch seine widerwillige Reaktion auf ihren Vorschlag, ihn über Ostern zu besuchen. Er hatte keine Kanutour mit Freunden geplant, sondern schlich hier in Arezzo herum. Kein Wunder, dass er zu stottern begonnen hatte, als er ihr die Lüge von seiner Landung in Bologna aufgetischt hatte. Seine verrückte Show mit dem angeblichen Überraschungsbesuch. Alles Theater! Was hatte Alex herausfinden wollen? Dass sie ihn mit Moretti betrog? Dass einer der Patienten ihr Liebhaber war?

Laura hatte sich nichts eingebildet. Alex war mit einem Auto herumgegurkt, um sie zu verfolgen. Nur durch Zufall hatten Marco und Laura ihn unterwegs gesehen.

Sie wechselte zu seinem Postfach und scrollte durch die Liste mit den bereits gelesenen E-Mails. Sie entdeckte die Bestätigung eines Mietwagenanbieters für die Buchung eines Lancia Ypsilon ab Flughafen Florenz und – wie sollte es anders sein? – die Mail mit der Stornierung des Flugs Frankfurt–Florenz am vergangenen Samstag.

Wahnsinn! Alex war definitiv nicht nach Deutschland geflogen, sondern hatte sich die ganze Zeit an ihre Fersen geheftet. Die kleine Eifersuchtsszene im Landgasthaus, in dem sie nach seiner Ankunft zu Abend gegessen hatten, war nur der Auftakt für seine hirnrissige Verfolgungsaktion gewesen, in der er nach Beweisen für ihre Untreue gesucht hatte.

Wieder wechselte sie zu den Fotos zurück. Bei dem Gedanken, dass Alex sie aus dem Gebüsch heraus eifersüchtig beobachtet und fotografiert hatte, wurde ihr erneut übel. Was für eine widerliche, demütigende Sauerei! Im Grunde passte sie zu seinem ganzen bescheuerten Verhalten. Der Hauskauf ohne ihr Einverständnis, die Drohung, sich eine andere Partnerin zu suchen, all die panischen WhatsApp-Nachrichten, die gefakten Fotos aus Deutschland, mit denen er sie getäuscht hatte. Er wollte sie um jeden Preis besitzen, aber nicht, weil er sie liebte, sondern weil er sie als Beweis für sein erfolgreiches Leben präsentieren wollte.

Der Mann braucht echt Hilfe, dachte sie.

Im Schlafzimmer regte sich etwas. Pia spitzte die Ohren. Aber Alex hatte sich nur stöhnend umgedreht und schlief fest.

Rasch klickte sie sich weiter durch die Bildergalerie und hielt erneut fassungslos inne, als sie Fotos aus ihren Patientenakten erkannte, die auf ihrem Schreibtisch im Wohnzimmer gelegen hatten. Es handelte sich um Aufnahmen von Enzo Margoni und Luis Pizotti, deren Messdaten sie zu Hause hatte auswerten wollen. Alex musste sich in der Nacht nach dem Streit daran zu schaffen gemacht und die Unterlagen abfotografiert haben. Stundenlang hatte sie noch gehört, wie er nebenan herumgegeistert war. Dabei hatte er offenbar auch ihren Papierkram durchsucht.

Pia wurde klar, woher er Margonis Beschwerden kannte. Nicht sie hatte ihm davon erzählt, wie er behauptet hatte, sondern er hatte die Berichte auf ihrem Schreibtisch gelesen. Hatte er sich in seinem kranken Hirn etwa eine Affäre zwischen ihr und Margoni oder ihr und Pizotti ausgemalt?

Sie konnte sich unmöglich wieder zu Alexander ins Bett legen und am nächsten Morgen Liebe, Vertrauen und Freude vorheucheln. Nein, er hatte sie zutiefst verletzt. Das Schlimmste war nicht seine rasende Eifersucht, sondern die perfide Art und Weise, wie er sie die ganze Zeit überwacht hatte. Da erübrigte sich jede Aussprache, jedes Gespräch über eine gemeinsame Zukunft.

Ende, aus, vorbei.

Leise schlich Pia ins Schlafzimmer, raffte ihre Klamotten vom Stuhl und packte im Bad die nötigsten Sachen zusammen. Alexanders Handy legte sie wieder auf das Nachttischchen. Werd glücklich ohne mich, du elender Scheißtyp!, dachte sie.

Zunächst würde sie ins Institut fahren. Dort würde sie nicht nur Laura während des Nachtdienstes antreffen, sondern notfalls auch ein Bett im Schlaflabor benutzen können. Morgen würde sie Alex anrufen und ihm kurz und knapp erklären, dass er ohne sie nach Deutschland zurückfliegen könne und sie ihn nie wiedersehen wolle.

Oder nein, eigentlich genügt dafür auch eine SMS, dachte sie trotzig, schnappte ihre Zigaretten und das Feuerzeug und warf einen letzten Blick auf den schlafenden Mann.

Scher dich zum Teufel, Alex, und zwar für immer!

33

Fabbri wischte sich den Schweiß von der Stirn. Vor ihm lag die Straße, die hoch nach Lucignano führte. Er war zu Fuß unterwegs, hielt sich dicht am Straßenrand, aus Vorsicht vor entgegenkommenden Autos. Aber der Verkehr war in der Mittagshitze zum Erliegen gekommen, der Asphalt flimmerte vor Fabbris Augen.

Schon sah er die Kurve, die an einem Felsvorsprung vorbeiführte. Dahinter lag die Stelle, an der Lena über den Abhang hinausgeschossen war.

Fabbri ging weiter bergan, bis er den Ausweichplatz erreicht hatte. Irritiert blieb er stehen. Der Platz lag vollkommen leer in der prallen Sonne, Lenas Auto fehlte in diesem Bild, es war weit und breit nicht zu sehen.

Fabbri runzelte die Stirn. Wie konnte das sein, war er zu spät gekommen? War sie bereits an den Felsen zerschellt?

Er ging bis an den Rand der Fläche und blickte nach unten, aber da waren nur das übliche Gestrüpp und die großen Steinbrocken, kein zerstörter Honda in der Tiefe.

Da fiel es ihm wieder ein. Lena konnte nicht hier sein, sie war nicht auf dieser Straße, der Unfall hatte nicht stattgefunden.

Weil er ihn verhindert hatte!

Zufrieden tastete er nach dem Autoschlüssel in seiner Jackentasche, den er am Morgen vom Wandhaken genommen hatte. Er konnte sich genau daran erinnern, dass er irgendeinen Gegenstand gesucht hatte, um Lenas Tod abzuwenden, so, wie Pia es vorgeschlagen hatte.

Das hieß doch … Ja, das hieß, dass er sich mitten in einem Traum befand, dass er sich im Klaren darüber war, dass dies die Abwandlung des Horrorszenarios war, das er wieder und wieder durchlitt.

Augenblicklich erwachte er in seinem Bett. Seine Hand fuhr unter das Kopfkissen. Ja, da waren sie, die Schlüssel von Lenas Honda und auch die von seinem eigenen Lancia. Um zu verhindern, dass sie in irgendein Auto stieg.

Bin ich wach, oder ist das ein Traum?, fragte er sich. Er war sich nicht sicher.

Von ferne kamen Geräusche. Papier raschelte, Mappen und Hefte klatschten auf den Boden.

Fabbri richtete sich auf. Von seinem Bett aus sah er durch eine riesige Zimmerflucht, in der Doppeltüren drei Räume voneinander trennten und weiße Gardinen vor den hohen Fenstern leise im Luftzug pendelten. Er befand sich in einer hochherrschaftlichen Wohnung, ähnlich der von Elsa Margoni. Nur mit dem Unterschied, dass diese völlig leer geräumt war. Im hinteren Salon schleuderte eine Frau Papierkram durch die Luft, Blätter, Zeitungen und Mappen landeten auf dem Parkett.

Fabbri erhob sich und lief barfuß zu ihr. Sie erschien ihm real und doch wie auf einer Bühne, wo er sie aus der Kulisse heraus beobachtete.

Lena! Er erinnerte sich an die Art, wie sie sich bewegte, an ihre schlanke Figur, die blonden Haare.

»Ich suche den Schlüssel.« Sie streifte ihn mit einem Blick.

Fabbri durchlief ein freudiger Schauer, endlich war sie wieder da, stand neben ihm im Licht, das durch die milchigen Vorhänge fiel.

»Suchst du vielleicht den hier?«, sagte er und hielt triumphierend den Autoschlüssel hoch.

Sie schüttelte den Kopf. »Nein, nicht den. Ich suche den Schlüssel zur Wahrheit.«

»Den suche ich auch«, antwortete er.

Immer weiter warf sie die Papiere hinter sich, um sie herum hatte sich ein Kreis aus weißen Blättern gebildet. Wie in einem Windstoß wirbelten weitere dazu.

Fabbri war sich sicher, dass er in Wirklichkeit in seinem Bett lag – und dass er diesen Traum festhalten musste, so lange es ging. Lena war tot, das wusste er genau, aber sie wusste es offenbar nicht.

»Du bist tot«, sagte er.

»Und was bist du?«, fragte sie lachend. Unbeirrt setzte sie ihre Arbeit fort und machte schließlich Anstalten zu gehen.

»Bleib doch noch«, sagte er.

Lena drehte sich zu ihm um und legte ihre Hand auf seine Wange. »Ich muss fort, Roberto.« Ihr Gesicht strahlte. »Lass mich gehen, ich bin doch nur im Zimmer nebenan.«

»Und der Schlüssel?«

»Die Wahrheit liegt direkt vor deinen Augen.«

»Ist es das, was du mir sagen wolltest?«

Er versuchte, ihr hinterherzulaufen, kam aber nicht von der Stelle. Sein Blick fiel auf den Schreibtisch, auf dem nun eine blaue Mappe lag. Dann wurde er davongetragen, die Szenerie verblasste und löste sich in einem federleichten Wirbel auf.

Im ersten Moment war er völlig orientierungslos, aber die Stille, die heruntergelassenen Jalousien und ein Blick auf den Wecker holten ihn in die Realität zurück. Halb sechs. Am liebsten hätte er auf der Stelle Pia angerufen, um ihr von seinem ersten Klartraum zu berichten. Eine unfassbare Euphorie durchströmte ihn, als sei er gerade zum Herrscher der Welt auserkoren worden. Doch Pia lag sicher noch im schönsten Schlummer. Außerdem kannte sie dieses Phänomen zur Genüge von ihren anderen Patienten.

Die Wahrheit liegt direkt vor deinen Augen, hatte Lena im Traum gesagt. Hatte das irgendeine reale Bedeutung? Oder hatte er nur sein eigenes Wunschdenken aus Lenas Mund gehört?

Er stand auf, machte Licht und blickte sich im Zimmer um. Vor sich sah er das zerwühlte Bettzeug, die leuchtende Nachttischlampe, den geblümten Sessel, Lenas Schreibtisch mit der Glasplatte darauf. Der Papierkram war zu verschiedenen Stapeln aufgetürmt, unberührt seit dem Tag, als sie von ihrer Fahrt nicht zurückgekehrt war. Notizzettel, Fotokopien, Flyer für die Stadtführungen in Arezzo, ein Stapel mit dem »Arezzo Magazine«, für das Lena geschrieben hatte.

Fabbri durchwühlte nach und nach die Unterlagen, fand Infoblätter, Speisekarten, Quittungen, Zeitungsausschnitte und Gesprächsnotizen. Nichts von Bedeutung, zumindest auf den ersten Blick.

Er griff nach der letzten Ausgabe des Magazins, schüttelte es durch – und tatsächlich fiel ein kleiner Schlüssel heraus. Fabbri wusste, dass er zu dem Rollcontainer neben dem Schreibtisch gehörte.

Mit zitternder Hand öffnete er den Container. Das übliche Büromaterial, ein Lexikon der italienischen Sprache, ein paar Souvenirs von unterwegs, Steine und Muscheln von Lenas Ausflügen an den Strand.

In der untersten Schublade entdeckte er unter einer Taucherbrille mit Schnorchel eine blaue Mappe mit Gummizug. »Material Sassoli« hatte Lena in ihrer akkuraten Handschrift auf die Vorderseite geschrieben.

Diese Mappe hatte er schon einmal gesehen. Ob hier auf dem Schreibtisch oder anderswo, konnte er nicht sagen. Mit dem Namen hatte er damals nichts anzufangen gewusst.

Wieso hatte Lena Informationen über die Sassolis gesammelt? Mit keinem Wort hatte sie ihre Recherche erwähnt. Vor zwei Jahren waren die Sassolis doch längst tot gewesen. Niemand hatte sich mehr für ihr Schicksal interessiert.

Fabbri zog das Gummiband ab und breitete den Inhalt der Mappe vor sich aus.

Lena hatte Zeitungsausschnitte aus Tageszeitungen und Zeitschriften sowie eine ganze Reihe von Artikeln aus dem Jahr 1999 gesammelt, die sich mit dem Tod der Sassolis befassten. Im »Corriere« war von polizeilichen Ermittlungen im Hause Sassoli und von einer Razzia auf dem Landsitz, bei der die Polizei Cannabis gefunden hatte, die Rede. Die »Nazione« berichtete vom Drogentod des adligen Ehepaars. Die Polizei war von einem Unfall ausgegangen, bei dem die beiden im Drogenrausch vor der Haustür ertrunken waren. »Das Ende einer Dynastie«, lautete die Überschrift.

Ein weiterer Artikel aus einem eher linksgerichteten Blatt beklagte die Dekadenz der oberen Klassen und sah in Guido di Sassoli einen typischen Vertreter der Bourgeoisie, dessen Tod das Resultat eines exzentrischen, von Drogen und Sex geprägten Lebensstils gewesen sei, während die Arbeiterklasse um ihr Überleben gekämpft hatte.

Aber es gab auch wohlmeinende Nachrufe, die die unkonventionelle Weltsicht des Grafen lobten und die neu gegründete Stiftung zum Schutz des kulturellen Erbes der Region herausstellten.

So ging es weiter. Lena hatte unzählige Artikel über den Tod der Sassolis zusammengestellt, bis hin zu einem Ausriss aus einem Boulevardblatt, das in dicken Lettern aufschrie: »Was wird nun aus den Kindern?«

Gute Frage. Fabbri erinnerte sich, dass auf dem Gruppenfoto ein Junge und ein Mädchen abgebildet gewesen waren, beide im Grundschulalter. Der rührseligen Leidensgeschichte zufolge waren die bedauernswerte Theresa und ihr ebenso bemitleidenswerter Bruder Rafaele di Sassoli zunächst dem Jugendamt übergeben worden, das sich um die Aufnahme der Kinder bei den nächsten Verwandten gekümmert hatte. Beigefügt war ein Foto, das die Geschwister zeigte, wie sie von den städtischen Mitarbeitern aus der Villa geführt wurden.

Auf einem Schmierzettel entdeckte Fabbri ein paar Titelentwürfe für eine Reportage über die Sassolis: »Drama mit Happy End«, »Wiedersehen in Arezzo« und »Die Sassolis«. Alle waren jedoch durchgestrichen. Darunter hatte Lena kreuz und quer Telefonnummern und Termine gekritzelt, von denen manche mit Häkchen versehen waren. Außerdem stand da: »Gespräch mit Rafaele«.

Nachdenklich betrachtete Fabbri das Geschwisterfoto aus dem Boulevardblatt. Wenn er zwanzig Jahre dazurechnete ...

Ein Geräusch wie von einem alten Wählscheibentelefon ließ ihn zusammenzucken.

»*Pronto*«, meldete er sich am Handy. Er konnte sich nicht vorstellen, wer in dieser Herrgottsfrühe etwas von ihm wollte.

»Guten Morgen, Commissario«, begrüßte ihn eine Frauenstimme. »Hier spricht Ispettore Mori von der Leitstelle in Arezzo. Könnten Sie bitte zu einem Einsatz an der Piazza Guido Monaco kommen? Es handelt sich um einen Wohnungsbrand mit mindestens einem Todesopfer.«

34

Als Fabbri den Unglücksort erreichte, war das Schlimmste bereits überstanden. Vier Löschzüge der Feuerwehr und drei Ambulanzwagen blockierten den Kreisel, an dem sich zahlreiche Menschen versammelt hatten, um den Feuerwehreinsatz mit ihren Handys zu verfolgen. Die Flammen waren gelöscht, die Drehleitern wurden eingefahren. In den Wagen der Ambulanz versorgten Sanitäter die Leute mit Sauerstoffmasken, während ein ratternder Ventilator im Hauseingang den Rauch aus dem Treppenhaus vertrieb.

Wie ein Häuflein verschreckter Erstklässler standen im Vorgarten Menschen in Bademänteln und Trainingsanzügen beieinander, betrachteten die durchnässte Fassade und sprachen aufgeregt in ihre Smartphones. Die schwarzen Fensterlöcher zeigten, dass die Wohnung im ersten Stock komplett ausgebrannt war.

Die Wohnung von Elsa Margoni.

Fabbri stieß auf den Einsatzleiter, der einer Gruppe von Feuerwehrleuten weitere Befehle erteilte. Der Brandmeister schlüpfte aus dem Handschuh und gab ihm die Hand.

»Schlimme Sache«, erklärte er. »Alles zerstört da oben. Das reinste Inferno. Wir mussten die Leute über Leitern da rausholen.«

»Wie viele Tote und Verletzte?«

»Eine Brandleiche im ersten Stock, aller Voraussicht nach die Eigentümerin. Die Frau muss natürlich noch identifiziert werden, aber wir gehen davon aus, dass es sich um Signora Margoni handelt. Ansonsten Rauchvergiftungen, zwei Personen sind schon auf dem Weg ins Krankenhaus.«

»Wissen Sie schon etwas über die Brandursache, Capo?«, fragte Fabbri.

»Noch nicht, Commissario. Wir vermuten, dass das Feuer in der Bibliothek ausgebrochen ist. Die vielen alten Bücher haben wie Zunder gebrannt und dem Feuer die Kraft gegeben, sich durch sechs Räume durchzufressen. So was hab ich selbst noch nicht gesehen. Die Hitzeentwicklung war so stark, dass wir zuerst gar nicht reinkonnten. Die Leute haben auf den Fensterbrettern gestanden.«

Es mussten sich dramatische Szenen abgespielt haben.

»Wann, glauben Sie, ist der Brand ausgebrochen?«, fragte Fabbri.

»Schätzungsweise gegen vier Uhr in der Nacht. Zum Glück hat ein Nachbar den Qualm im Treppenhaus bemerkt und uns sofort alarmiert. Wenig später wären die Menschen verloren gewesen.«

Fabbri richtete seinen Blick auf die Fassade. »Wann kann ich mit den Kollegen die Wohnung betreten?«

»Wir sind voraussichtlich in einer halben Stunde mit dem Druckbelüfter fertig«, erklärte der Brandmeister. »Dann werden wir die Brandstelle kontrollieren und absichern. Danach können Sie mit Ihren Untersuchungen beginnen.«

»Danke für Ihren Einsatz, Capo«, sagte Fabbri, verabschiedete sich und ging den Kollegen aus der Questura entgegen, die soeben aus den Autos stiegen.

»Ich dachte, ich könnte heute ausschlafen«, meinte Stefano gähnend. »Was für ein Scheißjob.«

»Die Wohnung von Elsa Margoni ist ausgebrannt«, erklärte Fabbri nüchtern. »Sieht so aus, als hätte es diesmal sie erwischt.«

»Ausgebrannt«, wiederholte Stefano und sah nach oben zu den schwarzen Fensterlöchern. »Dann werden wir wohl keine Spuren mehr finden.«

»Das brauchen wir auch nicht, der Brand selbst ist die Spur.«

Stefano musterte ihn fragend.

»Opfer Nummer drei. Ihr Tod passt genau ins Schema.«

Stefano verdrehte die Augen. »Du und dein Schema. Das kann auch ein Unfall gewesen sein. Vielleicht durch einen Topf auf dem Herd oder eine brennende Zigarette.«

Fabbri schüttelte den Kopf. »Schlangenhaut, Ziegenkopf, Feuer«, zählte er geduldig auf. »Elsa Margonis Tod trägt das Zeichen des Löwen.«

»Ich kapier überhaupt nichts.« Stefano bewegte die zusammengepressten Fingerspitzen kräftig auf und ab. »Was soll das heißen, das Zeichen des Löwen?«

»Der Löwe ist das zentrale Element der Chimäre. Er zerfleischt seine Opfer nicht mit den Zähnen, nein, er tötet mit Feuer. Er vernichtet seine Gegner wie ein feuerspeiender Drache.«

Stefano stöhnte genervt. »Lass uns einfach die Nachbarn befragen.«

Bei denen hob ein jammervolles Lamento an, als zwei Männer einen Kunststoffsarg aus einem Leichenwagen zogen und vor dem Hauseingang abstellten.

»*Madre di Dio*, heilige Muttergottes, steh uns bei!«, rief eine Frau, und die Umstehenden bekreuzigten sich.

Als die beiden Kommissare zu ihnen traten, rückte das Häuflein verstört zusammen. Die Leute beäugten die Ausweise, steckten ihre Handys weg und rüsteten sich für die Fragen der Polizei.

»Wer von Ihnen hat den Brand als Erster bemerkt?« Fabbri sah auffordernd in die Runde.

»Das war mein süßer Schatz Rocco«, sagte ein Mann im Frotteemantel und streichelte einem zitternden Chihuahua über das Köpfchen. »Wenn er nicht die ganze Zeit gebellt hätte, um mich aufzuwecken, wären wir wahrscheinlich alle nicht mehr hier. Nicht wahr, mein kleiner Held?«

Beifälliges Gemurmel von den Nachbarn, ein Schulterklopfen von dem Mann daneben. Der Hund zuckte zusammen und hob die glänzenden Augen zu seinem Herrchen.

»Ist Ihnen am Abend oder in der Nacht etwas aufgefallen?«, fragte Stefano, während er sein unvermeidliches Notizblöckchen herausholte.

Die Bewohner schüttelten den Kopf.

»Die arme Signora Margoni«, wimmerte eine Frau im rosengemusterten Steppmantel. »Zuerst haben sie ihren Mann ermordet, und jetzt ist sie selbst tot.«

»Das ist alles das Werk dieses Monsters aus der Hölle«, rief eine andere Frau und bekreuzigte sich erneut.

»Bitte, Maria, hör doch auf mit diesem Quatsch.« Ihr Mann packte sie am Arm, doch sie schüttelte ihn ab.

»Seit das verfluchte Standbild zurück ist, liegt ein Fluch über der Stadt«, rief sie. »Es ist ein heidnisches Symbol. Die Chimäre beschwört unseren Untergang herauf! Die Unwetter, die schrecklichen Verbrechen, der Brand in unserem Haus, das sind die Vorboten! Die Chimäre verwandelt unser schönes Arezzo in eine Totenstadt. So wahr ich hier stehe. Gelobt sei der Herr!«

Niemand widersprach der erbosten Signora. Aus den versteinerten Gesichtern konnte Fabbri lesen, dass einige diesem Unsinn zustimmten.

»Signori, bei allem Respekt«, sagte er in dem Bemühen, die Leute auf den Boden der Tatsachen zurückzuholen. »Ich bin fest überzeugt, dass wir es hier weder mit einem Fluch noch mit einem mysteriösen Phantom zu tun haben, sondern mit einem höchst realen Täter. Deshalb benötigen wir Ihre Mithilfe. Wann haben Sie Elsa Margoni zum letzten Mal gesehen?«

Ein Mann im Hintergrund hob die Hand. »Als ich gestern Nacht so gegen ein Uhr nach Hause kam, öffnete sie die Wohnungstür und übergab mir ihren Briefkastenschlüssel. Sie wolle für ein paar Tage verreisen, sagte sie. Sie bat mich, bis zu ihrer Rückkehr die Post aufzubewahren. Die gepackten Koffer standen schon im Flur.«

»Wissen Sie, wo sie hinwollte?«, fragte Stefano.

»Nein, das hat sie nicht gesagt.«

»Hatte sie Besuch in letzter Zeit, ist hier jemand aufgetaucht, der sonst nicht im Haus verkehrte?«

Wieder nur einmütiges Kopfschütteln.

»Kennen Sie einen Mann namens Rafaele di Sassoli?«, fragte Fabbri auf gut Glück. Stefano sah erstaunt zu ihm herüber.

Die Umstehenden verneinten.

»*Allora*, falls Ihnen noch etwas einfällt, rufen Sie uns an«, schloss Fabbri die Befragung und verteilte seine Visitenkarte.

Während Stefano die Namen der Anwesenden notierte, trat der Mann mit dem Briefkastenschlüssel noch unsicher von einem Fuß auf den anderen.

»Ja, bitte, möchten Sie uns noch etwas sagen?«, fragte Fabbri ermunternd.

»Ich weiß nicht, ob ich das erwähnen sollte … Als ich kurz bei der Signora im Flur gewartet hab, lag da ein Revolver auf dem Ablagetisch vor dem Spiegel.«

35

Pia fühlte sich leicht, fast schwerelos, als sie wieder zu sich kam. Sorglos, heiter und mit einem Gefühl der Zuversicht lag sie im Bett und spürte, wie ihr Körper in köstlicher Entspannung über der Unterlage schwebte. Wie in einem Becken mit optimal temperiertem Wasser. Herrlich!

Doch nach wenigen Sekunden verwandelte sich ihr Wohlgefühl in eine Welle aus elenden, beißenden Schmerzen, die jede Faser ihres Körpers ergriff.

Verdammte Scheiße, was ist das denn? Mit einem Schlag war sie voll bei Bewusstsein. Im spärlichen Licht ihrer Umgebung nahm sie einen schmutzigen Steinboden wahr. Sie fühlte, wie ihre Wange auf einem klammen Untergrund lag, während ihre Pupillen auf das Geröll und den Dreck vor ihren Augen scharf stellten.

Wo bin ich?, dachte sie verzweifelt.

Ihre rechte Schulter brannte wie Feuer. Sie fühlte sich, als hätte sie stundenlang in dieser verkrampften Position verbracht, die Arme auf dem Rücken, die Beine seitlich angewinkelt. Sie versuchte, ihre steifen Glieder zu bewegen, sich zu strecken und die Blutzirkulation wieder in Gang zu bringen, aber das war völlig unmöglich.

Sie war an Händen und Füßen gefesselt.

Zunächst ungläubig, dann entsetzt zog sie an dem festen Klebeband an ihren Handgelenken, nur um festzustellen, dass es umso tiefer in die Haut einschnitt, je mehr sie daran zerrte.

Langsam trat die gesamte Umgebung in ihr Blickfeld. Sie befand sich im Keller unterhalb der Villa. Da standen die alte Kommode, in der sie das Gruppenfoto gefunden hatte, der Kerzenleuchter, der Spiegel und der andere Kram. Jemand hatte sie zu dem Gerümpel in der hintersten Ecke geworfen, sie gefesselt und liegen lassen.

Vor Pias Augen rasten die Bilder der vergangenen Stunden

vorbei: Sie hatte einen letzten Blick auf den schnarchenden Alexander geworfen, den elenden Mistkerl, und dann ihre Wohnung verlassen. Sie war durch die nächtliche Gasse gelaufen, hatte sich in ihr Auto gesetzt und war zum Institut gefahren. Ihr Gedächtnis funktionierte zum Glück noch. Wenigstens das.

Sie erinnerte sich, wie sie den hell erleuchteten Kontrollraum betreten und sich gewundert hatte, dass Laura nicht vor den Bildschirmen gesessen hatte, mit denen die beiden Männer in den Schlafkammern überwacht wurden. Es sollte doch Lauras letzter Nachtdienst vor den Feiertagen sein, aber sie hatte die Patienten allein im Schlaflabor zurückgelassen. Wieso nur?

Pia rutschte mit dem Oberkörper auf dem schmutzigen Boden herum, die Schmerzen in ihren Armen waren unerträglich. Kälte und Feuchtigkeit drangen ihr bis auf die Knochen und saugten ihr unerbittlich Energie und Wärme aus dem Leib. Sie trug nur ihre Jeans und ein dünnes T-Shirt.

Verzweifelt versuchte sie, ihre Füße aus den Fesseln herauszuwinden oder diese durch ruckartige Bewegungen zu lockern. Mit den Fingern tastete sie zur Gesäßtasche ihrer Jeans, um an ihr Feuerzeug zu kommen. Mit der Flamme könnte sie versuchen, das Klebeband zu versengen und auseinanderzureißen. Doch ihre Jeanstaschen waren leer, alles ausgeräumt, auch ihr Handy und die Zigaretten.

Sie hatte keine Ahnung, wie lange sie schon hier lag, sicher seit einigen Stunden. Jegliches Zeitgefühl war ihr abhandengekommen.

»Hilfe!«, schrie sie aus Leibeskräften. Ihre Stimme schlug dumpf von den schimmelüberzogenen Wänden des Gewölbes zurück.

»Hilfe! Ich bin hier unten!«, rief sie ein zweites Mal. Aber wenn das Institut mittlerweile geschlossen war, könnte niemand ihre Schreie hören. Und dann? Vier Tage hier unten würde sie nicht durchstehen. Tränen stiegen in ihre Augen.

Sie verspürte Hunger und Durst, brennenden Durst, ihre Kehle fühlte sich rau und trocken an. Sie konnte kaum schlucken. Angestrengt versuchte sie, sich an den Rest der Nacht zu erinnern, stieß jedoch nur auf eine graue Leere, die sich nicht mit lebendigen Bildern füllen ließ.

Was ist geschehen, nachdem ich den Überwachungsraum verlassen habe? Ich bin in mein Büro gegangen, oder? Sie nahm es an, konnte den Ablauf aber nicht vor sich sehen. Sie wusste nicht mehr, ob sie sich an ihren Schreibtisch oder in einen Sessel gesetzt oder sich irgendwo hingelegt hatte.

Alles weg, totaler Filmriss.

Bodenlose Verzweiflung erfasste sie. Erschöpft starrte sie an die Decke. Wer hatte sie in den Keller geschleppt? War Alex ihr wieder gefolgt? Hatte er sie in ihrem Büro überwältigt? War er völlig durchgedreht in seiner rasenden Eifersucht und hielt sie hier gefangen wie ein Tier, um ihren Freiheitsdrang zu beenden? Was würde er ihr antun, wenn er in den Keller käme?

Sie musste raus aus diesem Verlies, sich befreien und eine Tür oder ein Kellerfenster finden, durch das sie entkommen konnte.

Bevor er sie fand.

Während sie sich von der einen auf die andere Seite wälzte, bemerkte sie plötzlich eine irritierende Bewegung an der Decke. Panisch richtete sie ihren Blick auf das Gewölbe. Grundgütiger, was ist das denn?, dachte sie.

Über ihr waberte ein verwirrendes Muster auf dem Halbrund aus Steinen. Ein chaotischer Tanz von Schlangen, Echsen und Skorpionen, die sich umeinanderwanden und zu einem Geflecht aus graugrünen, schuppigen Leibern formierten. Eine brodelnde Masse schimmernden und glänzenden Getiers, das aus unerfindlichen Gründen nicht auf sie herniederprasselte, sondern geschmeidig über das Mauerwerk glitt.

Minutenlang konnte Pia die Augen nicht von dem unwirklichen Spektakel abwenden, während Ekel und Panik sie kalt überfluteten. Ihre Gedanken überschlugen sich.

Bin ich dabei, den Verstand zu verlieren? Gaukelt mir mein Gehirn diese unheimliche Vision vor, weil es nicht mehr zwischen Wahn und Realität unterscheiden kann? Oder ist dieses Kellerverlies gar nicht die Realität? Liege ich stattdessen in meinem Bett? Erlebe ich einen Klartraum, der sich aus meinem eigenen

Wahnsinn speist? Oder stecke ich längst in einer Zwangsjacke in einer Nervenheilanstalt?

Bitte, bitte, lieber Gott, flehte sie innerlich, lass mich die Wahrheit erkennen!

36

Elsa Margonis Wohnung glich einem Tor zur Unterwelt. Die Wände in dem langen Korridor waren nass und rußgeschwärzt, ebenso die Holztüren zu den einzelnen Salons und das restliche Mobiliar. Wohin Fabbri auch trat, knirschte schwarzer Schotter unter seinen Schuhsohlen, die Reste der teuren Teppiche, Wandgemälde und Damastvorhänge, die zu Schutt und Asche zerfallen waren. Beißender Gestank legte sich auf seine Schleimhäute und verursachte ein ekliges, kratziges Gefühl in Hals und Lunge, das ihm das Atmen erschwerte.

In der Bibliothek hatten die massiven Holzregale dem Feuer standgehalten, auch einige schwere Folianten mit Ledereinband waren von den Flammen verschont geblieben, der Rest aber war zu grauen Flocken verbrannt, in denen die Kollegen in den weißen Overalls knöcheltief wateten und nach Hinweisen suchten.

Gemeinsam mit Stefano ging Fabbri zurück in den vorderen Salon, wo Tavanti sich bereits über die Leiche von Elsa Margoni beugte. Viel war von der Anwältin nicht mehr zu erkennen, aber dass sie es war, stand außer Zweifel – die verbrannten Hände trugen dieselben kostbaren Ringe an den Fingern wie an dem Tag ihrer Befragung in der Kanzlei.

Stefano hielt sich ein Taschentuch vor den Mund, während sie auf Tavantis Einschätzung warteten.

Der Rechtsmediziner brauchte nicht lange für sein Urteil. »Sie war schon vorher tot«, erklärte er und zeigte ihnen eine Stelle an dem verbrannten Schädel. Fabbri und Stefano gingen in die Hocke. »Ein massiver Schlag auf den Hinterkopf mit anschließender Fraktur der Schädeldecke. Ich vermute einen sofortigen Exitus, zumindest aber tiefe Bewusstlosigkeit, in der sie an einer Rauchvergiftung starb. Die meisten Brandopfer ersticken am Rauch, bevor sie verbrennen. Das hier sieht mir ganz danach aus.«

Sie erhoben sich. »Also hat der Täter sie erschlagen und anschließend Feuer gelegt, um die Spuren zu vernichten«, folgerte Stefano.

Oder um ein Zeichen zu setzen, dachte Fabbri. Aber er schwieg. Sie hielten ihn sowieso schon für so verrückt wie die Alte im Vorgarten.

»Ein Hinweis auf die Tatwaffe?«, fragte er.

»Das könnte alles Mögliche gewesen sein, ein Hammer, eine Eisenstange, ein anderer stumpfer Gegenstand. Der Schlag wurde mit ziemlicher Wucht ausgeführt, so viel ist sicher.«

»Vielleicht mit dem Griff eines Revolvers«, mutmaßte Stefano.

Tavanti besah sich noch einmal die Verletzung. »Auch möglich. Es liegt an Ihnen, die Tat zu rekonstruieren.«

Fabbri wollte gerade bei den Kollegen nachfragen, ob schon eine Waffe aufgetaucht sei, als einer der Beamten in der Tür stehen blieb und mit einem Plastiktütchen wedelte. »Das haben wir im Bücherzimmer sichergestellt.« Er übergab Fabbri den Beutel und ging zurück an seine Arbeit.

»Ein Feuerzeug«, stellte Stefano fest.

Fabbri legte das Beweismittel auf seine Handfläche. Auf dem Sturmfeuerzeug war ein zur Hälfte weggeschmolzenes blaues N auf weißem Grund zu erkennen, das Logo des Fußballclubs SSC Neapel.

»Das ist nicht irgendein Feuerzeug«, sagte Fabbri. »Das Ding gehört Franco Risi.«

Mindestens tausend Mal hatte er gesehen, wie sich Franco seine Zigarette mit dem Fanartikel angezündet hatte und ihn anschließend wieder in der Hosentasche hatte verschwinden lassen.

Stefano stutzte. »Aber Risi kann den Brand doch gar nicht gelegt haben, der sitzt in Untersuchungshaft.«

»Richtig. Aber jemand anderes möchte, dass es so aussieht, als habe Franco das Feuer gelegt.«

Stefanos Blick hellte sich auf. »Moretti!«, rief er und schlug sich mit der Hand gegen die Stirn. »Du hast völlig recht gehabt mit deiner Theorie von den alten Freunden. Moretti war peinlich darauf bedacht, den guten Ruf der Klinik zu bewahren. Wie unangenehm muss es da für ihn gewesen sein, als die Freunde von damals auftauchten und ihn an seine Zeit bei der Psychogruppe erinnerten. Bestimmt haben sie ihn erpresst. Daraufhin hat er alle drei umgebracht oder umbringen lassen und die Spur auf Risi gelenkt. Aber Moretti konnte nicht wissen, dass Risi bereits hinter Gittern sitzt und das absichtlich zurückgelassene Feuerzeug ins Leere führt. Ist doch richtig, oder?«

Fabbri schüttelte den Kopf. »Vergiss Moretti. Es gibt noch zwei andere Personen, die dicht an Risi herangekommen sind. An sein Feuerzeug, seinen Schlangenledergürtel und vor allem – an sein Blut.«

Stefano breitete verständnislos die Hände aus.

»Komm«, sagte Fabbri. »Ich erkläre dir alles unterwegs.«

37

Konzentrier dich, sagte sich Pia im Sturm ihres aufgewühlten Geistes. Du bist nicht verrückt, das ist alles nur Einbildung, jemand muss dir Drogen gegeben haben, irgendetwas, das Halluzinationen auslöst. Du musst dich zusammenreißen.

Sie versuchte, die irrlichternden Trugbilder an den Wänden einigermaßen unter Kontrolle zu halten, doch wo sie auch hinblickte, wuchsen Ranken aus dem Gemäuer, Gesichter manifestierten sich und zerstoben im Nichts, urweltliche Büffel zogen über die Wände wie bei den Zeichnungen in den Höhlen von Lascaux.

Es war verführerisch, sich einfach hinzulegen und dem Schauspiel zu folgen, denn die Schmerzen hatten ihren Körper verlassen – sie war nur noch Geist und Vision. Verbissen kämpfte sie gegen den Wunsch an, diese wundervollen Sinnestäuschungen zu bestaunen, als hätte sie die sensationelle Gelegenheit, hinter das Wesen der Dinge zu blicken und unendliche Erkenntnis zu sammeln. Nur der Durst war mörderisch und befeuerte ihren Überlebenswillen.

Du musst hier raus, egal, wie, aber mach was, lass dich nicht fallen.

Ihr Blick fiel auf das Gerümpel an der Wand. Die Kommode sah weich und lebendig aus, sie atmete ruhig und regelmäßig und wölbte dabei ihre Schubladen nach vorn. In dem Messingleuchter brannten alle Kerzen und ließen in dem fleckigen Spiegel ein Gesicht erscheinen. Es war ihr eigenes. In einer Endlosschleife blinzelte es ihr zu.

»Ja, das bin ich«, flüsterte sie. Für einen Moment schloss sie die Augen. Doch auch da drehten sich Spiralen und Kreise, wirbelten Kristalle und Quader in einem verrückten Feuerwerk.

Mein Gott, alles ist in Bewegung!, dachte Pia und öffnete die Augen. Vorwärts, du weißt, was du tun musst.

Sie nahm ihr Ziel ins Visier und schlängelte sich mit ruckartigen

Bewegungen auf die Kommode zu. Der Spiegel, sie musste irgendwie an den Spiegel herankommen. Auch wenn er vermeintlich lebte und strahlte und sein Goldrahmen ihr Bild umschloss wie ein Lichterkranz, so wusste sie doch, dass er in Wirklichkeit fest und glatt war.

Sie rutschte an die Kommode heran und rammte ihre gefesselten Füße an die Vorderfront. Es fühlte sich an, als würde sie in einer Gummimembran versinken, ohne sichtbare Wirkung auf das Möbelstück.

Los, lass dich nicht beirren! Tritt zu! Fester, fester!

Als Erstes krachte der Kerzenleuchter scheppernd zu Boden. Die brennenden Kerzenstümpfe huschten als weiße Eidechsen in alle Richtungen davon. Mit aller Kraft donnerte Pia ihre Füße gegen die Schubladen, sank tief in die Masse ein, bis das flirrende, wabernde Ding, das der Spiegel gewesen war, nach vorn kippte und auf der pulsierenden Kommode liegen blieb. Von dort floss es über die Kante, bewegte sich wie in Zeitlupe nach unten, bis es in einem Lichtbogen zu tausend klirrenden Scherben zersprang.

War das Glas, Eis oder Quecksilber, was nun vor ihr auf dem Boden lag? Auf dem schwarz-weiß-braunen Mosaik, das ihr entfesselter Geist auf dem schmutzigen Untergrund entstehen ließ, lagen regelmäßige Dreiecke, aus denen ihr Hunderte Augen entgegenblinzelten.

Pia rutschte um ihre eigene Achse, versuchte, eines der scharfkantigen Stücke zu greifen und als Messer zu benutzen, aber ihre schweißnassen Hände griffen ins Leere. Ihre Fingerspitzen tasteten über den Boden, bis sie endlich einen Glassplitter berührte und ihn zwischen ihren Fingern in Position brachte. Sie lehnte sich an die Kommode, bewegte das scharfe Ding auf und ab und säbelte an dem Klebeband.

Weiter so, du schaffst es, nur ein paar Minuten noch!

Mit lautem Quietschen ging in diesem Moment die Kellertür auf.

Pia umkrampfte das Glasstück, bereit, sich bis aufs Blut zu verteidigen, falls sie noch Gelegenheit dazu hätte. Die Kraft des Universums würde ihr dabei helfen.

Der Strahl einer Taschenlampe näherte sich. »Ach, Pia, was machst du denn da?«, sagte eine ihr vertraute Stimme.

Laura? Laura!

Ihre Assistentin ging vor ihr in die Hocke und sah sie interessiert an. Wie wunderschön sie aussah mit ihren dunklen Locken und dem lieblichen Gesicht. Laura war gekommen, um sie zu retten!

Erleichtert ließ Pia das Glasstück fallen. »Schnell, mach mich los, jemand hat mich hierhergeschleppt und mir Drogen verpasst. Ich weiß überhaupt nicht, was los ist. Ich hab schrecklichen Durst.«

Doch Laura machte keine Anstalten, ihr zu helfen. Sie schob mit dem Fuß die Scherben beiseite, hob den Kerzenleuchter auf und stellte ihn zurück an seinen Platz. Die Taschenlampe legte sie auf die Kommode, sodass das gleißende Licht Pia blendete.

Sie kniff die Augen zusammen. »Worauf wartest du? Mach schon, was ist denn?«

Aus dem Halbdunkel trat Marco in das Gewölbe. »Pia, Pia, Pia.« Er schüttelte bedauernd den Kopf.

Es war erstaunlich, dass sich unter der Droge leblose Gegenstände veränderten, die Gesichter der Menschen aber dieselben blieben. Ja, vor ihr stand Marco und blickte mit teilnahmsvoller Miene auf sie herab.

»Geht es dir gut?«, fragte er.

»Nein!«, brüllte Pia und zerrte an ihren Fesseln. »Mach mich sofort los!«

»Das geht leider nicht«, antwortete Marco ruhig. »Du bist zu neugierig gewesen. Ich muss dich bestrafen.«

Plötzlich erinnerte sie sich daran, wie Laura im Schlaflabor aufgetaucht war, verschwitzt und abgehetzt und mit blankem Zorn, Pia zu sehen. Sie hatte ihr gerade eine Standpauke halten wollen, weil sie die Patienten unbeaufsichtigt gelassen hatte. Doch dann hatte sie jemand gepackt und ihr eine Spritze in die Schulter gejagt. Marco!

»Seid ihr völlig verrückt geworden?«, schrie sie.

Marco bückte sich und kam bis auf wenige Zentimeter an sie heran. »Die Grenzen sind fließend, das weißt du doch, liebe Pia.«

Ein Schauder lief ihr über den Rücken. »Was habt ihr mit mir vor?« Schlagartig kamen die Schmerzen zurück, und die Visionen traten in den Hintergrund. Nackte Angst stieg in ihr auf – und die Panik, nicht lebend aus diesem Keller herauszukommen. Sie riss an den Klebebändern und ruckelte über den Boden.

»Warum hast du uns bloß nachspioniert?«, fragte Laura erbost. »Was geht dich unser Leben an? Wieso läufst du mit unserem Foto zur Polizei und bringst uns in Schwierigkeiten?«

Für einen Moment vergaß Pia ihr Zappeln. »*Euer* Foto?«

Lauras Kälte füllte das ganze Gewölbe aus. »Wir mussten unsere Pläne ändern, nur wegen dir. Und dann kreuzt du heute Nacht hier auf und machst alles kaputt. Das war ziemlich dumm von dir.«

Nach und nach setzten sich die Einzelteile in Pias Kopf zusammen. Das Foto im Keller. Die beiden Kinder darauf. Das dunkelhaarige Mädchen auf dem Fahrrad und der blonde Junge dahinter ...

Die Erkenntnis erschütterte sie. »Ihr seid gar kein Paar!«, schrie sie. »Ihr seid Geschwister! Die Geschwister Sassoli!« Mein Gott, vor mir stehen die Kinder der Sassolis, die damals noch klein gewesen waren, als ihre Eltern mit Gleichgesinnten auf Traumreisen gingen, dachte sie.

Laura und Marco lachten sich zu. »Weißt du noch, wie oft wir uns hinter der Treppe versteckt haben?«, fragte Laura.

»Ja, hinter der Treppe, auf dem Dachboden, in Abstellkammern und in allen Ecken, wo wir den Erwachsenen entgehen konnten.«

»Die Geschwister Sassoli«, wiederholte Pia fassungslos. »Wie kommt ihr hierher?«

»Das ist eine lange Geschichte«, sagte Marco kalt. »Und sie hat nun ein Ende gefunden. Tod im Zeichen der Chimäre, unser Vater wäre stolz auf uns gewesen.«

Nein, das kann nicht sein! Pias Gedanken rasten, ihr Magen revoltierte, ihr Herz hämmerte. Marco und Laura können nicht die Mörder von Margoni und Pizotti sein ... Aber ihr Verstand sagte ihr, dass es genau so war.

»Ihr habt Margoni und Pizotti umgebracht!« Pia unterdrückte den nächsten Entsetzensschrei.

»Und Elsa Margoni, die Hexe, die alles angezettelt hat«, fügte Laura wutentbrannt hinzu.

»Warum?«, krächzte Pia.

»Unser Vater wollte eine spirituelle Elite schaffen. Menschen, die durch die Kraft des luziden Träumens bewusster, intelligenter, sensibler und sozialer leben. Die das gesamte Potenzial des menschlichen Geistes nutzen. So war es doch, Rafi? Und dann haben sie alles kaputt gemacht.«

»Diese Idioten«, sagte Marco verächtlich. »Eines Tages brachte Luis Pizotti Acid in die Gruppe mit und verteilte das Zeug an diejenigen, die niemals echte Klarträume erlebten. Und das waren die meisten von ihnen. Wenigstens mit dem guten alten LSD wollten sie die Grenzen ihres Bewusstseins sprengen, um zu erleben, was mein Vater ihnen versprochen hatte.«

»Luis meinte, wir sollten ruhig auch davon probieren«, erzählte Laura weiter, »und wir gingen direkt auf einen Horrortrip. Unsere Eltern waren außer sich, als sie uns fanden. Sie flößten uns literweise Zuckerwasser als Gegenmittel ein, weil sie glaubten, dass wir wahnsinnig werden könnten.« Sie beugte sich nach unten und tätschelte Pias Knie. »Wir wollten dir nicht vorenthalten, wie sich ein Kind fühlt, wenn plötzlich alle Dinge lebendig werden und es keine Ahnung hat, warum.«

»Ihr habt mir LSD gegeben? Wann soll ich das geschluckt haben?«

»Ausnahmsweise nicht geschluckt.« Marco machte eine Geste, als würde er sich selbst Augentropfen verabreichen. »Ein Tropfen in die Augenwinkel, schon begann deine Reise … Nach Pizottis bescheuertem Einfall wollten unsere Eltern alle rausschmeißen, alle sollten die Villa auf der Stelle verlassen. Es begann ein riesiger Streit.«

»Das muss alles schrecklich für euch Kinder gewesen sein.« Es war gut, dass die beiden redeten. Pia hoffte, dass es sie davon abhalten würde, sie umzubringen.

»Streit, Streit, Streit«, sagte Laura und hielt sich die Ohren zu.

»Die Stimmen so laut, so böse.« Sie hatte den Tonfall eines

kleinen Kindes angenommen. »Schlimme, schlimme Träume. Ohne Mama und Papa!«

»Ruhig, Theresa.« Marco umarmte sie. »Ganz ruhig.«

»Was geschah dann?«, fragte Pia. Bloß nicht den Faden verlieren, dachte sie. Das Gespräch nicht abreißen lassen.

»Unsere Eltern lagen im großen Saal, in dem mein Vater seine Lektionen abhielt. Elsa, Enzo und Luis waren bei ihnen. Sie sagten: ›Legt euch wieder schlafen, Mama und Papa geht's nicht gut, wir kümmern uns um sie.‹«

Laura schluchzte, während Marco sie stützte. Sein Gesicht war vor Hass verzerrt.

»Und dann haben wir am Fenster gestanden und gesehen, wie diese drei Monster unsere Eltern zum Springbrunnen geschleift haben. Sie haben ihre Köpfe unter Wasser gedrückt!«, schrie er hysterisch aus.

Pia traf die Erkenntnis wie ein Schlag. Pizotti, Margoni und dessen Frau Elsa hatten die Eltern von Marco und Laura getötet und es wie einen Unfall aussehen lassen.

»Wie furchtbar! Warum habt ihr das nicht der Polizei erzählt?«

Laura kam wieder zu sich. Ihre ganze Wut richtete sich gegen Pia. »Du bist so blöd!«, kreischte sie. »Willst eine Psychologin sein und weißt nicht einmal, dass manche Menschen verstummen, wenn der Schmerz zu groß ist!«

Marco war außer sich. »Elsa hat gesagt, wenn wir den Mund aufmachen, kommen wir ins Irrenhaus!«

»Aber später, ihr hättet doch später noch zur Polizei gehen können.« Pia biss sich auf die Lippen. Mit Vernunftargumenten durfte sie jetzt nicht kommen. Das reizte Psychopathen umso mehr.

»Meinst du, die hätten uns geglaubt?«, schnaubte Marco. »Nein, wir mussten warten, bis wir stark genug sind, physisch und psychisch. Erst dann konnten wir die Sache selbst erledigen, wie wir es uns geschworen hatten, nicht wahr, Theresa?«

Er streichelte seiner Schwester liebevoll über den Rücken.

»Ich verstehe euch vollkommen«, sagte Pia mit gespielter Einfühlsamkeit. »Ihr musstet tun, was ihr getan habt, ihr hattet keine andere Wahl.«

Marco verzog spöttisch den Mund. »Spar dir dein Psychologengequatsche! Es ist vorbei, Pia, auch für dich. Die Polizei wird sagen, dass du nicht darüber hinweggekommen bist, dass dein Patient Franco Risi zum Mörder geworden ist. Dass deine Klartraumtherapie seine Gewalttätigkeit geweckt hat. Vor lauter Schuldgefühlen hast du Drogen genommen und dir selbst ein Barbiturat gespritzt.« Er klatschte in die Hände. »Theresa, schaust du bitte nach, ob das Becken schon vollgelaufen ist?«

»Na klar!« Laura rannte durch den Gang davon.

»Was habt ihr vor?«, fragte Pia mit zitternder Stimme. Sie wand sich unter ihren Fesseln, strampelte mit dem ganzen Körper im Dreck und versuchte, rutschend eine Ecke des Kellers zu erreichen. Mit namenlosem Entsetzen sah sie, wie Marco die Taschenlampe in seine Richtung drehte und in aller Ruhe eine Spritze aufzog.

»Euer Plan geht nicht auf, Marco. Die Polizei wird feststellen, dass ich an Händen und Füßen gefesselt war.«

»Nicht wenn du vier Tage im Wasser gelegen hast.«

»Marco, bitte!«, flehte sie. »Bring mich nicht um! Ich werde nichts sagen, keiner erfährt etwas! Aber lass mich leben, wir können doch über alles reden!«

Sein Blick war voller Verachtung. »Dumme, kleine Pia. Du glaubst wohl wirklich, dass du alle Probleme im Schlaf lösen kannst.« Er zog die Nadel aus dem Fläschchen mit dem Betäubungsmittel, drückte den ersten Tropfen heraus.

Pia schrie wie am Spieß, wälzte sich auf dem Boden, aber er packte ihren Arm, drehte sie grob zu sich und zielte nach einer Stelle, um ihr die tödliche Dosis zu verpassen.

Im selben Augenblick kam Laura zurück in den Keller. »Verdammt, wir bekommen Besuch. Die Bullen stehen auf dem Parkplatz!«

Pia zog ihre Beine an und verpasste Marco einen Stoß, sodass er gegen die Mauer prallte. Staub rieselte auf ihn herab. Die Spritze flog aus seiner Hand.

»*Cazzo!* Was wollen die hier?«, schrie er und packte die Taschenlampe. »Theresa, lauf nach oben, zieh dir einen Kittel an und steck die Waffe ein. Ich komme sofort nach.«

Er suchte den Boden ab, hob schließlich die Taschenlampe über den Kopf, bereit, sie auf Pia niedersausen zu lassen.

»Rafi, komm schon.« Laura fiel ihm in den Arm. »Mit der werden wir nachher fertig.«

Dann spürte Pia Marcos harten Tritt gegen ihre Schläfe.

»Gute Reise«, hörte sie ihn sagen.

Sie lag da, als wäre ein Baumstamm auf sie gefallen. Schmerz, Schwindel, Stille und sonst gar nichts. Doch dann kam der Wahnsinn zurück, Leuchtfontänen schossen über den Nachthimmel hinter ihren Augen, als wäre ein Damm in ihrem Hirn gebrochen und würde die Droge wieder freigeben.

Sie hob die Lider. Neue Trugbilder stiegen vor ihr auf. Der schmutzige Untergrund verwandelte sich in einen Waldboden mit vertrocknetem Laub, in dem es raschelte und knisterte. Sie hörte das Trippeln Tausender winziger Beinchen, die sich durch die Blätter bewegten.

Als sie die Armee schwarzer Spinnen auf sich zurasen sah, schaltete ihr Verstand ab. Sie schrie, bis alle Kraft aus ihr entwichen war.

38

»Hallo, aufmachen, Polizei!« Fabbri hämmerte an die schwere Holztür am Eingang der Villa, rüttelte an der eisernen Klinke.

»Ich hätte dir gleich sagen können, dass die heute geschlossen haben«, sagte Stefano. »Am Karfreitag.«

Fabbri drehte sich um. »Pias Auto steht hier. Sie muss irgendwo sein. Und sie ist nicht allein.«

Neben Pias grünem Volvo stand ein gelbes Mazda-Cabriolet auf dem Parkplatz. Es waren die beiden einzigen Autos, abgesehen von dem blau-weißen Polizei-Seat.

Morgendunst lag über dem Gelände, in der Stille plätscherte der Springbrunnen fröhlich vor sich hin.

Fabbri zog sein Handy aus der Tasche. Während Stefano durch die Fenster im Erdgeschoss spähte, tippte er Pias Nummer ein.

Es ertönte das Freizeichen, dann die Ansage auf der Mailbox.

»Lass uns außen herumgehen«, schlug Fabbri vor.

Sie waren vom Tatort in Elsa Margonis ausgebrannter Wohnung zur Adresse von Pias Assistenten Marco Testi und Laura Peruzzi gefahren. Nachdem sie dort niemanden angetroffen hatten, hatten sie sich auf den Weg zur »Villa Chimera« gemacht.

Unterwegs hatte Fabbri Stefano erzählt, dass Franco Risi auch von Pias Assistenten im Schlaflabor betreut worden war. Für ihn stand fest, dass es sich bei Laura und Marco, wie sie sich heute nannten, um Theresa und Rafaele di Sassoli handelte, die damals alles verloren hatten: ihre Eltern, ihr Zuhause, ihr Erbe. Ein Geschwisterpaar auf Rachefeldzug, das die Traumfahrer von einst umbrachte.

Während Risi schlief, hatten sie mühelos Indizien sammeln können, um die Spur auf den Ex-Mafioso zu lenken. Ob sie von seiner Vergangenheit wussten, blieb dahingestellt, jedenfalls hatten sie einen Dummen gefunden, dem sie drei Morde in die Schuhe schieben konnten. Dachten sie jedenfalls.

Auf ein Zeichen Fabbris schlugen sie den Pfad ein, der an den

Grünflächen rund um das Gebäude entlangführte. Dabei richteten sie ihren Blick auf die Fassade – kein Lebenszeichen hinter den Fenstern. Wo war Pia? Fabbri hatte ein ungutes Gefühl.

Im nächsten Augenblick ertönte ein dumpfer Schrei, dann noch einer. Das Geräusch hatte etwas Tierisches an sich, wie von einer Katze, die um ihr Leben schrie, nur ein paar Oktaven tiefer.

»Los!«, rief Fabbri. »Wir müssen sofort rein!«

Sie spurteten zur Rückfront der Villa. Stefano schmetterte seinen Fuß gegen das Schloss der Terrassentür. Ohne großen Widerstand sprang sie auf. Sie standen in Morettis Büro. Alles aufgeräumt, niemand da.

»Weiter!«

Die Tür zur Eingangshalle war abgeschlossen. Unter Stefanos energischen Tritten gab sie nach, das Holz splitterte. Fabbri gab dem Hindernis den Rest, als er sich mit angespannten Schultern dagegenwarf.

Sie folgten einem kurzen Korridor, bis vor ihnen das riesige Foyer mit dem dreifarbigen Marmorboden, dem Kristallleuchter an der Decke und der geschwungenen Doppeltreppe lag. Auch hier kein Mensch weit und breit.

Wieder ertönte ein unmenschlicher Schrei. Diesmal lauter, aber aus unbestimmter Richtung, weil sich der Schall in der riesigen Halle brach.

Fabbri agierte wortlos. Mit zwei Fingern zeigte er nach oben. Stefano rannte gebückt die Treppe hoch, die Beretta im Anschlag.

Fabbri selbst blieb unten, rüttelte an den nächstgelegenen Türen, passierte den Durchgang unter der Treppe und gelangte schließlich zu einem Kellereingang. Die Tür stand offen.

Angespannt stieg er die Stufen hinab. Mit jedem Schritt gewöhnten sich seine Augen an das spärliche Licht, sodass er die Umrisse mehrerer Gewölbe erkennen konnte. Aus der Tiefe des Raums erreichten ihn schweres Atmen, Weinen und verzweifelte Laute. Pia!

Sie lag gefesselt in der hintersten Ecke eines Seitengewölbes, richtete die Augen starr auf den Boden, den Mund leicht geöffnet.

»Pia, ich bin's. Keine Angst, ich helfe dir.«

Er brauchte ein Messer, doch seine gesamte Ausrüstung lag in der Questura, einschließlich seiner Waffe.

So ein Mist!, dachte er.

Auf dem dreckigen Boden lagen Glasscherben herum. Er griff eine und durchschnitt Pias Fesseln. Dann brachte er sie in eine aufrechte Position.

»Pia, hörst du mich?« Er blickte ihr in die Augen. »Ich bin es, Roberto. Erkennst du mich?«

Langsam kam ihr Blick aus der Unendlichkeit zurück. »Roberto«, sagte sie staunend. »Weißt du, dass alles lebendig ist? Es gibt keinen Unterschied zwischen lebender und toter Materie, denn der universelle Geist steckt in jedem einzelnen Atom.«

»Ist gut, Pia«, sagte er, half ihr auf die Beine, legte ihren Arm um seine Schulter und schleppte sie durch das modrige Gewölbe. Bloß raus hier!

In diesem Moment ertönte ein Schuss.

»Warte hier.« Fabbri setzte sie auf der Treppe ab. »Rühr dich nicht von der Stelle, ich bin gleich wieder da.«

Mit großen Sprüngen erreichte er die Eingangshalle, rannte die Treppe nach oben. Vor ihm öffnete sich der Gang, der zu den Räumen des Schlaflabors führte. Stefano lag reglos auf dem Teppichläufer.

Fabbri stürzte zu ihm. In Stefanos Hemd klaffte ein Einschussloch.

»Fabbri und Rossi im Einsatz. Rossi verletzt am Boden«, brüllte er in Stefanos Funkgerät. »Standort: Institut für Schlafmedizin. Via, Via ...«, er kannte die Adresse nicht, »... in der Nähe von Lucignano. Verstärkung, Rettungswagen. Sofort!«

Mit einem schmerzhaften Stöhnen kam Stefano wieder zu sich. »Sie haben meine Waffe«, ächzte er. »Und einen Revolver.«

»Bist du verletzt?«

»Schussweste«, flüsterte Stefano.

Das Neun-Millimeter-Projektil steckte in seiner Kevlar-Weste. Der Aufprall aus nächster Nähe hatte ihn umgehauen, aber er kam langsam wieder zu Atem.

»Die schnapp ich mir!« Fabbri löste die Handschellen von

Stefanos Gürtel, rannte nach vorn und hielt von der Empore aus Ausschau. Von hier oben konnte er das Mosaik mit der Chimäre klar und deutlich erkennen, aber seine ganze Aufmerksamkeit galt Rafaele und dessen Schwester. Wo steckten diese Dreckschweine?

»Umdrehen! Hände hoch!« Eine Frauenstimme in seinem Rücken ließ Fabbri herumfahren. Theresa streckte ihm einen gedrungenen Revolver entgegen, vermutlich Elsa Margonis Waffe.

Er hob seine Arme über den Kopf und fixierte Theresa alias Laura. Sie war nervös, die Waffe zitterte in ihrer Hand, so als hätte sie noch nie so ein Ding in den Fingern gehalten.

Fabbri nutzte den winzigen Moment, als ihre Augen sich suchend nach ihrem Bruder umblickten. Er hechtete nach vorn, packte sie am Unterarm und drehte ihn mit aller Gewalt auf den Rücken. Sie schrie vor Schmerz auf. Doch dann wirbelte sie um ihre eigene Achse, fuchtelte mit dem Revolver herum und versuchte, sich aus Fabbris hartem Griff zu befreien.

Er umklammerte ihren Arm mit der Waffe und schlug ihn kräftig auf das Geländer. Theresas Hand öffnete sich, der Revolver sauste nach unten und landete krachend auf dem Marmor in der Eingangshalle.

»Rafiiii!«, schrie sie wie am Spieß, als Fabbri ihre Arme auf den Rücken bog, sie in die Knie zwang und die Handschellen zückte.

»Theresa di Sassoli, ich verhafte Sie wegen des Verdachts …«

»Loslassen!«, bellte eine Stimme von unten. »Sonst ist die Frau Doktor tot!«

Rafaele hatte Pia vor sich, den Arm um ihren Hals gepresst, Stefanos Beretta an ihrer Schläfe.

Verdammt noch mal!, dachte Fabbri. Der Scheißkerl hat Pia.

Rafaele war groß, Pia versank fast in seinem Oberarm. Er näherte sich rückwärts dem Ausgang und schleppte sie mit sich. Fabbri sah ihre angstgeweiteten Augen im versteinerten Gesicht.

Rafaeles Augen flackerten umso mehr. »Komm, Theresa, beeil dich!«, rief er seiner Schwester zu.

Die hielt sich jaulend den Unterarm und stolperte die Treppe hinunter. Rafaele wartete, bis sie sich durch die Tür gequetscht hatte, dann stieß er Pia hinterher und verschwand nach draußen.

Fabbri nahm mehrere Stufen auf einmal. Auf dem Boden unterhalb der Empore lag der Revolver. Fabbri schnappte sich die Waffe und prüfte, ob sie geladen war, während er weiter durch die Halle lief.

»Warte auf mich!«, rief Stefano von oben, doch Fabbri war schon am Ausgang.

Die drei hatten das gelbe Cabrio fast erreicht, als er über den Parkplatz rannte.

»Waffe weg, auf den Boden!«, brüllte er und gab einen Warnschuss ab.

Rafaele verpasste Pia einen Tritt, sie flog auf die Rückbank, dann sprang er mit einem Satz hinter das Steuer. Theresa warf sich in den startenden Mazda.

Fabbri hetzte zu dem Seat zurück, warf den Wagen an und nahm die Verfolgung auf.

Das Cabrio vor ihm schlingerte mit Vollgas die Zypressenallee entlang, ehe Rafaele den Wagen wieder in seine Gewalt brachte. Fabbri setzte hinterher, versuchte zu überholen. Der Mistkerl raste wie ein Besessener, bog mit quietschenden Reifen auf die Landstraße und gab richtig Gas. In wilder Fahrt ging es über Kurven und Serpentinen, sie schrammten an Felsen entlang und walzten über Ginsterbüsche. Links, rechts, geradeaus.

Wenn jetzt bloß niemand entgegenkommt, dachte Fabbri.

Geröll und Blätter spritzten auf seine Frontscheibe, er touchierte die Stoßstange des Cabrios, aber Rafaele ließ den Motor aufheulen und vergrößerte den Abstand. Von Pia war nichts zu sehen, vermutlich kauerte sie in Todesangst auf der Rückbank.

Hinter der nächsten Kurve lag der Ausweichplatz. Die Stelle, an der Lena umgekommen war. Für den Bruchteil einer Sekunde hatte Fabbri die grauenvolle Vision eines Wagens, der über den Abgrund hinausschießt. Schon kam die Ausbuchtung in Sichtweite. Aber der Mazda vor ihm machte keinerlei Anstalten, der Biegung der Straße zu folgen. Er fuhr weiter geradeaus.

Fabbri drückte das Gaspedal bis zum Boden durch. Wenn es wirklich darauf ankam, würde er Rafaele bei seinem Segelflug begleiten.

Wie ein Katapult jagte das Cabrio auf den Sandplatz, schlitterte über die Fläche, bis Rafaele das Steuer zur Seite riss und den Wagen Zentimeter vor dem Abhang zum Stehen brachte.

Fabbri umklammerte mit beiden Händen das Lenkrad und legte seine ganze Kraft in die Vollbremsung. Der schwere Seat wollte ihm nicht gehorchen. Die Bremsen blockierten, er rutschte weiter, den Fliehkräften machtlos ausgeliefert. Einen Meter, noch einen. Dann hielt der Wagen an.

Atemlos sprang Fabbri heraus und legte auf Rafaele und dessen Schwester an. »Sitzen bleiben, Hände hoch, keine Bewegung! Ich will eure Hände in jeder verdammten Sekunde sehen!«

Rafaele streckte die Arme in die Luft, Theresa tat es ihm nach. »Mein Arm tut weh«, klagte sie.

Da näherten sich auch schon die blinkenden Lichter der Einsatzkräfte, die ihm auf der einzigen Straße zwischen Lucignano und der Klinik entgegenkamen. Wenige Augenblicke später fuhren die Fahrzeuge der Carabinieri vor. Die Beamten umstellten das Cabrio.

Mit erhobenen Händen stiegen die Sassoli-Geschwister aus und wurden sofort zu Boden gestoßen. Fabbri baute sich vor ihnen auf. Endlich konnte er seinen Satz zu Ende bringen: »Theresa und Rafaele di Sassoli, ich verhafte Sie wegen des Verdachts der Tötung von Enzo Margoni, Luis Pizotti und Elsa Margoni.« In dieser verfluchten Reihenfolge, dachte er.

Ein Carabiniere informierte die beiden über ihre Rechte, dann schritten die Beamten zur Tat.

Fabbri sah ihnen zufrieden zu. Noch nie hatte das Klicken der Handschellen süßer in seinen Ohren geklungen.

Schließlich kümmerte er sich um Pia, die zusammengekrümmt auf der Rückbank des Cabrios lag. »Ist es vorbei?«, fragte sie.

»Ja, es ist vorbei.« Fabbri half ihr aus dem Wagen. Dann griff er nach ihrer Hand und hielt sie so lange fest, bis Pia sicher in seinen Armen landete.

Epilog

Die Altstadt war voll mit Touristen, seit Ostern strömten sie durch die Gassen und hielten aufgeschlagene Reiseführer vor sich, bestaunten die Kirchen, Plätze und historischen Palazzi. Auf der Piazza Grande ließ sich ein Brautpaar auf den Stufen einer Barockresidenz fotografieren. Einer der Ladenbesitzer rollte einen Postkartenständer vor die Tür.

Pia und Fabbri hatten sich in einem Café unter den Kolonnaden eine ruhige Ecke gesucht.

»Im Juni ist hier noch viel mehr los«, sagte Fabbri, »wenn die *Giostra* stattfindet. Die ganze Stadt steht dann Kopf.«

Die *Giostra del Saracino* war ein mittelalterliches Ritterturnier, das zweimal im Jahr den Kampf gegen die Sarazenen darstellte, genauer gesagt, gegen eine Holzfigur, deren Schild ein Lanzenreiter im Galopp treffen musste.

»Schade, das Fest wird mir wohl wieder entgehen.« Pia schmunzelte und zog an ihrer Zigarette. Der fünften an diesem Tag, denn bei dem einen Päckchen war es nicht geblieben.

Sie war mit ihren Gedanken schon in Deutschland. Ihre Koffer standen gepackt in der Wohnung. Morgen würde sie sich in ihren Volvo schwingen und nach Frankfurt zurückfahren. Ohne Alexander. Der hatte den geplanten Flug am Freitag angetreten und sie noch am selben Tag auf dem Handy blockiert. Auch gut.

»Willst du es dir nicht doch überlegen?«, fragte Fabbri. »Wo du jetzt weißt, dass deine Therapie mit den Morden nichts zu tun hatte. Du könntest dein Forschungsprojekt doch fortsetzen.«

Pia schüttelte den Kopf. »Ich brauche definitiv Abstand, um das alles zu begreifen. Ich hätte für Laura und Marco meine Hand ins Feuer gelegt. Sie schienen so kompetent, so zuverlässig, so freundlich. Ich habe sie oft um ihre harmonische Paarbeziehung beneidet. Dabei sind sie Geschwister.«

Es ging ihr nicht in den Kopf, dass die beiden netten jungen Menschen drei brutale Morde begangen hatten. »Ich habe sie wirklich für gute Psychologen und tolle Kollegen gehalten. Und dann diese irren Taten mit den Hinweisen auf die Chimäre. Kompletter Wahnsinn!«

Fabbri nippte an seinem Espresso. »Immerhin haben die beiden tatsächlich Psychologie studiert, das haben wir schon herausgefunden. Nach dem Tod ihrer Eltern kamen sie auf ein französisches Internat, lebten bei Verwandten in Lyon und besuchten dort die Universität. Kein allzu schlimmes Schicksal, wenn du mich fragst. Aber wohl nicht gut genug, um sie von ihren Rachegedanken abzubringen. Vor zwei Jahren bewarben sie sich in Morettis Institut. Seitdem warteten sie auf den Moment der Rache.«

»Und Moretti hat die beiden nicht wiedererkannt?«

»Ich schätze, auch er war damals viel zu sehr mit sich selbst beschäftigt, als dass er auf die Kinder geachtet hätte. Er hat bestätigt, was die Geschwister dir im Keller erzählt haben. Die Drogen, der Streit, Elsa Margonis Angst, die Sassolis würden bei der Stiftung einen Rückzieher machen. Sie waren alle so besessen davon, zu den Auserwählten zu gehören, dass sie diesen magischen Ort nicht verlassen wollten.«

Pia nickte. »Guido di Sassoli hatte bestimmt die besten Absichten, aber er hatte nicht mit der menschlichen Schwäche gerechnet, mit Neid, Eifersucht und Gier.«

»Bis hin zum Mord«, ergänzte Fabbri. »Wir rollen auch diesen Fall wieder auf und betrachten ihn in neuem Licht. Wer waren die Mitwisser des Verbrechens, wo gibt es Zeugen? Moretti gehörte nicht dazu, weil er nach dem Streit seine Koffer packte. Sein Aufenthalt in Berkeley zum Tatzeitpunkt ist bestätigt. Aber er weiß sicher mehr, als er zugibt. Er behauptet, das Foto im Keller sei ein Abschiedsfoto für ihn gewesen. Er habe nur vergessen, es mitzunehmen.«

»Und was sagen Marco und Laura?« Pia konnte sich nicht an die echten Namen gewöhnen, genauso wenig wie an den Gedanken, dass sie jeden Tag mit zwei Mördern zusammengearbeitet hatte.

»Es ist schwierig«, meinte Fabbri. »Rafaele und seine Schwester schweigen verbissen, die verlassen sich auf ihre Anwälte. Aber sie waren im Besitz von Elsa Margonis Waffe und haben auf meinen Kollegen geschossen. Im Kofferraum des Mazda haben wir Benzin und Brandbeschleuniger gefunden. In der gemeinsamen Wohnung lagen Rafaeles Sneaker mit Blutspuren an den Schuhsohlen. Die DNA-Untersuchung läuft gerade.«

»Und ihr habt meine Aussage.«

Fabbri hob skeptisch die Augenbrauen. »Tja, Pia, leider standest du unter starkem Drogeneinfluss, als sie dir ihre Geschichte erzählt haben. Das bedeutet, dass deine Aussage vor Gericht nicht besonders viel wert ist. Aber die beiden reden schon noch. Aus Erfahrung weiß ich, dass jeder Täter sich früher oder später von der Last der Tat befreien will.«

Pia blickte über die Piazza und beobachtete, wie die Leute in den Auslagen der Antiquitätengeschäfte gegenüber herumstöberten.

»Ich denke, für die beiden war die Rückkehr der Chimäre der Auslöser für ihren Plan«, sagte sie. »Sie ist das entscheidende Symbol ihrer Kindheit gewesen. Sie lebten in einem Haus, das ihr Vater ›Villa Chimera‹ getauft und in dem er Klarträumer um sich versammelt hat. Das Experiment endete mit dem Mord an den Sassolis. Zurück blieben zwei traumatisierte Kinder, die die schrecklichen Bilder nicht vergessen konnten. In Elsa, Enzo und Luis sahen sie die drei Köpfe des Ungeheuers, das ihre Eltern umgebracht hat.«

Fabbri lehnte sich zurück und faltete die Hände im Nacken. »Das ist jedenfalls der verrückteste Fall, den ich jemals erlebt habe.«

Pia klopfte die Zigarettenasche ab. »Was geschieht eigentlich mit Franco Risi? Bleibt er in Arezzo?«

»Ich glaube nicht. Er hat mir gesagt, dass das Pflaster für ihn zu heiß geworden sei und er sein Glück woanders finden wolle. Weit weg, vermutlich Kanada oder Australien. Ich hoffe für ihn, dass er irgendwo dem Arm der Mafia entgehen kann.« Fabbri hob bedauernd die Schultern. »Schade, ich verliere einen Freund und Zuhörer. Aber vielleicht habe ich ja dich.« Er lächelte charmant.

Pia stieß den Rauch genüsslich aus und erwiderte sein Lächeln.

Nach drei Tagen absoluter Ruhe, begleitet von Fabbris Zuspruch am Telefon, fühlte sie sich wieder einigermaßen stabil, auch wenn hin und wieder kleinere Halluzinationen auftraten. Muster an der Wand, Bewegungen aus dem Augenwinkel, harmlose Nachwirkungen, die sicher bald verschwanden.

Pia zögerte mit der nächsten Frage. »Glaubst du, die Sassolis haben auch deine Frau auf dem Gewissen?«

Fabbri hatte ihr von seinem Klartraum erzählt, dem Traum, der ihn zu dem Hinweis auf die Geschwister Sassoli in Lenas Unterlagen geführt hatte. Eine steile Zornesfalte zeigte sich auf seiner Stirn. »Das werde ich herausfinden, Pia. Selbst wenn ich den beiden eine Wahrheitsdroge einflößen muss. Ich denke, dass die Geschwister jeden aus dem Weg geräumt haben, der ihr Geheimnis enthüllen wollte. Meine Frau und beinahe auch dich.«

Pia wurde noch immer schlecht bei dem Gedanken, dass sie im Becken des Brunnens ertrunken wäre, hätte Roberto sie nicht gerettet. Und natürlich auch Stefano, sein netter Kollege.

Sie legte eine Hand auf Fabbris Arm. »Danke, Roberto, dass ihr rechtzeitig zur Stelle wart.« Dann drückte sie ihre Zigarette aus und nahm den letzten Schluck Kaffee. »Begleitest du mich? Ich möchte mir wenigstens einmal das Original ansehen, bevor ich Arezzo verlasse.«

Auf dem Weg zum Museum erzählte Fabbri ihr, dass er demnächst mit Isabella ans Meer fahren und sich freuen würde, wenn Pia sie dabei begleitete. Er gab sich wirklich alle Mühe, sie zum Bleiben zu überreden. Fast schwankte sie in ihrem Entschluss, ins trübe Deutschland zurückzukehren.

»Vielleicht besuchst du mich irgendwann in Frankfurt«, schlug sie vor. »Gern mit Isabella, dann lerne ich sie kennen.«

»Ja, wer weiß, was noch alles passiert«, sagte Fabbri grinsend.

Die Schlange an der Kasse des Museums war überschaubar. Kurz darauf stiegen Pia und Fabbri die Treppe hinauf. Ein Wachmann, der gerade aus einem der Eingänge kam, führte sie in den Raum mit der Chimäre.

Und da stand sie, die prächtige Bronzeskulptur aus einer längst erloschenen Kultur. Das Fabelwesen, das so viele Menschen geängstigt und inspiriert hatte, Mittelpunkt wilder Spekulationen und wissenschaftlicher Theorien. Symbol für Illusion, Traum, Hirngespinst.

Wirklich einzigartig, dachte Pia staunend beim Anblick des Kunstwerks. Sie konnte jede einzelne Rippe erkennen, die Muskeln unter der Haut, die Kraft in den riesigen Pranken. Magisch angezogen trat sie näher und legte ihre Hand zwischen die Klauen.

Ein feines Vibrieren übertrug sich auf ihre Finger. Im nächsten Moment antwortete das Tier auf den Druck ihrer Berührung. Es bewegte die Klauen und zog sie unmerklich zusammen.

Pia streichelte den Vorderlauf des Wesens und spürte den Rhythmus seines Pulsschlags. Dann atmete die Chimäre ein und aus. Ein und aus. Pia fühlte unbändiges Glück.

Ja, so ist es, dachte sie, alles ist in Bewegung.

Danksagung

Zunächst ein herzliches Dankeschön an den Emons Verlag für das entgegengebrachte Vertrauen und die freundliche Betreuung des gesamten Buchprojekts.

Ein großer Dank geht auch an Susann Säuberlich, die hervorragende Lektorin dieses Buches. Mit ihrem Fingerspitzengefühl, ihrem Scharfsinn und ihrer Liebe zur Sprache hat sie es verstanden, den Text ganz wundervoll aufzuwerten. Ich danke Frau Säuberlich für die herzliche und harmonische Zusammenarbeit.

Das Phänomen des Klarträumens ist seit Langem bekannt. Zu träumen und gleichzeitig zu wissen, dass man träumt, dürfte einigen meiner Leser bekannt sein. Obwohl mir selbst dieses Erlebnis noch nie vergönnt war, habe ich mit Menschen gesprochen, die diesen Zustand genau beschrieben. Fasziniert von diesem Thema stieß ich auf weitere Erfahrungsberichte, auf wissenschaftliche Untersuchungen, Trainingsmethoden und auf die Studien von Dr. Ursula Voss, der es gelungen ist, luzide Träume im Schlaflabor nachzuweisen und künstlich zu erzeugen. Mittlerweile wird die Therapie mit elektrisch induzierten Klarträumen bei der Behandlung verschiedener psychischer Erkrankungen erprobt. Etwaige Ungenauigkeiten bei der Darstellung der Methode bitte ich hiermit zu entschuldigen.

An dieser Stelle bedanke ich mich besonders bei der psychotherapeutischen Praxis von Elfi Wenzel und Andreas Schäfer in Eltville bei Wiesbaden. Mit ihrer langjährigen Erfahrung und ihrem großen Fachwissen haben sie meine Fragen zu den Themen chronische Alpträume, Traumata, Schlafentzug und vielem mehr beantwortet und mir in respektvoller Art ihre Arbeit als Therapeuten geschildert.

Ein herzlicher Dank geht außerdem an Piero Alberti, meinen klugen, heiteren, aber grundsätzlich skeptischen Freund in Arezzo, der mich mit Hintergründen, Geschichten und Anekdoten versorgte. Stets hilfsbereit kümmerte er sich um weitere Informationen, nachdem meine Recherche vor Ort beendet war. Auch wenn Commissario Fabbri in Wirklichkeit nicht existiert, kommt er doch sehr nahe an den realen Piero Alberti heran.

Last, but not least gilt es hier, den großen Einsatz zu würdigen, den mein Mann Gerd Schnabel während des Schreibprozesses geleistet hat. Er sorgte nicht nur für das leibliche Wohl der Familie, sondern hatte auch immer ein offenes Ohr für meine Arbeit an der Story. Seine Ermutigung, seine Ratschläge und Ideen waren außerordentlich wertvoll und inspirierend für mich. Ich danke ihm von ganzem Herzen für seine unerschütterliche Ruhe und Geduld.

Uli Aechtner, Belinda Vogt
KELTENZORN
Broschur, 320 Seiten
ISBN 978-3-95451-132-7

»Uli Aechtner und Belinda Vogt haben den keltischen Thriller des Jahres geschrieben. Höllisch spannend!« Bild-Zeitung

»Aufregend, fundiert und überraschend. Für den Krimi-Fan ein Muss. Zugreifen!« Frankfurter Neue Presse